巴扎的彩虹

稻草人 著

序一 |

　　佛教中提倡慈悲，因為輪迴中有了慈悲終究會得到解脫。

　　無始以來，眾生像瓶中的蜜蜂轉來轉去永得不到出口，因此，佛陀給我們指明了方向，以慈悲心走上菩提道得永恆的安樂。在六道輪迴中，我們不知自己轉了多少次，因得不到光明，只是在黑暗中生存，求生中不知不覺種下了許多惡業，一世又一世地積累了罪業，生來還是在輪迴中用不同的身軀繼續受苦受難，就這樣在輪迴中永無安息。業力造就了輪迴，輪迴是一個時間段，是一個眾生以業而聚的區域。

　　「人生皆苦」在這苦樂參半的輪迴中，每個人都有生老病死。也許有人認為人生有很多樂趣，是的，有些微妙的樂趣。然而，我們所謂的樂趣只是短暫的臨時的，終究還是在苦難中。因為萬物在變化中，唯有不變的真諦是「因果」，窮富高低美醜智愚等都跟因果有關。

　　《巴扎的彩虹》一書是以一位僧人的前因後果編寫的一段真事故事，在這個故事中我們看到主人公的縮命因緣，面對一生坎坷的人生之路，骨子裡永不放棄的自信和勇氣，面對無常，面對死亡，面對苦難，這種精神信仰給了人們極大的鼓舞。

　　有了佛教，就能修出普度眾生並弘揚佛法的高僧大德，成就後的高僧大德願再來弘法度眾，就像學生大學畢業了再回學校當老師培養更多的人才一樣，高僧大德的成就不是獨子一人享受天樂之福，而是為了更多的眾生得到解脫。比如，觀音菩薩的承願慈悲大願，阿彌陀佛的無量光明大願，地藏王的地獄不空，誓不成佛的偉大深願。佛教寺院是弘揚佛法的學院，也是提供給信眾

們的一個信仰之門，佛，法，僧三寶是佛家的基本法性佛講空非依物體相見如來，但是對一個初學者來說，空見不了佛無法觀佛，因此，寺院雕塑或畫佛像的辦法來引進佛門，這樣一來初學者們易懂觀佛，這樣更確切了修建三寶道場的必要性和重要性。

　　一位成就者發願再墮苦海普度眾生是多麼勇敢的一個決心，為了救度眾生深入輪迴，用種種身軀化眾生，這不是登地的菩薩一般人是不可能做到的，這種無私的勇氣和決心他可以以觀音平級功德以佛陀匹配，因為佛陀講完法完成了他一千次的轉世輪迴後不再次顯示於世，我們只有求加持，但是一位成就者他承現在我們面前以俗人的身軀和我們同在，並教導我們得到解脫，因此，大德們的功德以佛匹配。

　　我們用一位普通僧人的一生來看，他出家，學佛，最後被認定為一位活佛中的坎坷艱難經歷中，他體現出一位真正有修行而得證的靈魂，他有使命感。他有責任感。這不是今世某個人的安排，而是前世發的願，也就是命中注定的。比如嘛呢仁波切，他的第一世到第六世不斷的修行，超度眾生，弘揚佛法，建寺造佛像，培養佛徒等那種永不退縮的精神中我們能看出一個乘願再來的成就者是多麼堅強。貧窮，飢餓，寒冷，疾病等困難中他不可能放棄他的使命和職責，反而越艱難越磨練出其內心的堅強，也就是說一位成就者不可能因眼前的障礙和俗世叛逆自己的靈魂。巴扎完康家族中代代都是有信仰的一個家族，出過懂藏醫的瑜伽士，出過活佛，曾是一個富裕的家族，後來成了一個貧窮的家庭，在幾代人的蒼桑歲月中能看出貧富都不會影響一個有信仰人的信願，這就是佛講的無常規律，任何事他沒有永恆的，無論是富裕的家庭還是貧窮的家庭活佛的出生不會改變這個家庭，因為

轉世活佛是為眾生而生不是為這個家庭而生，也就是說借用了這個母胎，當然這個活佛有責任和義務一般都是說母親的福報大，大多數佛母都有一段故事，這說明活佛的轉世首先選擇了這位母親不是父親。

　　這是一個真實的故事，不完全是以佛學的角度寫的，主要是以世俗的角度寫的，代代有佛緣的故事，在不同的歷史時期造就了一個有佛緣的靈魂，他用自己的勤勞和智慧改變了命運，一個人的心有多大他的世界就有多大，前世的因緣會影響今世的一切，與生俱來的誠實和勇敢，純樸和憨厚決定了人生，佛度有緣人，希望廣大的讀者們如能此中得到點滴之益我借此之際祝君平安吉祥瓶中的事。

青才

2017年9月27日　甘沖寺

序二

第一次到青海，是2016年的夏天。

那一天，大半個中國都被酷暑困擾。我在西安轉機的時候，在城裏轉了大半天，差一點中了暑。等到了西寧，境況就大不相同了。

在下榻的旅店住了一宿兒，一覺醒來，西寧的街頭下起小雨。內地的炎熱在這裏找不到一點蹤影。

吃過早飯，如約見到了約好一起去西寧火車站接站的平然師父。平然師父是一個年輕的喇嘛，個子不高，生長在藏區的特有的膚色讓整個人顯得很健壯。尤其是兩隻眼睛炯炯發光，洋溢著難以壓制的朝氣。冒著雨，我們來到西寧火車站，在出站口等候另外三位同行的朋友。

說起這次赴青海的緣起，還要追溯到一年之前。一年前，稻草人經朋友介紹，為出版嘛呢活佛的傳記找到了我。那天晚上，幾位朋友聊得十分投緣。稻草人對青海藏區的描述，讓在座的朋友萌生了對這片神秘之地的嚮往，大家約好了第二年一起到青海參訪藏在深山之中的甘沖寺。一年之後，稻草人果然打來電話，提起青海之約，也許是機緣成熟，恰好有一段空閒的時間，可以安排此次的行程。於是有了此番青海之旅。

稻草人和另外兩位同行的朋友，從東北坐火車趕來西寧。因為火車晚點，我和平然師父等了一段時間。由於從前對藏傳佛教知之甚少，所以，借這個機會向平然師父討教了許多關於藏傳佛教的問題。原來，藏傳佛教雖然以密教為特點，不過同樣是顯密雙修，而且以顯為主。內地人最大的誤解，是把藏傳佛教當成了遠離人間煙火的神秘宗教，其實藏地的喇嘛更具有煙火氣，僧俗的關係極為緊

密，也很有親和力。

　　閒話間，東北的朋友已經到達西寧站。在旅館稍作休整，便由平然師父駕車，正式開始了青海之行。

　　離開西寧，我們沿著青海湖南岸西行，當晚到達黑馬河的時候，天空飄起小雨。因為睡在藏式帳篷裏，夜裏冷得出奇。這一天，內地的許多地方酷暑肆虐，我們卻裏在兩床被子裏打寒顫。

　　在隨後的幾天裏，我們一行五人組，先後在茶卡鹽湖拍照，在天駿看賽馬，然後沿著青海湖北岸東行，從剛察北折，翻越海拔4120公尺的大冬樹山埡口，夜宿祁連縣。在離祁連縣不遠的的阿柔鄉，有一座阿柔大寺，據說歷史可以追溯到幾百年以前。這是一座格魯派的寺院，殿內二層供奉有宗喀巴大師金身塑像。我在佛像前逗留良久，似乎有到一種穿越時空的感應。沐浴在大師的目光之中，暖暖的竟有幾分心酸，禁不住流下兩行淚水。

　　離開阿柔大寺以後，我們南下門源，領略了油菜花花海的壯觀。當天晚上，趕到了互助，也就是我們此行的最終目的地。順著山道盤旋而上，就是藏在深山之中的甘沖寺。

　　我們在甘沖寺差不多住了三天，留下了許多難以磨滅的回憶。這座幾乎是由嘛呢活佛一手修建起來的佛寺，靜謐中透出強大的能量，讓人的內心無比的安詳和寧靜，生命在這裏好像變得清澈透明。而周圍的山水，也有一種裸露本原不肯遮掩的感覺，好像離靈魂那麼地近，幾乎伸手就可以觸摸。

　　我們在平然師父外祖母家中品嘗地道的酥油茶和糌粑，老人熱情卻又寡言少語，皺紋中深藏著無限的慈祥。我們在甘沖溝的大山裏聽平然師父原汁原味的藏歌，歌聲像高原的天空一樣遼遠而具有穿透力。我們還在帳篷小學

的大樹旁，客串了一把鄉村教師，給這裏的師生即興上了一堂有關國學的課。

　　只是這裏雖然被稱為彩虹之鄉，我們卻只在頭一天的黃昏，看到了濃雲下的一段淡淡的彩虹。不過，這裏燦爛的星空，沒有辜負我們遠道背來的相機，拍銀河、拉星軌，每一個晚上都那麼充實。

　　唯有一件遺憾的事，本想拜訪的本書傳主嘛呢活佛，因為有公事逗留西寧，未能謀面。與其說是遺憾，毋寧說是留下了一個期盼。甘沖寺無處不留有活佛的足跡，有了這次訪寺的沉澱，相信下一次有緣相見，一定會是一種重逢的感覺。

　　從青海回來，一直沒有放下傳記出版的事。直到今年夏秋之際，稻草人的書稿基本完成，託付我尋找出版機構。也許是機緣成熟，經過臺灣華品文創的總編陳秋玲女士的熱心運作，這本書終於即將付梓。作者希望我能為本書起一個題目，我一下想起彩虹之鄉的事，而且彩虹和藏傳佛教有著很深的淵源，所以就想到了《巴扎的彩虹》這個書名。至於這一道彩虹背後還有多少深意，也許讀者在讀完這本書之後，會有自己更多的發現。

　　作者稻草人一直囑我能為本書寫一點文字。我在動筆的時候，不由得想起去年青海之旅的往事，於是寫下了以上這一點文字。也許這段往事，正是這本書不經意的一個小小的延伸。

　　感恩傳主嘛呢活佛，感恩作者稻草人，感恩提供精美攝影作品的老戚，感恩陳秋玲女士等為本書出版提供熱心幫助的人，感恩各位有緣的讀者朋友！

濟陰一葦

丁酉年冬月於擊壤齋

目錄 ————

序一　I

序二　V

引子　001

第一篇｜**俗家小孩兒南哲才讓**　011

一、隱忍山林十四載，不忘夙世諸勝願，一朝雨露乘風降，
　　菩提花開自心間。　012

二、法無定法，相無實相，自心皈依，人間天堂。　033

三、歲月荏苒，時光輪轉，菩提薩埵，伏藏心間。　058

四、世間萬法，皆由心造，隨緣流轉，不可言說。　067

第二篇｜**小沙彌圖旦益西多吉**　079

一、真實夢境，如幻現實，現實夢境，自心相續。　080

二、轉過前生，轉來今世，轉山轉水，轉佛轉塔。　122

三、如願以償，佐欽寺苦修。　132

四、恪守諾言，實現夙願，行住坐臥，皆是考驗。　157

五、勇猛智慧，發大誓願，為度眾生，乘願而來。　201

第三篇｜**嘛倉青才・圖旦益西多吉仁波切**　229

一、【……我能深入於未來，盡一切劫為一念，三世所有一切
　　劫，為一念際我皆入。……】　232

二、【如是虛空界盡，眾生界盡，眾生業盡，眾生煩惱盡，我
　　此隨學無有窮盡。念念相續，無有間斷。身語意業，無有
　　疲厭。】——《普賢菩薩行願品》　252

三、廣結善緣，度化眾生，建設寺院，弘法利生。　311

四、佛為眾而生，指引解脫輪迴，佛為眾而故，提醒生命無常。　330

五、這麼多年，嘛呢活佛與漢地結下了不解之緣，也有很多能
　　夠給人解惑答疑的故事，本章以每一個小故事呈獻給讀者
　　們，也能夠深入淺出地回答一些疑問……　368

六、在嘛呢活佛與漢地結緣後的若干年裏，無數人與他見面，
　　無數人又從他面前消失，無數人成為他的皈依弟子，然後
　　消失在茫茫人海之中，而少數人與嘛呢活佛的緣分不僅僅
　　是遇見那麼簡單，在這樣的千迴百轉的輪迴之路上，世俗
　　的緣分就如種子一樣開花結果，註定演繹著很多不可思議
　　的故事，也帶給人們很多思考……　385

七、天人乘願降安多，瑞光普照慧四方。　398

八、一者禮敬諸佛。二者稱讚如來。三者廣修供養。四者懺悔
　　業障。五者隨喜功德。六者請轉法輪。七者請佛住世。八
　　者常隨佛學。九者恒順眾生。十者普皆回向。　419

上師年表　460

後記　462

農曆六月初八至初十 一年一度的觀音法會

做朵瑪

供燈

法會上的信眾

法會上搭建起帳篷

七支火供

轉動嘛呢輪眾

接受灌頂

法座上主持法會的嘛呢活佛

法會結束後的聯歡

青海互助縣北山甘沖寺四季風景

春

夏

秋

秋

冬

1921年-1958年甘沖寺

冬

第五世嘛呢活佛

堪布先覺喇嘛

嘛呢活佛手繪唐卡：

釋迦牟尼佛　　　　　　　　　格薩爾王護法

持蓮觀音

四川色達喇榮五明佛學院

四川甘孜佐欽大圓滿寺

引子

【須菩提。於意云何。可以身相見如來不。不也。世尊。不可以身相得見如來。何以故。如來所說身相。即非身相。佛告須菩提。凡所有相。皆是虛妄。若見諸相非相。則見如來。】──《金剛經》

　　「莫待老來方學道，孤墳儘是少年人」，當愛新覺羅‧福臨揮毫潑墨寫出這一行座右銘之後，他從頭到尾大聲地朗讀起來，九年飽讀詩書，讓年輕的順治皇帝更加懂得文化的重要性，也更加懂得「治平天下莫大乎教化之廣宣，鼓動人心莫先於觀摩之有象」的道理。順治皇帝短暫的一生因此也留下不少傳說……

　　「把畫拿來讓朕一觀！」福臨很和氣地對小和尚說。

　　小和尚小心翼翼地把那幅畫拿了出來，展開給福臨看。

　　「這畫畫得還算不錯，」福臨略略打量了一下，然後說。突然，他雙眉一挑，詫異地問那小和尚：「你這畫中的老和尚口鼻眼耳悉具，為什麼單單沒有畫眉毛呢？」

　　那小和尚跪在地上不敢說話，他心裏還很委屈地想：「為什麼沒有眉毛？我怎麼知道？師父當年下山的時候只告訴我去尋肯替他添上眉毛的人，他可沒告訴我為什麼沒畫眉毛！」

　　他這裏正走神呢，只聽福臨在那裏發號施令道：「取筆墨來伺候！」

　　左右的人一聽，知道這位多才天子又技癢難忍了，一個個不由得會心一笑。

　　熟悉福臨的人都知道，這位世祖皇帝素愛繪畫，他畫的小幅山水「寫林巒向背，水石明晦之狀」，頗為時人推許。據說，他的手指畫、人物速寫都是一絕。有一次，他在出外巡行途中遇見一個大臣，竟命那人跪於身前，然後取過紙筆，刷刷幾筆，就勾勒出那人的一幅小像。

　　這次見這小和尚拿著的這幅未完工的老僧像，福臨自然如象棋國手遇見了一盤「仙人指路」的殘局一樣，不弄出個結果來，他是絕不肯善罷甘休的。

片刻，一管狼毫軟筆，一硯研好的上等徽墨放在了順治皇帝的面前。好個福臨，抬腕運筆，幾下就給那老僧加上了兩條眉毛，然後，帶有幾分和藹、幾分自得地對那小和尚說：「你把這畫拿回去吧！」

小和尚接過畫一看，立即「痛哭伏地」。他這一哭，把福臨給哭愣了，忙問是怎麼回事。那小徒兒不敢怠慢，立即把師父下山前的話一五一十娓娓道出，末了「伏地稱師」，竟趴在地上認起師父來了。「世祖恍然悟，尋與徒遁之普陀深岩中」。①　（這段引子是介紹當時的歷史背景，因為上行下效，那樣一個年代註定要佛教的興盛，而在此背景下才會有嘛呢活佛家族那樣的因緣和合。）

這是一則民間故事，傳說中的順治皇帝效法喬達摩・悉達多王子，拋棄紅塵，捨棄王位，削髮出家為僧。而歷史上記載的順治皇帝卻是因為所寵愛的董妃去世而抑鬱寡歡，從此精神一蹶不振，24歲患病英年早逝。不過，清朝歷代皇帝十有八九信仰或崇尚儒釋道，順治皇帝是一名虔誠的佛教徒也確為史實，他崇佛出家的故事千百年來流傳至今。

順治十年，也就是1653年藏曆水蛇年，清政府正式冊封五世達賴喇嘛阿旺羅桑嘉措為「西天大善自在佛所領天下釋教普通瓦赤喇怛喇達賴喇嘛」，1662年2月13日，羅桑・卻吉堅贊在扎什倫布寺赤巴任內圓寂，享年92歲。他死後，達賴五世為之選定「轉世靈童」，建立了班禪轉世系統。無論是當朝統治者出於自身的信仰，還是鑒於朝廷統治需要的原因，此時的藏傳佛教真正

---

① 摘自張志君著《老子英雄兒好漢？——中國歷史上的第二代現象》

是得到了有效的發展。

　　也正是在順治年間，巴扎（也叫華扎）‧完康拉卡家族在祖爺宗帶領之下從華銳的西邊扎那卡（扎那卡就是當今西寧韻家口一帶）來到如今被稱為青海互助縣這個多民族的聚居地。完康拉卡的祖爺宗本嘉當時從清政府手裏買下了完康這塊地，他們擁有屬於自己的茂密的森林區、廣袤的土地、成群的牛羊和馬群，成為當地藏民中小有名氣的望族。因為完康拉卡祖爺是單傳，素有傳統思想的他為生兒育女傳宗接代，娶了三房老婆，才有了家族人丁興旺的興盛時期。

　　恰逢藏傳佛教在當時享有很高的地位，也就是在這樣一個歷史背景下，因緣和合，前世緣定。加之機緣成熟，完康拉卡祖爺皈依了佛門。

　　順治十一年，也就是西元1654年，藏曆木馬年，因為當地還沒有寺院，祖爺和幾個篤信喇嘛教的藏民發心，祈請一位叫崔臣嘉措的活佛，希望他能夠為這裏的百姓弘揚佛法，造福一方。這位四世班禪羅桑‧卻吉堅贊的弟子被祖爺的誠心所感動，從距離華扎以外五十多公里處的丹麻鎮來到了這裏，在縣城東北55公里，也就是距離巴扎藏族鄉三公里處開始修建寺院，因為他來自丹麻，所以當地人俗稱之為「丹麻佛爺」，也是甘禪寺的第一世活佛。

　　在寺院建設中，完康拉卡家祖爺是唯一的施主。在這位「丹麻佛爺」的一生中，完康家相續不斷地供養寺院，拿出了一半的家產當養資，修建經堂一座，其內供奉以嘉色頭蓋骨為胎藏的鍍金銅塔，從而形成寺院，取名為甘禪寺，藏語意思稱「甘禪大乘解脫洲」。這座寺院在此基礎上經過歷朝歷代的發展，後來又建了講經學院，取名「具喜善言洲」。追本逐源，崔臣嘉措活佛的

歷代轉世也就被稱作「丹麻佛爺」。

甘禪寺

　　丹麻佛爺與完康拉卡家族的夙緣之深，在未來發生的故事中都得以證明。

　　丹麻佛爺說要在完康家後院為其家族專門修建一座家廟，完康拉卡祖爺聽了很歡喜，就按丹麻佛爺的吩咐修建了一座二層三間樓式的建築，家廟建成後，祖爺在裏面供奉了八大財神和其他一些佛像，同時收藏了《大藏經》、《丹珠兒》和《甘珠兒》等經書，每年丹麻佛爺都定期安排僧人七名或二十一名到完康家誦經，念誦的經文主要就是《八大財神經》、《招財引福經》、《藥師經》、《長壽經》、《護法經》和《吉祥經》，等等。

　　這一日，完康祖爺帶著資糧到寺院禮佛做供養，禮畢閑坐與丹麻佛爺交談，提到了完康家族的狀況，祖爺很是憂慮地說：「我們完康拉卡家族的福報承蒙佛祖保佑，歷代祖宗修積之

德，才有了今天的富足安康，但是就是人丁不旺啊！」

跏趺安坐在榻座之上的丹麻佛爺眯縫著眼睛，手撚水晶佛珠，似自言自語訥訥地說：「命裏有財沒有兒子，有兒子就沒有財，魚和熊掌兩者不可兼得啊！」

老爺子暗自揣摩丹麻佛爺的話，心裏自然希望子孫滿堂，家族香火能夠接續下去，可是如果貪圖錢財，可能後代只能招「倒插門」女婿，那麼，完康拉卡家族豈不是斷了血脈了？老爺子是個傳統觀念很強，擁有強烈的宗族觀念的人，他這樣思維後，很肯定地回丹麻佛爺說：「佛爺，哪怕當乞丐要飯我們完康家也要子孫後代。」

丹麻老佛爺說：「那好吧！你以後再連續九年供養我寺僧人和各大法會，我保你將來子女滿堂，最多時可以有子女九個，不過，你後代中有子女九個的時候，你們家可能沒有那麼富裕了……」

老爺子堅定地回答道：「聽天由命吧！日子總會過到頭的。」

人生就是這樣於無常中又透著玄機，因此也充滿了挑戰。在這樣的挑戰中，人們總需要不斷取捨，才能夠獲得，而獲得之後，也會失去，失去和得到本身就是無常。支配這種無常的只有命運，智慧可以改變人的運氣，但是有些命裏註定的事還是無法通過常人的能力改變的，人們總是在祈求五福臨門，但在世間恐怕這種心願對廣大眾生就是一個寥若辰星的理想的境界了。

老爺子按照佛爺的吩咐又連續供養了甘禪寺全寺上下的僧侶，日子也算是祥和平靜。九年後，這位甘禪寺的第一代活佛丹麻佛爺圓寂了，而完康拉卡家族祖爺也是隨後於八十高齡駕鶴西去。後來，丹麻佛爺轉世後，完康家繼續供養著寺院，但已經大不如以前了，這個家族從舊有的輝煌逐漸衰敗下來，這真正應驗

了那句話：「富不過三代」。

　　命運的富貴吉祥和綿長並非是人類向外追求所能夠得到的，在千迴百轉的輪迴中善惡的果報最為明顯，幾代人就這樣在延綿不斷的緣起與緣滅的輪迴長河裏飄然而去……

　　中華民國期間，地方上因戰亂出現了土匪和強盜，這座貌似遠離塵囂的雪域高原湮沒在惶恐裏。國家戰亂，百姓遭殃，幾次土匪進村搶劫，把完康家老祖宗留下的一點財產洗劫一空。從此，家族的命運和國家的內憂外患的命運一樣，逐漸地沒落下來。

　　這天，產房裏產婦痛苦的呻吟聲劃破了黎明前的寂靜，讓等在產房門口急得團團轉的完康家太爺更加迫不及待，額頭上隱約可見滲出了汗珠，隨著產婦的一聲淒慘的喊叫，幾乎同時傳來了「嗚哇嗚哇」的哭聲，那哭聲裏即蘊含著對生命的渴望，也充滿了對生命的孕育和初生之痛與陌生的知苦（生苦）。雖然胎兒在母親的子宮裏的濁水血水中束手束腳地經歷了數千天的地獄般的煎熬，但畢竟那溫暖的懷抱尚還令之心靈得到最大的慰藉，而所有的嬰兒在出生的剎那間所感受到的撕心裂肺的刺激是長大之後逐漸淡忘的滋味，甚至人們認為可以給予人類司空見慣的穿衣和洗澡之類的事情，對於一個初生嬰兒來說都是一種煉獄般的過程。適應與面對，無論願不願意，從一出生開始，人類就要適應和面對這充滿苦痛的紅塵，難怪有人比喻嬰兒的第一聲哭泣宛若叫苦連連……

　　當「嗚啊嗚啊」的哭聲穿透產房那顯得破舊的門簾，太爺這才鬆口氣，忍不住趴在簾上傾聽，產婆興奮地掀開門簾快步走出來，幾乎撞在了太爺的身上，滿臉笑容地通報：「華扎家，恭喜啊！母子平安！生了個男娃兒！」這喜訊讓全家上下樂得合不攏嘴，這男孩兒就是如今的巴扎家的父輩，取名為「華扎・文賢

尚」，也即是 「大威護持」之意。

　　一整天，完康家裏被熱鬧喜慶的氛圍籠罩著，一切不如意都淹沒在了歡喜的情緒海洋裏！然而，當生命的通道開啟的時刻，猶如打開潘朵拉魔盒那一瞬間，邪魔和歡喜宛如孿生兄弟實踐著命理的預言！

　　晚上，當高原的太陽隱沒之際，當第一絲寒意漫上散入高原上的碉房時刻，土匪又一次襲擊了這個小村莊，也洗劫了完康家，那短暫的喜慶氣氛就這樣被突如其來的災禍給吞噬掉了。當初丹麻老佛爺對完康拉卡家族「有兒孫沒財富」的預言如此靈異地沁入每個人的心脾！

　　貧賤富貴是人生無常的不斷演變轉化的過程，人們心裏總會有一個希冀，那就是活著。人們秉承著這樣的一個本能的欲望，在輪轉多變的軌跡中依舊剛強地生生不息。

　　巴扎·文賢尚與他的一個弟弟和妹妹兄妹三人在這樣一個動盪生活中逐漸長大了……

　　這年，文賢尚十九歲，儼然成長為一個面色古銅，高挑健壯的英俊小伙子，這一天，他在和朋友們聚會的時候，遇見了一位姑娘，當十五歲的懵懂無知的清純藏族少女贊嚓·夏爾楚闖進他的視野的時候，少年的心開始萌動，他無法用語言形容眼前這位濃眉大眼的姑娘，她中等的個頭，一雙會說話的大眼睛，清澈得宛如天上的月亮，濃密的頭髮被梳理成無數的小辮子，有序地披散著，雖然穿戴顯得寒酸，但那依舊無法掩飾一個美麗的藏族姑娘的特有的魅力。

　　兩位年輕人就這樣簡單地相戀了。按照習俗，結婚需要經過媒人牽線，所以不久經過家庭的同意媒人的提親，文賢尚和夏爾楚這一對有情有義的戀人終成眷屬。而這對新人的小日子從那樣

一個緣起，經歷了一個又一個時代的變遷⋯⋯

1949年，中華人民共和國成立了，達賴喇嘛多次派代表與中央政府談判，和平解放了西藏，而十年後，西藏爆發了叛亂，十四世達賴喇嘛出走印度，從此流亡他鄉⋯⋯而正是這一年，青海藏區來了一支隊伍，穿著綠色的軍裝，帶著五角星軍帽，駐紮在藏族老鄉家，完康家也成為了這支隊伍的暫時住所。駐紮期間，年輕的文賢尚和夏爾楚才第一次聽說「共產黨」這個陌生的字眼兒，也瞭解到這支隊伍叫「解放軍」。部隊在村裏招兵買馬，十八歲的弟弟扎西也響應號召報名參加了解放軍。這樣巴扎家自然而然就成為了軍屬，文賢尚一家因此與解放軍結下了不解之緣。從此，文賢尚家的大門上掛上了「軍人光榮家庭」的牌子。

當時，完康拉卡家族已經不似從前那樣富有，因為家裏窮的甚至趕不上普通家庭，所以政府為完康家定了成分是「貧下中農」。不過，生活雖然貧窮了，但是按「丹麻佛爺」所預言的，完康家的確真的如願貌似呈現了人丁興旺的「盛世」。文賢尚夫婦生了兄弟姊妹共九個孩子，然而，華扎・完康拉卡家族的名旺並沒有因此延續下去，依然是走到了盡頭，因為，祖爺所期望的人丁興旺也不過是短期的興盛，就是財富的擁有也是在無常中恍如天上人間的景象，輪迴無常的規律，真是「人無千日好，花無百日紅」啊！

完康家雖然有兄妹九個，卻是有五個姑娘嫁了出去，剩下的四個兒子的命運也是跌宕多舛，這一輩中，大哥只生養了一個兒子，屬於單傳，而大哥也在五十八歲中年離世；二哥信奉伊斯蘭教，從小跟隨了回族女流浪他鄉，沒有生養子女；三哥東珠在二十六歲那年，由於因果業報也英年早逝；而小兒子南哲才讓，也就是我們書中的主人公，卻是乘著為了度化無邊苦海輪迴眾生

的大願再來……華扎・完康拉卡家族就是這樣演繹著多舛的命運，在滾滾紅塵中，從興旺走向了衰退。

然而，在無常輪迴的路上，又何談沒落和盡頭呢？眾生因五蘊六識所致的業因果報，大到六道，小到整個人類，乃至完康拉卡家族，在這無始無終的輪迴長河裏，不知還要經歷多少劫的周而復始，才能解脫！

【……時師子奮迅具足萬行如來告長者子：欲證此身，當須久遠度脫一切受苦眾生。文殊師利！時長者子，因發願言：我今盡未來際不可計劫，為是罪苦六道眾生，廣設方便，盡令解脫，而我自身，方成佛道。以是於彼佛前，立斯大願，於今百千萬億那由他不可說劫，尚為菩薩。】——《地藏王菩薩本願經》

對於南哲才讓而言，他今世的使命就是出家弘揚佛法，救度眾生，正如大願地藏王菩薩所立下的誓言，對於他而言，這一世的生命何嘗不是一種乘著累世的大願而來的呢？

在落實宗教政策之後，十四歲的南哲才讓就出家為喇嘛。他就是青海省互助縣甘沖寺的第六世嘛呢活佛，他的法號叫嘛倉青才・圖旦益西多吉……

關於互助縣甘沖寺住寺活佛嘛呢活佛的故事，筆者在此向讀者說明一下，他的故事的展開有著傳奇的色彩，筆者從嘛呢活佛俗家故事說起，話說嘛呢活佛的稱謂也是隨著角色轉換而變化，就連活佛的名字也示現了一種無常，誰是我，我是誰，顯相並不重要，重要的是這個歷程裏歲月見證了一位乘願再來的成就者是如何一路走來進而實現度化眾生的夙願。嘛呢活佛從俗家小孩兒南哲才讓，到出家為一位叫做圖旦益西的小沙彌，最後被認證為法號為嘛倉青才・圖旦益西多吉的轉世活佛，直到如今大家親切地稱其為嘛呢活佛，這裏有著怎樣的機緣巧合呢？且往下繼續細細讀來……

第一篇

壹

俗家小孩兒
南哲才讓

隱忍山林十四載，不忘夙世諸勝願
一朝雨露乘風降，菩提花開自心間

青海省互助縣巴扎藏族鄉，居住著這樣一群藏族人，
他們是英雄部落的後裔，
南哲才讓正是在這樣一塊土地上成長起來的，
我們的故事只有從八十年代某一天開始講起，
因為那樣一個改革開放初期，黨和政府對宗教政策的落實，
讓藏區人民的生活重新回歸信仰的天堂，
一切都彷彿順理成章地明朗起來……

01

　　相傳唐朝時期，藏王松贊干布發兵攻打東藏，硝煙彌漫，戰馬嘶吼。松贊干布驍勇善戰，策馬帶兵馳騁在東藏大地上，轉而南向青海、甘肅，一鼓作氣逼近西安。

　　古都西安的夏天，氣候異常乾燥和炎熱，在高原上土生土長的士兵們駐紮在西安半個月後，就因為不適應太過炎熱的氣候，導致其中很多人不但中暑，而且有的還出了滿身疹子。戰場上，士兵們各個英雄好漢，但是在老天爺的威儡下，他們卻無能為力。如果再堅持下去，可能就要不戰而敗，無奈之下，松贊干布果斷作出決定，率兵退回到青海安多地區安營紮寨。

　　藏王松贊干布和唐太宗李世民的隊伍之間的戰鬥使得雙方都感到兩敗俱傷。這邊松贊干布和重臣商議，決定派使者向唐太宗提出聯姻，這樣彼此成為一家人，邊疆的問題就會迎刃而解了。於是，松贊干布派特使前往唐太宗處談判，提出要求希望兩邊交好，李世民能夠將女兒嫁給松贊干布。

青海北山十二盤

　　聽到特使提出的要求之後，李世民禁不住猶豫起來，他認為藏族是落後野蠻民族，如果把女兒嫁過去就可能要遭罪。這時，他的內閣為他出主意：「陛下何

不找一個人代替公主呢？這樣不是兩全其美嗎？」然而，唐太宗思忖再三，最終將宗氏之女封為文成公主嫁給了松贊干布。

　　因此，藏王松贊干布自然心生歡喜，下令藏軍就退守回自己的勢力範圍之內，在安多華銳地區安營紮寨，長期駐紮下來。當時在安多的每個山溝裏都有藏軍駐紮，為了能夠穩定軍心，將軍們都帶著眷屬、奴隸等來到此地，並以此地為家，平時他們種地打獵，一旦有了戰況，無論男人女人都要上戰場，就像現在的民兵一樣，可謂是「全民皆兵」，形成了初具規模的部落。當有戰況的時候，村民們一旦聽到白海螺吹響，就會跨上戰馬，戴上戰刀，衝鋒陷陣，勇敢地征戰在戰場上……也正是因此，安多地區出現了很多驍勇善戰的英雄，這就是「華銳英雄部落」的由來，直到元朝忽必烈征戰到青海湖、西藏和雲南，華銳英雄部落才逐漸衰敗進而消失了……

　　文成公主進藏給這一方水土帶來了和平，同時，她不但帶來了先進的耕作等技術，而且也把佛教帶到了藏地，並在這塊土地上生根、發芽、開花、結果。而安多這個歷史上的英雄部落不但養育了這樣一個英雄的民族，而且也出現很多得道的藏密修行成就者。

　　古戰場的號角早已經停息，輪迴卻依舊生生不息，巍峨的祁連山脈彷彿一位不生不死的聖者，見證了那樣一段又一段的歷史。斗轉星移，這裏的天空依舊那麼湛藍，那天空中的朵朵白雲依舊潔白如玉。祁連山依舊莊嚴中顯露出英俊而尊貴的儀態，彷彿蓮花生大士手持金剛杵，站在這雪域高原之巔，以慈悲的目光關注著相續輪迴的眾生……

　　青青草地，成群牛羊，藍天白雲下唱著牧歌的原住民，數千年生生不滅繁衍生息在這塊土地上，如今這裏是一個漢、藏、土

族等多民族聚居地，這一方與天最接近的地方，在人們的心裏，也是距離天堂最近的地方，大自然造就了這裏的人們豪放淳樸善良的性格。雖然這裏除了青稞小麥再沒有更豐富的自然食物，但是，千百年來，承蒙佛的智慧之光，人們的內心裏卻是富足的，那透著特有高原紅的藏民的臉龐，那有著藍天一樣通透的目光，純真和豐富，慈祥和樸實完美統一在人們的精神世界裏。茫茫草原，牛羊成群，牧歌繚繞，當雨後的彩虹跨越山谷的時候，看到這天人合一的和諧與快樂，就會明白這裏素有「彩虹之鄉」美譽的更深一層的含義了。

巴扎鄉景色

　　一九八〇年的一天，初陽照常升起，夕陽照樣落幕。靜謐的山野裏，鳥兒的歌唱清麗婉轉，溪水淺吟低唱，明澈見底，和往常相比，這是一個似乎並沒有什麼不尋常的一天。然而，南哲才讓的心情就如雨後的彩虹一般燦爛而清新靚麗！他背著書包一路哼著山歌，歡快地行走在山間小徑上，鳥兒也似乎懂得那山歌中的歡喜，啁啾應和著鳴唱……

　　一路上，年少的南哲才讓邁著輕快的步子，思緒也迅速地迴轉，他想起白天自己和幾個同學偷偷地溜出學校跑去甘禪寺的情

景，嘴角不免露出一絲得意的、美滋滋的笑容。早在記事開始，他經常聽到人們背後如做賊般提到佛菩薩，提到大活佛，尤其是完康拉卡家族供養「丹麻佛爺」的故事，但是他卻從來沒有見到過活佛，也從來沒有去過寺院，可是幼小的南哲才讓就對這些傳說充滿著嚮往和期待，活佛就如傳說中的「神仙」，寺院就如一隅永遠無法觸及的「仙界」，對於他而言簡直就是夢中的期盼一般。不想這次他終於如願以償了！那情景如夢如幻地在他的腦海裏不斷地浮現……

當走進殿堂的那一刻，南哲才讓的內心無比激動，他看到了威嚴的佛像和佛塔，這才恍然大悟，原來，兒時經常翹課在山上捏的泥人和建築真的如阿媽夏爾楚所說的就是這些佛像和佛塔啊！也正是這一天，在甘禪寺，他見到了寺院的師父們請來的大活佛，而且竟然幸運地接受了灌頂，這可以說是他長這麼大第一次見到出家喇嘛。

在灌頂儀式上，南哲才讓興奮而喜悅地看到在本尊的壇城中，色彩絢麗的咒幡懸掛在大帳裏，大活佛法相威儀，身穿袈裟，肩披大氅，坐在法座之上誦持經咒，手裏拿著盛滿甘露水的寶瓶、晶瑩的水晶以及金剛鈴杵……對於南哲才讓來說，這次灌頂儀式在他的心裏可謂既新奇，又殊勝。

他和信眾一樣，盤坐在大帳之下，低眉半閉著雙眼，跟隨著大活佛念誦發心皈依誦詞，上師用手取出寶瓶裏盛裝著的那象徵著甘露的水滴，傾灑在低頭祈請的藏民頭上，這表示獲得了五方佛的加持，宛若得到佛的清淨智慧雨露洗滌：「皈依金剛上師，皈依佛，皈依法，皈依僧……」

南哲才讓跟隨著上師大聲誦讀皈依偈頌，他第一次聽到了「菩提心」字樣，終於懂得了為了利樂一切眾生是每個大乘佛弟

子的心願，不能只是為了自己的理想，還要發大願望救度一切有情眾生。

少年南哲才讓內心異常振奮和激動，他對著一切儀軌可以說既是陌生的又有些似曾相識的模糊印記，他也不懂得為什麼自己感覺內心透著的那般暖心的親切。小小的他，心裏彷彿揣了隻小兔子，撲騰亂跳，自此，他更加堅信，他的一生並非是父母期待的初中畢業去縣城讀高中，然後讀大學，工作、結婚、生子，光宗耀祖，為巴扎・完康卡拉家族傳宗接代，按部就班、周而復始地輪迴於紅塵之中……

當他沐浴在甘禪寺大殿上那些威嚴的佛像微微開啟的雙目所流露的慈愛安詳的目光裏，彷彿前世的記憶之門瞬間洞開，令他有一種隔世的穿越感。彷彿大殿上，他身著紅色僧袍，偏袒右肩，在講經說法……剛一愣神之際，被一陣悅耳的法鈴之聲喚回現實，才清楚地看見那是大活佛正在進行法事。

雖然之前他偶爾提及自己的未來必定要出家，但是沒有人聽，更沒有人信，因為大家認為他從來都沒有見到過僧人，一直在父母膝下備受呵護，怎麼會冒出這樣離譜的想法，也沒太在意。很多時候，阿爸文賢尚在聽到了小南哲才讓這樣說之後，總是要呵斥他不許胡言亂語，而阿媽夏爾楚則每每拉他到一旁，她並不像丈夫文賢尚那樣訓斥小兒子，而是告訴南哲才讓現在開始不許再提出家的事，甚至佛的字眼兒也不要提，要好好讀書，說讀書讀好了，將來想做什麼都不是問題了。儘管如此，在南哲才讓的心裏對他自己的一生是很清楚的，就如他第一次在甘禪寺見到出家的喇嘛時，感到非常好奇和驚訝，到寺院猶如回家的感覺，而其他同學就沒有那種感覺，他就更加堅定了出家的想法。

南哲才讓就這樣一路走一路沉浸在參加甘禪寺灌頂法事的歡

喜裏，不知不覺就走近了冒著炊煙的家門口……

「阿媽，阿媽！」南哲才讓興致勃勃地幾乎破門而入，不停地喊著阿媽。

聽到兒子的喊叫，夏爾楚慈愛地嗔道：「南哲，怎麼這麼開心激動，你好險把門撞破噢！」

阿媽夏爾楚的身影被籠罩在了從灶臺裏冒出的白色的蒸汽裏，一瞬間讓人感到如仙人下凡一般美麗。

南哲才讓愣了愣神，紅撲撲的臉上一副興致盎然的神情，氣喘吁吁地對夏爾楚說：「阿媽，我不想讀書了！」

阿媽夏爾楚正在往爐灶裏添柴禾，突然聽到小兒子這麼說，戛然停住了手裏的活計，疑惑地望著他，問：「南哲，今天怎麼了？別胡說，你不學習，難道放一輩子羊不成？

「我不會放羊的，我想出家當喇嘛！」南哲才讓執拗地，臉上一副彷彿九頭牛都拉不回來的表情。

聽到兒子和夏爾楚的對話，文賢尚掀開門簾從屋子裏走出來，滿臉嚴肅地說：「南哲，不許胡思亂想！你不讀書幹什麼？我們完康家就數你最聰明，是塊讀書的好材料，你還出家！這過去的十幾年裏，出家人和寺院多災多難，大家都看在眼裏，就連提半個佛的字眼兒還都得偷偷摸摸地，我不許你有這樣的想法，你給我好好讀書，將來考大學！給我們完康拉卡家族爭光！」

南哲才讓一向敬畏父母，尤其在嚴厲的父親面前，所以，當文賢尚這樣決斷地否定，他就沒有再堅持爭論，但是，他卻在心裏暗自思忖：「我一定會當喇嘛的，誰也阻擋不了我！」他堅信自己前世就是出家喇嘛，而且這一世就是為了要對佛學做點什麼而來的。」雖然南哲才讓只有十幾歲，但是他很清楚自己的一生並非是父母所期待的那樣，如果僅僅是上學念書按照父母的計畫

走，他就根本沒有機會出家當喇嘛了，特別是接觸那些世俗雜事之後，他想出家的願望就更難實現了。

　　自從在甘禪寺灌頂以後，沒過幾天，南哲才讓就做了一個夢：那是一座雲霧繚繞的高山，山上松林挺立，蜿蜒的盤山路如同九曲迴腸，寂靜的山林裏鳥兒歡快地鳴唱，輕風徐來，裏挾著芳草的清香……只見依山而建一座不大的寺院，主佛殿的大殿上矗立著佛像，幾乎每個精雕細琢的細節都歷歷在目，寺院院內還有側殿，幾座佛塔在寺院旁的山坡上，夢裏有幾個穿紅黃袈裟的喇嘛，夢裏的他也穿著袈裟，袒露著右臂，手裏還拿著水晶佛珠，跟那些喇嘛們在一起，大堂上香火繚繞，誦經之聲繞梁不斷……那夢境竟然清晰得如身臨其境一般……

02 |

　　南哲才讓穿著紅色僧袍雙跏趺坐在大殿佛像前，佛眼慈愛的目光彷彿在凝視著他，他不由地誦念起經咒，念的什麼他自己也不知道，越念越覺得內心升起一種前所未有的喜悅……

　　此時的南哲才讓彷彿穿越回那天，如夢如幻的感覺，又彷彿置身其中……他內心的歡喜無以言表。

　　這時突然他聽到有人大聲喊他：「南哲才讓！」

　　原來，老師看到南哲才讓正手托著下巴在那裏閉眼傻笑，就大聲喊他的名字。

　　「是，師父！」還沒有徹底清醒過來的南哲才讓被喊聲驚醒，才發覺原來剛才自己聽著聽著課睡著了，還做了一個那麼美

的夢。他顧不得多想，立即站起身，雙手合十，躬身回答，彷彿一個小喇嘛一樣畢恭畢敬。

他這一舉動不免引起孩子們哄堂大笑，南哲才讓的意識這才回到現實。老師也露出一絲無奈的笑容，嗔道：「南哲才讓，上課不注意聽講，你這是在做美夢嗎？」

南哲才讓尷尬地摸著頭，乾嘎巴嘴無言以對。

「師父、師父地叫著，還雙手合十，你把我當出家的喇嘛堪布啦？」老師竟然也被他逗得收不住笑容了。

孩子們又是一陣肆無忌憚地哄堂大笑。

南哲才讓想起剛剛夢幻般的神遊，竟然是那次受灌頂後回來做的夢。最近，他完全如癡如醉，多次和阿爸文賢尚與阿媽夏爾楚爭取出家，卻毫無結果。所以，每一天他都魂不守舍地，著了魔一般想著出家的事。

這學期的期末考試卷子發下來了，除了美術課滿分，語文和數學都沒有及格，他手拿著發下來的卷子，看著那紅色的數字，反過來倒過去地掂量著，不知道如何向阿爸阿媽交代。所以，在放學回家的路上，他磨磨蹭蹭，步履不再輕鬆，竟然感覺平時走的那條蜿蜒漫長的山路怎麼變得那麼短，轉眼，家就在眼前了……

南哲才讓輕手輕腳地溜進家門，想迴避正在忙碌的夏爾楚，剛走到裏屋門口，就聽見夏爾楚的聲音：「南哲！」

南哲才讓前腳剛邁進門檻，聽到夏爾楚的喊聲，無可奈何地伸出舌頭做了個鬼臉，收回邁出去的腳，轉過身來，眼神躲躲閃閃地不敢直視夏爾楚。

「你鬼鬼祟祟地做什麼？」夏爾楚疑惑地望著他。

「嘿嘿！沒什麼。」南哲才讓表情不自然地諂笑著說，他的

笑在夏爾楚的眼裏怎麼看怎麼有鬼。

「說吧，有什麼事啊？」夏爾楚那雙大眼睛流露出憐愛與慈祥，問道，「是不是考試沒考好啊？」

「哎呀！阿媽啊，您大神啊！您怎麼知道啊！」夏爾楚被兒子的話逗得噗呲笑出了聲，嗔愛地說：「就你那點兒小心眼兒，還不是『石板上的泥鰍』！一眼就看穿。」

夏爾楚接過南哲才讓遞過的卷子，看到了那紅色的分數，輕歎一聲，說：「阿媽不是和你說了嗎，無論你將來做什麼，沒有文化知識做基礎也是不會做好的！」

夏爾楚拉過小兒子，耐心地對他說：「南哲，你這麼想出家，你知道出家的意義嗎？出家是怎麼回事嗎？」

小南哲眨著那雙清澈的烏黑的大眼睛，默默地望著夏爾楚，靜候著下文。

「出家就是放下家庭生活，加入僧侶之中修行，然後才能利益眾生，就是皈依佛，皈依法，皈依僧，也就是皈依三寶。皈依三寶之後，就成為三寶弟子了，就要做廣利眾生的善業。」夏爾楚頓了頓，接著說，「佛法博大精深，僅僅是《大藏經》全套經書就數百冊，你不好好讀書，將來連經書都看不懂，你怎麼學佛，怎麼修行，又怎麼廣利眾生呢？」

小南哲才讓聽了似懂非懂，他目不轉睛地凝神諦聽著夏爾楚的話，卻也覺得夏爾楚說得有道理。

夏爾楚接著說：「你如果想出家，就安心堅持讀書，起碼你要認字，將來能夠讀懂經書。」

夏爾楚並沒有因為南哲才讓考試不及格教訓他，但是晚上，文賢尚回到家裏知道了兒子的事，就不由得教訓了他一番。他不以為然地和夏爾楚說：「這孩子現在還小，出家也不過是一種好

奇心罷了，如果真的去了，新鮮勁兒過了還不得跑回家啊！」

　　「我不會跑回家的。」在一旁的小南哲一直豎著耳朵關注著夏爾楚和文賢尚的交談，聽了文賢尚的斷言，他第一次倔強地插嘴道。

　　夏爾楚沒有作聲，只是目送著掉頭跑出門去的小南哲倔強的背影，內心說不出是怎樣的感受，她本身就是一位篤信佛法的女子，小兒子能有如此善根，她自然心生歡喜，但是，她對小南哲的愛可以說似乎超越了對其他孩子的愛，她更明白出家意味著什麼，但是，俗世的情感如果和弘法利生相比，孰輕孰重，在她內心中確是有一桿秤。

　　實際上，後來南哲才讓回憶起當初阿媽夏爾楚的話才真正明白了那背後的含義，也就是無論做什麼事情都需要有一個文化基礎，何況弘揚佛法這樣一個神聖的事業呢！

　　晚上，萬籟俱寂，高原的夜晚靜寂得出奇，甚至連輕微的呼吸都顯得刺耳。此刻，雖然南哲才讓躺在炕上，但是心卻無法安穩，輾轉反側難以入眠。他彷彿看到自己大學畢業了，有了工作，每天早上忙忙碌碌地趕時間上班，與客戶應酬周旋，隨後，他有了自己的家，每天在瑣碎中度過，再後來有了孩子……他越想心裏越緊張，不由得驚出一身冷汗，他要出家的心情之迫切，似乎第二天就是人生末日一般。小小的他就彷彿看透了紅塵，覺得這難得的人身如果沉迷在紅塵瑣碎中簡直就是暴殄生命！如果一旦捲入世俗就很難擺脫，所以，他想應該從小就入佛門，這樣想著於輾轉反側中才艱難地慢慢睡去了……

03 |

　　高原的天空藍得很不真實，那大片大片的厚厚的雲層，忽而密佈，忽而變成一朵一朵，彷彿羊兒散落其上，忽而又黑壓壓地顯得氣勢洶洶，遠方的天際一道閃電無聲無息地劃破天空，雷聲隱隱傳來。天空的變化莫測，雨來得急，去得也快，而經常是「東邊日出西邊雨」，也就時常會看見美麗的彩虹，甚至出現霓虹雙彩……這情景令背著書包走在上學的路上南哲才讓不由得加快了腳步。

　　昨天晚上南哲才讓輾轉難眠，自己彷彿穿越了時空，似乎看到了父母期望的自己的那個未來，他暗自想著自己的命運，或者是按照父母的規畫，或者是聽從內心的召喚，而他內心所繫的人生應該與父母的規畫大相逕庭的。但他堅信自己的生命之意義並不是在紅塵。當同齡孩子還在混沌貪玩的年紀，看似瘦弱的小南哲才讓卻在思考著另外一個層面的問題。

　　當清瘦的老師走進課堂時，剛剛還交頭接耳頑皮散漫的孩子們一下子鴉雀無聲了。老師順手將那本素日如影隨形的缺頁的發黃的破舊的四角號碼字典放在講臺上，清了清嗓子，目視著臺下的孩子們，說：「同學們好！」

　　「老師好！」十幾個孩子扯著嗓子拖著長聲喊著，似乎嗓門不高無以表達問候之心一般。

　　「好，今天給大家講新課文。」說著，老師翻開課本，讀起來：「頭上飛過吉祥的哈達……」

　　「老師，老師，什麼是哈達？」還沒等老師讀完課文，就有個孩子毫無顧忌地舉手搶著問問題。

　　「……」老師愣了愣神，隨口回答：「就是烏鴉的意思。」

　　「哦。」小孩子似懂非懂，滿腹狐疑地皺著眉頭慢慢坐下，心裏有些半信半疑，因為雖然他不知哈達是什麼，但是他心裏糾結：「這哈達和烏鴉怎麼會是一個意思呢？」

　　不過，後來南哲才讓才瞭解到，烏鴉在藏區原始宗教中被認為是神鳥，特別是藏地苯教，認為烏鴉是神的使者，是代神傳達旨意的。在古代，烏鴉的羽毛被用來插在官員的帽子上，作為官階的標誌。藏族有鳥卜的文化，根據烏鴉所處的位置判斷吉凶。當一個人在旅途中時，如果走過烏鴉棲息的地方，烏鴉在背後叫，預示辦事順利；在右前方叫，則預示旅途平安；在正前方叫，則表示有危險；如果在頭頂叫，預示危險盡在眉睫。如果硬要把「烏鴉」和「哈達」聯繫起來，那未免依舊有些牽強附會，不過，這兩樣東西也都是和宗教信仰相關聯。

　　這件事過去多少年之後，長大後的南哲才讓回憶起來當時的情景依舊忍俊不禁，他有時候回憶起那段小學生涯打趣道：「無論如何也無法把哈達和烏鴉聯繫在一起。」實際上，過後想一想，老師或許感覺這個問題講起來很複雜，就順口敷衍孩子們也未可知。

　　這堂課在少年南哲才讓心裏留下了深刻的印象，老師的說法煞有介事，學生聽得一頭霧水，因為，藏地無見識的小學生們也好糊弄，所以倒也沒人深究這樣的結論。

　　接下來，老師開始帶他們學習語文新課文，首先就是教生字。老師在黑板上寫上生字，然後教孩子們逐個字讀，這些藏地的孩子們從上學起就開始學習漢語了，而村上的小學學習環境和師資力量如此，老師是當地的藏民，學歷只有小學三年級，有很多字他也不認識，就只好依賴字典。

　　「這個字我昨晚查了，但是沒有查到，所以今天就暫時放

下，等以後我查到了再教大家吧。」老師指著黑板上的「信賴」二字的「賴」字對孩子們說，孩子們也早已習慣了這樣的教學，鴉雀無聲沒有人提出任何異議。所以，老師在讀課文的時候，直接略過「賴」字，聽起來顯得很是彆扭。

這也的確很難為老師，教學生如此認真，卻也是屢犯錯誤，竟然把「千里迢迢」讀成了「千里昭昭」，不過，如同白紙的孩子們，卻毫無知情地拖著長音兒一本正經地大聲讀起來：「千里昭昭──」

此刻，南哲才讓並沒有跟著老師讀，他望著黑板上那些方塊字開始發呆，心想：「我以後如果去了寺院，那裏用的大多是藏文，看看我面前這些方塊字吧，可能等畢業了，我不但方塊字沒學好，就連藏文都不會了。」這樣想著，不免長歎一聲：「哎！」

「南哲才讓，你又在做什麼夢呢？」聽到老師在點他的名字，以為老師在提問他，他立即站起來，大聲去讀黑板上的字：「千里……」，不過，這個「迢迢」他並不認識，又沒有認真聽講，自然就卡殼呆站在那裏了。

孩子們轟然爆發出一陣笑聲，弄得南哲才讓本來就紅撲撲的小臉兒顯得更紅了。

「南哲才讓，你是怎麼了？上課總是溜號？」老師問。

「我，我……」南哲才讓嘴巴支吾，說不出話。

「好啦，你坐吧。記著上課要認真聽講。」老師也沒有再苦口婆心的教導什麼，只是示意他坐下，然後接著講課。

因為學校教學要求老師講漢語普通話，尤其越是高等學府越是提倡漢語教學，沒有更多的機會深入學習藏語。南哲才讓就這樣又繼續堅持讀了一個學期，初中沒畢業就決定放棄學業，一心

想著出家為僧。

　　執著倔強的南哲才讓經過多次和父母交涉，文賢尚也拗不過，失望地賭氣不管了，而夏爾楚卻始終是沉默不語，雖然夏爾楚沒說支持他出家為僧，但是她似乎並沒有太多反對意見。

　　休息日這天，夏爾楚忙完家務活，其他孩子們也不知各自去哪裏玩了。屋內只有小南哲在那裏畫著什麼。夏爾楚走過去，那紙上赫然出現了一座佛塔，夏爾楚內心登時翻騰起來，想：「這孩子的確是非同一般的。」內心裏不由自主地暗湧著一股暖流。

　　她坐在炕沿兒上，對小南哲說：「南哲啊，看你是真的如此善根深厚，阿媽教你蓮花生大士心咒吧。」

　　「阿媽，蓮花生大士是誰呀？」小南哲瞪大眼睛疑問，「什麼是心咒？」

　　夏爾楚告訴小南哲：「蓮花生大士八世紀後半期把佛教密宗傳入西藏，他是阿彌陀佛、觀世音菩薩和釋迦牟尼佛三密化身……」

　　於是，每一天，夏爾楚都要把她從寺院喇嘛和信眾那裏聽來的關於蓮花生大士的傳說講給南哲才讓聽，這讓少年南哲才讓對蓮花生大士有了一系列的認知，貫穿起來形成了一個完整的傳說：

　　　　在古印度，有一個名叫奧金的小國，有位富有而慈悲的國王名叫印第菩提，他為了子民的福祉，不但將自己的財富，甚至自己的雙目都慷慨地佈施。當他的獨子不幸去世後，他感到十分悲痛；而禍不單行，國家又遭逢連年旱災和饑荒，其時國庫空虛，人民只有吃那些未成熟的稻析花卉為生。國王除了傾囊佈施外，更向神聖的佛陀禱告。

　　觀音菩薩在極樂世界看見此種情景，便懇請阿彌陀佛救度此等眾生。阿彌陀佛的舌頭立時射出一道紅光往丹那湖中的一蓮花，蓮花立時綻開，從彌陀心中再射出一直立金剛杵內有一個施(HRI)字，立於蓮花上，在彩虹光芒中化為一個八歲小童端坐於蓮花上，四周繞著空行母。如是，由最具慈悲的佛心所化生之蓮花生大士，便降臨這世間救度眾生。印度菩提國王當時非常頹喪，於絕望的邊緣他決定冒險前往深海，向海龍王祈求一顆願望寶石，幾經艱苦，他終於成功地到達龍宮，海龍王送了他很多寶石，阿述他女神更贈他一顆奪目的「願望寶石」。

　　國王小心翼翼地端著這吉祥寶石，用布包起來，放進懷裏。歸途中，他許了一個善願，一剎那間，他瞎了的左眼便重見光明。當國王經過丹那湖的時候，看見一道五色彩虹高懸天際，更見一巨蓮上端坐著一個散發金光的小孩，他還以為自己在造夢，便問那小孩究竟是何人，來自何處。

　　小孩答道：「我無父無母，是阿彌陀佛和觀音菩薩的化身，我的使命是來普渡眾生、弘揚金剛乘教義的。」國王聽後，視力完全恢復，他很高興地封他為「太子」及王位繼承人，取名為蓮花生。此後，奧金國風調雨順，國泰民安。

　　蓮花生長大後，印第菩提國王為他迎娶漂亮的善普那公主為妻，並封他為國王，稱為貝瑪嘉波(Padma Gyalpo)，更把那顆願望寶石送了給他，並對他說：「它可實現你任何願望。」但王子拒絕說：「我所見到的都是願望寶石。」於是，他請父王張開手，隨即出現另一顆「願望寶石」。

　　蓮花生大士擁有世間的權力和物質受用，但他瞭解

世間的虛妄和煩惱，更欲放棄王位離眾，便對父王說：
「世間生命短暫，輪迴不息，生離死別是不可避免的，
我等應精進修行，以求解脫。」不久，蓮花生大士被指
控殺死一位大臣的妻子及其兒子而負罪，被判流放他
鄉，從而得離開皇宮，開始過著瑜珈士的生活。

　　蓮花生大士在印度八個著名墓地專心一意的修行，其
中在菩提伽耶附近的檀香木墳場，大士以屍體為座，進
入甚深三摩地。修行五年當中，空行母常來為他灌頂及
說法，大士以祭品為食，裹屍布為衣，在每處墓地他都
跟隨忿怒本尊和大成就者修法，同時，更超越空間到各
處尋求深奧的教義。經過不斷精進修持，他終於克服了
所有逆境，而得諸成就，取名為忿怒金剛。

就這樣，每一天小南哲才讓放學之後都是懷著迫切的心情一路跑
著奔回家，夏爾楚講的故事深深地吸引著他，夏爾楚教授他念誦
蓮花生大士心咒，雖然他不理解那些咒語的真正意義，但是，小
南哲用心地記住了七句祈禱文和蓮花生大士心咒。每一天，他都
在內心默默地念誦，說不出的歡喜。夏爾楚此刻無疑成為了南哲
才讓的啟蒙恩師。她內心清楚，小兒子生來就不屬於這個小家
的，他是屬於眾生的，這個秘密在她內心深深紮根，只有她明白
南哲才讓這樣的與眾不同的表現。

　　實際上，由於歷史淵源，按藏族的習俗，家裏出了僧人應該
是件好事。俗話說：「一人得道，九祖起升。」大凡如此，家
裏出了轉世活佛，哪怕是出家喇嘛，一定是家裏有了行善積德
之人，也因此會得到人們普遍的敬仰，簡直是一件值得榮耀的大

好事。但是，因為十年文革「破四舊」，寺院被拆，佛像被砸，甚至有的活佛都被逼還俗結婚了……在中國的大地上，佛法遭遇了史無前例的滅頂之災，雖然從世俗角度講，這次運動是很不如理如法的，但是按佛理而言，這也是佛家的一大劫難，也是因果所導致，所以，接受業因果報才是一種對佛法的正念。如今，終於迎來了佛教的春天，南哲才讓內心翻騰激動，想的是自己還年輕，趁年輕為弘揚佛法，度化眾生多做點事情，那更是他的福報，也是他的使命。

道理雖然如此，但在父母心裏，子女是自己身上掉下來的肉，一旦兒女要遠離，他們的心裏還是如割肉般的不捨和難過。一連數天，南哲才讓都能夠聽到阿媽和阿爸聊天到很晚，彷彿是無法入眠，他猜想，他們一定在糾結他出家不出家這個問題，而的確作為南哲才讓的父母，夏爾楚雖然理解，但是也是無法割捨那份母子之情，而文賢尚依舊無法真正理解小兒子的想法。

人總是在難以抉擇的當口，將一生寄託在命運之上，無論是否真實相信命運，就如兩個人打賭無法做出選擇，就用抽籤或者投擲色子來聽天由命了。因為完康拉卡家族的一位叔伯大叔在當地是小有名氣的「能掐會算」的人，文賢尚就把他請到家裏，想聽聽他的意見。

夏爾楚當然記得叔伯大叔曾經的預測，她和大叔自然心照不宣，只是文賢尚始終蒙在鼓裏，大叔含蓄地對文賢尚夫婦說：「小南哲才讓既然堅持出家這條路，你們也就隨他吧！人各有命，你們也不要太執拗了。」夏爾楚聽了就站在那裏哭，雖然她心裏清楚答案，但是，一想起小兒子如此年幼就離開父母，離開家，到寺院苦修，心裏的母愛柔情就被深深刺痛，而文賢尚坐在炕沿兒上沉默不語，他聽了大叔的話，想著素日裏，小南哲才讓

的堅決，他也覺得無計可施。

　　一覺醒來，已經是天空泛白的清晨，夏爾楚的眼睛有些紅腫，目光中卻依舊充滿柔和與慈愛。她走過來，撫摸著南哲才讓的頭說：「走吧！走吧！孩子……」夏爾楚頓了頓，努力地抑制著自己的情緒，接著說：「昨天我和你阿爸說了，我們不留你了，知道留也留不住。」

　　說到這裏，她的鼻子一酸，眼淚還是忍不住撲簌簌流下來，「你從出生就註定是這樣的命運，阿媽實際早早就知道了，可是，當時的情況阿媽不敢聲張，以為那樣的形勢下，你一輩子也沒有機會出家了。走吧，走吧，好好修行，度化眾生。」

　　這位偉大的母親把兒子摟在懷裏，彷彿生怕失去他一般，抱得緊緊地、緊緊地，就快要令小南哲窒息了。那是南哲才讓自懂事以來記憶中呆在阿媽溫暖的懷抱最長的一次，也是最後一次……

　　南哲才讓一想到自己終於如願以償可以做一個真正的出家僧人，學習到那些讓他魂牽夢繞的佛經，心裏有說不出的激動，思維像長了翅膀早已經飛到了寺院。

　　這天，文賢尚家中異常熱鬧，因為聽說了南哲才讓的事情，與青海塔爾寺有密切聯繫的一位親戚也趕來家裏，勸說南哲才讓去塔爾寺。

　　從這位親戚渲染中，南哲才讓才對塔爾寺有了一個大概瞭解，尤其那則傳說，更是把一個愛聽故事的孩子深深吸引了：

　　　　宗喀巴離家赴藏一心學法多年，其母香薩阿切思兒心切，讓人捎去自己的一束白髮，意在告訴他老母已白髮蒼蒼，希望他回來一晤。宗喀巴為佛教事業決意不返，給母親和姊姊各捎去一幅用自己的鼻血畫成的自畫像和獅子

吼佛像，並在信中寫到：「若能在我出生地點用10萬獅子吼佛像和菩提樹為胎藏，修建一座佛塔，就如同我見面一樣。」1379年，其母與眾信徒按宗喀巴的意願，用石片砌成一座蓮聚塔，這便是塔爾寺最早的建築物。1577年在此塔旁建了一座明制漢式佛殿，稱彌勒殿。由於先有塔，爾後才有寺，安多地區的漢族群眾便將二者合稱為塔爾寺。

他介紹說：「塔爾寺可是我們青海首屈一指的寺院，而且歷史悠久，有很多高僧大德啊！你在那裏能夠有很好的修行環境。」

這時，小南哲才讓想起了夏爾楚說過的在甘沖寺出家的落周師父就是自己的舅爺，夏爾楚告訴小南哲：「南哲，甘沖寺規模和條件都不比塔爾寺，一切隨緣，你還是自己選擇吧。」

文賢尚說祖上供養過的甘禪寺也是一個不錯的寺院，作為選擇之一，他覺得南哲才讓也可以考慮。

南哲才讓只是默默地聽著大家這樣七嘴八舌地議論紛紛。

青海的寺院很多，大大小小的不計其數，但是能夠和完康拉卡家族有歷史淵源的首屬甘禪寺，而就本地的寺院，對南哲才讓而言，還有很多寺院可供選擇，但是他卻偏偏對甘沖寺情有獨鍾，不知怎麼，他最終選擇了小而無聞的甘沖寺。

做了決定之後，家人就開始忙碌起來，夏爾楚心裏清楚，雖然小兒子只是出家，但是這一去不知何時才能見面，心裏雖然有千言萬語卻無從說起，僅化作無聲無息，只是埋頭坐在那裏忙著手裏的活計，她一針一線細緻地把一些洗乾淨的破舊的衣服縫縫補補，裝在一個兜子裏，而且又準備了一些日用品。那個簡單的

行囊，她竟然為南哲才讓準備了數天！

　　少年南哲才讓，就要離開他生活了十四年的家，也要離開養育自己十四年的父母，羊圈裏的羊兒「咩咩」叫著，彷彿和小南哲才讓道別，他跑過去用手摸摸羊兒的頭，輕輕地說：「羊兒羊兒，你要好好地，等我修成之後來度你！」

　　那青青的山，牧羊時的「天堂」似乎也在不捨地默默地深情遙望著小村莊，他抬頭遠望，彷彿一草一木都在向他注目，風兒吹過，樹兒搖曳，彷彿向他揮著手臂⋯⋯

　　當南哲才讓跟隨著夏爾楚在文賢尚的依依不捨的目光中邁出家門，走到村口回望文賢尚，那位中年藏族漢子站在晨曦裏，堅毅的臉龐彷彿刻意地露出微笑，那雙深邃的目光裏，有一絲南哲才讓從未感受過的柔光，南哲才讓向著文賢尚揮手的時候，他的心裏突然感覺不是滋味，目光也不由地模糊起來。

　　卯時，高原的太陽剛剛升起，南哲才讓在夏爾楚的陪伴下，踏上通往神山的路。當他站在村頭回首，轉過這道街口就望不見門口目送他們的文賢尚，以及那座古舊的熟悉的房屋了。此刻，南哲才讓停下腳步，用力地翹首張望著，向父親揮手做最後的道別，就這樣，沿著命運不可改變的軌跡，在不可阻擋的因緣裏，內心感應佛陀的召喚，那前世的菩提心終於在這一世這一刻覺醒，滿懷普度眾生的大願，毅然決然的他，背著行囊跟隨夏爾楚踏上了那條蜿蜒的山路⋯⋯

　　小小的南哲才讓的思緒就如這蜿蜒的山路綿延，思來想去：「這就是宿命，如果不去履行此生的使命，那這一世的南哲才讓不是枉為一生嗎？」

　　太陽升起來了，那光芒越來越強烈，他們的身影淹沒在那一抹耀眼的陽光裏！

法無定法，相無實相，
自心皈依，人間天堂。

　　南哲才讓的阿媽夏爾楚在小兒子出家的前一天晚上
　　和小兒子講的話可以說是兒子長這麼大講得最多的一次了，
　　　　　　她回想起從懷孕到孩子出生，
　　　　一直到在那樣一個特殊的時代養育南哲才讓這樣一位
　　　　特殊的孩子的感受，內心格外的感慨，
　　　　她不由得和小南哲才讓說起來……所以一路上，
　　　　　　南哲才讓的思緒一直徜徉在那個年代裏，
　　　　　　　　彷彿穿越了時空一般，
　　　　　　　　　　身臨其境了……

　　當南哲才讓在村口作別了親人，作別了他熟悉的山山水水，作別了如夢如幻的滾滾紅塵，在阿媽夏爾楚陪伴下，踏上了出家之路的時候，他的心裏竟然是如此興奮和歡喜啊！他的心哪裏是少年懵懂的心啊！那是累世的菩提心，那是少年心懷的大願。

　　他一邊趕路一邊想起了離家前一天的晚飯後，夏爾楚把他拉到身旁，一邊為他收拾行囊，一邊向他敘說了這十幾年來她內心的秘密，眼淚不由自主地默默流淌，他更加敬仰自己的母親，那是一位多麼隱忍而堅強的女性啊！在他眼裏，夏爾楚就是吉祥天女的化身，就是他的護法神！夏爾楚的敘述彷彿是一把鑰匙，開啟了另一個世界的大門，他的眼前呈現了一幅幅景象，兒時熟悉的《大海航行靠舵手》的旋律把他帶到那樣的一個年代，他彷彿置身其中親眼目睹了他出生的時代，是怎樣一個場景……

　　這裏是青海省互助縣巴扎藏鄉，過了北山十二盤，就可以看到數個散落於山溝裏的小村莊，這裏就是甘沖溝，一個半農半牧的漢藏土族混居的地方，這裏山清水秀，山林茂密，藍天白雲下牛羊成群，彷彿世外桃源，這裏也有滄海桑田的過往，有著說也說不完的故事……

01

　　　大海航行靠舵手
　　　萬物生長靠太陽
　　　雨露滋潤禾苗壯
　　　幹革命靠的是毛澤東思想

魚兒離不開水呀

瓜兒離不開秧

革命群眾離不開共產黨

毛澤東思想是不落的太陽

大海航行靠舵手

萬物生長靠太陽

雨露滋潤禾苗壯

幹革命靠的是毛澤東思想

魚兒離不開水呀

瓜兒離不開秧

革命群眾離不開共產黨

毛澤東思想是不落的太陽

大海航行靠舵手

萬物生長靠太陽

雨露滋潤禾苗壯

幹革命靠的是毛澤東思想

魚兒離不開水呀

瓜兒離不開秧

革命群眾離不開共產黨

毛澤東思想是不落的太陽

毛澤東思想是不落的太陽

　　太陽剛剛從山頭升起，文賢尚和社員們早已經在地裏幹了差不多兩個小時的活了。生產隊廣播裏的《大海航行靠舵手》的旋

律也徐徐傳來，分不清是太陽伴著樂曲的旋律升起，還是樂曲和著太陽的旋律流轉。

　　文賢尚直起身子，擦了擦額頭上的汗珠，招呼大家休息一會兒喝口水，於是，幾個人就坐在地頭，大口、大口地喝水，談笑風生。

　　早春三月，蔚藍的天，晴空萬里，田裏的青稞種子在生產隊員的辛勤耕作下就要完成早期播種了，大家望著自己的勞動成果別提多開心，於是，有人提議：「我們好久沒敞開嗓子唱歌了，唱一首民謠過過癮，樂呵樂呵！」

　　藏族人天性豪邁，剛剛有人說要唱歌，那邊就響起了粗獷的歌聲，那歌聲低沉而生，高亢而起，如旋風升騰一般直沖九霄雲外，瞬間迴盪在空谷，周圍的聲音像鬥敗的公雞，一下子黯淡無比，那天籟般的回音繚繞於天際，大地山川萬物都為之動容。

　　　　人間有了青稞糧，
　　　　日子過得真甜美；
　　　　一日三餐不愁吃，
　　　　頓頓還有青稞酒。
　　　　人人感謝雲雀鳥，
　　　　萬眾珍愛青稞粒。①

　　這是藏族兒女對他們賴以生存的青稞的讚美，也代表了善良的藏族人民對大自然的熱愛和感恩。在藏區還流傳著關於青稞的傳說：

　　　　「有一個名叫阿初的王子，從蛇王那裏盜來青稞種子，結果被蛇王發現，罰他變成了一隻狗，後來一個大土

————————————

① 摘自《藏族文學史》裏神話故事《青稞種子的來歷》

司的女兒愛上了他，他又恢復了人身。他們辛勤播種和耕耘青稞，吃上了用黃燦燦的青稞磨成的香噴噴的糌粑和醇香的青稞酒。人們在每年收完青稞，嘗新青稞磨成的糌粑時，先捏一團糌粑給狗吃，以示感激狗給人們帶來青稞種子。」①

村裏的藏民們沒有土地，沒有更富裕的生活，但是他們卻擁有快樂的心情。

此時的藏區也是實施的人民公社制度，分若干生產隊，土地歸公社所有，人們勞動由記工員記錄工分，像文賢尚這樣的男性壯勞動力的工分最高，每日出滿勤就可以記一個標準工分，為12分。趕上農忙時節，生產隊按照土地的畝數記集體工分，這屬於定額報酬。這樣的制度下，大家每天都積極下地勞動放牧，彷彿日子有很大的奔頭兒。

完康家是一個半農半牧的藏族家庭，每一天文賢尚都要出工，因為出滿工之後，賺取高工分，結算時候就會變成錢給養家用，一家人的生活幾乎都依賴他的勞動了。文賢尚的妻子則為生產隊放羊，但是收入卻是很微薄的。因為高原上除了青稞和土豆少量的收入外，可以說是可供人們食用的食物微乎其微了，而夫婦倆每年的那點收入，也就是些剛好滿足糊口的青稞土豆，以及一些僅能勉強維持日常開銷的工分。因為孩子們還小，家裏的生活開銷完全要依賴夫婦倆的辛苦勞動。由於害怕牲畜破壞莊稼，為了保護農田，村裏規定不能在田邊或者附近放牧，所以，夏爾楚為了不那麼辛苦來回奔波，經常是住在牧區，而文賢尚則在生產隊種地，夫妻二人也是聚少離多。此刻，文賢尚坐在地頭，聽

① 摘自《藏族文學史》裏神話故事《青稞種子的來歷》

著大家說說笑笑，心卻飛向了妻子，因為，夏爾楚已經懷孕數月，但是，由於是早期，還是堅持放羊，而此時，夫妻倆已經生養了五個孩子，日子過得很緊吧。

1966年8月18日，也是藏曆火馬年的夏天，公社廣播喇叭裏正在播報八一八紅衛兵接受大檢閱的新聞。喇叭裏傳出濃重的湖北口音：「我們要大破一切剝削階級的舊思想、舊文化、舊風俗、舊習慣，要改革一切不適應社會主義經濟基礎的上層建築，我們要掃除一切害人蟲，要打倒一切牛鬼蛇神！」

普通的藏民並不懂政治，甚至聽了廣播的講話口音也是似懂非懂，誰也不會聯想到，就是從這講話的時刻起，整個中華大地的上空一場史無前例的浩劫陰霾正在聚集著、醞釀著，那就是「破四舊」。

北京的紅衛兵兩天之後貼出了大字報，而這一舉動迅速被全國紅衛兵效仿，青藏高原這一隅最接近天堂的地方，卻也沒有逃脫世間的風潮。

公休日這天，與夏爾楚好久沒有相聚的文賢尚從生產隊回到家，夫妻倆有說不完的話，可是這一天的話題卻是很沉重，讓兩個人內心都感到很忐忑。

「老婆，你好久不在村裏可能還不知道，現在形勢很讓人擔憂啊！」文賢尚滿臉憂慮地說，「聽人說縣上也出現紅衛兵大字報，說什麼『破四舊』。」

「你說的這些是什麼意思？什麼『破四舊』？」夏爾楚不解。

「我也只是聽從外面的人回來說的，說我們的寺院要遭殃

啦！」文賢尚輕聲回答。

「為什麼？」夏爾楚瞪大眼睛，作為藏族人，她是一個虔誠的佛教徒，她不解這寺院有什麼罪過，佛祖有什麼罪過。

「破四舊，就是舊思想、舊文化、舊風俗、舊習慣，縣裏的大字報提到了佛教，寺院喇嘛活佛什麼的⋯⋯都是舊的陳腐的。」文賢尚訥訥地說。

「哎！聽天由命吧，」夏爾楚哀歎一聲，「不過，我們還是要小心點兒吧。」

文賢尚吹熄了酥油燈，翻身摟過妻子，親昵地說：「不過，日子該怎樣過就怎樣過吧，我們老百姓哪裏懂得政治這東西。」

第二天，依舊沉浸在清晨的靜謐中的小村莊酣然地沉睡著，各家早起的勞動力卻扛著鋤頭，拿著鐵鍬，三一群倆一夥地紛紛出動了，給這靜謐臨時增添幾分喧鬧。文賢尚也和社員們一道，一路上有說有笑地按時出工了⋯⋯

02

彷彿切合了輪迴的規律，無始以來，歷史的進程總是有其相似的一幕。正如藏傳佛教歷史記載，佛教傳入吐蕃，一開始就受到傳統的苯教勢力的抵制，佛、苯之間的鬥爭，歷經200年滄桑不息。

當年朗達磨為首的王室貴族反對佛教，矛頭指向出家的大哥藏瑪。朗達磨首先停建、封閉佛寺和破壞寺廟設施，把赤祖德贊時期已經開工休息間的佛寺都停了工，桑

耶寺、大昭寺等著名寺院神殿都被封閉，小昭寺被當做牛
圈使用，凡是佛教活動的場所都遭到查禁。許多佛像從寺
廟裏取出來，釘上釘子扔到河裏去，大昭寺文成公主帶來
的釋迦牟尼佛像，據説也打算扔到河裏去，但因不易移動
而再一次被埋起來。又因為文成公主將佛像由內地運來，
才使吐蕃有了佛教，所以文成公主被説成是羅剎鬼轉世。
寺內的壁畫被抹掉以後，又在上面畫上僧人飲酒作樂的畫
面。接著是焚毀佛經，有數量眾多的各種佛經被燒毀，其
中少數佛經被僧人偷偷地埋入岩洞之中保存下來，這就是
以後發覺出來被稱之為《伏藏》的典籍。還有些佛經被有
些僧人帶著逃到邊遠地方去了。佛教僧人同時遭到鎮壓，
僧人的處境慘不忍睹……①

　　斗轉星移，雖然說時代彷彿在不斷地進步，但是人類因為利
益紛爭而導致的野蠻無知的行為依舊不斷上演。歷史留給人們的
創傷永遠是慘痛的，但是佛教並沒有因為這樣慘痛的劫難而衰
退，反而更加頑強更加活躍地流傳至今。時至20世紀已行至過
半，彷彿沉睡的魔怪被外侵者驚醒，空氣中都似乎散佈著它特有
敏感的神經觸角，沉悶的氣氛席捲各個角落，隱隱地，真的就有
風聲雀起，就連政治嗅覺不敏感的村民們也因此內心中多了一絲
不安。

　　這一天，街頭巷議迅速在這個小村莊裏流傳開來，打破了以
往的平靜，人們私下裏議論紛紛，看來那個「湖北腔」的講話真
正要擲地有聲了。

　　果然不久，有消息在坊間不脛而走，在拉薩，已經有紅衛兵

---

① 摘自《藏傳佛教》-弘學編著

小將到大昭寺、小昭寺肆意破壞，並封閉寺院，將小昭寺當作了儲存糧食的倉庫。後來有人說或許正因此，小昭寺才有倖免於被徹底毀滅的厄運，如此看來，糧食卻成為小昭寺的「護法」。而喇嘛們或被迫逃離，或被逼還俗……

　　夫妻倆談論最近這些小道消息的時候都神情淒涼，據說大多數寺院都不同程度地遭到了破壞，有的寺院被拆毀，寺院裏的經書也被焚燒，留下的只是斷壁殘垣。完康家族祖宗歷代曾經供養的甘禪寺以及附近的甘沖寺也遭到損毀。各家各戶簡直是談「佛」變色，人們的精神世界遭到了嚴重的摧殘，在這塊佛的淨土上，呈現了死一般的沉寂……

　　實際上，這場席捲高原的災難早在上個年代末就已經悄然開始，只是經過「破四舊」的倡導而愈演愈烈，隨著毀佛運動的深入，大德的故事也流傳甚歡：

　　　1958年9月，在四川省西北部的阿壩藏族羌族自治州中部的紅原縣的羌塘草原上正在召開公判大會，民兵們專門派了人去抓一位叫才旺仁真的堪布，準備對他進行公審。因為才旺仁真堪布腿腳不便，他就騎在犛牛上，在被押解前去公審大會的路上，他口誦經文，絲毫沒有一點難過。當走到一個叫薩多棟南的地方時，突然，刮起一陣遮天蔽日的狂風，民兵們被刮得暈頭轉向，都用衣服蒙住頭，蹲在地上。待狂風止息後，他們抬頭看時，發現犛牛還在，犛牛上的堪布卻已不見了蹤影。這時空中傳來了一陣空靈而洪亮的聲音，那聲音震撼著虛空：嗡啊吽！班扎格熱白瑪斯德 吽！」堪布誦念蓮師心咒的聲音，令民兵們聽了內心震顫，然而，大家懷著敬畏的心東張西望四處找尋，卻只聞其聲不見其人，那聲音越升越高，直至最後消失。押

解的民兵回去後不敢告知實情，為了復命，只得告以人死在了半路上，已埋在地下，搪塞了事。民族宗教政策恢復後，當時押解的民兵才敢把真實情況透露出來，多年後押解才旺仁真的堪布德哥、格爾瑪二人尚健在，這殊勝的事蹟已傳遍川藏與青藏一帶……①

這樣的故事悄然在坊間流傳，卻有著一個結果，就是虔誠的藏民們寧願相信這樣的故事，因為這些事蹟給了他們對佛法的信心，這種精神的力量讓他們內心得到了鼓舞。就在這樣一個動盪的年月，很多藏民私底下口口相傳，成為了茶餘飯後的談資，也著實令人心得到一絲絲慰藉。

當夜色降臨，透著酥油燈微弱的燈光的窗口，隨著夜色漸濃而逐漸暗淡，夜夢如期而至，在絕大多數藏民的內心之中，他們有著執著的信仰，那些坊間流傳的故事，彷彿一劑興奮劑，令人難以入眠……

在青海省瓦薩鄉甘穹村，有一位五世華日活佛，從19歲起開始求法，39歲時遇到文革，並受到迫害，他被關在獄中，同獄室關押的還有一位叫哥隆加哲的活佛。一天晚上，手腳戴著鐐銬的華日活佛對哥隆加哲活佛說準備要往生，並給他傳了很多法。當時哥隆加哲活佛因為看見華日活佛精神很好，並沒引起多大注意。第二天一早醒來，卻發現室內只剩了鐐銬，連指甲、頭髮也沒剩下，並且整個監獄中一直香氣彌滿，經久不散。

在藏區，很多虔誠的信眾都相信得道的高僧大德虹化現象，

---

① 摘自：《藏傳佛教人體虹化之謎》

而且也有人親眼所見。佛法是關於了脫生死的科學，他們相信獲得生命的自在，唯有通過修持佛法一條正確的方法，正法修行才是解脫之道。多少大德的故事一時間暗暗地被人們炒的沸沸揚揚。這也令人們的內心充滿法喜，佛法是心法，豈止是形式上人為能夠滅除的呢？

據說，還有一位老堪布，文革時從閉關房裏被紅衛兵拉去批鬥，因已老邁得無法走路，紅衛兵就把他綁在馬背上，老堪布神態自若，一路唱著無垢光尊者圓寂前的「遺歌」：

> 如佛於上茅城涅槃時，
> 諸聲聞眾悲痛不絕也，
> 無垢光尊青普圓寂時，
> 見聞之人亦生大哀傷。
> 廣闊虛空亦並未坍塌，
> 堅固大地亦並未破毀，
> 無邊大海亦並未洶湧，
> 我等眾人將成為如何？

他一路唱著，唱著，到了目的地時，人們發現那洪亮的歌聲逐漸弱下來，才發現那老堪布已靜靜地在馬背上圓寂了。

這些故事的流傳實際上也傳達了一種願望，就是留在高原藏民心中的菩提種子是外力永遠無法毀滅的，人們對佛、對法、對僧的恭敬及美好的寄託和願望都在這樣的流傳中生生不息。這場違緣，對於那些智信佛法的高僧大德而言也許正是化轉為向信眾們更有力地示現佛法真實不虛的助緣。

03 |

　　甘沖溝曾經有一位德高望重的夏嘎活佛，雖然他是出家後被逼迫還俗的人，但是依舊得到當地人的尊重，經常被邀請參加佛事活動，遵照儀軌念誦經咒佛號。

　　這樣一位活佛是在家修行的活佛，他的故事也在藏民間傳頌。夏嘎活佛出生在1945年，在這幾十年的風雨兼程的歲月裏，夏嘎活佛經歷了太多的洗禮。他八歲的時候被認定為活佛轉世，請到了寺院。1958年大躍進開始後，藏區的宗教改革，寺院關閉，普通喇嘛還俗回家，活佛住持就被迫到勞教所勞動改造。寺院被拆毀了，十三歲的夏嘎活佛因為年少也不得不還俗回到家裏，像普通孩子一樣上學。同學中有不懂事的小孩子們淘氣，經常欺負他，嘲笑他是牛鬼蛇神，這樣學校也待不下去了，於是，他就輟學在家裏待著。他的家裏有兩個男孩，三個姑娘共五個兄弟姊妹，窮得叮噹響。1979年，宗教政策開放後，「夏嘎活佛」才開始逐漸地重新獲得了信仰的自由。然而，這個時候的他也已經是三十四歲的成年俗家弟子了，他已經擁有了自己的家室和後代，雖然不能出家，但這些形式絲毫不能動搖他對佛的信念。

　　像這樣的還俗活佛在那樣一場紅色風暴席捲高原的時代不乏其人。佛家講出家人要清淨戒律，寧死不屈也要嚴守戒律。但是，祁連山下這一隅清淨之地也不再清淨了。戴著紅衛兵袖章的革命造反小將，理直氣壯地逼迫出家人還俗的也是屢見不鮮。有傳聞說一位活佛和19歲的姑娘關在一個牢房裏，紅衛兵小將凶巴巴地沖他們吼道：「除非你們兩個在一起懷孕了，不然就別想活著走出這個牢房！」

　　姑娘暗自神傷，淚水無聲地從她美麗的大眼睛裏滑落，她無論如何也無法接受這樣的現實，她還年輕她不想死。

　　而此刻這位活佛的心裏也是經歷了一場較量，他的思維裏沒有貪生怕死的字眼，為了戒律寧可去死，但是此刻，他望著無辜的姑娘，更多是站在超越生命的高度去面對眼前的困境，從利益眾生的角度講，此刻的破戒也可以說是一種逆來順受的隨順，也是一種真正的慈悲，因為真正的慈悲心都是從利他的角度出發考慮問題，而不僅僅考慮的是自己是否破戒，只要信念在，心念純淨，這色與空之間卻是融通的。他的思維力被歷世祖師大德的故事牽引著，彷彿做了許多次隔著時空的心靈對話……

　　他不由得想起釋迦牟尼佛涅槃後的1500年之後，一位名字叫帝洛巴的佛法繼承人對他的學生那洛巴說：「不是顯現（外相）困住了你，而是你對顯現（外相）的執著困住了你。」

　　佛法的圓融實際是建立在清淨發心的基礎之上的，心淨則佛土淨，這已經超越了出家在家的形式，正如維摩詰的故事給人的啟發：

　　　傳說在古印度有一位叫維摩詰的人，他是釋迦牟尼門下著名的居士，也是一位在家菩薩，維摩詰與其他菩薩不同的是，其他菩薩都沒有家室，而維摩詰卻不僅有嬌妻美妾，而且擁有大片的莊園田地，是當地的一位富翁，但他即虔心侍佛，刻苦修行，同時也積極參加世俗的活動，他這種即出家又不出家的舉止實在令人捉摸不透。

　　　有一次，維摩詰聲稱病了，釋尊便派弟子文殊等前來探病，與他進行了一場佛法真理的大辯論。維摩詰以他高深的佛學底蘊和超人的口才回答了眾人的提問。他認為只要心中清淨，佛土也就清淨了，雖然他有眷屬良田，但他的心卻不為貪念所蒙蔽，雖然他的行為不同於其他菩薩，但他卻實實在在地追求佛道真理。所以，一切都不必拘於形式，而在於自己內心如何把般若智慧運用於生活中去，於

是他便證實了出家和在家的不二。

　　談到最後，文殊菩薩又問維摩詰：「那麼你認為到底什麼才是不二呢？」維摩詰聽後閉上了眼睛，什麼也不說。文殊讚歎道：「妙啊，沒有文字、言語者是真正的不二。」

　　文殊菩薩問維摩詰居士：「菩薩應該怎樣投身於非清淨道中？」

　　維摩詰居士答道：「……置身於地獄之中，而毫無罪業和污垢；置身於畜生道中，而毫無無明、傲慢等過失；置身於惡鬼道中，而能具足一切功德；……置身於欲海之中，卻不為各種貪欲所染垢；……雖然顯示愚癡之相，卻能以智慧修養身心；……雖然示現毀禁犯戒之相，卻能安住清淨律儀，……雖然示現心煩意亂、六神無主之相，卻能住心於定境之中；……雖然示現諂偽之相，卻能以種種善巧方便體現佛經的真實意義；雖示現傲慢之相，卻能如路石橋樑一樣讓眾生踏著它進佛道；雖然顯示種種煩惱，內心卻清淨無垢；雖然示現入於魔道，實質上卻隨順於佛道，而不為異端學說所迷惑……」

　　當活佛帶著19歲的姑娘走出監牢那一刻，他抬眼望去，天色湛藍而純淨，陽光顯得異常刺眼。在紅衛兵小將的監督下，活佛回到老家那個小山村，從此過上了普通藏民的生活。然而，雖然表面看日子很普通，但是，這位活佛每天都堅持修行，他以維摩詰為榜樣，在他內心當中，所謂的「大道無形」，這也正切合了「法無定法」，「善巧方便」，只要心是純淨的，那麼佛法就會安住。

04

　　經過這樣的一場劫難，村民們更是三緘其口不提半個佛字了。每天，在田間地頭，再沒有藏民那悠揚的歌聲響徹天空了，民歌，這種流傳已久的歌曲也被列為四舊之一。那一陣子，人們更聽不到了暮鼓晨鐘，藏族小孩子們放羊唱的是「打靶歸來」，「學習雷鋒好榜樣」，那豪放而樸實的原生態藏歌彷彿隨著時間融入歷史的長河裏飄逸而逝逐漸湮沒在人們的記憶裏了……

　　這一年註定是不尋常的一年，在藏曆新年期間，除了新窗簾，藏民的土木房門前、房樑和廚房也不見以往用白粉畫上的吉祥金剛結。寺院除了斷壁殘垣，再也聽不到祈福的鐘聲和祝福的誦經聲。

　　雖然這一切形式的東西都已經被打倒，雖然華扎・文賢尚這個七口之家生活依舊很貧寒，但是節日的氣氛卻絲毫沒有減少。幾個孩子歡呼雀躍遊戲著，他們穿著阿媽夏爾楚從櫃子裏翻出的頭一年洗的乾乾淨淨的只節日裏才捨得穿的「盛裝」，雖然那已不是新衣服，但是他們沉浸在辭舊迎新的其樂融融之中。

　　文賢尚招呼著頑皮的兒子們：「孩子們，和阿爸一起清掃吧！」孩子們雀躍地應聲而至，在文賢尚的指揮下打掃庭院，身懷有孕的夏爾楚挺著已顯懷的大肚子帶著兩個女孩兒安靜地精心製作「卡塞」，所謂的「卡塞」就是一種用酥油炸成的麵食，通常做成耳朵形、蝴蝶形、條形、方形、圓形等各種形狀，然後塗以顏料，裹以砂糖。既是裝飾神案的藝術品，又是款待客人的佳餚。

　　這一年，寺院的大殿已被拆毀，經書和資料也被燒毀，那些

精美的「卡塞」、閃亮的酥油燈，只有供奉在藏民心中為佛菩薩
設立的永恆不壞的神龕上……

　　在青海省互助縣巴扎藏鄉，繞過高山走過北山十二盤，會經
過一個叫馬蓮灘（藏語音譯：瓦康）小村莊，南哲才讓就出生在
這裏，那是1967年春天……

嘛呢活佛出生地馬蓮灘

05｜

　　雪域高原的五月，遠望那山巔之上聖潔的白雪，宛如環繞在智者頭頸上的哈達，峭立的山坡上蔥郁的層林宛如挺直佇立的衛士，又如大士身披著俊美金剛衣，吐綠的厚厚的草甸佈滿了山谷，像綠色的地毯鋪就了通往神山的朝拜之路……

　　一九六七年的五月藏曆火羊年，高原的山巒，高原的樹木，高原的草地，高原的陽光，一切都彷彿恒常不變地與往年沒有什麼不同，文賢尚也照常每天去生產隊，夏爾楚卻已經面臨分娩的日子了，所以，每天清晨文賢尚都帶著幾分牽掛出行，晚上又帶著期盼收工……

　　此刻，夏爾楚籠罩在一團明亮的白光裏，徜徉在花海之中，空中有鳥兒明亮的叫聲，彷彿空氣中散發著香味兒，她滿心歡喜，不知自己身在何處，正悠然行走著，有個聲音傳來，那聲音宛若空谷迴繞，令她不由得駐足仔細諦聽，這一聽竟然驚得她挪不動腳步，她不禁雙手合十，不敢抬頭看，一個勁地應諾。而這一切倏忽之間又轉瞬消逝了……夏爾楚正沉浸在一種祥和的情緒中，忽然那個聲音再次劃破寂靜，威嚴地告誡她：「夏爾楚，你要記住，我所告訴你的是你一生的秘密，你要守口如瓶，謹慎護衛你的兒子……」

　　話音剛落，但見一道亮光晃得她睜不開眼，腳下似乎絆了一下，驚得睜開眼睛，才知道剛剛做了個夢。夏爾楚這才意識到一陣疼痛，肚子一陣緊是一陣地疼起來，她已經顧不上夢裏的情景了，那種既難忍又可以咬著牙承受的痛苦，也伴隨而來，她輕輕的呻吟聲驚醒了身邊熟睡的文賢尚。

　　「感覺快生了吧？」文賢尚撐起身子，抓住妻子的手焦急

地問。

「是啊，肚子有些疼！我覺得要生了，你趕緊去找接生婆吧。」夏爾楚忍著痛，柔弱地說。

文賢尚吩咐孩子們照顧好媽媽，然後急急忙忙地一邊披上衣服一邊跑出了家門……

此刻，在產房門口，文賢尚坐立不安，雖然那等待的時刻並不算漫長，但他的內心卻感受到彷彿間隔了一個世紀。

「嗚啊嗚啊！」終於，他聽到產房裏傳來嬰兒的響亮的啼哭，這個嬰孩兒除了迫切地想走出那個「牢獄」的急切帶給夏爾楚短暫的疼痛之外，並沒有給夏爾楚帶來更大的痛苦，很順利地開啟了人世間的大門，呱呱墜地。

接生婆體諒孩子爸爸的急迫心情，第一時間小心翼翼地抱著被包裹著的新生兒走出來讓文賢尚看：「巴扎家，恭喜呀！一個男娃娃！」

文賢尚俯身上前去，雙目充滿歡喜和慈祥地端詳著：「這孩子，頭好圓好大啊！眉眼很周正啊！」

「是，是啊！儀表堂堂的小伙子！」接生婆也讚道。

家裏的孩子們也已經無法安睡了，他們也都一直懷著好奇等待著，呼啦一下子，紛紛圍攏過來看。

「好啦，好啦，孩子們，弟弟還小，不要亂碰。讓阿婆抱回阿媽那裏吧。」

一九六七年五月五日春天，十二盤九曲迴腸的山路就如輪迴之路曲折得令人驚心動魄，它連著山腳下的一個不知名的小山村——馬蓮灘，此刻的山村掩映在漸濃的綠色之中，大地甦醒，萬物復甦之際，太陽的光輝染紅東方天際，吉祥之光透過山谷，萬物已漸甦醒，鳥兒開始歌唱，當第一抹光輝悄然漫上完康家的

屋簷，一個男孩彷彿也經歷了一次漫漫長夜的洗禮，準時地和著
晨起的自然之笙簫甦醒，當他醒來的時候，看到的是一個陌生的
世界，那前世的一切如夢幻一般隱匿在心裏的某個角落，小小的
他還不知道等待他的是什麼，在別人看來，這個孩子和所有孩子
一樣，來到了人間，開始了一生的旅行。無論等待他的是什麼，
一切被初生的新奇和喜悅所覆蓋了。這個男孩子就是南哲才讓，
完康家裏的第六個孩子。

06

　　按習俗，東藏的嬰兒出生後要舉行慶賀儀式，就是類似
於漢地的「滿月」喜宴。過去多在嬰兒出生三天後請當地
的活佛喇嘛取名字，再給喇嘛或者活佛做些供養，這天
一大早要先去九戶人家收集桑，再帶上糌粑、酥油代表
「切瑪」（象徵吉祥如意），帶上三條哈達，一瓶酥油
茶，一壺青稞酒或一箱啤酒，進門先敬酒倒茶，互相寒
喧，待日未落山之前，先點燃桑煙，祛除污穢，再將一小
撮「切瑪」放入嬰兒口中，並説些祝福吉祥的話，最後再
依次給嬰兒、母親和父親獻上哈達，儀式即結束。嬰兒滿
月，母親身體恢復後要舉行正式儀式，這天親朋好友，同
事鄰居都要登門祝賀，多以中午開始，客人登門即斟酒倒
茶，待下午太陽未落山前，客人們依次獻哈達、禮物，所
帶禮物一般是小孩被子、絨布、小孩衣物，獻完後主家設

宴款待。

但是，南哲才讓出生的這一年正是文化大革命如火如荼的初期，寺院都遭到嚴重的打擊和破壞，也找不到僧人的影子，哪裏還敢去找僧人取名呢？就是找也無法找到了。

南哲才讓出生後的第七天，夏爾楚還在月子裏，一天，她向文賢尚提起了分娩前她做了個夢，總是感覺那個夢一定預示著什麼，她說生了這麼多孩子，還從來沒有在分娩前做過什麼特殊的夢，而在這次孩子出生前一天她卻做了個很奇怪的胎夢，所以她要丈夫去找他的一個叔伯大叔。

這位叔伯大叔一生中就是人稱打卦算命的先生，而且在當地也小有名氣。文賢尚想也好，反正還要請人為小兒子取個名字，就找他順便也算算小兒子的未來。

文賢尚炯炯有神的目光盯住夏爾楚，好奇地問：「夏爾楚，你生小六兒的晚上到底做了一個怎樣的夢？」

夏爾楚話剛到嘴邊，忽然夢中那個威嚴的聲音在耳畔迴響：「夏爾楚，這是你一生要恪守的秘密！」，她猛然警醒，只是若無其事地敷衍一句：「反正那是一個很吉祥的夢，具體的我也記不大清楚了，你就去問問大叔，是不是有什麼講究？要不然也要取名字的。」

文賢尚諾諾地應道：「那好吧。下午我找時間去一趟。」

大叔聽了文賢尚的敘述，按照生辰八字起卦後，微微合目，掐指而算，表情略微顯得有些凝重，說：「這孩子的命運自有天安排，誰都無法改變啊！」

文賢尚專注地聽著大叔說：「就給這娃取名為南哲才讓吧，

意思為天的驕子，『天子』，長壽之意吧！」

　　文賢尚捧著叔伯大叔遞過來的寫著名字的紙條，低頭看著，高興地反復掂量著：「南哲才讓，天子長壽，天子長壽，南哲才讓，吉祥的好名字啊！」

　　大叔接著說：「你家這個兒子長大後有他的事業，你們兩口子管不著，家裏留也留不住，他不可能娶妻生子，他命裏註定不是給你們家傳宗接代來的，聽天由命吧。」

　　文賢尚滿腹狐疑地從大叔家出來，一路上內心暗自思慮：「這娃未來有自己的事業，一定是一個有出息的人，看來我們華扎家族要有轉機啦！」

　　這樣想著，不免嘴角露出一絲笑容，「不過，大叔說這孩子不是為華扎家族傳宗接代的，又是什麼意思呢？再說人不就是這樣嗎？出生，長大，上學，工作，結婚，生子，怎麼就留不住呢？或許將來不在我們身邊？還是走一步看一步吧。」文賢尚一路走，一路想，不多時，抬頭已見到了家門口。

　　文賢尚默默地沉思著走進屋子，裹著頭巾正在給孩子餵奶的夏爾楚看到他滿腹心思地走進來，就問他結果如何，他彷彿視夏爾楚如空氣一般，聽而不聞沒有回答，直到妻子大聲重複著喊他，他才恍然從夢醒來一般，向妻子複述了本家大叔的話。

　　夏爾楚心裏也很疑惑，「這娃兒不是來傳宗接代的，那又是為什麼？」，她百思不解，思來想去，忽然內心一驚，「難道，我的兒註定要出家當喇嘛？」她不免思憶起那個神秘而祥和的夢。但是最近這形勢實在是令人如履薄冰，就連鄰村的兩位大活佛都被逼還俗成家了，現在半個佛的字眼都不敢提，更別說出家當喇嘛了。她暗想不管怎樣，好好撫養孩子，這幾個孩子都是自己身上掉下的肉，愛是沒有分別的。

　　望著襁褓中小小的兒子，夏爾楚一把將他摟在懷裏，臉貼臉地親著小兒子，心裏呼喚著他的名字：「南哲才讓，南哲才讓，難道這是冥冥之中的安排？『天子』，你難道是上天派來的使者？」想到這裏，夏爾楚眼睛不由得潮濕了，有絲絲酸楚油然而生。

　　小南哲才讓在夏爾楚的精心哺育下逐漸成長，快要滿周歲的這一天，夏爾楚背著襁褓中的他去找本家大叔詳細問詢了他的命運，本家大叔愛撫地摸了摸熟睡中的侄兒的小臉兒，對夏爾楚千叮嚀萬囑咐：「上次娃兒他阿爸來問我的時候，我只是說這娃不是給華扎家族傳宗接代的，並沒有進一步解釋。但是，既然你又來問，我也就不瞞你了。」

　　夏爾楚瞪大雙眼急切地想知道謎底。

　　本家大叔用手輕輕地充滿愛撫地摸了摸襁褓中的孩子那水嫩的小臉兒，接著說：「這娃兒原本是一位出家人啊！這一世來人間就是為了度化眾生而來的。我看十有八九應該是一位轉世活佛。」

　　「啊？！」夏爾楚感到很驚喜，驚的是現在別說是出家，那些寺院被砸得不成樣子，有的佛像頭都被搬掉了，那些泥佛像被砸爛，銅佛像被拉去製作槍炮子彈，而且很多寺院藏的經書和歷史資料也被燒毀，細節就無以言表了；喜的是在她這個虔誠的佛教徒的心裏，家裏如果能夠出生一位轉世的活佛，那是最大的榮耀和福報，而眼下這榮耀被形勢所迫，卻徒剩下了幾分忐忑了。

　　「那我該怎麼辦呢？」夏爾楚擰著眉頭，心情很是複雜，彷彿自言自語：「難怪我做了那樣一個夢啊！」

　　本家大叔聞聲問道：「那是怎樣一個夢？」

　　「大叔，那我該怎麼做呢？」夏爾楚並沒有回答大叔的問話，只是再一次焦慮地重複著問。

　　大叔嚴肅地叮囑夏爾楚：「除了你和我，不能讓任何人知道這件事，該怎麼撫養孩子就怎樣做，讓他該上學就去上學，等形勢寬鬆了，宗教政策落實的時候，再隨順緣分吧。」

　　夏爾楚背著熟睡的南哲才讓從大叔家出來，一路上彷彿魂不守舍，腦袋都是空空的狀態，竟然不知怎麼走回家的……

　　夏爾楚從此像對待每一位孩子一樣地悉心照料著兒子，一把屎一把尿地慢慢地把南哲才讓拉扯長大了，這一年南哲才讓七歲，夏爾楚照常為他報名上了村上的小學，那樣一個不同尋常的預測被宛若流水一般平常的日子湮沒了，連夏爾楚似乎都忘記了那樣一個預言……

　　就這樣，南哲才讓在和阿媽夏爾楚翻山越嶺投奔甘沖寺的路上，過去的一切在回憶中彷彿播放電影一般，在南哲才讓的腦海裏又一次滄海桑田地演繹了一遍……

　　一路上，南哲才讓和夏爾楚徒步於北山那蜿蜒的山路上，時而三言兩語，時而沉默，夏爾楚抬頭望了望透過濃密林梢的陽光，感覺已近中午了。她招呼著小南哲說：「南哲，我們歇歇吧，看來已是晌午了，吃點東西，我們再走。」

　　少年的他被阿媽夏爾楚的招呼打斷了思路，從他自阿媽夏爾楚敘述的關於自己的成長故事裏抽離出來，意識又回到了現實。他不由得抬頭望了望被那松柏遮蔽的藍天，此刻，太陽已經高高地懸在了當空，陽光透過密密的松林，彷彿被枝枝丫丫切割成一絲絲，無孔不入地滲透進這被茂盛的樹葉遮蔽的山路。山裏的潮氣大，一大早的露水打濕了夏爾楚和南哲才讓的褲腿，不知不覺中兩個人都覺得有些疲憊。當地的藏民就是高原之子，有著與大自然共通的智慧，夏爾楚憑著經驗斷定已近中午，就招呼兒子暫時歇息一下。

南哲才讓歡快地應聲，此刻的他對未來有著無限憧憬，這一路，除了與阿媽夏爾楚偶爾三言兩語的寒暄，就是回顧阿媽夏爾楚給他講的經歷。他難免有些興奮，這時經阿媽夏爾楚提議，才覺得還真的有些餓了。他從背包裏掏出備好的乾糧和水，遞給夏爾楚一份，自己也默默的坐在她的身邊，兩個人坐在樹蔭裏，默默地吃起來。這是一顆彷彿雙胞胎一般的松樹，挺拔而茂盛，兩個樹幹看起來彷彿是一個根系，常年的雨水沖刷，彎彎曲曲的樹根部分也露出地面，樹下比較乾爽，因為樹下不生雜草，而且即便是下雨，茂密的樹葉也如傘蓋一般遮風擋雨，所以，這地方就成了最好的休息地。清風裹著高原山裏的涼氣襲來，彷彿是糌粑的調料，娘倆就著涼風一起與糌粑咽到肚子裏……

阿媽夏爾楚喝了口水，才開口對南哲才讓說：「南哲啊，不容易啊！這十幾年，阿媽看著你長大，保守著藏在心中多年的秘密，也生怕走漏風聲，給你帶來危險啊！」

「阿媽，我不明白，會有什麼危險？」小南哲不解地問。

「過去的年月裏，『四舊』是最提不起的，宗教也更是提不起的。而且，」阿媽夏爾楚頓了頓，「而且……」

她無法向年幼的南哲才讓解釋更多，歷史上的藏區，多少活佛的傳說在民間流傳，西藏歷史上政教合一的制度，多派系的爭端，使得對異己的活佛進行暗殺。雖然現在不存在政治派系的爭鬥，但是那樣的年月，這可是人命關天的大事，怎麼能隨便說出來呢！

夏爾楚抬眼看了看南哲，只見兒子正瞪大眼睛，專注地盯著自己傾聽著，但是，她話到嘴邊，欲言又止。

「阿媽，這到底怎麼回事呢？」南哲才讓迫切地詢問，因

為，平日裏夏爾楚和文賢尚閒聊，也時常提起夏爾楚做的那個夢，此刻，他忽然想起來就又好奇地問，「阿媽，您不是說做個什麼夢？到底是怎樣一個夢啊?」但是，任憑南哲才讓如何追問，他始終沒有聽夏爾楚說過那個夢的內容。

「這個就不說了，說了也沒有什麼意義。」夏爾楚依舊是不肯透露半點兒資訊，「總之，你如願了，小南哲，這是最重要的。」

南哲才讓沒有再追問，夏爾楚簡明扼要的回答，令內心的回憶卻如潮水滾滾而來，他彷彿看見那個年少的南哲才讓，八年來的生活場景鏡頭影像一般輪迴應現眼前……

最近這些日子，阿媽夏爾楚沒少和南哲才讓提及往事，很多舊事在夏爾楚的敘述中歷歷在目，呈現在南哲才讓的眼前，那樣一個歲月，那樣一個時光輪轉，怎能不讓人感歎呢！

3

歲月荏苒　時光輪轉
菩提薩埵　伏藏心間

01

在六、七十年代的中國那樣一個大背景下，小南哲才讓只能和村裏普通的孩子一樣，照常上學，一起勞動、一起成長。

這一天早上，村上的孩子經過南哲才讓家門口招呼著：「南哲才讓，一起走啦，上學啦！」

「哎，來啦！」小南哲才讓爽快地應著，匆匆地接過夏爾楚遞過來的糌粑，一邊把糌粑放在書包裏，一邊向屋外跑去。身後的夏爾楚含笑抬頭望著他遠去背影，匆匆忙忙地消失在家門口……

村裏的小學，其實簡陋得不能再簡陋，那是一間最普通不過的傳統的房子，木頭和石頭壘砌起來的。學校一共有三個年級，當時只開設了語文和數學兩門主要課程。如果讀完三年想再繼續學習的話，就需要到距離村子十幾公里的鎮上。

上學第一天的南哲才讓和所有孩子一樣，對一切都充滿了好奇。

「同學們好！今天是大家第一天上學，這是我們的第一節課，首先我要教大家學習一句話。」老師講完後，轉身在黑板上寫上五個大字：「毛主席萬歲！」

孩子們瞪著眼睛看，根本不認識那是什麼。只見老師寫完拿著粉筆點著那幾個字，逐字拖著長音兒讀到：「這幾個字讀作，毛、主、席、萬、歲！」。

可是，雖然老師讀出這幾個字，但是南哲才讓和大家一樣還是根本不懂得。

「毛主席是誰？」老師開始提問，「有那位同學知道？」

老師看了看大家木然的表情，繼續說道：「還是老師來講

吧，看見這張畫像了嗎？」

　　老師用教棒指著教室黑板上方牆上張貼的一張畫像繼續說：「這就是毛澤東，毛主席，他是中國人民的領袖，是大救星。是他率領的解放軍進藏，解放了我們藏區，讓農奴當家做了主人。『毛主席萬歲』，代表人民對他老人家的祝福，希望他健康長壽。」

　　這就是南哲才讓的第一堂語文課，老師教會孩子們的第一句話就是「毛主席萬歲！」而在數學課堂上就是學會了「一加一等於二」。

　　學校的老師是本村小學三年級的畢業生，他長相清瘦，皮膚黝黑，雖然他本身所學的知識有限，但是卻是一位極其負責任的老師。他每次語文課都要隨身帶著一本破舊的四角號碼字典，每當學生們遇到不認識的字，他就查查字典，然後再教大家。

　　這天早上，孩子們準時來到學校，有孩子起頭唱起了在學校學習的革命歌曲。那些歌曲從教室的窗口飄向窗外，孩子們稚嫩的童聲，含糊不清的漢語發音，總是透射出藏歌的味道：「日落西山紅霞飛，戰士打靶把營歸……」

　　《打靶歸來》、《東方紅》、《三大紀律八項注意》、《學習雷鋒好榜樣》、《大海航行靠舵手》等等，在孩子們的演繹裏，帶著些許民歌的意味兒了。此刻，南哲才讓內心裏卻溜號了，從他心裏傳出的竟然是阿爸文賢尚和阿媽夏爾楚以及牧民們經常唱的小山歌、牧歌、酒歌和情歌。

　　可是，眼下到處都播放革命歌曲，就連藏民們也很少唱他們喜歡的藏歌了，逐漸地彷彿藏歌已經消失了。就是山上放牧的藏民們所唱的也是那些革命歌曲，人們無法把那雪域山峰，藍天白雲，「風吹草低見牛羊」的景致和那些雄糾糾氣昂昂的革命歌曲

聯繫起來，大有些用現代的人來講的錯位的混搭感覺。為什麼好聽的民歌被視為「毒草」，毒草，是有毒的，這「毒草」毒在哪裏呢？那些喜歡唱民歌的藏民也都很健康快樂啊？這個問題想到小南哲才讓頭疼，想不明白就自然被丟在一旁不再想了。

　　除了每周六的那節圖畫課之外，南哲才讓對學校其他的課程都不感興趣，尤其是不懂得那本「紅寶書」，因為年紀尚小的孩子們還不懂得那本書裏的語錄的真正含義，越是不懂，就越是不喜歡學。而畫畫課在南哲才讓眼裏卻很有趣，或許因為塗鴉畫畫更接近孩童的樂趣吧，所以，不只是他，就是其他同學也是如此，對那堂圖畫課從來都是不肯缺席的。

　　上了一段時間學，南哲才讓開始有了厭學情緒。他寧願在各個農曆節氣的時候跟著村民們去田間地頭幫忙，去拾麥穗兒，或撿洋芋，或除草，等等，因為在大自然中，他才是最開心的，藍天白雲，暖暖的陽光，清新的散發著莊稼芳香的茫茫田地，他才真正如小鳥兒一般，自在地在自然的懷抱裏歡笑嬉戲。

02 |

　　這天早上，南哲才讓吃過早飯背著書包像往常一樣去上學，可是一想到學校讀那些枯燥乏味的文字就頭大，頑皮的他腦袋裏升起了一個「鬼主意」，半路上，他就溜進了每天經過的那座小山。

　　正直農曆六月，山裏樹木青翠茂盛，油菜花正在怒放，一塊一塊金黃裝點著綠色的山野，把這個大花園一般的地方裝點得如

畫一般美麗。看那鳥兒成群，陽光把那個寬闊的山坡草地曝曬得暖暖的，芳草的清香飄逸在空谷裏，讓人頓時神清氣爽了。

　　南哲才讓背著書包吹著口哨，漫無目的地在林間散步，時而逗弄下遠處正在樹下覓食的鳥兒，那群鳥兒時刻保持著警惕，尖尖嘴一邊在草叢裏叨食，一邊時而抬頭四處環顧，彷彿一旦有什麼狀況，隨時準備逃跑的樣子。

　　草地的四周是濃密的樹林，陽光透過樹葉的空隙照射到草地上，讓這裏成為一個很好的休憩地，南哲才讓選擇這裏落腳，將書包從身上卸下，放到一旁，脫掉鞋子，光著兩隻腳丫兒，仰臥

北山藏鄉

在草地上，陶醉在藍天、綠樹、白雲下，陶醉在暖暖的陽光裏，陶醉在百鳥爭鳴的歡唱裏，這一切自然的造化令人心曠神怡，比起那乾巴巴課堂要好得多了。他眯起眼，放空自己的大腦，讓自己進入一種空的狀態，彷彿和自然融為一體了。時間一分一秒過去了，當他睜開眼睛的時候，覺得剛剛還是斜射的陽光，現在直射到了身上，因為透過樹葉，還不是那麼刺眼。他也沒有時間概念，但是憑藉他的判斷，現在已經是中午時分了。

　　他順手拽過書包，那裏面除了書本紙筆之外，還有阿媽夏爾楚為他帶的糌粑和一個水壺。他美美地一邊盡情欣賞這自然風光，一邊享用食物，奇怪的是，這素日司空見慣的飲食，今天吃起來感覺格外甜美。吃喝完畢，他抹了抹嘴巴，覺得現在時間還早，學校是徹底不想去了，太早回家的話一定會引起阿媽的懷疑，他暗自決定掌握著時間，估摸著放學的時間再回家。

　　「那這段時間做什麼呢？」他光著腳丫站在那裏四處觀望了一會兒，然後，穿好鞋子，背起書包，沿著草地又開始漫無目的地走著，在一條清澈的小溪邊，他站住了，溪水邊的一些稀泥那麼柔軟，於是就蹲下身子，用手挖出一捧，想起自己經常做的夢，那裏面有房子，有圖像，他就憑藉腦子裏的想像捏塑起來，不多時，一個個泥人和小房子就完成了，他把他們放在陽光下，不多時就曬乾了。他心裏歡喜極了，很滿意自己的作品，又不捨得扔掉。於是，他用紙把他們包起來放在書包裏。

　　不知不覺，太陽就要下山了，山裏開始涼爽起來，他想該是回家的時候了。

　　他一進家門，阿媽夏爾楚就問長問短地和他說話：「回來啦？今天學什麼啦？」

　　「還是那些課程唄。」他籠統地敷衍著，因為心虛，根本不

敢和阿媽夏爾楚的目光對接，有意地匆匆鑽進屋子裏，迴避在廚房做飯的夏爾楚。

「這孩子，怎麼毛草草的！」夏爾楚暗自思忖。

南哲才讓吐了吐舌頭，如釋重負，心裏想總算是蒙混過關了。這是他第一次蹺課，帶著自己的作品回家了。走進屋子，他興奮地從書包裏翻出了那些泥人和泥房子，放在窗臺上欣賞起來。

姊姊哥哥們也聚攏過來看熱鬧，七嘴八舌議論紛紛，小阿哥東珠一把奪過他手裏的泥像，南哲才讓正欲要奪回來，由於精神過於專注，他根本沒有理會此刻夏爾楚已經走進來。

「哎呀！這還了得！」夏爾楚驚叫一聲，把南哲才讓嚇了一跳，阿姊阿哥們一時安靜下來，大眼兒瞪小眼兒地盯著夏爾楚那驚愕的臉。只聽夏爾楚神經質般地低聲急促地問：「南哲，你這是從哪裏拿的？」

「我，我……」沒等南哲才讓回答，夏爾楚緊張地上前，本能地望了望屋外，關好房門，把那些泥人和房子統統收走了。

「南哲呀！你膽子可真夠大的，你老實告訴阿媽這些東西到底哪裏來的？」阿媽夏爾楚連連追問。

「不是哪裏來的。」南哲才讓一時心裏也有些著急了。

「那是哪裏來的啊？」阿媽夏爾楚焦急地質問，「你看這是佛像，這是佛塔，你沒去寺院，這是哪裏來的？」

「這是我做的。」他也有些發懵，不懂得阿媽夏爾楚說的什麼「佛像」、「佛塔」。

夏爾楚聽了這話，一時愣了愣神，她忽然想起了什麼似的，口氣表情都緩和下來，也不再責備兒子，只是耐心地叮囑兒子說，語氣卻帶著嚴肅：「南哲，以後你別再做這些東西了，很危

險的！如果讓人看見揭發了，我們就成被破的『四舊』啦！你還小還不懂得，你聽阿媽的話沒錯，好孩子，一定要聽話啊！」

小南哲才讓望著阿媽夏爾楚，雖然不解，但是還是瞪大迷惘的眼睛望著夏爾楚，勉強地點了點頭。實際上，阿媽夏爾楚的話根本也沒有引起他的注意，年幼的他不知道自己只是隨便捏幾個泥人泥房子有多麼嚴重。

他連續數日過著自由自在的蹺課生活，後來又沒有管住自己，做了很多泥塑帶回家。這天他遊逛著回到家裏，悄悄地把那些「小人兒」和「小房子」用紙包好，害怕被阿媽夏爾楚發現，就掩藏在了豬圈的牆角裏。

清晨，迷迷糊糊的南哲才讓聽到阿媽夏爾楚喚著豬仔餵食。他翻了個身，用被子捂住頭，還想賴床眯一會兒。

「南哲，南哲！」阿媽夏爾楚的聲音從外面飄進屋裏，放大在他的耳畔。

「南哲！起床啦！」阿媽夏爾楚掀開南哲的被子，喊道。

南哲才讓睜開眼睛，首先映入眼簾的竟然是一個特寫，就是阿媽夏爾楚一隻手裏捧著的紙包，他一轆躍起，一下子彷彿打了興奮劑一般清醒至極，坐在那裏眨巴著眼睛望著夏爾楚，彷彿等待著夏爾楚發落。

「阿媽！我，我……」南哲才讓彷彿做錯事的孩子一樣，不敢正視阿媽的眼睛。

「你這孩子，我和你講多少次了！」夏爾楚心裏不是生氣，而是著急和擔心，早上起來，她清理豬圈時發現了報紙包著的佛像，清理房間的時候，她還注意到不知道什麼時候，毛主席像上貼上了菩薩像。不用問，夏爾楚就猜那一定是南哲才讓的「傑作」，「知子莫若母」，除了南哲，其他幾個孩子對佛像這類事

並不熱衷。雖然現在形勢不是那麼緊張，但是對於宗教信仰政策還是沒有開放，人們依舊不敢公開談佛。

　　實際上，夏爾楚表面上是一幅嗔怪的樣子，但是她的內心是很複雜的。她看到那些泥人泥房子，心裏就特別驚訝，心想：「這小小年紀的南哲才讓還沒有見過寺院以及僧人佛塔佛像的，就連圖片都沒有見過，怎麼就能夠捏得那麼像，簡直是奇蹟！」

　　她自然想到了南哲才讓出生之後，本家大叔對小南哲命運所預測的那些話，而正是因為那些千叮嚀萬囑咐的話讓她對這件事分外在意，她知道了他的命運，再加上發生了這樣的事，她更加相信命運，相信南哲才讓這輩子真的就不是為了華扎家族傳宗接代而來的了。所以，她怎麼能夠不小心呵護這樣一個孩子呢！

雖然南哲才讓眼巴巴地望著她把他辛辛苦苦捏的泥人搜走那種無辜的眼神，在這位母親的心裏有一種說不出的共鳴和辛酸，但是她還是狠狠地說了小兒子一通，因為在這個敏感的年代，她又有怎樣的辦法呢！

4

世間萬法　皆由心造
隨緣流轉　不可言說

01 |

終於，盼望已久的假期到來了！由於厭倦了上學讀那些不感興趣的書，南哲才讓幾乎是在期盼中度過了這個學期。假期剛開始，他就成了家裏的「放羊倌」，每天代替夏爾楚去放羊，年少的南哲才讓內心裏是如此的歡喜，每一天，他都與大自然相伴，彷彿身心已經和造化融為一體了。

距離村子十幾里的郊外，有一座海拔幾百米的小山，雖然山不是很高，但是叢林茂密。山腰上有一大片草地，附近村落的藏民都喜歡在這裏放牧，牛羊在草地上吃草，牧民們可以坐在半山坡上的樹蔭裏，居高臨下地看護著牛羊，有時候還是有忍不住引吭高歌的藏牧民，那歌聲彷彿陽光透過茂密的松葉般，在山間迴盪，灑在這片彷彿世外桃源的山野，令人充滿了發自內心的歡樂。雀鳥成群結隊地歡叫著飛來飛去，彷彿應和著那樣的天籟之音鳴唱舞蹈；偶有可愛的小兔子穿蹦跳躍，在林間警覺地匆匆而過，⋯⋯在那樣一個神經緊繃的年代，這裏就宛如世外桃源，在少年的南哲才讓的視野裏亦如天堂般的令人充滿歡喜。

南哲才讓帶著夏爾楚為他備好的糌粑，趕著羊群一清早就來到這裏放牧了。每天放牧已經成為他生活的一部分，也是他每天最開心的時刻，幾乎一整天，他都懷著歡天喜地的心情在這裏度過。羊兒自由自在地在林間草地上吃草，他則躺在草地上，或者閉目仰臥，任陽光恣意地照在身上，任風兒輕輕撫摸臉頰，或者靜靜地將目光追隨著鳥兒的身影，傾聽牠們啁啾鳴唱，此時此刻的他彷彿與自然合二為一，身心都融入太陽的光芒裏。餓了啃一口阿媽親手做的糌粑，渴了就跑到山泉邊，捧一捧甘甜的清泉水暢飲，覺得自己如神仙一般自由自在⋯⋯

　　當太陽的餘暉披掛在山林，一抹紅霞悄然隱現天邊的時候，南哲才讓清點好羊隻數量，然後一路吆喝著趕著羊群回家了。蜿蜒的山路在腳下綿延，一路上，他放開喉嚨唱著從阿媽阿爸那裏照葫蘆畫瓢學來的民歌，稚嫩的聲音已經隱約透著藏族漢子特有的豪氣了。辛苦地放了一天羊，他心裏思念的是阿媽做的熱騰騰的晚飯，雖然簡單，但是溫暖無比。想著、想著，他的腳步不由得加快，羊兒也在他的驅趕下步履快捷起來，彷彿一路小跑著，哦！他看見了不遠的小村落，看見村落的上空冉冉升騰起來的炊煙……

　　南哲才讓是一個做事認真的孩子，跨進家門的第一件事是把羊圈進了欄裏，檢查好圈門是否關得嚴實，然後才匆匆走近屋子。今天還沒等他進門，就聽見屋子裏傳來陣陣歡快的喧嘩聲，好奇的他迫不及待地緊走幾步，只看見家裏來了幾個背著槍的軍人，見小南哲才讓走進門，有人就招呼說：「南哲，你回來啦！辛苦啦！快快過來，讓叔叔看看！」

　　南哲才讓這才看見，那幾個陌生人裏的熟悉的面孔，那是他的叔叔扎西，一個英姿颯爽的軍人，他們各個穿著草綠色的軍裝，戴著軍帽，帽子正中有一顆紅色的五角星，領子上有紅色的領章。原來是扎西帶著幾個戰友公出回到家鄉，順便回來看望文賢尚夫婦倆，他們正在熱烈地討論著明天要去山上打獵的事情。

　　南哲才讓遠遠地向大家鞠躬行過禮，扎西笑盈盈地熱情地招呼他過去。他們席地圍坐在藏式地桌旁，正在大碗喝著青稞酒，粗糙的矮木桌子上還擺著誘人的烤肉，那是素日少見的肉腥，那酥油茶碗裏剩下點點茶液，還散發著香氣。

　　南哲才讓肚子裏的饞蟲不由得被勾出來了，因為放了一天羊，僅僅幾塊糌粑充饑，他早已經感到肚子裏空空的了，所以真

的好想馬上吃到嘴裏啊！

　　彷彿有心靈感應一般，夏爾楚招呼小南哲到廚房，她手裏提著茶壺，一邊笑著，一邊為南哲倒了一碗酥油茶，還給他拿了一小塊烤肉，小南哲喝著夏爾楚做的酥油茶，他將香噴噴的烤肉一絲一絲撕成條條放進嘴裏，細細地品味，因為素日即使是過年都很少吃到肉的，這次如果不是扎西叔叔帶來了些肉，他們還不知要什麼時候才會吃到，這麼多好吃的，南哲才讓心裏那種幸福感就無以言表了。

　　扎西這次回來是順路到家裏看看，還興致勃勃地說明天去山上打獵，他問文賢尚山上哪裏有鳥兒，文賢尚自信滿滿地回答說：「這個我是外行，不過，我們家南哲每天都在山上放羊，他最了解山上哪裏有鳥了。」

　　說著他拖著長音大聲喊著兒子：「南哲！」

　　「哎，阿爸。」南哲應聲答應著。

　　「你進來！」文賢尚喊道。在藏區，藏民的習俗很守規矩，家裏來客人，即使是親戚來了，小孩子都是不能同桌吃飯的。所以，小南哲得守規矩。不過，文賢尚的喊聲，讓南哲應聲而至。

　　「南哲，你每天都去放羊，山上有鳥嗎？」文賢尚問，扎西和幾個兵的目光都齊刷刷地投向南哲。

　　南哲才讓聽了，拍著胸脯自信滿滿地回答說：「嗯！山上的鳥多著呢！我知道哪裏有，明天我帶你們去！」

　　文賢尚示意兒子出去，就繼續和大家喝酒。

　　他給幾個人的小木碗再一次斟滿酒，唱起了酒歌：

「今天是個吉祥的日子

我們相聚在一起

請舉起酒杯

喝下甘甜的美酒
大家跳起來唱起來
祝福各位朋友扎西德勒
扎西德勒」

唱完之後，文賢尚用無明指挑起木碗裏的酒朝天上彈了彈，又挑了酒向地上彈了彈，這也是藏民歷來的習俗，意味著敬佛法僧，敬天龍八部，敬天上的日月，地上的花草，最後他舉起碗敬坐在右手邊扎西以及那幾個戰士。

「好啊！」扎西和戰友們聽了也都很高興，他們更加起勁地喝起酒來。藏諺有云「山羊見柳，藏民見酒。」也就是說，藏族人喜愛喝酒是出於天性，酒過三巡，喝到興頭兒，扎西也唱起歌來。

歌助著酒興，酒乘著歌兒，越喝越興致高昂。文賢尚和大家竟不由自主地手舞足蹈跳起鍋莊來……

酥油燈的火苗映紅了每個人的臉龐，加上酒的力量，每個人彷彿化了妝容一般，顯得精神煥發，尤其美麗的夏爾楚更是擁有著藏族女人那種獨特的嫵媚。

房間裏散浮著青稞酒的醇厚的香氣，同時，這小小的空間也被那歡歌笑語填滿了。雖然文賢尚家並不富裕，但是夫妻之間簡單快樂的日子讓南哲才讓從小就感受到一種幸福和滿足。

小南哲才讓就這樣吃飽喝足坐那裏拄著下巴，紅撲撲的笑臉綻放著真摯的笑容，遠遠地看著他們在那裏跳舞……

02 |

　　第二天一早南哲才讓就匆匆爬起來，扎西和他的戰友們也興奮地早起了，他們一邊整裝待發，一邊七嘴八舌地繪製著今天的藍圖。夏爾楚端著盛著糌粑的盆走過來對文賢尚說：「你們帶些糌粑吧，餓了也好填補下肚子。」

　　扎西不以為然地信心滿滿地拍著胸脯說：「根本不需要帶吃的！山上那麼多鳥兒，憑藉我們這些神槍手，您就等著吃我們打回來的鳥肉，中午吃上好的野味吧！」

　　夏爾楚聽著也不由地笑了……

　　「天氣真的好啊！」扎西抬頭望著遠處的茂密的山林，心情異常高興。

　　藍藍的天空，有朵朵白雲，彷彿一隻隻雪白的羊兒，陽光明媚，和風吹拂，清新的空氣裏散發著芳草馨香。南哲才讓像往日一樣，依舊帶著夏爾楚為他準備好的糌粑出發了，一路上，他儘量解答著大家對山裏所有的問題向山上進發，沿著山間小路，聞著芳草的隨風飄拂的清香，聽著羊兒「咩咩」的歡叫，彷彿它們心有靈犀地也感受到了一行人的歡樂一般。

　　當到達了南哲才讓經常放羊的小山坡時，他停下腳步胸有成竹地對扎西說：「就這裏吧，叔，這裏每天都有各種各樣的成群結隊的鳥兒，你們一定會大有收穫的！」

　　他的話音剛落，扎西就分派他的戰友們各自散開，埋伏在周圍，等待狩獵的大好時機。而南哲才讓找到距離不遠的地方，將羊兒們趕到附近的草地上吃草，他則坐在樹下閉目養神，可是他心裏彷彿覺得很彆扭，彷彿今天和以往的每一天都不同，他的心思已經無法集中，無法像往常一樣與自然合二為一了。

　　好久過去了，山裏依舊一片寂靜，連一聲槍響都沒有聽到，「看來叔叔們到現在也沒有放一槍，一隻鳥也沒打到呢。」他這樣想著，也好生奇怪：「本來每天都有看見成群結隊的鳥兒在這裏覓食呀，現在都快接近中午了，怎麼連一根鳥毛都沒見到呢？」正在疑惑之際，只見一臉倦色的叔叔沿著蜿蜒的小路跑過來，氣喘吁吁的問：「南哲才侄兒，你不是說這裏鳥兒成群結隊嗎？怎麼現在還沒看見一隻呀？」

　　南哲才讓皺了皺眉頭，左手摸了摸腦袋，百思不得其解，無奈地答道：「不對呀，每天我都看到鳥兒的，今天真是奇怪了！」

　　那幾個戰友們也陸續趕來，他們嘟嚷說：「肚子餓的已經『咕咕』叫了！這都一上午了，怎麼連絲鳥毛都不見呢？」大家的興致陡然下落，就如戰敗的士兵，各個灰心喪氣，沒有繼續下去的鬥志了。

　　扎西拍了一下小南哲才讓的頭，半開玩笑地嗔道：「你這小子，怎麼騙我們呢？」

　　「冤枉啊！我沒有騙人！」南哲才讓睜大眼睛認真地為自己辯解道，他望著扎西們失望的背影消失在山路的盡頭，心裏真的覺得有些迷惑了，竟然也略帶一絲歉意。

　　此刻，他的肚子也開始「咕咕」叫起來，他坐在樹根下，從口袋裏掏出夏爾楚為他準備的糌粑開始大吃起來，一邊吃一邊還在想今天這奇怪的事情。正想著，眼前飛過一隻雪雞，不一會功夫各種鳥兒越來越多，他又像往常一樣聽到了鳥兒們歡快的叫聲了。

　　南哲才讓此刻竟然有種釋然的感覺，望著牠們笑了，心裏想：「鳥兒啊！鳥兒啊！我也不希望你們成為槍下的亡靈啊，難

道你們心有靈犀嗎？」

　　雖然南哲才讓很無奈，但是真心高興，因為他內心裏是不希望扎西叔叔們把這些活生生的生靈殺掉變成美味的，難道冥冥之中鳥兒和自己有感應？他內疚的心理沒多久就化作了歡喜。山裏又恢復了往日的情形，這看似依舊是一個與往常一樣美好的日子，讓南哲才讓彷彿沐浴在和睦安詳的吉祥之光裏！

　　普通人在四季的輪迴中每天都在上演相似的日子，歷史的輪迴雖然同樣周而復始地變幻。然

饅頭花兒轉著開，三丹的花兒了散開，
你是個花兒了轉著來，不是個花兒了走開。
——青海民謠

而，這貌似平靜的下面卻如一條寬廣而平靜的大河，默默之中在深處匯聚著不平靜的暗河，終有一天，如驚雷般的巨浪劃破那貌似的平靜，帶給人們震撼。

03

　　1976年，在中國的大地上，震驚世界的大事件實在太多。陸續有老一輩領導人周恩來，朱德和毛澤東的逝世，伴隨有唐山

大地震，一夜之間唐山夷為廢墟。人們都私下議論說只有大人物逝世才會地動山搖啊！提起唐山大地震，的確是一個史無前例的災難，那二十幾萬亡靈進入中陰境界（藏傳佛教裏指人死後到投生前那一階段的存在狀態）的時候，遙相呼應地，這塊多災多難的土地上也同時在醞釀著一場更大的「地震」……

多少年之後，當歷史昭然公示於大眾，人們才後知後覺地感歎著，在普通人毫無知覺的貌似平靜的日子裏，原來每一天還發生著如此這般不尋常的事件，當這些因緣孕育到一定時機，就如種子有了充分的光照、充足的水分、適合的溫度而發芽、開花，繼而結果。因果演繹裏，歷史就這般走到了一個結點。

南哲才讓的思維跨越了前塵後世，藏曆火龍年秋天，也即1976年10月6日，這個對於普通大眾並沒有區別的日子，當江青交出那把權利的鑰匙的時候，是對一個災難的鎖禁，亦是開啟了一個大不同的未來之門。生活，在人們不知不覺中，逐漸發生著變化……

1978年藏曆土馬年的冬天，十一屆三中全會召開了，這是粉碎「四人幫」之後召開的一次具有歷史轉折意義的大會。雖然對於大多數老百姓而言並不關心政治，但是政治卻與人們的物質和精神生活息息相關。宗教政策也是在這次大會之後開始有放鬆的跡象。

那一天
我閉目在經殿的香霧中
驀然聽見
你誦經的真言
那一月
我搖動所有的經筒
不為超度

只為觸摸你的指尖
那一年
我磕長頭在山路
不為覲見
只為貼著你的溫暖
那一世
我轉山轉水轉佛塔
不為輪迴
只為途中與你相見
　　——倉央嘉措

多年之後，六世達賴喇嘛倉央嘉措的詩歌在民間廣為流傳，更多的人所理解其含義是一位年輕人對愛情的嚮往，不會去體會在這些字面背後隱含的密意。如果從對佛法的追求與學習的角度，何嘗不需要類似追求一位情人那樣的執著，而且還要超越於世間的追求所附加的任何條件，需要一個人的永遠不變持之以恆的信念所支撐呢？從這個意義講，多年以後的南哲才讓對倉央嘉措的所謂的「情詩」有另一個層面的理解。

對於南哲才讓而言，他何嘗不是為了那一年、那一日、那一刻而來呢？

那一年，南哲才讓十一歲，在大人們的交談中，他又逐漸地聽到了佛的字眼，聽說可能要放寬宗教政策，恢復信仰自由了。不知為何，他內心感到莫名的歡喜和嚮往。

那一日，南哲才讓聽說剛剛恢復不久的甘禪寺要請來大活佛為大家講經說法做灌頂，心裏就暗自惦記起來。和往常一樣，他

經幡

雖然人來到學校，心卻早已經飛到了甘禪寺……

那一刻，南哲才讓默默叫來要好的同學，一起偷偷地溜出了學校……

思維的跳躍，跨越了時空，這一路上的回憶就如那蜿蜒的山路一般曲折綿長，彷彿令南哲才讓又一次經歷了那年那月的滄桑。

南哲才讓在阿媽夏爾楚的陪送下，正在接近少年心中那個心馳神往的聖地，他的思維也如那山路蜿蜒，彷彿匍匐在朝拜的路上，而往事又如那小路兩側的密林上的樹葉一樣無法一一細數。行走於神山那崎嶇的盤山路上，忘記了旅途勞累，無視流出的汗水，遠遠眺去，那寺院的庭院靜靜地安住於山坡之上，他用手臂輕撫了面頰，眼睛裏熠熠泛起一絲笑意。

「阿媽！您看！」小南哲喜悅之情漫上面龐，他無法掩飾少年的爛漫情懷，興奮地雀躍，用手指著前方的半山坳給夏爾楚看。

阿媽夏爾楚循著指引望去，一邊用手攏了攏頭髮，那鬢旁的髮絲，讓汗水包裹著一縷一縷地散落著，貼在了面龐，她笑著，此刻的她彷彿度母一般美麗。

甘沖寺，就在那裏，與神山相依，以彩虹為簪，以雲霧為氅，似乎盛裝歡迎南哲才讓的到來……

關於青海互助縣甘沖寺，有著古老的傳說，相傳該寺原藏有藏文手抄本一冊，毀於1958年。該書稱元末明初，今巴扎鄉拉華臺村有一座宏大雄偉的寺院，其大雄寶殿高達九層，用青磚、石條和木材等建成。那時僧人達數千人，活佛一位。寺前有大小兩湖，青藍色的湖水清澈見底，更襯托出佛教聖地的殊勝吉祥。

明末清初，拉華臺寺因火災而被焚毀，當時寺院周圍農戶不多，後來外來人越來越多，開荒種地，寺址也看不出來了，女人在湖邊洗衣服，湖水也逐漸乾枯了。該書還記載說：寺院被焚後，那位活佛圓寂時發願：「我來世還要建我的寺院，但不在這裏，我已考察寺院後北山中有塊地方，那裏很好，雖然地方不大，但那是神龍騰飛處，能在那裏建寺院則功德圓滿了。」

後來在民國九年（西元1921年），現在的甘沖寺出現，第五世麻倉活佛創建了今天的甘沖寺。

甘沖寺大殿老照片

第二篇

貳

小沙彌
圖旦益西多吉

1

真實夢境，如幻現實
現實夢境，自心相續

　　1921年的早春，祁連山脈的山頂上冰雪覆蓋，春寒料峭的山中松林之間的蜿蜒小路上，行走著一位身著紅色袈裟的喇嘛，他的額頭上已經滲出了汗珠，當他走出了那片抬頭望不到天的松林，盡頭的峽谷裏，出現一塊平坦的草地，經過一個冬季凜冽的侵洗，顯露荒草萋萋肅殺的景象。抬眼望去，這一塊地方，彷彿四面環山，靠山根的西面半山依山有一片東西走向的空地，背面是山，南面就是山谷空地，是一個東西過長的地勢，他心想：「這地方看起來是一個閉關的好去處。」

　　再繼續走下去。竟然有一行蛇形的通往山下的土路，山裏面的樹林中，幾戶人家的屋頂錯落著掩映在山林間⋯⋯

　　「這裏看起來人煙稀少，空氣清新，風景優美，真是一個修行的好地方啊！」關卻春來麥潘多吉心裏想，「就這地方了。」

　　這樣想著，他不由得加快了腳步，走著走著，他遇到了一座依山而建的藏民房舍，就走進院子裏打招呼，一位面色黝黑的老人走出來，熱情地與他打著招呼，在山裏遇到有人來，總是會有如此的禮遇，一是山裏的人少，二也是因為這裏的人善良而篤信佛法的緣故，對人沒有不友善不熱情的。

　　通過聊天，關卻春來麥潘多吉了解到此地叫甘沖溝，人家不多，也是一個藏民和土族聚居之地，當聽說關卻春來麥潘多吉想在山上定居，這位憨態可掬的藏族男子很是高興，他說：「這下好了，我有鄰居啦！」

　　但是，此刻他並不瞭解，這位陌生來客正是一位叫多杰嘉吾的轉世活佛，他就是從西康行走而來的第五世嘛呢活佛轉世。

　　關卻春來麥潘多吉暫時住在這位藏民家裏，白天沒事的時候，他就到處尋找些石材，自己動手搬到半山腰，又在山坡上開

始鑿洞，這樣他依山勢而建了一座房舍，石頭漆的牆，茅草搭的房頂，他決定自己在這樣一個清淨之所好好修行。

很快，一傳十十傳百，當地散居的藏民和土族鄉親就聽說有一位行腳喇嘛在此定居並修行，所以，經常有人跑來向他請教，慢慢地，有人要出家和他一起修行，就在周圍搭建起僧舍，原本第五世嘛呢活佛只是想自己在此地好好閉關修行，卻沒料到這裏慢慢變成了一個小型的佛教講修之地，他索性就將這個簡易的修行之地命名為了：「圖丹夏智俄布林」，漢語意為「佛教講修摩尼洲」這就是眼前這座甘沖寺初建時的雛形，後來因為水源等不便利的原因，後來於1927年搬到了現如今這個位置。關於遷寺的緣由，據說其前世在拉華臺寺時覺得寺址不對，圓寂時發願要遷寺。他重建甘沖寺後，近三十多年裏，修了大小兩座經堂、僧舍數百間、佛塔兩座，逐漸發展成為如今這座小有規模的寺院。

「圖丹夏智俄布林」的四面環山，東為金池山，南為象居山，西為摩尼寶山，北為神龍騰飛山，氣派壯麗，宛若人間仙境，是一處隱匿於深山裏的世外桃源，亦是一處適合靜修的佛教聖地。

現在的甘沖寺經過自1958年之後十幾年的風雨洗禮已非彼時的甘沖寺，整個寺院基本上在「文革」時期拆掉，經書也被燒毀，以及第五世活佛的生平資料也都隨之付之一炬。眼前的甘沖寺卻是十一屆三中全會之後才逐漸重新修繕起來的……

01

　　當南哲才讓風塵僕僕地到達甘沖寺，邁進寺院的大堂的時候，他頓時有一種彷彿一個多年漂泊在外的遊子終於回歸故里的感覺，眼淚溢滿眼眶，終於無法自持，順著臉頰流下來。看到那些熟悉的堂舍，熟悉的佛像，熟悉的喇嘛服，這一切，似隱匿於他記憶深處的一幅場景。然而，現實中他卻是第一次來到甘沖寺。而南哲才讓從小雖然想出家，但是因為六七十年代，宗教道場遭到嚴重破壞封殺，也只是能在心裏想想，根本不敢隨便說出來，一九七九年宗教政策開放了，終於可以名正言順地談論佛法信仰，談論自己的理想信念了……

　　南哲才讓在落周師父的引領下來到先覺堪布的禪房，南哲才讓低眉順眼地不敢直視，躬身行禮，老喇嘛先覺堪布盤坐在榻座上，面容慈祥，微笑著望著站在面前的南哲才讓，說：「南哲啊，今天我為你做皈依，從此你就成為真正的三寶佛子啦！」

　　先覺堪布是一位看起來比較威嚴的喇嘛，他面色黑紅，是高原人特有的蕎麥膚色，蓄著已經發白的絡腮鬍鬚，有一種仙風道骨的威儀。

　　南哲才讓跪在老喇嘛先覺堪布面前，待其誦經之後，就持咒為這位年輕的小弟子做灌頂加持，「好啦，從今天起，你的法名就叫『圖旦益西多吉』啦！」。

　　從此以後，甘沖寺多了一位年輕的十四歲小喇嘛，他的名字

嘛呢活佛與落周師父

叫圖旦益西多吉。

　　圖旦益西真正融入進這座讓他曾經魂牽夢繞的甘沖寺的時候，才明白了為什麼當時決定出家為僧的不選擇青海塔爾寺，也沒選擇歷代祖先供養的甘禪寺，卻選擇了甘沖寺，這坐落在北山之中，彷彿與世隔絕，規模和名氣都不大而且有待進一步修葺的寺院，原來那是他夢裏的場景，似曾相識的現前，而甘沖寺也是當地唯一一座藏傳佛教寧瑪派（紅教）的寺院，這一定是前世的因緣所致啊！

　　這座甘沖寺要說與夢境中的寺院是有所差距的，這寺院比較夢中的要舊，而且寺院周圍也少有佛塔，還有就是供奉的佛像也有不同，但是大殿基本的架構還是一致的，而夢裏的南哲才讓儼然是寺院的主持，帶領僧眾讀經、持咒……

　　「難道我夢中的寺院是甘沖寺的未來？難道將來的我就是這座寺院的主人？或者說，我就是因循前世的指點來到這裏，來完成他未完成的事業？」圖旦益西獨自沉沉地思維著，這種心思也只是深深埋藏在他的心裏，只是瞬間跳躍出來，彷彿火花一般一閃而過。

　　「圖旦益西？」老喇嘛先覺堪布拉著長聲。

　　「哦，是！師父。」圖旦益西雙手合十，畢恭畢敬地應著，一下子從思緒中抽離出來，這場景又令他禁不住記起在小學時，他上課溜號，被老師叫醒，他也是這樣的回答，引起老師哭笑不得，而這一次卻是名副其實的師父在眼前，為他介紹寺院的歷史，如此被喚醒的圖旦益西，才又接著聽老喇嘛先覺堪布繼續向他介紹甘沖寺：

　　「雪域青藏高原是蓮花生大師和觀世音菩薩的化土，因此，有前世發願再來的蓮花生大師和觀世音的化身轉世救助眾生和為

佛教的事業無私地高僧大德。甘沖寺是寧瑪派寺院，佐欽寺是甘沖寺的母寺，甘沖寺的住寺活佛前三世都在西康一帶，化現為大瑜伽師及比丘的身份等不一而足。第一世至四世的詳細傳記，因文革期間紅衛兵小將一把火把藏經樓燒了，所有經書全部燒毀，所以現在無法詳細介紹。不過，寺院和民間的說法大致是這樣：

嘛呢活佛第三世才嗡智巴扎大成就者，是居無定所的遊僧，他雲遊四海，廣傳菩提，從西康出道傳法、閉關，到拉薩桑耶寺等地閉關多年後，來到青海阿尼瑪青神山轉山朝拜，應弟子的請求來到青海湖海心山閉關多年，後來到阿群南宗山閉關，數年後，應弟子請求來到安多華銳互助樺林溝一帶閉關，在當地傳法、講修、行醫，收了一些弟子，基本上都是瑜伽士。大師的清淨一生，雲遊四海，臨終時在他閉關的破洞裏只有一個木碗和一串念珠，一件補滿補丁的粗布袈裟，也是他所有的財產，最後在華銳互助縣樺林溝以彩虹之身虹化圓寂，日期不詳。

第四世嘛呢活佛多杰加布，1811年，藏曆甲子15期金羊年，多杰加布出生在華銳互助縣大合欠馬場，從小跟父親學習基本佛教常識，十二歲時拜師華銳有名的大成就者丹增奧賽大師，是寧瑪派大圓滿法的繼承者，常年不敢在珠古扎卡山上。在丹增奧賽大師的安排下，嘛呢活佛十九歲時前往西康佐欽寺尋找前師足跡。在佐欽寺拜左欽四世法王穆居南克為師，長達二十多年的學習閉關，在到西藏等地多年閉關修行後，五十多歲時華銳多麥返自己的家鄉，在安多地區的互助樺林溝一帶閉關修行，傳法、講經。

有一天觀音顯靈指點說：你去東邊離這不遠處，有個閉關地，你在那裏閉關，有更大的使命。於是，多杰加布活佛聽從指引，起身東去尋找，在互助北山元浦溝深山處，找到一個柏樹

林茂密的修行地，跟觀音菩薩夢中指點的幾乎一樣。從此，他在那裏閉關修行並傳法培養弟子，直至公園1893年藏曆甲子15期水蛇年圓寂，時年八十二歲。多杰加布也是大瑜伽師，是一位修持密法圓滿的大成就者，至今還能看到他在石頭上留下的腳印和手印。他培養的弟子逾千人，其中成就虹化的有三位。

而嘛呢活佛第五世法名為關卻春來麥潘多吉，也是如今甘沖寺的締造者。他的故事緣起於1894年⋯⋯

1894年，藏曆甲子15期木馬年，在互助北山巴扎甘沖溝的一戶普通藏民家裏，一個男孩兒呱呱墜地，他就是關卻春來麥潘多吉，剛出生就被第一世夏嘎活佛和尖扎古浪倉大佛爺認定為第四世嘛呢活佛的轉世，他八歲時在甘肅天堂寺出家授沙彌戒，此後常住在夏嘎佛爺處，跟隨夏嘎佛爺常年在夏嘎神山上閉關。十六歲在夏嘎活佛的安排下，嘛呢活佛到尖扎寺古浪倉大佛爺處學習五部大論和藏語語法和曆算等，十九歲時又被古浪倉活佛安排前往西康佐欽寺深造學習，拜五世佐欽法王圖丹卻吉多杰為根本上師，同時還拜了堪布延噶和拉貢堪布為經師，學習、閉關、行住了十八年，他歷經十多年的深造之後，來到西藏敏珠林寺學習五明文化和佛學，兼學柑橘拍、薩迦派、格魯派教法，成為一位著名的佛學高僧，也是一位著名的藏醫。三十七歲時返回家鄉修建了甘沖寺。他培養了為佛教和眾生起到一定作用的徒弟數千人，一生勤於「聞思修」的自利利他的講辯著等事業，是一位密法圓滿的大成就者。」因為他以觀音菩薩為本尊，眾生念誦觀音六字大明咒，也讓弟子信眾念觀音心咒「嗡嘛呢叭咪吽」，因此，信眾和弟子稱他為「嘛呢活佛」或麻倉活佛，也稱「嘛佛爺」。

1958年10月，國家的宗教信仰受到嚴重的損壞，僧人被迫還俗，寺院被打砸搶燒一空，活佛們全部押解到勞改農場，有些當

時被槍斃。嘛呢活佛被押送到西寧南川磚瓦場勞改，1960年葬禮甲子16期金鼠年圓寂，時年六十六歲。

第五世嘛呢活佛圓寂於1959年，時值大躍進年代，佛教也面臨著一種岌岌可危的境地。

當先覺堪布講到這裏，圖旦益西的腦海裏便幻化出1959年的一個場景：

大通河畔的水滔滔洶湧著沿著山根從北山裏流向遠方，依舊如昨天那樣雄美而滂沱，天空依舊那樣蔚藍，成群的烏鴉時而略過甘沖寺的上空時而落在寺院大殿的飛簷之上，彷彿在聆聽佛音一般。河水的奔流，鳥兒的鳴唱，更加凸顯了寺院的靜謐。這樣一個寂靜之處，彷彿仙境一般無人叨擾。

忽然，這靜寂被一陣喧囂打破，一群人蜂擁一般從山下沿著蜿蜒的山路叫嚷著來到了寺院，帶頭的喊著要主管出來，一幫隨從跟著鬧嚷嚷地起哄。

管家喇嘛急忙找到活佛，活佛率眾弟子來到大殿前的小廣場，這時候，帶頭的人突然揮動著拳頭，呼喊著什麼也聽不清楚，其他的人一起跟著呼喊起來，這聲音，彷彿在平靜的湖面投擲了一枚炸彈，掀起一陣混亂。原本清淨的靜修之地，彷彿籠罩在兇神惡煞的氣焰中，甘沖寺有史以來第一次如此地喧鬧，而眾弟子也第一次如此忐忑，他們雖然瞭解西藏歷史上的滅佛事件，但是，當這樣一個情景真實再現的時候，這些慈悲的出家僧人也顯得有些慌亂不知所措。

活佛卻不慌不忙，因為早前他已經瞭解了其他寺院紛紛陸續被毀，他雖然在內心早有準備，但卻沒料想事情來得這麼快，就連小小的甘沖寺，坐落在深山之中，交通如此不便利，他們也不放過。造反派們焚毀了藏經樓，甘沖寺僅僅剩下斷壁殘垣……

　　圖旦益西的想像中，彷彿自己真的穿越到那樣一個年代，那樣一個場景中。此刻，先覺堪布的話又一次打斷了他的想像。他跟隨著老堪布的話，繼續瞭解甘沖寺歷代的故事。

　　初到甘沖寺，從老喇嘛先覺堪布向圖旦益西簡單地介紹中，他瞭解到了甘沖寺是華銳地區唯一的寧瑪派（紅教）寺院，再次聽聞了蓮花生大師的名號，在這樣莊嚴肅穆的大堂之上，圖旦益西多吉的感覺無以言表，他幾乎是眼裏噙著淚水，在老喇嘛先覺堪布的介紹中也逐漸瞭解蓮花生大士在藏傳佛教中的地位。

　　「寧瑪派，由於該派的僧人都戴紅色僧帽，所以也被稱為紅教，是藏傳佛教四大傳承之一。八世紀後半期，印度烏仗那國僧人蓮花生，藏傳佛教尊稱他為洛本仁波切，把佛教密宗傳入西藏，建立了藏傳佛教。相對於以後的其他三大傳承，白教-噶舉派、花教-薩加派、黃教-格魯派。寧瑪派是舊派，是藏傳佛教的重要宗派之一，寧瑪一詞的意思為「古」或「舊」，寧瑪派即古派或舊宗派。」

　　圖旦益西聽得極其認真，更是心潮澎湃，內心歡喜且肅然起敬。真的希望自己也能夠成為如上師那樣的大成就者，能夠完成自利利他的菩提大業⋯⋯

　　如今趕上了好時候，由於十一屆三中全會後剛剛落實宗教政策，甘沖寺也是一九八一年才正式恢復開放，此時寺院只有三位老喇嘛，而其中一位是圖旦益西的老舅爺落周師父。圖旦益西初來寺院就在落周師父那裏住下了，他拜落周師父為師，學了些基本佛學常識和儀軌。他向老喇嘛先覺堪布拜師，皈依受戒，從此有了上師師父。

02

　　老喇嘛先覺堪布除了向圖旦益西多吉介紹甘沖寺的歷史以及藏傳佛教宗派之外，他也是簡單地介紹了寺院的規矩。圖旦益西才對宗派有了啟蒙的概念，藏傳佛教有四大宗派：寧瑪派、薩迦派、噶舉派和格魯派。而甘沖寺的歷代活佛就是寧瑪派大圓滿修行成就者。

　　寺院裏的修行規約嚴謹，早晚課有嚴格的時間和內容的規定。圖旦益西初到寺院，每天和他一起學習的有五個小僧人和幾個在家學徒弟子。老喇嘛先覺堪布每天教授他們一些僧人應該必備的基礎常識，包括佛法初學法規和儀軌。比如一些樂器、用糌粑做多瑪和酥油花，以及念誦儀軌的聲調。每一天天未亮，僧眾都要到寺院的大殿一起共修。

　　說是寺院大殿，也只是少有的留下一磚一瓦，如今已沒有像樣的房子作為三寶道場，但是，僧眾的修行儀軌卻是完整的。

　　早上四點半，圖旦益西就要起床，他們在大殿上誦經共修直到九點多。然後吃點簡單的早餐，就會去山上砍柴，等他們背著柴禾回到寺院，也就到中午一點多了。午飯過後，他們繼續學習練字。下午五點準時到大殿念經，直到晚上七點晚飯前結束。一日三餐都是自己動手，其實，也就是很簡單的糌粑為主食。晚上八點繼續做晚課，一直到十點半，全天的功課才算結束。這樣的學習持續五年多。由於圖旦益西年紀尚未成年，正是貪玩時節，加上一起的一共五個年齡相仿的小喇嘛，偶爾也會偷懶貪玩，做一些遊戲。

　　此時，正趕上寺院重新開放並進行修繕擴建的時期，圖旦益西也和僧眾們一起投入到了修繕寺院的勞動中。

　　聽老喇嘛先覺堪布說：「修繕寺院建佛塔佛像是非常殊勝的功德，這樣的功德有人求之不得，所以每一磚一瓦，每一土一石，大家都要親自去搬運。如果找別人來修，那就等於你把功德給了別人。」

　　接著老喇嘛先覺堪布給大家講了一則故事：

　　　「傳説密勒日巴尊者修石牆，上師讓他推倒重建，他付出很多辛苦。

　　　　密勒日巴的石牆修到三層時候，師父問：『誰背的石頭？』密勒日巴回答説：『是別人看著我辛苦，幫著背了一些。』

　　　　上師搖著頭說：『不行，要拆掉，重新背石頭，再修。』上師告訴密勒日巴：修寺院，哪怕一磚一瓦都要自己親自做，這也是修行的一部分，是在做功德。」

　　甚至畫唐卡壁畫，也是寺院的喇嘛們共同完成的。對於圖旦益西而言，經歷這樣的特殊修行課程，豈有不精進的道理呢？他表現的無比的興奮和積極。就這樣，由先覺堪布和落周師父負責，依靠巴扎、珠古、仙米、金強灘、科什旦、祁加拉卡、松多、青海湖角什科等地的僧眾自助修建了大經堂、師君三尊大佛像。

大殿佛像

在大家的共同努力下，甘沖寺對比之前更加完備了。大家看著自己親手修繕的寺院，親手請塑的師君三尊大佛像，內心別提有多歡喜。大家在這樣的環境下，寺院的修行和生活進入了一個平和安穩的階段，每天都按部就班地進行除了各自的早晚課修行，還有共同的念經修行，從不間斷，因為大家瞭解，無常隨時而至，修道不能等待，實修亦不能間斷。

古德說：「朝暮不軌，猶良馬無韁。」意思是沒有韁的馬，自然容易失去方向，離道日遠。故佛教徒以朝暮課誦作為自身的軌範。朝，指五更，於晨起盥洗畢，即上殿課誦，期思惟以清淨；暮，指日晡（午後三至五時）之時，功課禮誦，以期消除昏昧。朝指五更，為日之始、晝三時之初，佛徒從鐘聲破夜警醒而起，盥洗畢，即上殿課誦，則期思惟以還淨。暮為日晡，隸屬晝三時之末，功課禮誦，乃冀覺昏而除昧。

高原的日出來得要遲些，而寺院的早課卻通常都是在早上五點開始，這個時候還是黑夜籠罩的時刻；晚課是在晚上七點之後。修行的內容也是老喇嘛先覺堪布規定的經文讀誦，甚至要求全文背誦下來。所以，每天的精進修行是必須功課，因為那厚厚的經書如果要背誦下來並非一日之功。

一方面，時間的早晚規定的遵從代表著一個人的精進，從另一方面來看，出家生活是一種醒覺的生活，從早晨睜開眼，到晚上養息，一天之中，要時時省察自己的心念，這份醒覺除了透過個人時時迴光反照，早晚課即是一種很好的方式。經過一天的培福修慧，到晚上時，「暮應歸攝眾善，歸去淨土」，圓滿完成一

天的修行事務。因此，朝暮課誦的設置，遂成為佛教寺院通行的
重要規制。

　　清晨，太陽還沒有爬上北山，喇嘛們就起床了。出家人的生
活簡單而純淨，沒有世俗的繁文縟節，簡單地洗漱完畢，大家就
陸陸續續準時齊聚在大殿之中一起共修。

　　小喇嘛們或許是年少長身體的原因，每天似乎有睡不完的
覺，但是也沒有辦法，雷打不動的功課和共修，是寺院規定。師
父就如同定點的鬧鐘一般，到時間必定要來招呼，有時候小喇嘛
們早上不能按時起床，遇到師父來發現了，就會獲得一種特殊的
加持：打。但是，小喇嘛們就是克制不住瞌睡。為了避免挨打，
能精神幾天，過一段時間就又是老樣子了。

　　早上，大殿上念經，昏暗的大殿經聲轟鳴，偶爾會夾雜著鼾
聲，圖旦益西知道又是哪位小師兄在瞌睡了。幾個小喇嘛有時候
就是這樣，一邊念經一邊打瞌睡，師父發現了，就會毫不留情地
走過去用木棒子照著脖子打一頓，五個小喇嘛除了圖旦益西之
外，挨打了不知多少次，圖旦益西沒有挨過打並不是因為沒打過
瞌睡，只是他內心中總是很謹慎小心，稍微一瞌睡就會立馬調整
自己，短暫的瞌睡也不會被發現。

　　工巧明是修行的一部分，佛事儀軌，總是需要做一些貢
品，如酥油花和多瑪。因此，學習做酥油花和多瑪也是喇嘛們的
必修課。比起大殿上念經，小喇嘛們更加喜歡學習這種手工。

　　美麗的酥油花和多瑪就是一件件藝術品，非常賞心悅目，也
尤其令圖旦益西喜歡。每一次學習做酥油花和多瑪，圖旦益西
都非常精神，瞌睡蟲也不知跑哪裏去了。這可能和他從小喜歡畫
畫捏泥人有關係，因為喜歡自然就興奮，所以瞌睡也就少了，學
得也非常有成績。雖然在學習上，幾個小喇嘛基礎成績都不分上

下，但是在工巧方面竅訣上，圖旦益西比幾位師兄更勝一籌。每一次的手工功課他都會得到老喇嘛堪布的讚賞，成績在五個小學徒中自然非常突出而獲得老喇嘛的認可。這也就應了因緣吧，經中說：「前世向生看今身」，從圖旦益西喜好來看，也正是證明了他確實是一位念佛人。

說起緣分，寺院的措杰喇嘛與圖旦益西算緣分匪淺，他們從小在一所學校上學，一個藏文班，又師從同一位老師。圖旦益西在甘沖寺出家同一年後，措杰也來到這裏出家了，兩個人自然是非常親近。這些不是誰特意安排的，而是機緣巧合，世間的緣分就如秋天的果實，春天播種什麼種子，秋天就結出應有的果實。這也是命運中的玄妙奇特的前生後世的因果。緣聚緣散，有長有短，五位小喇嘛都是十幾歲出家，愉快地度過一段美好的修行時光，歲月讓他們從年少到中年，其間相續中有人還俗、有人故去，因果規律在每個人的命運中都在發揮著它神奇的作用。如今只有措杰喇嘛依舊還在寺院，而五個小喇嘛中有兩個還俗，一個在2014年6月份因腦出血去世了。中年的圖旦益西，卻早已經被認證為造福一方享有聲譽的轉世活佛了。

這都是後話，而這一年少的圖旦益西與小喇嘛們每一天的修行生活充滿了歡樂，這畢竟是年少的圖旦益西所期待的生活。

大殿上跏趺而坐的圖旦益西，內心湧出掩飾不住的歡喜，一種神聖的大悲心也油然升起，當他默默誦讀皈依、發心等偈頌的時候，眼淚竟然無法控制地掉下來了，那是充滿法喜之淚，在捨棄了世俗凡塵之後來到這裏，伏藏在他內心的菩提種子開花了，他怎能不去精進努力修行呢！

僅僅是大圓滿一系列傳承上師的祈禱文，以及上師瑜伽修行就有很多步驟，從金剛七句祈禱文，蓮師心咒，傳承上師祈禱

文，法王祈禱文，上師祈禱文，受四灌頂，回向偈，成就所願誓言到成就所願咒，最後就是共同的回向：

【以此善根願眾生，圓滿福慧二資糧，福慧二資糧所生，靜妙二身得成就。祈願眾生所有諸善行，以及已作未作和現座，如佛證悟賢善諸妙地，祈願眾生亦皆能升登。文殊師利勇猛智，普賢慧行亦復然，隨彼一切常修學，我今回向諸善根，三世如來諸佛所，讚歎回向聖諸願，我今回向諸善根，為得普賢殊勝行……】

每當圖旦益西讀到這樣一段回向文的時候，心裏的慈悲心就油然而生，彷彿感受到眾生之苦，發願要更加努力修行。所以，圖旦益西是五個小喇嘛中修行最精進的，也深得老喇嘛先覺堪布的認可。

一次，宗教局組織當地三座寺院，甘沖寺、甘禪寺和扎隆寺的僧人一起學習兩個月，最後的考試中，圖旦益西在這些優秀的僧人中表現得非常優秀，考得第一名的優異成績。

老喇嘛先覺堪布教導僧眾要真學實修，每天的發心，讀誦祈禱文和回向文也是非常重要的，不能懈怠。老堪布說這也是殊勝菩提心的體現，一個修習大乘佛法的佛子不僅僅為自己修行，也是為度化輪迴苦海中的一切眾生誓願成佛，而為了成佛，每天都要勇猛精進懺悔，觀想受灌頂修持上師瑜伽法，就是緣於這樣的發心，老喇嘛非常嚴格，寺院裏每天的功課安排得滿滿的。

上午的時光就是在這樣充實而神聖中度過的，齋飯時分也是僧眾每天少有的休息時間，幾乎是每一刻每一思維都相續不斷地發願成佛並為此精進修習。寺院僧眾的生活類似AA制那種，有的是自家供養，也有的依賴藏民信眾供養，而供養的也就是酥油青稞牛肉之類的，因為茫茫高原深山裏，除了少量青稞，遍地牛

羊，其他蔬菜糧食幾乎沒有，而北山比較偏僻，交通不便利，眼下下山的路都是狹窄蜿蜒曲折的盤山土路，山裏的氣候又多變，夏季多雨，冬季大雪封山，多數時候的供給都要依賴附近的信眾供養的，所以，信眾也供養牛羊肉，僧眾也是歡喜接受。

簡單的日常生活在老喇嘛的管理下井然有序。眼下寺院的喇嘛雖然不多，但是也逐漸形成了規範，打下了一個良好的基礎。單說每天的功課就是緊鑼密鼓的，也是出家人生活的重要部分，所以，僧侶的修習過程中業餘時間並不多。

「磕頭」也是寺院僧眾必修的，很多人都叫「磕大頭」作「五體投地」的「等身長頭」，那是人們頂禮膜拜的真誠的表現形式之一，實際也有更深的密意，前額、兩手掌、兩膝蓋這五個部位接觸地面。觀想清淨五毒，獲得五身，以及得到佛陀身、語、意、功德、事業五種加持。師父讓僧眾磕大頭，到達十萬個數目才算一個圓滿。這些都是修行的基礎內容。

《佛教大辭典》云：五體投地乃佛教禮法之一。又作五輪投地、投地禮、接足禮、頭面禮、頂禮。本為印度所行之禮法，據大唐西域記卷二所載，印度所行之禮敬法共有九種，其第九種即五體投地，為所有禮法中之最殷重者。其後佛教亦沿用此一禮法，並以之表禮敬之最上者。所謂五體，指兩手、兩膝、頭頂等，亦稱五輪。其行禮之法，先以右膝著地，次下左膝，再次兩肘著地，兩掌舒展過額，其後頭頂著地，良久一拜。除實際之投地禮外，一般亦以此語表示對他人極度敬重推崇之意。

師父說：「磕大頭要全身著地。這樣的頂禮有不可思議的功德，能消除很多業障，能對治貪嗔癡這些煩惱，尤其是對治傲慢心和嫉妒心。」

　　以前，圖旦益西在家讀小學的時候，最後厭學到蹺課，那些世間知識一點也引不起他的興趣，而現在喇嘛堪布讓他怎麼做，他就歡喜認真地怎麼做，每天都老老實實毫不懈怠地磕頭磕到大汗淋漓，感到渾身清爽，心情出奇的輕鬆歡喜。

　　圖旦益西內心裏非常渴望獲得佛學的理論知識，渴望深入學習佛法，因此，晚上念本尊儀軌和護法經的時候他特別歡喜。一年三百六十五天相續不斷地從早上到晚上，大殿上的蒲團經過長期的磕頭的壓力摩擦作用顯得有些破舊了，而他那顆心卻彷彿新生一般被喚醒。時間長了，他發現自己只是在重複地讀誦經文，按照儀軌修行，卻對它的深意無從瞭解，內心瞬間就升起了要去學校學習佛法理論的想法。這起心動念如同一顆種子，為後續的求學種了一個因。

03

　　自1982年11月甘沖寺在當地政府的批准下正式開放以來，寺院第一次增添了一批俗家弟子，那是五個男孩子，另外還收了一位半路出家人，因為老喇嘛先覺堪布年事已高行動不便，他主要負責給老堪布做飯。

　　在藏區有一個傳統習俗，小孩子送到寺院不一定當喇嘛，一家幾個孩子同時到寺院接受教育，長大了也許會還俗，但一般要經過這個階段，像是必修課，因為藏民的教育歷史上都是由寺院來完成，後來隨著發展，寺院才逐漸退出了教育孩子的角色。因此，這一年甘沖寺有了九個僧人，還有一些俗家弟子一

起學習佛法。

　　寺院的五個俗家小弟子尚年幼，比圖旦益西還要小四五歲，每天除了念經持咒，還要跟著老堪布學習藏文。圖旦益西比他們大不了幾歲，因為之前在學校沒有系統學習過藏文，所以也跟著一起學習。

　　佛教傳到藏地，經過前弘時期和後弘時期的藏語翻譯，歷時千年把佛教五部大論(戒律、俱舍、因明、中觀和般若)等翻譯為藏語，而印度、尼泊爾和中原、于闐等國家和地區的科學技術、醫藥、工藝、天文、曆法、文學、藝術等優秀文化也隨之傳入西藏，藏民族的文明、行為、科技、經濟等各方面比以前有了很大的進步，促進了西藏文化的發展。藏文《大藏經》與國內漢文、蒙文、滿文、西夏文《大藏經》相互校勘、互譯互補，促進了民族的文化交流和文化的發展。

　　在這樣的背景下修習佛法如果不懂得藏文，那真的如之前，夏爾楚才對小南哲讓所言，如果不懂藏文就連經書都讀不懂了，還談何修行呢？

　　圖旦益西在上學期間沒有學習過藏文，所以在寺院裏學習藏文也是第一課，而同時還要按照老堪布的教授去做功課，每一天他和那些小弟子們一樣，修習的內容安排得滿滿的。

　　時間在那樣一段愉快的日子裏顯得有些匆忙，那簡單而快樂的修行生活卻在圖旦益西的心中留下了美好的記憶！

　　這一天中午，一群弟子們做完早課，歡天喜地地回到僧舍，圖旦益西也和大家一起一邊走一邊討論，內容並不是經書上的教義，而是中午大家要生火烤土豆。

　　高原上盛產土豆，而且土豆個頭大，從山下進入甘沖寺的上山路旁邊屬於寺院的一隅菜畦，播種的除了少數的大白菜，大多

數是土豆。喇嘛們收穫了土豆也要存到菜畦旁的土洞裏，平時可以供寺院的喇嘛們食用。

　　幾個小弟子歡天喜地地奔去菜窖拿土豆。一路上，大家談起烤土豆，彷彿空氣中已經彌漫著烤土豆的糊香味道了。

　　幾個人分工，有去抱柴禾的，有負責生火的，年幼的他們對於生火還不是很熟練，弄得整個廚房烏煙瘴氣，嗆得幾個人咳嗽此起彼伏，一個人一邊摸著眼睛一邊往灶坑裏添木柴，另一個人將土豆扔進被燒得紅紅的木柴中，另外幾個人在一旁心情迫切地觀望著。漸漸地空氣中除了嗆人的煙味，烤土豆的香味漸漸地濃起來。

　　「就快好啦！」一個小弟子向爐灶裏望了望，用釺子捅了捅，回頭朝著觀望的其他幾個人說。

　　「哈哈哈！」一陣哄堂大笑，令他二和尚摸不著頭腦，他疑惑地停下，看了看大家，「你們笑什麼？」

　　「哈哈，你長了小黑鬍子，大花臉！」

　　「哎哎，有點良心哦！我為你們烤土豆，還取笑我。」那孩子不由得摸了摸臉，不想越抹越黑，大家笑得更起勁了。

　　「哎呦喂，好啦！好啦！」那小弟子也顧不上和大家說笑，連忙用釺子鉤土豆，「你們再說下去，土豆就全身裏外都長鬍子啦！」說著，一個個土豆被他鉤出來，遞到大家手裏，因為太燙，大家的雙手左右翻轉倒騰著。

　　當燙手的烤土豆終於拿到每個人手中的時候，孩子們慢慢地將烤焦的土豆皮剝去，露出裏面起沙的瓤，香味撲鼻而來，這美食差點將口水勾引出來，一個個迫不及待地享受起來，尚存稚氣的臉上露出了滿足的笑容……

　　這樣的寺院生活簡單得令大都市裏的人們無法想像，也是無

法接受的，世界觀的不同令人們對人生目標的追求不同，幸福觀也就不同，幾個還是孩子的小弟子們就是在這樣簡單的快樂中度過他們與眾不同的少年時光。

轉眼間，圖旦益西成長為一個高高瘦瘦的大小伙子，十八歲的他，在寺院裏度過了快樂的接近五年實修生活……

北山的夏天如人間仙境一般美得令人震撼，因為北山的美透著大氣滂沱的氣勢，高高的雪山巔總是銀裝素裹，彷彿一位披著銀髮的智慧老者在參禪打坐，絲毫不被世俗的喧囂所干擾，儘管山巔下漫山遍野已經鬱鬱蔥蔥，任憑那些五顏六色的花兒比美似的競相綻放，他依舊不動容顏。

北山雲霧繚繞

此刻，山坡上早已經是綠草蔥蔥，林木昌盛。因為寺院的人員在增加，老喇嘛決定建新的僧舍。所以，這個夏天，弟子們就在老喇嘛的監督指揮下，年輕力壯的僧人去找材料，大多找到的是一些舊木和爛磚瓦，老喇嘛就因材利導，這些材料就魔術般地變成了一座座小小的僧舍，雖然簡陋，但卻是遮風避雨的小小的

港灣。

　　大通河環繞著神山奔流不息，嘩嘩的河水聲彷彿經久不衰的
鳴唱，又如這神山的一隅，那神聖的廟堂之上從不間斷的螺號以
及誦經的聲音一般，伴著歲月一起走向遙遠。

　　通往山上的路蜿蜒而狹窄，幾乎只能通過一輛車子，而坑坑
窪窪的山道，時常被雨水沖洗得越發泥濘，仲夏是高原上最好的
季節了，漫山遍野的油菜花以及不知名的野花隨處盛開，旁若無
人地攪鬧著這樣靜默的高原。

大通河

寺院的喇嘛們，不論年長年幼，都興致勃勃地加入到修繕寺院的行列裏。山下的村民們也有志願者滿懷歡喜地在他們認為最殊勝的勞動中積累資糧。

釋迦牟尼佛在《經》中說：「濁世中，我以佛殿與文字形象出現。見到佛殿造佛殿，會令無數眾生從輪迴中解脫出來。供養佛殿和文字等同於供養我的真身，功德用永遠不會耗盡……」

所以，修繕寺院是出家人修行的一部分，也是積累功德殊勝之事。這在當地的藏民心裏也是一件神聖無比的事情。

所以，每一塊石頭、每一塊磚頭、每一根木頭都是大家自己從山上背上來。因為修行是自己的，雇人修和自己修有很大區別，不能別人代替。

「寺廟得自己修，修寺院是功德，為什麼不來修？」先覺堪布總是給大家講當年米勒日巴修石牆的故事，和喇嘛弟子們不斷強調修繕寺院的功德，也是鼓勵大家要重視積累資糧和功德，把修行融入生活中每一點一滴之中。

山路不好走，藏民義工們有的用牛車將材料拉到山上，雖然進站緩慢，卻各個樂在其中。他們臉上綻放著燦爛的笑容圖旦益西和大家一起，和泥砌磚抹牆，最後在塗了白塗料的牆上畫上圖畫，有五彩繽紛的吉祥八寶，有佛教的旗幟，也有吉祥仙女……

看著這一天天成型的「作品」，圖旦益西心裏別提有多歡喜了！他不但感覺不到累，反而有使不完的力氣，滿身輕鬆。而其他的喇嘛們也一樣，那幾個未成年的俗家小弟子，或許還有些孩子氣的貪玩，但也是認認真真地在老喇嘛的讚揚鼓勵下，幹得

熱火朝天，渾身是汗，臉上汗水和泥巴混在一起，成了可笑的花臉，幾個孩子你瞅瞅我，我瞅瞅你，嘻嘻哈哈地一路不間斷地給師兄們運送物資。

圖旦益西是看著那些大家一根根從山上背下來的木頭，如何變成房梁，如何變成床鋪的，而那大殿前的水泥圈子，也是師兄們留著汗水踩著攪拌的，那水泥中融合著大家的汗水啊！

這個夏季註定是熱火朝天，註定是喧囂熱鬧，註定是法喜無邊的……

從此以後，每年夏天先覺堪布都會對寺院進行修葺擴建，每一磚一瓦都是大家一點點花力氣搬運上山的，每一個房舍都是在大家一把泥土和著滴滴汗水堆砌起來的，雖然很苦很累，但是卻感受到極大的快樂！直到一九八四年開始建大雄寶殿（大經堂），一九八五年完工，才有了瑾經堂一座，面闊九間，僧舍十四間 。

大殿落成這一天，老堪布們和幾個俗家弟子來到大雄寶殿，面對師君三尊大佛像頂禮膜拜，圍繞著大殿周圍轉了三圈，每走一步就轉一遍嘛呢輪，一圈有108個轉經輪，之後，他們來到大雄寶殿前。

「你們要每天圍繞大殿轉三遍嘛呢輪，因為每轉一遍就相當於念一遍觀音心咒啊！要努力積累資糧啊！」老喇嘛先覺堪布語重心長地告訴大家。

他抬起頭望著，大家也不約而同地跟著抬頭望去，藍天之下，金色的小鹿和法輪泛著金屬般的光澤，老堪布指指臥在殿門上方一公一母鍍銅的抬頭望著中間的法輪的小鹿塑像，問：「你們誰知道那代表著什麼？」

大家沒有吭聲，老喇嘛先覺堪布頓了頓，接著說：「一公一

母的鹿代表眾生，法論代表佛法常轉不息，三個圖像組合一起代
表佛法是講給無邊眾生的，之所以選擇鹿，就是因為鹿是吃草的
動物，在動物中是非常慈善的。它們始終抬頭望著法論，表示專
心聽佛法。」

　　「這在寺院大殿門前是不可缺少的雕塑，就是要提醒大家要
時時刻刻安住於佛法中精進修行。」

　　「師父，那個鳥是什麼意思呢？」一位俗家小弟子問。

　　「你看見的是鳥，實則在藏傳佛教中傳說，他叫金鵬鳥，是
佛為了度化龍王化為了金鵬鳥。」於是，老堪布講起了大鵬金翅
鳥的傳說：

　　　「諸佛菩薩為了調伏毒龍，於是安住在金翅等持中，身

甘沖寺

化現為大鵬形相而利益眾生。曾在無量劫以前一位轉輪王膝下有一千零三位太子，這一千零三位太子都發了殊勝菩提心，之後在佛陀前精心承侍，其中的一千位太子發願為利一切有情而成佛。當時，剩餘的三位太子中有一位發願：我的兄弟們成為千佛時，我願護持他們的教法並且降伏魔眾；又一位太子發願成為那時祈請轉法輪的施主；而最小的太子發願成為調伏千佛剎土中的最凶戾眾生者。後來，發願千佛出世時護教、降魔的太子成為了金剛手菩薩；發願作請轉法輪的施主者即是三千世界之主四面大梵天；發願調化千佛剎土中的最凶戾眾生者就是智慧大鵬鳥。所以說，智慧大鵬鳥是住地菩薩乘願再來。千佛剎土中最為凶戾者莫過於龍類，智慧大鵬鳥之所以能降伏龍類完全是由於它往昔的願力，它於千佛教法中鎮伏龍類，待此賢劫結束時於上方世界中成佛，佛號為頂髻無盡智慧光源如來。」

大鵬金翅鳥

　　大家專心聽著這樣一則吸引人的傳說，圖旦益西心裏很不平靜，他不由得感歎：「佛法博大精深，其中的法器圖畫無不隱含著其深刻的意義啊！」

　　老喇嘛先覺堪布接著說：「從另外一個角度，也告訴我們一個道理，眾生相只是一種假像，實際上，哪怕是一隻鳥的生命你也要尊重，因為眾生都是佛，你冒犯眾生就是冒犯佛，這也是佛法講眾生平等的一種解釋了。」

　　就這樣，在大家的共同努力下，寺院的僧舍條件得到改善，雖然那僧舍依舊是簡陋而狹小，但是每位喇嘛都擁有了自己的一間，而且他們擁有了一座簇新的大雄寶殿，大家更加珍惜這些得之不易的環境和條件，每一天除了大家在一起的必修課程，大多數時間都是在自己的宿舍自修。

04 |

　　當年的小南哲才讓最喜歡的就是美術課了，小學的時候每次圖畫課的作業都是滿分，到了寺院，當拋卻塵緣，甚至名字都換作法號圖旦益西的他，對畫畫的愛好卻始終如一，看到大堂上的蓮花生大師像、度母和壇城唐卡的時候，就一下子被佛教藝術深深地吸引住了，心裏別提多麼歡喜。老喇嘛先覺堪布平時畫佛像，圖旦益西就在業餘時間一邊幫忙一邊自學畫唐卡。

　　老喇嘛先覺堪布先讓圖旦益西為他做準備工作，他就按照老堪布的指點根據唐卡的畫面尺寸選一塊畫布，然後沿畫布的四邊把它縫在一個細木畫框上（畫框的四條框都是用和普通鉛筆粗細差不多的樹枝製成），把細木畫框上的畫布繃緊，再用結實繩子把細木畫框牢牢地綁在大畫架「唐卓」上面，按「之」字形的繩路式樣把細木畫框的四個邊同大畫架的四個邊綁在一起。

　　老喇嘛先覺堪布看他做得認真到位，顯得很高興，一邊準備顏料，一邊對他說：「唐卡（Thang-ga）是松贊堪布時期的一種繪畫藝術，也是我們藏族文化中一種獨特的藝術形式，題材內容涉及到各個領域，但是，傳世唐卡都是藏傳佛教和苯教的作品。所以，提到唐卡，大多數人都要想到那些是描畫唯美的佛菩薩、度母、天女等等的藝術品。」

　　由於圖旦益西從小就有繪畫天賦，在做老喇嘛先覺堪布的助手期間，他默默地將這些繪畫方法和程序記在心裏，有時候，老堪布也一邊畫一邊告訴他，雖然沒有說正式教他學畫唐卡，但事實上，他在有意無意地向他傳授，他說：「畫唐卡的畫布一般是淺色畫布，不要太厚大硬。畫布太厚太硬容易使顏料剝落和皺裂。」

唐卡

　　說話功夫，老堪布已經開始在一個已經做好的畫架上，開始
塗底色了，所謂的底色就是在畫布上塗上薄薄一層膠水，然後
晾乾。

　　「知道嗎？塗膠的目的是防止顏料被畫布吸附。」

　　圖旦益西瞪大雙眼看著，生怕漏掉任何一個細節……

　　就這樣日復一日地，圖旦益西在業餘時間裏做老堪布繪製唐
卡的助手，因為他年少在山上放羊的時候就曾經雕塑繪製過佛像
和佛塔，對繪製佛像有很高的天賦，這確是一種說不清楚的與
生俱來的天分，在老堪布畫唐卡的時候，他逐漸地對佛法在唐
卡中的表現有了越來越多的瞭解，而畫畫是他今生最喜歡的事
情，在畫畫中學習佛教常識對於他而言也是一種「寓教於樂」
的形式了。

　　圖旦益西從唐卡中各種顏色的佛像中瞭解到白、黃、紅、
綠、藍五種身色的佛代表了五種主要的種族膚色，意味著各個種
族都具有同等證悟能力，而唐卡中眾多諸如度母、明妃和天女的
形象也代表了各個種族的女性也是具足同等證悟能力的，這體現
了佛家所講的平等心和所有眾生都具足佛性的觀點；還有那些佛
的壇城，南西北方四維上下，每個位置，每個位置所畫的佛像、
天女或護法，以及形象，等等，都有極其嚴謹的規則和寓意……
因此，隨著時間推移，他愈發喜愛畫唐卡這門獨特的藝術了，這
種藝術的內涵已經遠遠超越了藝術本身的價值。

05 |

　　圖旦益西的師父落周喇嘛是寺院僧眾中非常樂觀且幽默的人，更是個通情達理的人。因為落周師父學識淵博，仁慈心善，無論誰求他，他都滿心歡喜答應，所以他收了八個徒弟，其中三個出家僧人，五個俗家弟子，這也是很少有的，通常寺院裏的師父不像佛學院的師父，佛學院是佛教學校，可以招收成千上萬名學員，可是在修行的寺院裏師父收徒弟並沒有那麼多，一般情況下只收一到二個陡弟，沒有收十個八個的。

　　剛到寺院的那段時間，落周師父就開始教圖旦益西一些基礎，告訴他說：「口要會念、手要會寫、能做。」

　　「這是我們學佛修行教學十字方針哦！」落周師父微笑著告訴弟子們，「別小瞧這十個字，它可以涵蓋衣食住行各個方面，『口要會念』，就是每天都要在大殿念經，不僅僅是簡單的讀誦，還要講究念唱的音調。『手要會寫』，就是要學習寫字，這包括藏文和漢文的軟筆書法，還有『畫畫』，也就畫唐卡，雕佛像；『能做』就是做多瑪、做酥油花，等等。可以說這些都是一個出家僧人在寺院裏必學的課程，學會了這些起碼也會成就一位多才多藝的人。

　　圖旦益西就這樣，每天除了做功課修行，就是學習畫唐卡，時間在不經意間慢慢地流淌，彷彿山谷中那條經久不息奔流而下的大通河，從遠方來，奔向未來。時間，在甘沖寺的生活裏，被每天清晨那飄渺的螺號聲，以及那日日不息的誦經聲填滿了。

　　由於圖旦益西是年輕的喇嘛，在眾多的出家人中顯得很不起眼兒，當地老鄉也很少請他去念經，甚至有些人根本就不把他放

海螺聲聲開啟甘沖寺的一天

在眼裏。他想去佛學院學習的費用的來源，就是幫助老喇嘛先覺堪布畫唐卡。他一分一角地默默地積攢著他的路費，期待不久的將來能夠實現他夢寐以求的願望。

　　不過，世間的機遇總是隨時到來，這或許也是佛菩薩的安排，讓圖旦益西有機會去給老鄉念經超度。

　　有一天，山下老鄉來到甘沖寺求喇嘛下山念經，碰巧寺院裏的僧人都出去做法事，實在找不到人了，就勉為其難地請圖旦益西去，在藏民的眼裏，只要是出家人都是有福報的人，能夠有人給念經就是一件很有福氣的事，有人總比沒人強。

　　老鄉上下打量了圖旦益西，這位瘦高的年輕喇嘛，還是有些不太放心，問：「小師父，你會念經嗎？」

　　圖旦益西明白老鄉的懷疑也不是沒有道理，因為他之前從來都沒有下山為老鄉念過經，一則在他認為修行主要是應該重視自身修行，在寺院念經持咒才是主要的，為了生計為世俗人祈福念經雖然也是一種善事，但是得到供養也要回報，如果總是出去念經，勢必要影響自己的清修，除了生計之外也沒有必要經常在俗

人家裏去念經混飯吃。所以，他內心就不太願意去老鄉家念經，慢慢地也就沒人請他去念經了。大家也瞭解他，以為他不出去念經就是不會念經。

而今天也難免這位老鄉對他產生質疑了。

圖旦益西笑了笑，說：「既然沒有人去念經，我就去吧。作為出家人不會念經那怎麼修行呢？」

於是，圖旦益西就這樣第一次來到老鄉家念經，同時他也第

北山甘沖寺雪景

一次得到了因為念經而應得的回報。從此，老鄉們才逐漸認識了圖旦益西，一個會念經的認真的年輕喇嘛。

青藏高原的冬天來得似乎比其他地方都要早，漫天大雪飄落的時候，也不過是九月份，當各地都還是秋日繽紛的深秋之際，這裏的雪花就急不可耐地紛紛落下，北山一夜之間就披上了厚厚的銀裝，彷彿一件雪白的鵝毛大氅，又如一條巨大的潔白的哈達，披在了這一隅神山之地。當太陽出來的時候，碧藍的天空，漂浮著潔白的厚厚的雲彩，映射在水面上，與地上的積雪聚會的時候，那白雪就彷彿是天上的雲朵落到了地上一般，天地合一，天上人間彷彿渾然一體了。藍天、白雲，穿著紅色大氅的喇嘛們，就這樣點綴在這雪白的世界裏，色彩的炫目更加凸顯景致的美麗和靈性。

喇嘛們帶著工具紛紛走出戶外除雪，山下的老鄉也有自發來幫忙的，才郎旦珠就是之一。

厚厚的積雪把上山的路都封住了，陽光下的銀色世界泛著耀眼的光芒，晃得人睜不開眼睛，所以，藏族老鄉喜歡戴帽子，這樣也能夠遮蔽下那刺眼的陽光。

大家正幹得熱火朝天，突然一陣騷動，但見才郎旦珠一邊掄著鐵鍬，一邊亂喊亂叫著一路狂跑著，大家都紛紛躲著他，不敢靠近。原來才郎旦珠有精神病，平時看著像正常人，一旦發作就這樣亂喊亂叫亂打，每到他犯病的時候，大家都躲得遠遠的，沒有人敢管。他這一鬧，大家根本無法繼續掃雪。圖旦益西實在看不過，顧不上許多，他掄起掃把追著才郎旦珠就一頓亂打，直至把他打得在雪地裏連滾帶爬地落荒而逃……

後來，有老鄉來寺院提起才郎旦珠說：「圖旦益西師父，您上次打了才郎旦珠之後，他竟然再沒有犯過病！大家都說是你把

他身上的魔鬼給打跑啦！」

圖旦益西聽了笑了笑，不置可否。

美麗的北山從圖旦益西初入它的懷抱那天起，從春天的灼灼生機到夏天的旺盛的活力，從秋天的絢爛成熟到冬天的威嚴冷峻，讓圖旦益西感悟到四季輪迴，交疊更替，這何嘗不是人生的縮影呢？轉眼已經走過了四個更迭，這意味著他已經在寺院風雨無阻，分秒必爭地學習修行了近五年。

晚上，圖旦益西躺在木板床上輾轉反側，難以入眠，望著月光透過小小的視窗照著小木屋，山裏的寂靜無聲，讓這夜晚有一絲神秘而玄幻的色彩。偶有蛐蛐的一兩聲鳴叫，更突顯出山野的空寂。

他想起四年前的今天，也就是來到寺院的第一天，自己那般歡喜興奮和感動的複雜心情，不知不覺中他已經在寺院度過了接近五年的光景，人也從十四歲的少年長成為一個大小伙子。在這四年裏，自己和寺院所有僧眾一起，每天在重複著那樣的學習，雖然收穫很大，從一開始的好奇心，到後來對佛法的學習的渴望，他次第升起對佛法渴求之心。進而，更加有了自己的思想見解，在心裏忽然產生了一個想法，就是要去四川佛學院學習。可以說寺院這種機械程式化的學習已經滿足不了悟性極高的圖旦益西對佛學理論的進一步學習的渴望。如果再繼續這樣的日子，那無疑是應了那樣一句話，真正就是「做一天和尚敲一天鐘」，因為寺院老喇嘛先覺堪布只是督促大家讀經持咒，很少講解其中的意義。而他對佛教宗派、佛教理論有著很強烈的想瞭解和學習願望。

奇怪的是他們五個弟子中，只有圖旦益西想著要去佛學院深造學習，其他四個人根本想都沒有想過。這也正是前世的因緣，

有了因就有果，緣分到了，時機成熟，條件具備了，種子自然要發芽、開花、結果。

這天中午，圖旦益西照常圍前圍後地忙碌著給正在畫唐卡的老堪布做助手，今天這幅蓮花生大士的金色唐卡已經進入收尾工作了，老堪布正在畫面的四邊縫裱絲絹，這縫裱的絲絹就叫「貢夏」，這種「貢夏」通常用各種絲絹製作而成的。老堪布行動穩健中透出麻利，臉上洋溢著不易被察覺的微笑，看起來滿心歡喜。

圖旦益西偷偷斜睨了一眼老堪布，見他情緒很好，就順勢向老喇嘛先覺堪布提出了要求。

「師父，我，我有個請求……」圖旦益西吞吞吐吐地說。

老喇嘛先覺堪布望了望他，慈祥地微笑著，說：「什麼請求呢？怎麼還扭捏上了，儘管說出來。」

「我想去佛學院進修，學習深造。」圖旦益西受到鼓舞，急促地沖口而出。

老喇嘛先覺堪布正在裱絲的手停在那裏，沉思片刻說：「你還是在這裏好好老實學習修行吧。」

「可是，我……」沒等圖旦益西繼續說下去，老喇嘛先覺堪布就打斷了他，「學習不在於形式，佛法無處不在，就看你的悟性了。」

「可是……」

「沒有可是，還是老老實實念經持咒吧。」老喇嘛先覺堪布面目平和地斷然否決。

晚上，落周師父聽說了圖旦益西的想法，彷彿與先覺堪布統一了口徑一般，也極力反對他去學習，說：「益西多吉啊，你就聽老堪布的話，老實修行吧。」

　　圖旦益西萬萬沒有預料到，有些「丈二和尚摸不著頭腦」
了，他想不明白為什麼先覺堪布和落周師父都反對自己去學習
呢？但是，此刻老堪布和落周師父都反對，他也不好勉強或辯
駁，心裏盤算著只好找時機再爭取了。

　　暮鼓晨鐘，藏香繚繞，酥油燈的光芒永遠在大殿上閃耀不
息，一如圖旦益西內心裏渴望求法的心時刻不息。日日夜夜周
而復始的生活就這樣從寺院清晨的海螺號聲開始，又結束於那
深沉的夜色中⋯⋯

　　清晨，天還濛濛亮，大殿之上就響起了朗朗的誦經聲，大
家習慣性地跏趺而坐在拜墊之上，從皈依、發心、到回向，此
刻太陽已經高高升起在天空之上了。

　　今天當圖旦益西再次讀起回向文時，他更加堅定了去佛學院
學習的想法。

　　【⋯⋯任何生處一切眾有情，願具成就善趣七功德，生已即
能直遇勝妙法，願得如理修持自由因，承侍上師妙士心歡喜，
晝夜精勤佛法願修持，以通教理修習心要義，即此今生緣渡輪
慧海，常為世間眾生傳妙法，利他出離成辦不懈怠，心量廣大
以無有偏袒故，願與一切有情證佛果。】

　　他心裏想的是：「如果我只是每天在這裏打坐念經，而沒
有機會聽聞佛法，不懂得法理，我如何獲得大圓滿？如何解脫
成就，又如何為世間眾生傳妙法弘法利生呢？」

　　他意識到就這樣在寺裏住下去，很可能錯過學習的最好時
機，因為在自己的寺院裏沒法專修，寺院在起步當中什麼都沒
有，再者說三位老師父都七十好幾了，有些理論知識他們也無
法系統地進行傳授了。

　　圖旦益西這樣想著，自然就有些分心溜號⋯⋯

　　回到僧舍，落周師父瞥了一眼默默無語滿腹心事的圖旦益西，就語重心長地對他說：「益西多吉呀，你有去深造的想法是好事，不過，你還年輕啊！世俗中的誘惑實在是太大，你從來沒有離開過高原深山，怕只怕你無法抗拒誘惑，一去不回啊！」

　　圖旦益西這才明白了原來老堪布和落周師父不讓自己去佛學院的原因是擔心他因為年紀輕，無法抗拒世俗的誘惑而變心，怕去了不回來了。

　　圖旦益西的心一下子就釋然了，他彷彿看到了求學的一線希望。因為如果僅僅是這樣的理由，那麼自己還是對自己有信心的，總有一天可能爭取到學習機會。於是，他滿臉嚴肅地在落周師父面前表示了決心：「落周師父，我想我一定要走，你看寺院裏跟我們一起的其他僧人們根本想都不想去外地學習，更別提深造了，他們大概連佛學院的名字都不知道。」

　　落周師父聽了他的話，沒有做聲。

　　「落周師父您知道我從小的身世，其實這個道理很簡單，一個人因為前世許下了這個願，時辰到了，他就能想起應該做什麼了。」

　　這個道理老喇嘛和落周師父心裏何嘗不明了呢？這就如密宗的伏藏一般，到機緣成熟的時候就會自動地揭開謎底，伏藏一旦到了示現的時機，就會不由自主地顯現出來，有些修行之人到某一天彷彿一下子頓悟般地想起了一幅畫或者一句咒語等等。沒有這個因緣的人就根本想都不想，也根本想不到。因為他們沒有前世的因緣導引的緣故，比如一粒種子，種在田裏，到發芽的時候　他自然而然地發出芽來，種了這個因就有這個果。

　　但是，從始至終，老喇嘛先覺堪布和落周師父也沒有答應圖旦益西的再三請求，日子還是如常沒有絲毫改變。可是在圖旦益西的內心裏已經打定了主意，也暗自行動上做著準備。

　　在給先覺堪布做助手的過程中，他學會了畫唐卡，遇到有的信眾到寺院結緣唐卡，老堪布忙不過來，他就主動申請幫助他畫，老堪布很高興，也會分派給他些，因此他也會賺點工錢。因為藏區的寺院不像漢地，喇嘛們是採取自給自足的生活方式，各人依賴各人的因緣供養。而此時，圖旦益西除了家裏的供養，又

多了一條途徑，就是畫唐卡，有些信眾喜歡他的唐卡就索要了去，不免要給他些許供養，就這樣，圖旦益西慢慢地也就積攢了一些錢。

圖旦益西大概準備了一年時間，也就是說攢了一年錢。這天，他興奮地將那個布包打開，把錢攤在炕上，「一堆錢啊！」眼裏興奮的笑意難掩，他細心地數了一遍又一遍，他有了一筆不小的「存款」，總共攢了三百七十元錢！這些錢很零散，都是一些零錢，圖旦益西精心地用布包好，在眼下的經濟條件來說，這可不是一個小數目，對於圖旦益西而言更無疑是一筆不菲的財富。

「感恩佛菩薩加持，這樣我就有路費啦！」圖旦益西一邊把那鼓鼓的「錢包」小心翼翼地存放起來，一邊歡喜地暗想。

這一年中，圖旦益西又向老喇嘛先覺堪布多次爭取學法機會，卻始終也沒有獲得先覺堪布的開許。

因為老喇嘛先覺堪布和落周師父都不同意圖旦益西去佛學院，他只好暫時放下了，表面上似乎平靜地度過了這一年。每天，圖旦益西和師兄們一樣，除了早晚課自修，大殿上共同念經，就是按部就班地和喇嘛們去山上砍柴。

由於他的繪畫天賦，老喇嘛先覺堪布也時常讓他畫唐卡，因為藏民時而有來寺院請唐卡的，忙不過來的時候，圖旦益西也恰好能夠幫這個大忙。每一天，圖旦益西學著佛法，畫著喜歡的唐卡，同時，他還能有些不菲的報酬，每一天心裏都充滿歡喜，他心想：「這樣也好，等我攢足了路費和生活費，我再做打算也不遲。」

就這樣暗自打算著，每天他管理大殿收入了一些供養，還有就是老鄉們請喇嘛念經也會給些供養。日子一天一天地過去了，

圖旦益西的腰包也逐漸豐滿起來。

　　自從之前提出了去佛學院的要求沒有得到批准，圖旦益西也長了心眼兒，索性不再提起，老喇嘛先覺堪布和落周師父也都以為這位年輕比丘已經把這件事忘記了，或者是放棄了。他們心裏自然也就放鬆了警惕。沒有人想到，圖旦益西內心裏一直在琢磨著去佛學院的事，就如他上小學時候琢磨著出家一樣迫切和堅定。出家對他來說是一個命運的轉捩點，而這次如果去佛學院學習，將是他又一個新的起點。他更加相信命裏註定的東西是無法改變的。就這樣，有因有果，種下什麼樣的種子，到了發芽的季節自然要發芽、開花、結果……

06

　　凌晨，趁大夥兒還沒有起床，圖旦益西就背起頭天晚上準備好的行囊，悄悄地跑出了寺院。

　　北山的黎明前黑漆漆的，一切還都在安睡中，四周安靜得連喘氣都顯得有些「震耳」。仗著平時對山路的熟悉，圖旦益西彷彿閉著眼睛一路小跑地來到大路邊，不知不覺身上冒出了細汗。回眸望去，已不見了寺院，他已經不知不覺地跑出了幾乎十幾里地，天邊也開始微微泛起魚肚白。

圖旦益西站在甘禪口的大路旁，左顧右盼地不知去向何方。這個時候他才想到，他所要去的佛學院的具體位址在哪裏都還不清楚，那時由於通訊交通不方便，資訊也不發達，不像現在，如果想了解什麼，到互聯網上百度一下，就會獲得很多有幫助的訊息，何況在那

樣一個人煙稀少的青藏高原，更是遠遠落後呢！

　　他就這樣在那裏站了好久好久，眼見著天就要放亮了，心裏
祈禱著希望能夠搭上一輛過路的卡車。這樣想著，只見遠遠駛來
一輛卡車，他這個歡喜呀！他興奮蹦著跳著叫著，起勁兒地朝那
卡車揮手。只見卡車在近處開始減速，開到他身旁就緩緩地停了
下來。

　　司機從駕駛座的窗口探出頭問：「小師父，你這是要上哪兒
去？」

　　他說：「佐欽寺佛學院，在四川甘孜州。」

北山的早晨

司機說：「我不到那裏，只能帶你到蘭州。」

「好啊！那就拉我到那裏吧。」圖旦益西高興地說，但是，第一次出門的他並不知道蘭州到底在什麼地方，心裏就認定到了那裏就會距離自己的目地近了一步，於是就果斷上了車，「不過，師傅，我到了那裏還是想搭乘大卡車，那樣車費能便宜些。您能幫忙嗎？」

「噢，那好吧，我就拉你去運輸公司看看有沒有去甘孜的車。」司機師傅熱情地答應了。

「小師父，你這是到佛學院學習呀？」司機打量著眼前的圖旦益西，瘦瘦的他，面色紅潤，眼神清澈明亮，透著堅毅的目光，心裏很是歡喜，接著說：「我看你這年紀，也不過20左右吧？這裏距離那兒還遠著呢！你一個人行嗎？」

「我能行！」圖旦益西笑了笑，堅定地回答。

司機一手把方向盤，一手沖圖旦益西豎起大拇指，笑著說：「真行！好樣的！」

他們經過一路的顛簸，途經嘉丁鎮和姚蓋，來到了蘭州，司機徑直把車開到了運輸公司，只見大院子裏有很多解放大卡車，好心的師傅詢問了一圈，也沒有直接到甘孜的車，最後找到一輛去成都的大解放。司機答應帶他到成都，然後再想辦法。就這樣，圖旦益西彷彿是一個接力棒，被一輛接著一輛的卡車承載傳遞著，輾轉換了數量卡車，經過若蓋縣、馬爾康，走了十幾天，他才到了四川成都。

2

轉過前生，轉來今世
轉山轉水，轉佛轉塔

01

　　第一次出遠門，人生地不熟，這裏的人，這裏的景，這裏的語言，一切都是陌生的。成都，是西南地區的大都市，城市裏的樓房林立，車來人往，比起青藏高原山裏那真是兩個世界。更令圖旦益西發愁的是當地的四川的方言如同天書一般，還自我解嘲般地心想：「這不愧是天府之國，講天書是必然的。」雖然重重困難使得他與人交流產生重重障礙，他內心卻還忘不了這種幽默。

　　圖旦益西從下了大卡車與司機告別後，就在大街上遊逛，希望先找到一家旅館住下，然後打聽清楚了再趕路。從一個山溝裏來到了一個大城市，第一個感受就是這裏的消費水平遠遠超出他的想像。看到櫥窗裏的食物，舔了舔嘴唇，下意識地摸了摸口袋。

　　他於是左右張望了一下，找到一個角落，偷偷地點了點錢，除去來時花銷的路費，口袋裏還剩下三百多元。這樣心裏有了底，心想前方的路還不知多遠，這點錢得需要掰著半兒花了。

　　他沿著街道尋找起旅館，街道兩旁都是高樓，只見一家門面大方的旅館，看樣子還不錯，他就走了進去，用他那帶著巴扎鄉音的標準話問：「請問你們這住一宿要多少錢？」

　　「唵？」（你說啥？）女服務員一邊嗑瓜子一邊瞪著眼睛望著這個穿著袈裟的小喇嘛，漫不經心地問。

　　圖旦益西根本聽不懂她在說什麼，就又重複了一遍。

　　看樣子她也沒聽懂這個小喇嘛的話，這次顯得有些不耐煩地說：「你要咋子？」（你要做嘛？）

　　看來他們的溝通是無法繼續了，成都的方言對於圖旦益西簡

直真的就如同外文了，所以，他就禮貌地笑了笑，說：「噢，那
麻煩你啦！我還是找找吧。」

　　於是，他轉身離開了，還聽到後面傳來一句：「搞醒活沒得
哦？」（搞清楚沒有哦？）

　　這一次，圖旦益西沿著巷弄走，他分析如果這裏有旅館或許
會比大街道邊的價格便宜。就在他茫然地一路走一路找的時候，
一個小旅館映入眼簾，幸運的是這家小旅館的老闆娘會說普通
話，雖然他們的音調裏都帶點兒各自的鄉音，但是他們彼此都能
聽得懂，圖旦益西高興極了。就這樣，他就花了以一晚上五元錢
的價格在這裏開了一個房間。他向服務員報了姓名，住店手續就
是如此簡單，也不要什麼身份證，像他這樣山區裏來的人也沒有
見過什麼身份證，也不知道什麼是身份證，住宿登記時說明省、
縣、鄉村和自己的名字，服務員一臉慵懶地遞給他房間鑰匙，告
訴他衛生間洗漱間的位置，他就這樣入住了。由於四川話對於圖
旦益西而言根本聽不懂，就那樣傻傻地再這家小旅館待了幾天。

　　有一天，旅館裏來了一個四川甘孜的藏族商人，這對於圖旦
益西而言可以說彷彿「他鄉遇故知」一般，這還要拜託熱誠的老
闆娘引薦，圖旦益西和這位「老鄉」總算能夠痛快地向他說明白
他的事了。那位商人聽了圖旦益西的敘述，非常熱情地說：「小
師父，您別急，就交給我吧。明天我帶你去買車票。」

　　第二天，甘孜商人就帶著圖旦益西來到長途汽車站。汽車站
買票的人不多，圖旦益西將頭探到窗口：「同志，我買到甘孜的
票。」

　　「什麼？」售票員顯然沒有聽懂他說什麼，瞟了一眼圖旦益
西，問：「再說一遍去哪兒？」

　　「甘孜。」圖旦益西緩慢而加重了字眼兒。

　「三十三。」售票員的目光始終盯著圖旦益西遞過錢的手，面無表情，機械地操作著賣票程序。

　這樣，圖旦益西花了三十三元買了票，當天就坐上了成都到甘孜州汽車。從成都到甘孜州，全程400多公里，途經二郎山，這個路也是全路最危險的地方了，路上急彎比較多，山頂還有積雪，二郎山路段開始實行單向管制放行，山體滑坡和塌方時有發生，所以堵車斷道仍時有發生。

　過了二郎山就是甘孜州境內了，一路上砂石山路崎嶇，汽車顛簸著令圖旦益西也有點頭暈了，車窗外的藏區風景比起青海藏區還是有所不同，一樣的藍天白雲下，這裏的藏區更具有民族的特色，川西藏區的民宅保留有藏族民居的獨特的藝術元素。圖旦益西也被這裏的美景震懾了。汽車就在這樣一條險峻而路況複雜的山路上顛簸了兩天多，轉過山才到了四川甘孜州（縣）州府康定。

二郎山

跑馬溜溜的山上，一朵溜溜的雲喲
端端溜溜的照在，康定溜溜的城喲
月亮彎彎，康定溜溜的城喲
李家溜溜的大姐，人才溜溜的好
張家溜溜的大哥，看上溜溜的她喲
月亮彎彎，看上溜溜的她喲
一來溜溜地看上，人才溜溜地好喲
二來溜溜地看上，會當溜溜的家喲
月亮彎彎，會當溜溜的家喲
世間溜溜的女子，任我溜溜地愛喲
世間溜溜的男子，任你溜溜地求喲
月亮彎彎，任你溜溜地求喲

　　這首四十年代誕生的《康定情歌》在當地家喻戶曉，更是享譽神州。因此，州政府所在地康定也名聲遠揚，被譽為情歌之鄉。《康定情歌》那優美而朗朗上口的旋律更是被年輕人所喜愛。圖旦益西此時雖然正直豆蔻年華，對這樣一首情歌也有耳聞，但是，對於世俗間的追求在他頭腦裏卻是空空然，他只是一個一心求法的年輕比丘。

　　圖旦益西無心觀覽風景，為了省錢，圖旦益西捨不得住旅店，只在車站等了兩天，困了就委在候車廳的座位上睡覺，餓了就買點乾糧充饑，這樣，第三天一早，他終於搭上一輛郵政大卡車。

　　雖然經過之前的一路風塵僕僕很疲憊，但是圖旦益西依舊開心極了，因為他覺得自己距離目的地越來越近了。早上六點，郵

政大卡車滿載而發，也滿載著圖旦益西的歡喜。

　　甘孜州的鄉道大多是沙石路，車顛簸得異常厲害，圖旦益西覺得自己的心臟都快要被顛簸出來了，頭暈得要命。經過很長的一段沙石路，又行駛上了漫長的盤山路，他看了看窗外，眼前是一座雪山，聽司機說那座雪山叫雀兒大雪山，藏名「措拉」，意為巨鳥羽翼。

　　只見山巔上積雪依舊白皚皚的，而山坡下卻是鬱鬱蔥蔥。汽車行駛的路正是沿著這座山迂迴婉轉，彷彿一條不見頭尾的蛇盤踞在一個巨人的身上，或者說雀兒大雪山就像一位耍蛇的藝人，腰間盤著一條長蛇一般……

　　經過一天的顛簸，車子終於翻過了雀兒大雪山，晚上，到了一個縣城，司機告訴圖旦益西說這就是德格縣了。

　　第二天，圖旦益西一打聽才知道，佐欽寺佛學院隸屬於德格縣境內，但是並不是在縣城裏，他只好在德格縣又住了一晚。

02 |

　　第三天，他幸運地搭上了一輛運送木材的大卡車，那位司機聽說圖旦益西要去佐欽寺，就說：「去佐欽寺的話，就應該到馬尼干戈小鎮等車，朝西去才對。因為馬尼干戈鎮坐落在通往甘孜縣、德格縣、石渠縣的三叉路口上，你應該是朝著石渠縣方向走才對。」

　　圖旦益西乘車一路顛簸著途經來時的路又來到了雀兒大雪山腳下，一個名字叫馬尼干戈的小鎮。

　　馬尼干戈小鎮上除了兩家規模很小的小賣部之外，連個飯館
和住宿的地方都沒有。此刻，圖旦益西的肚子餓的「咕嚕」直叫
喚，他在鎮上一路轉悠著尋找，終於看到了那個門面破舊的小賣
店，於是，他挑開門簾走進去，環顧著櫃檯裏，可供選擇的食品
也極其有限，他買了一小袋餅乾和一小袋花生米。走出小賣店，
圖旦益西挑了馬路邊一處僻靜處一邊吃一邊等車。可是，他苦苦
等了幾乎一天，竟然連個車影也沒有見著。

　　天邊也天色漸漸黯淡下來，他決定去找一家借宿。一路走一
路找，找來找去，他看見一戶外飾有點藏族特點的土石房屋，走
上前輕輕叩響了院門。「吱嘎」一聲，那扇顯得古舊的木門被欠
開一條縫，一位身穿破舊的藏族袍子的老鄉打開門，他疑惑地上
下打量著這位風塵僕僕的小喇嘛問：「小師父，有什麼事嗎？」

馬尼干戈小鎮

　　圖旦益西就把自己的來路和目的簡單扼要地介紹一遍，「施主，我想在您這裏借宿一宿，不知可不可以啊？」

　　那位老鄉看他年紀小，而且還是一位穿著袈裟的小喇嘛，可憐他一路上不容易，就同意他住一晚上。

　　他打開大門將圖旦益西迎進院子，帶他走進了屋子。這是兩間小土房，夫妻倆帶著三個孩子和一個老人同住。看樣子他們家的日子很貧窮，看到他們的生活狀況，就會瞭解當地藏民的生活是怎樣一個水平了。家裏的人聽了男主人的介紹，都顯得很熱情，女主人還特意給他做了一碗掛麵飯。

　　三個孩子站在那裏，忽閃著大眼睛，眼巴巴地望著那碗熱氣騰騰的麵，行動一致地舔著嘴巴，還時而吞咽著口水，圖旦益西心裏清楚，他們平時一定吃不起也捨不得吃的掛麵飯，卻做給他這個遠道而來素不相識的客人吃。藏族老鄉的盛情令他內心感動極了，他的眼淚在眼眶裏打轉，勉強抑制住，最終沒有流下來。

　　他故意用筷子挑出來一小碗，遞給一旁的孩子，還佯裝吃飽喝足的樣子。那三個孩子也不推讓，將剩下的連湯帶麵分著吃了個精光。那位女主人正在收拾廚房，她一手拿著小鍋一手在鍋裏抓沾在鍋邊上的一點點麵葉子吃著……

　　這情景毫釐沒有逃脫過細心的圖旦益西的眼睛，看著他們如此貧困的生活，終於，他的淚忍不住流下來了。家中的老人看了他一眼，又看了看他兒子（男主人），說：「哎，這位小喇嘛可能想家啦！」

　　聽老人這樣說，男主人安慰圖旦益西說：「這人長大了，就如高原上的雄鷹雛長大了，那是要展翅高飛的，不可能守在家門口啊！」

圖旦益西抹了抹眼睛，笑了笑，沒有過多言語，訥訥地說：「叔伯說得對啊！」

臨睡覺前，一家人陪著圖旦益西坐在炕沿上拉起話。圖旦益西詳細地敘說了這一路上怎麼從寺院偷偷跑出來，要做什麼，整個來龍去脈全給說了一遍，女主人聽了感動得流了淚。

因為這是圖旦益西第一次出遠門，加上他的年紀小也沒有主意，語言又不通，在各方面與人交流的困難也比較大，出來都二十多天了，他輾轉走了不少彎路，還是沒有找到要去的佐欽寺佛學院，想到這些圖旦益西也流下了眼淚。

夜色一點一點吞噬了太陽的光芒，牛兒羊兒入了圈，鳥兒停歇了歌喉，小鎮的夜異常的靜寂，陷入了沉沉的夢鄉。鼾聲起，如單調的旋律，打破了小土屋的寂寞……圖旦益西想著心事，不知不覺，昏昏沉沉中睡著了，一夜無夢。

第二天，藏族老鄉早早就起來為圖旦益西做了酥油茶，拿出糌粑給他吃，小孩子們和主人們在一旁看著他吃完。就要上路了，男主人打開院門，女主人跟在身後，走上前將一個包裹遞給圖旦益西：「拿著，這是糌粑，留著路上吃吧。」

圖旦益西再三推讓，卻不敵主人們的心意，就懷著十分感動的心情收下了這份沉甸甸的心意。走出了小土屋的院門，他轉向門口站著的那對夫妻，向他們合十感恩，在這一家人的好心囑咐和祝福中又出發了！

圖旦益西繼續在岔路口的路邊等過路車，希望能夠搭乘去佐欽寺的車，或者是那個方向的車。從早上等到下午四點多，終於來了一輛大卡車，那是一輛滿載著糧食的運糧車。他懇求司機，最後協商給他十元錢作為路費，讓他搭上了他的車。一路上顛簸，第二天中午終於到達了他夢寐以求的地方——佐欽寺。

佐欽寺坐落在海拔3800公尺的四川北部高原，雖然圖旦益西生在高原長在高原，按說不該有高原反應，但是剛下了車的他還是感到後腦勺很痛，腦袋發暈，或許是一路奔波勞累，再加上水土不服的原因，他實在走不動了，就在路邊草地上躺了下來，這一躺下就迷迷糊糊地睡著了……

昏昏沉沉中，他感到自己無法動彈，也不知自己是睡著了還是昏迷了，只覺得有人在他耳邊叫他的名字：「圖旦益西多吉，圖旦益西多吉！醒醒，這裏可不是睡覺的地方啊，趕緊起來，趕快走吧！」

聽到喊聲，圖旦益西一下就驚醒了，他呆呆地躺了片刻，用手遮擋住異常刺眼的陽光，睜開眼睛，爬起來朝四處張望著，周

圍寂靜得連個人影都沒有。他覺得奇怪，是誰叫醒自己？在這距離家鄉幾百公里的地方，怎麼可能會有人知道自己的名字呢？他甩了甩頭，感覺比起剛下車清新了不少，頭竟也不疼了。

他顧不上思考那麼多了，起身背上行李朝寺院方向走去……

佐欽寺

3

如願以償，佐欽寺苦修

他日思夜想的夢寐以求的大圓滿聖地
佐欽鄔堅禪林寺就在眼前！

01

在這巍峨的雪山腳下,在這川西北丘狀高原區,橫斷山係沙魯里山北段分支的雀兒雪山綿亙德格縣,金沙江河谷漫山遍野的芳草野花,臣服在海拔六千多公尺的南部主峰絨麥俄扎腳下,如果能夠站在那裏,一定有一種被萬物朝拜的神聖的感覺。那最低點為西南解與白班縣交界的海拔接近三千公尺的麥典河口,站在那河口望去,山頂積雪終年不化,山上森林濃密蔥郁,彷彿遠離塵囂的天堂一般,是一個風景壯麗優美的地方。

這裏不僅風景優美,更是一代梟雄、古代藏族人民的英雄格

雪山腳下的佐欽寺

薩爾王的故鄉。站在這裏，彷彿依稀能夠聽見馬蹄踏雪的聲音，彷彿依稀可見格薩爾王坐在棗紅的駿馬之上馳騁疆場的畫面……

　　傳說在很早以前，嶺國出生了一個窮孩子，起名叫覺如，這個孩子在奇異境界裏誕生和長大成人。在嶺國，英雄雲集，賽馬爭奪王位時，力戰群雄，得勝稱王，尊號為格薩爾。藏語稱甲吾格薩爾納特。格薩爾王一生，充滿著與邪惡勢力鬥爭的驚濤駭浪，為了剷除人間的禍患和弱肉強食的不合理現象，他受命降臨凡界，鎮伏了食人的妖魔，驅逐了擄掠百姓的侵略者，並和他的叔父晁同——叛國投敵的奸賊展開毫不妥協的鬥爭，贏得了部落的自由和平與幸福。傳說中的格薩爾王是蓮花生大士的化身，也是一位佛教的大護法。

　　在雪山白雲下，因格薩爾王的傳說而成為格薩爾藏戲的發祥地，這裏坐落著雄偉壯美的佐欽寺，而他朝思暮想的佐欽寺協日森五明佛學院就是這裏具有250年歷史的寧瑪派佛學院，它以「五明」學說為基礎，學研內容涉及佛學、天文、詩歌、文學、醫學、文法、歷史、曆算、繪畫等內容，歷年來培養了大批學者、高僧，為藏區藏文化的發展起到了極大的推動作用。

　　當圖旦益西遠遠地看見依山而立的寺院，看見藍天映襯下的白塔，他的眼淚泉湧般流下來，一路上的艱辛全部化作喜悅，這景致彷彿夢一般，剎那間他的心穿越了前世的場景，這裏絲毫也不陌生，一切似曾相識地熟悉，讓他有一種溫暖心懷的親切感。

　　佐欽寺的主殿背靠神山，只有中央的大殿比較突出，殿內紅漆廊柱配著雕花，雖然顯得古舊，卻不乏精美，房樑之上懸掛著的經幡，有些褪色……圖旦益西就這樣傻傻地一個人看來看去，大約停留了半個小時，讓他感到目不暇接，內心裏彷彿空空的，還沒來得及仔細端詳他的雙眼所見，只是他感到這裏似曾相識，

彷彿就是前世的緣分。

　　純潔的優曇婆羅花

　　已生根綻放

　　我隔世的記憶裏

　　那一粒菩提種子

　　在這一世這一刻發芽

心中的歌在流淌，心中的菩提之花已盛開……

　　正當他發愣之際，只見一位大約六十歲左右的老喇嘛向他走來，來到他面前緩緩地雙手合十，圖旦益西連忙回禮向他問好。

　　老喇嘛打量著這位陌生的面孔，微笑著問：「你從哪裏來？」

　　「我從青海華銳來的……」圖旦益西有禮貌地雙手合十，俯身行禮後簡要地回答道。

　　「你這裏有認識的人嗎？」老喇嘛關切地詢問。

　　「沒有。」圖旦益西望著慈祥的老喇嘛答道。

　　老喇嘛眼睛泛著矍鑠的光芒，他對這個年輕人可以說一見傾心：「那就去我那裏吧」。

　　「謝謝！」圖旦益西正在六神無主之際，得到老喇嘛的關照，內心感到無比溫暖，他喜出望外，不知道說什麼才好，連連痛快地回答，此刻的他在老喇嘛眼裏就是一個孩子一般。

　　圖旦益西就這樣跟隨著這位老喇嘛來到他的僧宿，剛踏進門院，只見院子裏有很多人，一片繁忙的景象，那些忙忙碌碌的人中有出家僧人，也有俗家弟子，有的在泥塑佛像，有的在畫唐卡。如果不是有身著僧袍的出家人，這裏真的就猶如一個藝術作坊般。後來，有人告訴圖旦益西，這位老喇嘛就是康區著名的工藝大師洛珠堪布，雕塑佛像、畫唐卡等是他的專業。

　　圖旦益西心裏立時盤算起來：「畫畫雕塑是我此生最喜歡的事，千里迢迢來到這裏，遇上所謂第一個師父就是這位畫唐卡的大師，不能不說這是冥冥之中的安排啊！」

　　「緣分，這就是緣分。」他想著、想著，不由喜上眉梢。

　　就這樣，圖旦益西在老喇嘛的僧舍住了幾天，心裏總是惦記著學習佛經，可是因為那段時間學院的堪布（老師）放假，暫時學院還沒有講經課程。他想：「看來我與畫佛像的緣分未盡，既然自己住到這位大師這裏，也不能閑著，每天就一邊幫忙，一邊還學習繪製佛像的手藝。」因為圖旦益西從小喜歡畫佛像，加上在甘沖寺也有一定的繪製唐卡的基礎，他的興趣異常濃厚，也很積極主動地找機會學習了。

　　「師父，請求您給我安排活幹吧！」

　　洛珠堪布聽了很高興地說：「看來你我有緣分，既然你想學我就教你。」

　　從那時開始，圖旦益西就專心地學習泥塑、畫法和彩繪等，對他來說，畫佛像不是初學，最起碼他在甘沖寺有點基礎，這樣每天他就在老喇嘛的安排下跟其他學生們一起畫塑，大家吃在一起，學在一起，一晃兩個月過去了。不過兩個月，他不但在塑畫佛像方面有了很大進步，而且他在和其他同修溝通中掌握了康巴語，因為安多的藏語和康巴藏語還是有很大差別的。

　　就這樣，每天忙忙碌碌中，時間飛也似的過去了，轉眼圖旦益西已經來到佐欽寺一年多了，他最大的收穫是自己在語言上成為了一個真正的康巴人（提起藏文，藏區三個地區的藏文區別很大，西藏、康巴和安多的藏語就如漢地南北方的語言差異），畫法也進步了很多，他的安多自學畫風結合了有名的康巴畫法更加爐火純青了。

　　第二年圖旦益西報名進入佐欽寺佛學院……

02

　　佐欽寺協日森五明佛學院正在擴建中。由於「文化大革命」期間的肆意破壞，歷史的痕跡依舊隨處可以窺見一斑。寺院裏幾乎沒有什麼房子可住，兩邊有一些破舊的小土房和竹席棚，有一面是木屋，園子中央上課的教室是一座土木結構的方形大殿，木質地板，中央有一塊木質坐臺，是講法的堪布師父的法臺座塌。大殿內隔出一小部分藏經房，也就是書房，整個殿內也沒有佛像和其他聖物。在幾個比較好的房子裏住著活佛和幾位堪布。此時僅有兩位大堪布，只有早晚上課，每天講法一個小時，其他時間學員們都要參加修建寺院的勞動。

**　　建造莊嚴廟宇與佛像、僧寶居住的寺院等，使善處、善妙常駐，此無量功德千千劫時也不會耗損……**

——《正法念處經》

　　寺院還是很困難，正如佛經裏所言，沒有錢請專門人員來修建，所以都是寺院的僧人自己修建，當然，對大家來說幹活勞動修建道場也是修行的一部分。附近的老鄉聽說了，也紛紛跑來幫忙，藏民心裏有信仰，自然瞭解修建寺院也是積累資糧的好事情。老鄉們用犛牛托運木材和石頭，僧眾們則自己親手搬運一磚一瓦；一水一泥。雖然到了晚上累得感覺腰痠背疼，但是心裏卻充滿法喜，因為這樣會洗去無始以來所造的罪業，是多麼有意義的修行啊！所以，每個學員都心懷歡喜地幹得很賣力氣。那寺院的高牆可以說是汗水和著泥土壘砌而成的，更是用虔誠牢牢堅固而就的。

　　白天修寺院也是一件很辛苦的事，修寺院按理就是一種修行，所以應該出家僧人自己來做，如果把工程承包給包工頭，那樣功德也算是讓包工頭獲得了。

　　來到寺院的初期，圖旦益西向學院借了個小土房，不過土房裏家徒四壁，沒有床可供休息，他就用五片木板做了一個約七十釐米的四方木筐，裏面鋪上野草，晚上無法躺下睡，也不脫衣服就那麼坐著打個盹兒。如此夜以繼日地學習和勞動，住了幾個月之後，因為學院開始擴建整修，所有的僧人都搬出了土坯房，條件好一點的自己搭帳篷住，而圖旦益西借的小土房也要被拆了，所以他也不得不搬到了外面，這可能是最早的「強拆遷事件」咯！

　　「這可怎麼辦呢？也不能沒有房子住啊？總不能露宿吧。」圖旦益西呆坐在大殿臺階上，望著寺院屋頂發呆，放眼望去，神山的面容凝重而慈祥，大自然的寧靜，讓他獲得了短暫的平和，忽然，他靈機一動：「有了！」

　　他一躍而起，興奮地跑出了寺院，顧不得出家人的儀態要莊重的規約了。一些喇嘛見此情景，不由得駐足，面色溫和微笑著望著這個年輕喇嘛遠去的背影。

　　圖旦益西跑到了山上，氣喘吁吁地，一路走，一路尋，忽然眼前一亮，他發現了一個石洞，心想：「好吧！就是這裏了，這就是我的家啦！」

　　圖旦益西不由得想起了落周師父給他講的米勒日巴尊者的故事：

　　　　米勒日巴得法後，在冰山雪地的山洞裏日夜打坐修
　　行。因為沒有食物，只吃些蕁麻度日，以至全身都變綠
　　了，那情形驚嚇到一些獵人，以為他是鬼。米勒日巴尊者
　　在一次轉換山洞打坐的過程中，唯一一口破鍋也不小心摔
　　碎了，更加感覺世事無常，也更堅定了修行的道心。

　　這則故事深深鼓舞了他，彷彿看見米勒日巴尊者在虛空中望著他微笑。他找到的石洞很小，只能匍匐著出入，石洞裏面的空間也只夠他坐著，根本無法自由活動，更不用說躺著休息了。而他的家產就是撿來的一個小鋁鍋，鍋底還有個小眼兒漏水，還有一個木碗，再就是他的四方木筐了。這些東西把小石洞幾乎占滿了。在石洞苦修的日子裏，讓他終生難忘。

　　冬天到來了，鵝毛大雪幾乎將整座山封鎖，洞口被厚厚的積雪封住，零下二十幾度，好幾次差點凍死，手腳都凍爛了。

　　「圖旦益西師父，圖旦益西師父！」聽到有人喊，圖旦益西連忙應聲爬出山洞口，只見一位小喇嘛手裏拎著一個口袋，臂彎裏搭著件人造毛長大衣，說：「更藏活佛聽說您在這裏艱難苦修，派我給您送來糌粑和酥油，還有大衣。」

　　「感謝大慈大悲的更藏活佛……」圖旦益西雙手合十，話語哽咽，除了感恩的淚水，再沒有說出其他的話來。

　　小喇嘛又叮囑了他一些話，就悄然離開了。

　　從此，那件人造毛長大衣日夜陪伴著圖旦益西，白天他穿在身上，晚上他就鋪一半蓋一半，鋪蓋穿用，這一件衣服似乎有多功能代替了所有的東西，滿足了他所有的需求，可謂一物多用了。直到多年之後，那件長大衣

閉關山洞

依舊被圖旦益西小心翼翼地當作大寶珍藏著，可以說它是佛菩薩送給自己的救命稻草，無疑成為了他修行道路上的特別的「護法神」，讓他得以保全難得的人身大寶，在今後的歲月裏繼續學習和弘揚佛法。

　　川藏地區的生活是艱苦的，而僧侶所有的生活來源，包括買經書都是靠乞討（化緣），或者有的老鄉家裏死了人，需要念經做超度，念一天經能夠賺取五元錢，最多可以念七七四十九天，就會有一筆小小的收入，而這些收入也主要用在買經書方面了。蠟燭更是圖旦益西買不起的奢侈品。所以，比照那句「古有匡衡鑿壁借光」的話，那麼「今有益西月下苦讀」，再適合不過當時的情景了。

　　當圓圓的明月初升東方天際的時候，由於沒有油燈，圖旦益西則裹著大衣坐在山洞外面的石頭上借著月光讀經學習到深夜。高原上的夜晚和早晨一年四季都令人不寒而慄，而山上更是陰冷無比，到了半夜，山裏的涼風襲來，圖旦益西不由自主地打了個寒戰。

　　高原的冬天來得早，進入十月就到了大雪封山之時，綿綿的白雪彷彿厚厚棉被覆蓋著神山，也把圖旦益西封閉在了石洞裏，他已經有兩天沒有吃飯了，就這樣饑寒交迫地在石洞內閉關修行、靜禪。天冷得徹骨，因此，他的腳被凍得一度失去了知覺。於是，他捧來一捧雪用力地揉搓著，揉搓著，這樣腳漸漸地恢復知覺了，但是這終年累月的寒冷，讓他的腳凍傷潰爛，腳上凍傷的印跡從此伴隨著他，彷彿是那段艱難的修行歲月為他留下了一個深刻的難以磨滅的認證印跡和紀念。也正是更藏活佛及時送來的那件人造毛長大衣陪伴圖旦益西三年苦修時光，挽救了他的命。否則，圖旦益西不敢想像自己是否還能活著走出這個山

洞……

　　即便在這樣自然環境艱苦的高原上修行，也絲毫障礙不了圖旦益西的精進心，在這裏不但環境條件不好，生活上的困難同時也伴隨著每一位常住修行人。

　　佐欽寺佛學院是一個歷史悠久，規模較大的佛學院，擁有二百多學員，但是，在藏區的任何一個佛學院從來不收費，過去是，現在也是，這也體現了佛菩薩的平等慈悲，無論富貴貧賤都有機會學習佛法，極樂世界的大門永遠敞開的，相對而言難以開啟的卻是眾生的心門。

　　由於佛學院不收取學費，圖旦益西在那裏學習了六年並沒有學費的困擾，不過，衣食住行的生活費用需要自行解決，所以他的生活來源就是乞討化緣。

　　「托缽乞食」實際上也是佛陀教導出家人修行的基礎方式，在世俗的眼裏覺得「托缽乞食」是好吃懶做，不勤奮，但是從修行的角度講還是有功德對的，如果為了口腹之欲，專門種地賺錢就容易貪執。所以，從這個角度想，出家人應捨離世俗的家業、生產、事業，以及經濟貿易，少事少煩擾，可以令己知足少欲安心修行。透過最簡單的「托缽行乞」獲得衣食住行的生活必需。所以，這是每個學員的必修課程，也是大家獲得證悟的基礎課程。

　　藏區的主要食物就是糌粑，如果有酥油，對圖旦益西而言就是吃不起的大餐了。若是買的話，一斤酥油四元五角到五元，實在是一個天價啊！原本他就一貧如洗的，加上這裏的藏民也是很窮的，所以化緣也大凡是收穫無幾。

　　每一天，圖旦益西從小石洞下來去學院，都要經過那條小路，而每一天，他也都要經過路旁那個小屋，小屋裏住著一位叫阿喀才多的老喇嘛。由於每天圖旦益西都多次經過老喇嘛的小

屋,一來二去就彼此相熟了。阿喀才多老喇嘛的眼睛幾乎看不清,有一位鄰居小喇嘛順便照顧他。有時候小喇嘛不在,圖旦益西就去幫助老喇嘛提水燒火。

老喇嘛的修行每天雷打不動,主要是打坐觀想和持咒。他的生活來源是老鄉或居士們供養的一點糌粑和酥油。老喇嘛打卦特別靈驗,所以,很多人都慕名找他打卦,他也因此有了些經濟收入,當地生活特別窮,這點收入也只能解決一點兒生活問題。

這天,圖旦益西拿了麵袋子走出石洞又出去化緣,途經阿喀才多喇嘛小屋門口,恰好遇見他出來抱柴禾,圖旦益西就順手幫了他一把。交談中,老喇嘛知道了圖旦益西是要去化緣,也沒多說什麼,給了他幾塊錢,說:「這個你拿著,買經書吧。」

圖旦益西的眼眶濕潤了,來學院這麼久,他的經書還是借來的,學完要馬上還給堪布,自己根本沒有錢買經書,彷彿老喇嘛能夠洞察一切,瞭解圖旦益西正在為買經書的錢發愁。這幾塊錢對於圖旦益西而言簡直就是乾涸的土地久逢的及時雨。他雙手合十,口念佛號,深深地給老喇嘛鞠了個九十度的躬,老喇嘛慈愛的目光,如父親一般看著眼前這個年輕的喇嘛,雖然他只能辨認出他的面容的輪廓,但是儼然眼前這位年輕的瘦瘦高高的喇嘛,面容俊朗,有幾分英氣。他說:「去吧,去吧,好好學習佛法才對。」

一整天連續跑了幾個村子,他感到有些眩暈,當他敲開一位藏族老鄉的院門,面對著顏色黝黑,瘦骨嶙峋的老者,他甚至感到難以啟齒說自己是來化緣的。老者看了看這個手裏拎著一個袋子,高高瘦瘦的年輕喇嘛,心裏早就明白十分了,圖旦益西正猶豫著忽然一陣眩暈,讓他下意識地將手扶到了門框上,強站定腳跟。

「小師父，您是化緣的吧？」老者問。

圖旦益西那雙深邃的目光望向老者，點了點頭，沒有說話。

老者沉默著轉身回到屋內，不多時，他拿了一個碗走出來，那裏面有半碗白米，他默默地將圖旦益西拿著的口袋撐開，將米倒進袋子，說：「家裏還有些米，分給您一半吧。」

圖旦益西充滿感動，雙手合十，向施主行禮，內心無以言表的感恩，只能化作菩提之心回向給眾生了。

就這樣，圖旦益西一路化緣，直到太陽落山他才回到寺院，再看看袋子裏面不到四五斤白米，這點收穫足以令他感恩不盡了，因為不是這裏的藏民們不肯施捨，而是他們也著實很窮，實在沒得施捨啊！

就在回來的路上，圖旦益西無意中看見寺院的一位老喇嘛住房門旁邊放著幾個暖瓶外殼，他知道他也是撿來的，就想和他要一個，於是他走向老喇嘛，恭敬地試探著：「師父，您這暖瓶外殼能不能給我一個呢？」

老喇嘛說：「那可是沒有白送你的便宜，你要的話三元一個。」

圖旦益西腦子裏迅速算計著，想：「三元就三元吧，買上一個暖瓶外殼，再到鎮上去買一個暖瓶內膽，二元一個，我一共花了五元弄好了一個暖瓶，我一次把水燒開灌在裏面兩三天不用生火了。划算！」

於是他痛快地付給老喇嘛三元，暖瓶外殼就屬於自己了！歡天喜地地帶回「家」了。按照他的計畫，他買回一個暖瓶內膽，這下有了暖瓶，可以吃上熱乎乎的飯了。

一天，圖旦益西又出去化緣，晚上回來掂量著分量也就化了三、四斤大米，他把一小勺大米放到暖瓶裏，放幾個小時，不用

生火，暖瓶裏的大米成了「稀飯」，說是稀飯，更多時候是白水要多於白米。對於他而言如果單單只是喝白米粥未免太奢侈，他得動腦筋如何充分利用好這來之不易的食物，以保證他能夠解決數日的吃飯問題。

他靈機一動，在周圍山上採摘些野菜，再放些米湯一起熬成野菜粥，說是粥，也沒有幾顆米粒，等這些「粥」喝完了，再沒有吃的，就喝那泡米的白水充饑。

這種苦修非常人能夠想像得到的，在這些饑寒交迫的日子，精神食糧更加能夠增進人的決心，圖旦益西和眾多修行人一樣，就是在佛法巨大的精神力量的支撐下，在又餓又冷的艱苦條件下，堅持自己的信念，以苦為樂，化逆境為助力，即使圖旦益西的凍傷很嚴重，他也沒有退縮，而且還經常翻閱米勒日巴尊者苦修的事蹟，以此不斷激勵自己精進修持下去。他想：「學佛時候我餓死也是好事，我也就因此消除業障，早證菩提。」

可是，縱觀古今中外大德苦修的故事，天下有病死的修行人，可是還沒有聽說餓死的修行人。十九歲的圖旦益西經過這樣的苦修，幾天不吃飯也能夠堅持，雖然有時候他餓的頭暈眼花，但是，他內心那種追求智慧的決心彷彿充滿巨大的能量，足以支撐著讓他一路走下去。

就是這樣，圖旦益西每一天只能吃一頓飯，穿的都是別人不穿的破舊衣服，甚至還有些是死人的衣服。

這樣的苦修比起世俗間的普通生活超出了人們的想像。因為水源不足，在山上，圖旦益西免去了洗臉洗頭，更不用說洗澡洗衣服了，那些都是奢侈的想法。所以，時間一長，身上的衣服都有了餿味，更有甚者生出了蝨子。

他唯一的辦法就是在太陽光充足的日子裏，脫掉衣服，用力

抖抖，然後將衣服掛起來在陽光下曝曬，這樣就相當於「洗衣服」做清潔了。

　　每一天，圖旦益西途經阿喀才多老喇嘛的小屋的時候，他的心都暖暖的，因為是他給了圖旦益西堅定的信心。記憶中從圖旦益西認識阿喀才多喇嘛那天起，阿喀才多喇嘛都是穿著一件很破很破的長袍，無論春夏，還是秋冬，袍子的顏色都不清楚了。可見，阿喀才多喇嘛只有這一件衣服，而且圖旦益西斷定他從來沒有換洗過衣服，他更明白不是老喇嘛不願意換衣服，而是他根本就沒有第二件衣服可以換洗。這個地區很窮，給老鄉打卦，每一次也就只能賺一元錢，阿喀才多老喇嘛根本也不可能有多餘的錢買新衣服，但是他卻如此慷慨地資助圖旦益西學習。老喇嘛如此艱苦的修行生活和他的慈愛善良深深地鼓舞著圖旦益西，讓他更加有信心努力修行了。

　　佛學院學習制度很嚴格，早上五點起床，晚上十一點休息。一本一本逐個經書都要背誦下來，主要學習五大明課程，佛經方面是：中觀論、般若攝頌、俱捨論、因明學、律部等五部論典，作為主修課，還有天文、曆算、書法、繪畫等等。冬天一般沒有課程，圖旦益西就在洞裏坐禪靜修，首先從五加行開始，然後是本尊、上師相應法的修行，還有就是大圓滿法的修行，這些說起來容易，但是要想修出正果，對於一個人而言修好得需要一輩子的時間，甚至幾個輪迴。

　　這天，大家到大殿聽堪布講課，當休息的時候，一位認識圖旦益西的男居士快步走向他，近前搭話：「阿彌陀佛！師父！我這裏有一封信，是受人之托轉交給您。」

　　圖旦益西很是好奇，他問：「這是誰寫的？」

　　那位男居士詭秘地露出一絲笑容，朝他俏皮地眨了眨眼睛，

說：「您看了就知道了。」

因為是課間休息時間，圖旦益西將信揣進衣懷裏，準備回到僧舍再讀。

當下午課程結束後，大家紛紛返回住處自由活動了。圖旦益西也回到他的「山頂洞穴」，他忽然想起了那封信，急忙從懷裏掏出來。這是足足有十張十六開紙大小的信件，「看樣子還沒少寫，什麼事呢？」圖旦益西滿腹狐疑地打開了第一頁。

「圖旦益西師父，今天我冒昧給您寫信，……」圖旦益西開始還心情淡定平和地默讀，但是讀著、讀著覺得不對勁，「這看來是一封情書啊！」

圖旦益西看了看落款，不由得令他憶起了曾經的一段經歷，而那段經歷在當時有一段時間還被索曲喇嘛當做調侃他的談資。

那一年佐欽寺佛學院放假，圖旦益西和來自阿壩州紅原縣的喇嘛索曲結伴去德格寺朝拜，兩個人也打算順便買些佛學書籍。為了節省路費，他們商量決定翻越佐欽寺前的左欽大雪山到公路上，再搭乘過路的卡車。這一天，天還沒亮他們就出發了。

高原的黎明前顯得異常黑暗，他們走出寺院，徒步來到雪山腳下，望著高高的大雪山，他們沒有退縮，因為生活在高原的藏民，彷彿上天賜予的本能，就如喜馬拉雅山上土生土長的岩羚羊一樣，懸崖峭壁是無法阻擋他們前進的步伐的。對於多數生活在高原的藏族人而言，不論男女，爬山的技能遠遠超出其他民族。所以，圖旦益西和索曲喇嘛絲毫沒有猶豫地向上爬，越往上爬地勢越陡峭，爬到山腰簡直可以用立陡來形容。兩個人也不往下看，此刻只有精神專注往上

爬，並且絲毫不能懈怠，要一步一個腳印。

　　兩個人背的包裹裏面是水和乾糧，包裹都掛在脖子上放在胸前背著，這樣也是可以平衡身體重心。人在精神最緊張的緊急關頭，會激發內在的潛能，爲了能夠活著到達目的地，他們都小心翼翼精神專注，偶爾腳下滑一下，不免驚出一身冷汗，兩個人相依爲命彼此幫助，總算到了山梁，翻過這道山梁就是公路了。圖旦益西和索曲喇嘛幾乎筋疲力盡，坐在山梁上回身望去，圖旦益西不免感歎，心想：「爲了節省路費來爬雪山，如果真的一命嗚呼，到底孰輕孰重呢？」他禁不住搖搖頭，啞然失笑，學佛修行，說的好：人身難得，僅僅爲了省錢丟掉性命，是不是也不合理呢？每一次翻越陡峭的雪山，整個人都感覺如重生一般，難怪拉貨的大卡車藏族司機在翻越雀兒大雪山時候，都要一路歡呼著，彷彿慶祝凱旋一般。

　　兩個人坐在那裏喘著粗氣，給身體補充了些供給，決定不耽誤時間繼續趕路。然而，他們看了看腳下的路，不禁倒吸一口涼氣，那所謂的路在哪裏呢？

　　他們目光觸及之處是白雪覆蓋的山坡，視野裏白茫茫一片，陽光映射下顯得分外刺眼，根本分不清哪是路哪是懸崖。眼看著太陽西下，如果不在天黑之前趕到公路邊，那前途更是不可預測。所以儘管眼前分不清是懸崖峭壁，還是山林小路，他們只能硬著頭皮往下小心翼翼地摸索著走，最後由於分不清是路還是岩石，他們竟然連滾帶爬地滑下山坡，好在兩個人命大，沒有跌到懸崖裏，只是胳膊表皮劃破了點兒皮，衣服都被雪水浸透了，又沉重又濕冷，而鞋子裏也灌進了泥和水，滑膩膩的感覺很不舒服，走起路來發出「噗呲

噗呲」的聲音，讓人從腳底感到透心涼。

　　就這樣，兩個人冒險翻越了大雪山。遠遠望去，山坡上有一個黑帳篷，帳篷旁邊還有牛圈。此時正是夏季放牧的好季節，所以山裏很多牧民在此放牧。兩個人都很高興，因為此刻天色將暮，加上饑寒交迫，看見那帳篷就似乎看到了希望，心想今晚可以有個好去處借宿了。

黑犛牛帳篷

　　藏族人天性善良熱情，路邊搭車、借宿的事時有發生並不奇怪，所以，當圖旦益西和索曲喇嘛掀開黑帳篷的門簾，但見帳篷裏生著爐子，兩口子以及一位老奶奶和兩個姑娘此刻正在圍著爐子烤火，見有出家喇嘛上門，都起身恭敬地打招呼。主人兩口子聽了兩位喇嘛說明了來歷，熱情地招呼他們進來坐下，男人吩咐女人和女兒為他們準備吃的。

　　不多時，熱氣騰騰的掛麵飯端上來。吃罷飯，大家開聊，一家人聽了兩位喇嘛翻越雪山的驚險過程不免都唏噓讚

歎，男主人說：「你們二位師父實在太冒險，真是命大啊！
感謝佛菩薩保佑，兩位師父相安無事。」

　　說著話，女人已經為他們準備好睡覺的地方。

　　夜深人靜的大山裏，雖然是夏天，但是氣溫卻可以低到
幾度，異常陰冷。帳篷裏爐火正旺，分外溫暖，靜靜地可以
聽到火苗跳躍的聲音。火爐對面，圖旦益西幾乎是半坐半臥
地斜倚在那裏，披肩當做被子蓋在身上，這樣同時也可以烘
乾。有一會兒，圖旦益西醒來，無意中看到從爐眼裏竄出來
小火苗，紅紅的火光映射在一位漂亮女孩子的臉上，那是主
人家的大女兒，看樣子十八九歲的樣子，那雙大眼睛在火光
照映下忽閃忽閃發亮，閃動著的光芒，瞬間，讓圖旦益西恍
然感覺她就如仙女般美麗動人！他不敢出聲，默默地在暗處
看著女孩子。只見那女孩子展開雙臂，僧衣就在她的雙手拉
扯下舒展開來，圖旦益西明白那是女孩子在為他烘烤僧衣，
一直沒有去睡覺。僧衣烤的差不多乾了，女孩子就把它搭在
旁邊的凳子上。圖旦益西內心裏彷彿被一股暖流所融化了，
不由得眼淚浸濕了眼睛，模糊中女孩子彷彿掩映在一層薄霧
裏……

　　女孩子根本沒有意識到默默之中有一雙眼睛偷偷地關
注著她的一舉一動。只見坐在爐子旁的女孩子俯身用一支木
棍將圖旦益西的一隻鞋子挑起來，然後一隻手拿著鞋子，另
一隻手拿著木棍，用木棍仔細地將鞋子裏淤積的泥巴一點一
點摳出來，然後再用木棍子挑著鞋子靠近火爐烘烤起來，一
隻烤完，又重複著這些程序，挑起另一隻繼續烤，鞋子顯然
被烤得乾爽了，空氣中隱約有一股子汗的味道。圖旦益西看
著看著眼淚不由得順著臉頰流了下來，他感到一顆心被溫暖

著，就如那些濕漉漉的衣服和鞋子被熊熊的爐火溫暖一樣，他害怕自己發出聲音打擾女孩子，盡力屏住氣悄悄地將頭縮進衣服裏面，不知不覺又睡著了。

　　早上牧民們五六點鐘就出去放牛了。等他們忙完回來，女人們就忙碌著給圖旦益西和索曲喇嘛準備些糌粑、奶茶和酥油作爲早飯。吃過早飯之後，兩個人準備上路，圖旦益西穿上乾淨的鞋子，感到鞋子裏面乾爽又舒適，而索曲喇嘛的鞋子卻依舊是潮呼呼的，因爲女孩只是把索曲喇嘛的鞋子放在爐子邊自然烘烤而已，所以沒有乾透。索曲喇嘛看了看圖旦益西不免朝他擠眉弄眼做了個鬼臉兒。圖旦益西這才明白，原來女孩子昨天晚上是專門爲他一個人熬夜烤鞋子的。他面對著索曲喇嘛不覺有些尷尬，但內心卻又感到無比溫暖和感動。

　　走在前往公路的小路上，索曲喇嘛不免打趣道：「哦呀呀！同樣是出家人，怎麼差別這麼大呢？看來我是老啦！你年輕，人家女孩子對你有點意思呀！」

　　圖旦益西聽了索曲喇嘛打趣自己不免感到臉有些火辣辣的，兩個人就這樣一路鬥嘴打趣不知不覺就趕到了公路口，很順利地搭乘上大卡車，司機收了每人十元搭乘費，一切還算順利……

　　圖旦益西沉浸在回憶裏，不免感慨。沒想到時隔這麼久，女孩子依舊沒有忘記自己，竟然托人捎信給他。

　　他一篇一篇逐字逐句仔細地閱讀起來，令圖旦益西沒想到的是那位女孩一直在暗戀著自己。

　　「眾裏尋他千百度，驀然回首，那人卻在燈火闌珊處……」

　　女孩子雋秀的字裏行間，毫無掩飾造作，而是處處充滿了康巴女子那種直抒胸懷的率真，這讓圖旦益西覺得很是爲難。

　　他讀完了這封長長的信，不免感慨萬分，如果世俗間的角度思考，一個人被別人喜歡是一件很幸福的事，但是對於他而言這卻是一種考驗。

　　「難怪落周師父和老喇嘛先覺堪布擔心外面的世界會阻礙自己對佛學事業的堅定信念，難道他們早就了知這一切？對於一個人而言，這也的確是一種考驗。」圖旦益西心裏想著，決定直接面對，找機會一定專門和那女孩好好談談。

　　女孩子長得中等個頭、濃眉毛、大眼睛，紮著滿頭小辮子，穿著乾淨而普通的康巴藏族服裝，是康巴藏區典型的漂亮女孩兒。她見到圖旦益西如約而至，顯得有些忸怩不自然。為了避免尷尬，他們來到後山坡，這裏陽光明媚的一個空地，草兒茂盛如地毯一般，兩個人分別在彼此相距有兩米的地方席地而坐，好一陣子沉默。

　　一時間，彷彿風兒止住了腳步，鳥兒靜默側耳聆聽，只有自己的呼吸聲音顯得那麼突兀。

　　最後，還是圖旦益西率先打破沉寂：「謝謝你給我寫信。」

　　女孩子的臉默然地染上紅暈，她偷睄了一眼圖旦益西，沒有說話。

　　「不過，你想的和我想的不同啊！」圖旦益西感歎道。

　　「我想問個問題，」女孩子接話說，「師父，您是不是家裏困難才出家的？」

　　「我家是窮，然而窮卻不是出家的原因，那麼多窮人不是也沒有出家嗎？你看到的只是表面假象。」

　　「實際窮也沒啥，出來努力幾年，行了更好。不行，大不了回家種地。」女孩打斷圖旦益西，以一種灑脫的口吻似乎在安慰圖旦益西。

「你只是看我的表面啊！」圖旦益西感歎道，「你不瞭解我從小的夢想是什麼，想要的是什麼。」

女孩子低著頭，默默地傾聽著。

「你只看一個人的外表就動心了，感情是需要兩個人動心，只一個人動心也是不行啊！」

「我作為出家人，如果執著於感情的話，那弘揚佛法的責任就會真正變成了夢幻泡影了，能出家這可不是因為窮那麼簡單的。」圖旦益西也不知道女孩能夠聽進去多少，是否能夠理解他的話，只是自顧自地闡述自己的觀點。

「我從出家的那天就已經放下了塵緣。雖然那時我年少，但是我是有目標、有理想的。說白了，不能為了一棵樹，丟棄整個森林。」圖旦益西見女孩子沉默了，就頓了頓，抬眼望了她一眼，問：「你能理解嗎？」

女孩子抬起頭，眼睛裏已經有晶瑩剔透的光亮在閃動。她說：「倉央嘉措也能為了愛而不顧一切，您說，修行和愛情是矛盾的嗎？」

「倉央嘉措的愛情故事只是一個傳說，何況他的故事被政治利用，雖然他寫了很多情歌，但是，那是有密意的，並不是普通的詩歌，而是一種道歌，其中的深意不是普通人能夠理解的。」圖旦益西答道。

她深深地點了點頭：「不過，您即便不同意，我的心裏還是如信中所寫的那樣，你是我要找的那個人。」

圖旦益西雙手合十，眼睛裏透著堅定的光芒，心裏默念：「阿彌陀佛！」

他對面露失望的女孩兒說：「人生苦短，你我沒有今世情緣，只盼將來結下法緣，走到哪裏也不要遠離佛法啊！」

女孩子雙手合十，沒有言語，只是扭頭跑開了……

　　女孩落寞的身影罩在深深的樹影裏，沿著下山的小路而去，消失在圖旦益西的視野裏，那條小路在圖旦益西眼裏彷彿是一條紐帶，一頭連著解脫，一頭連著塵世。

　　　　第一最好不相見，如此便可不相戀。
　　　　第二最好不相知，如此便可不相思。
　　　　第三最好不相伴，如此便可不相欠。
　　　　第四最好不相惜，如此便可不相憶。

　　遙遠的天際彷彿傳來倉央嘉措那絕句的吟誦，那聲音似從遠古而來，清晰地迴響在圖旦益西的耳畔……

　　圖旦益西抬起頭，長長地呼出一口氣，那天好高，好藍，好遠，他的心此刻彷彿飄在那最高處，能夠讓他一覽無餘的盡頭彷彿又沒有盡頭，他似乎看見自己已經毫無旁騖地行走在通往西方剎土的路上……

　　有時候面對紅塵的誘惑，我們不定的心總是左右擺動，當我們感覺到自心不定時，我們的心早就被紅塵所染。而身處紅塵之中，圖旦益西堅定的信念並沒有因情感的誘惑而有絲毫的動搖。在佐欽寺佛學院苦修了六年，他經歷了情感的考驗，經歷了苦難的磨礪……

　　生活的艱苦，感情的誘惑，都沒有撼動圖旦益西那顆堅定求法修行的信心。他更加精進修行，努力學習了。

　　每年，因為冬天實在太冷了，佛學院除了三月份到八月份比較暖和點的季節開課，其他六個月都放假。很多人都趁假期回自己的寺院，但是，圖旦益西考慮到那樣需要路費也不是小數目，就放棄了回去的想法，就一心在學院修持功課。他住的小石洞只能容下他坐在裏面，所以，每天他修習的五加行念誦打坐部分都在洞裏完成，而磕大頭他必須要到洞外面完成。這樣雖然很苦，甚至冬天山裏很冷，但是也鍛煉了圖旦益西的身體，更磨練了他的意志。這樣的苦修無疑令圖旦益西有了更多的獲得。

　　多少年以後，嘛呢活佛與人談起這段修行經歷，不免有很多的感悟。貧僧苦修是對的，因為貧窮，沒有什麼可以享樂的誘惑，就只剩下苦修的念頭。如果當時的圖旦益西有條件可以在假期來回跑個不停，這樣一來就會影響修行，世俗角度看貧窮不好，但是對於一個修行人而言，因為貧窮而沒有任何條件去承辦其他的事務，沒有條件令世俗的欲望纏身，就只剩下佛法和修行，這樣他才會有飛快的進步，否則或許修行就變得拖拖拉拉的了。從修行的角度講，貧窮也是一種助力了。所以，這也就佛家所言的意思，一切都是來成全我們的，無論富貴貧窮，喜怒哀樂都是一種考驗和助力。

　　就好比釋迦牟尼佛，當年佛陀為什麼不在王宮裏修行，偏偏要跑到無人的深山老林和荒郊野外去修行呢？因為物質生活優裕的情況下，人根本無法自拔獲得清淨，根本也不能淨下心來。歷代所有高僧幾乎都是苦修而成，沒有一個是在榮華富貴中修成正果的。

　　六年的佐欽寺修學生活對於圖旦益西而言就是苦修，他住石洞，堪比米勒日巴；食不果腹，骨瘦如柴；寒冬凍傷，留下烙印；無衣無食，無錢買經書；托缽乞食……這一切，當圖旦益

西回憶起來的時候，卻沒有絲毫的苦楚，而是感到如此的踏實和滿足，甚至帶著滿滿的幸福感和歡喜。在這樣艱苦的歷練和勤奮修學中，每天充滿法喜地修學他的課業。可是，正當他如饑似渴地陶醉在法海之中，汲取智慧之甘露，突飛猛進之際，他突然接到寺院的來信，說落周喇嘛圓寂了，寺院讓他立即回去幫助管理寺院。

「完了！完了！這回去估計沒機會再到佛學院學習了。」圖旦益西心裏嘀咕著，這是沒有辦法的事。原本他就是偷著跑出寺院來學習的，現在寺院缺少人手，催他回去，他也只能隨順了。他想這或許也是一種逆緣，但無論如何也要面對。無奈之中，圖旦益西開始整理回去的行囊。

圖旦益西整理著他全部的家當，當他拿起那件更藏活佛送他的救命大氅的時候，他的眼睛濕潤了，如果沒有更藏活佛的悉心呵護，如果沒有這件大衣，眼下的他是否能夠活著都是個未知數。他只有一個行囊，環視著自己曾經生活學習六年的佐欽寺，住了六年的石洞，千言萬語化作了感動，化為了無限的力量。

他想起走之前要去看看另外一個重要的人，那就是阿喀才多老喇嘛。

一走進阿喀才多喇嘛的屋子，出現在眼前的依舊是穿著那件褪色的大袍子的他，依舊慈祥和善，圖旦益西提起這六年的生活多虧了老喇嘛的關照，如今要離開了，他說：「我從您這裏一共用過12元錢，我回到自己的寺院有了錢，下次來會還給您。」

阿喀才多喇嘛依舊笑容和善地說：「不用啦！那幾個錢就算是我贊助你的學費了。以後我死了，你就給我念幾句六字真言吧！這樣一來你我就兩不相欠咯！」說得兩個人都相視而笑起來。

　　「不過，」他接著說，「下次你若來寺院，給我帶點兒大紅棗，我活這麼久只吃過一次紅棗，感覺特別香甜。你給我帶幾顆就行，不用多。」

　　「沒問題，下次來我一定給您多帶點兒回來。」圖旦益西輕快地回答道。

　　其實，阿喀才多老喇嘛一輩子都沒有吃過什麼水果，也一輩子沒有出過門，佐欽寺這個地方很閉塞，交通又不便利，也不盛產水果，更別說吃什麼大紅棗了。

　　圖旦益西就這樣告別了這個讓他留戀不捨的淨土，踏上了歸鄉的路程⋯⋯

四川甘孜佐欽寺蓮花生大師像

4

恪守諾言，實現夙願
行住坐臥，皆是考驗

　　那年那月的一個清晨，當甘沖寺的特有的螺號聲打破北山的寂靜的時候，圖旦益西早已經坐在了去往蘭州的大卡車上了。

　　早課上遲遲不見圖旦益西的身影，老喇嘛先覺堪布和落周師父四目相對時已經心照不宣，那個圖旦益西多吉小喇嘛偷偷地離開了！不過他離開的目的他們心裏非常清楚，所以不約而同地就想到，圖旦益西一定是去了甘沖寺的母寺佐欽寺佛學院，對於一個好學的弟子，作為師父內心是欣慰的，但是所以阻止圖旦益西多吉走出北山去學習，也還是考慮機緣的問題。

　　此刻，他們見大局已定，就沒有再起波瀾，每日依舊擊鼓誦經，按部就班，內心裏默默地為圖旦益西送上祝福。

　　……

01 |

　　六年轉眼過去了，當圖旦益西接到落周師父圓寂的消息，應老喇嘛先覺堪布的召喚，他離開佐欽寺回到了久別的甘沖寺的時候，他由一位十八歲的少年，已經成長為一位二十四歲的青年，他那雙深邃的雙眼裏早已不似少年的懵懂，而是透出一種睿智的成熟，此刻，回到甘沖寺的他眼睛濕潤了，眼前的一切禁不住模糊起來……

　　「益西多吉啊！你可是回來了！」老喇嘛先覺堪布情緒激動地望著眼前這個幾乎骨瘦如柴的弟子，感歎道。

　　圖旦益西眼裏噙著淚水，深深地給這位可敬的上師行了叩

拜大禮，「師父，我回來了！」說著眼淚同時順著臉頰流了下來。

此刻，寺院裏再也看不見落周師父的身影，再也聽不見他那幽默詼諧的話語，圖旦益西沒有在落周師父圓寂之時陪伴其左右，但這種失落感依舊讓他感慨萬千，人生無常的演繹似乎每時每刻都在提醒著每個人，卻不是每個人都能夠意識到並且為之做好準備的，所以，他更加感到修行的迫切了。

落周師父圓寂後，那五個俗家學徒也紛紛離開寺院回家了，因此寺院只剩下出家師兄，一下子顯得清淨而空落。僧舍也空出不少，因此，先覺堪布讓大家各自單獨住，圖旦益西自己蓋了四間土木結構房子住了下來。他又回歸於熟悉的寺院修行的生活。但這次回來卻大不相同，因為經過七年的佛學院學習，他系統聽聞了佛學基礎理論，也次第進行了大圓滿修行。現在的修行於他而言是如魚得水。所謂「知難行易」，當通曉了佛法教義之後，真正地知「道」了，那做起來就要比不懂教理容易得多。

落周師父的圓寂是圖旦益西長這麼大第一次間接面對死亡，在佛教的詞典裏並沒有死亡的字眼，這是圖旦益西在佛法學習中明白了輪迴的道理，明白了一種相續漂泊的無始無終的生命軌跡。當寺院老喇嘛先覺堪布為落周師父做超度的時候，生命的概念彷彿拓展到無盡的宇宙深處。他相信落周師父的轉世依舊還會是那樣一位詼諧幽默慈祥的喇嘛……

世事變化如果說是可視的因果，那麼輪迴無常就是暗動的潛流。人們無法預見未來，只有無奈地接受命運的挑戰和面對因果的不虞。生命是一場短暫的旅行，親屬家眷好像是賓館的客人，來自五湖四海，隨後又各自離去。俗話說：同船過海也有五百年的緣分。夫婦家人都是有因而眷戀在一起，他們來路不一，去處

不一。真是業力相遇，有熱熱鬧鬧的，有吵吵鬧鬧的，有相親相愛，有憎恨嫉妒的……無論怎樣終有一別。

這一天，山外老家來人通報，說圖旦益西的東珠去世了。大家聽了都覺得很詫異，東珠還只是一個年僅26歲的年輕人，怎麼說走就突然走了呢？

老喇嘛先覺堪布帶著圖旦益西和來人一同翻過山，回到了當年的圖旦益西出生的小村莊馬蓮灘。圖旦益西自出家九年以來還是第一次回到家鄉，他沒有想到卻是以此契機得以回返。人生的無常似乎在向他教授示現，他用所學的佛理思維之後，更加感歎佛陀的偉大智慧，也堅定了他修習佛法利益眾生的信念。

他看到了三哥東珠慘不忍睹的遺體安放在院落當中，顧不上和阿媽夏爾楚打招呼，張開雙臂默默地一把環抱住了悲痛中的夏爾楚，千言萬語，在離別家鄉九年之久再見，彷彿阻塞在喉間，不知從何說起。他只是細細傾聽，阿媽夏爾楚喃喃低語的講述。

夏爾楚含著淚向他們述說了整個過程……

雪域高原，一個最接近天堂的地方，無論是這裏的海拔，還是人的內心，距離天堂都是最近、最近的……這裏的藏民是擁有文化傳承的民族，而這裏的文化和歷史也是藏傳佛教的文化和歷史。在藏區，幾乎每個藏民都相信佛陀的大智慧，相信因果的真實不虛，這讓人們對生命的認識更加接近真實和真相。他們無欲無求的自由自在的遊牧式生活造就了他們開朗豁達的性格。所以，在圖旦益西家鄉發生的事情很多都帶著幾分信仰的色彩，如果換作今天發生的事情，或許會衍生出很多貪嗔癡的業因果報的輪迴故事，而在他的家鄉，在他的母親這裏，卻讓年輕的圖旦益西感受到信仰裏散發的善良和慈悲，那種菩提之心讓人敬仰。

阿媽夏爾楚帶著憂傷的聲音，把大家的思緒帶到了事發的中

午……

　　小小的村莊馬蓮灘沉浸在正午明耀的日光裏，各家各戶的人們正在慵懶地享受這一刻休閒的時光，忽然，村巷裏被一陣突如其來的喧鬧攪動得不再沉靜，只見一個身穿藏袍的中年男子正在巷子裏一邊追趕著一頭犛牛，一邊喊人來幫忙，原來他家準備牽到外村賣掉的犛牛不知怎麼沒有拴好，竟然一路狂奔朝著附近的山上跑去。犛牛的主人跑來夏爾楚家裏找人幫忙去圍堵犛牛，沒等夏爾楚答話，平日裏就喜歡抓些山珍野獸什麼的，殺死個小動物也彷彿家常便飯的東珠立即來了精神，即使夏爾楚總是教導東珠要慈悲不要亂殺生，但是東珠還是改變不了這樣的本性，他聽到犛牛主人說要去圍堵犛牛，自告奮勇地說：「我去！我幫你抓去！」

　　夏爾楚還沒來得及阻攔，東珠就已經跑出家門，夏爾楚追到門口沖著東珠急匆匆的背影喊：「東珠啊，要注意安全啊！」

　　夏爾楚憂心忡忡地望著一路跑一路應聲回答「沒事兒！」的東珠，心裏不知為什麼有些不安。

　　過了一個時辰，依然不見東珠他們的身影，夏爾楚有些坐立不安，不時地抬頭向門口張望，手裏拿著一串小佛珠，不由得默默地念叨起來。

　　彷彿是冥冥之中的安排，夏爾楚的擔心真的換回來一個讓人傷心欲絕的壞消息，她沒想到那一句「注意安全」和「沒事兒」竟然是和東珠的永訣之辭……

　　對待人生的無常，夏爾楚的內心是深有感觸的，她更相信的是因果輪迴的真實，可是就是有人不明白，導致悲劇一件又一件在人間上演，此刻夏爾楚的內心一定是洶湧翻騰的，這讓圖旦益西感受到了夏爾楚內心真切的痛，不僅僅是失去生命那麼簡單的

痛，而是對人們的無明所導致的無知而造作不斷的那種切腹之痛，那才是真正的痛！

　　東珠平時就是一個喜歡打打殺殺的人，二十六歲的他殺死過太多的生命，因為這樣，當那家犛牛為了逃脫被賣去屠宰的命運逃跑到山上的時候，犛牛的主人跑來讓東珠幫忙，他二話沒說就答應去圍堵。

　　夏爾楚對整個過程的敘述令年輕的圖旦益西感歎因果真實不虛，他回想起夏爾楚敘述的整個過程，不免感慨，現實生活中無處不給自己開示，就是世事的無常，令圖旦益西充分認識了「無常」。

　　出事地點是距離村子不遠的一個小山包，海拔也不過幾十公尺。當時犛牛的主人找到村子裏年輕力壯的五個年輕人上山圍堵犛牛，當五個人圍著犛牛和它對峙的時候，悲慘的一幕發生了，只見犛牛發瘋一般直接奔向東珠沖了過來，它用堅硬的牛角觸向東珠的胸膛，將他挑起拋向了山下，還沒等大家醒過神兒來，東珠已經滾下山崖。事情來得太突然了，還容不得人們反應，東珠的七尺身軀豈能抵擋得了壯如大象的犛牛那堅硬的牛角，想在生命的最後一刻，東珠忍受著的痛苦是多麼的巨大，地獄的刑罰也不過就是人們的一種感召，那種痛苦和經書上描寫的地獄有什麼不同呢！

　　其餘幾個人顧不得犛牛了，紛紛撒腿跑下山，只見東珠仰天躺在山腳下，周圍的青草被鮮血染紅了一大片，鮮血從胸口那個被犛牛角戳穿的洞裏汨汨流出，再一摸人已經沒了呼吸，生命已去，無法挽回了。

　　犛牛主人以及幾個年輕人哪裏見過這樣的慘狀，他們派一個人跑回村子報信，其他的人抬著屍體艱難地往回走……

「阿叔，阿叔！」慌慌張張的年輕人幾乎是沖進了家門，「東珠他，他出事啦！」

夏爾楚正在做活的手停到了半空，手裏的盆「哐噹」一聲掉落在地上，「怎麼回事？啊？」她變調詭異的聲音不停地重複問著這樣一句話，年輕人也語無倫次地敘述著經過，夏爾楚聽到這樣一個彷彿晴天霹靂的噩耗，淚水一下子泉湧般流出眼眶，「不會的，不會的！不會的！不是真的！」她有些語無倫次地念叨著，眼淚已經無法自持了，哪裏還能走得動，她癱坐在房間裏。

文賢尚也顧不上照顧妻子，發瘋一般朝村口跑去，迎面看到遠遠地抬著東珠走向他的幾個人，他也眼淚縱橫，只感覺雙腿像灌了鉛一般沉重，自己如何走回家的無從知覺了。

夏爾楚看到東珠被抬回來，踉蹌著奔過去癱坐在東珠屍體旁。一旁的文賢尚臉上也掛著淚珠，一個藏族漢子，活了大半輩子了，見過了眾多生生死死，卻還是無法承受這樣與骨肉突然陰陽兩隔的打擊，可以說是「白髮人送黑髮人」。

圖旦益西和老喇嘛聽到這段發生在昨天的一幕幕故事，師徒倆表情凝重，雙手合十，內心不停地誦念觀音心咒。圖旦益西走過去拉著夏爾楚的手，依舊年少的他手足無措不知該說些什麼來安慰悲傷的父母，這是他第一次直面死亡的景象。這事太突然了！他不忍去看東珠那張沒有了生機的臉，只是無法接受這樣的現實，往日和東珠相處的情景不由得一一呈現在腦海裏了，他強忍住眼淚……

按照藏傳佛教的儀式，家人安葬了東珠，夏爾楚只有在心裏默默地為兒子禱告，用一顆虔誠的佛教徒之心超度亡靈。

圍觀的村民議論紛紛，鄉里鄉親們紛紛前來慰問，有人說：

「得讓犛牛主人賠償！若不是他，東珠不會死的。」

有人說：「我們還是幫助完康家做好善後，其他的事以後再說吧。」

一位鄰居對夏爾楚說：「你不能就這樣算了，一條人命啊，他們得負責，你得要命價。」

夏爾楚默默聽著，她疲憊的面龐顯得異常平和淡然，已經看不出悲傷，她訥訥地卻是堅決地回答：「我們藏民有一句諺語『你生犛牛的氣，但卻去鞭打馬』。我的兒子我瞭解，他生前造了太多殺業，這個結果是自然，我不能埋怨別人要賠償，這是他自己因果報應，是他的命啊！」

二叔扎西聽了夏爾楚的話直歎氣：「你可太傻了！為什麼不要命價啊！那可是你花了二十六年心血養大的一條生命啊！」

夏爾楚同樣的話語卻字字落在年輕的圖旦益西喇嘛心裏，產生了極大的震撼，他欽佩阿媽夏爾楚的慈悲和堅強，同時也對生命有所思考，他內心裏覺得自己就是為了弄明白人生真相到人間修行和度化眾生的。可是他內心所想從來沒有和人說過，只有阿媽夏爾楚曾經告訴過自己讓他一定要多做善事。

佛說慈悲為懷，冤冤相報何時了呢？人們之所以面對紛爭產生很多是非，就是在這樣的大是大非面前按照世俗的認知來判斷，因而在無始輪迴裏顛沛流離，只有斷了因才不會有果。

夏爾楚是一個虔誠的佛教徒，她更是一個真正領悟了佛家思想的佛教徒，她的行為深深地震撼了每個村民的心，大家都被夏爾楚的善良和慈悲所感動，他們對佛法更加升起了堅定的信心。

圖旦益西聽了阿媽夏爾楚的述說，表情凝重地看見家門口聚集了很多人，他跟隨老喇嘛先覺堪布走近東珠的遺體，心不由得砰砰狂跳起來，年輕的他雖然已經遠離塵囂，已經明瞭生死無

常，但是面對親人的突然故去，他依舊感到心痛，雖然從小他們兄弟之間秉性各異，鮮少交流，但是緣分的鏈繩依舊把他們牽繫一處。

他被眼前的一幕驚呆了，只見院子當中躺著的三哥東珠，他的胸口有一個圓圓的碗口大的窟窿，血已經流盡，血色已經發黑了，他的臉色已經變成了青紫色，人早已斷了氣息。文賢尚夫婦二人跪坐在東珠身旁悄無聲息，兩眼有些腫脹，文賢尚看到離開家已經九年的南哲才讓回來了，悲傷卻壓倒了喜悅，但是他的大手緊緊地抓住圖旦益西。身披袈裟的圖旦益西也不由自主地默默流下了淚，他俯下身，單膝跪在地上，雙手搖著夏爾楚的胳膊問：「阿媽，這是怎麼了？為什麼會是這樣？」

但見夏爾楚和文賢尚只是默默地守著他們的兒子，不語，沒有哭天搶地的情景，他們只是任淚水無聲地在他們佈滿細紋的臉上流淌，但是那種沉默更加讓人感受到他們內心隱藏的巨大的悲傷，圖旦益西感受到了他們面對脆弱的生命和無常時那種無奈。

老喇嘛先覺堪布冷靜異常，招呼圖旦益西配合他按照佛家的程序為亡者誦經超度。

老喇嘛先覺堪布和圖旦益西連續為亡者誦經超度三天，死者入殮後的49天內，老喇嘛先覺堪布回到寺院再帶領眾弟子一同繼續為東珠做超度，直到他往生。

不過，世間因果真實不虛，《地藏經》第四品中所講的因果報應第一條就是：「若遇殺生者，說宿殃短命報。」老喇嘛先覺堪布對圖旦益西說東珠的中陰身最後投胎到畜生道，轉生為一匹馬了。

「這孩子殺業太重啦！實在是無奈，不過，下一世投生為馬，也是他殺生的果報，馬的壽命是很短的，最長也不過20年，

一點點向上升吧。」老喇嘛先覺堪布說，「平日裏，你要記得將所做功德回向給你的三哥，也好讓他早日離苦得樂。」

圖旦益西表情凝重地深深點了點頭⋯⋯

這一次經歷讓圖旦益西對因果輪迴的認識進一步落到了具體生活中，活生生的現實擺在面前，各自的因果不會因為任何外在的力量而改變，即便同樣一位母親所生，一個是殺業深重落得短命畜生報，另一位則是勵精圖治的出家僧人，而且，如果自己不幡然醒悟而精進修行，再得道的高僧面對這樣深重的果報，也是無力回天的。就如一個人來到一個陌生的地方，或者十字路口，如有一個指示牌，那就方便多了，同樣，拜師學佛觀相，只是教會一個人在今世知道取捨，在中陰境中能夠明確方向。

老喇嘛先覺堪布告訴圖旦益西，人離世後的49天之內是很容易超度的，否則，再漂泊下去，落到哪個惡道上，就很難超度了。圖旦益西明白了這樣一個道理：這好比一個離家出走的孩子，在沒有找到歸宿之前，家人尋找到，很容易領回家與大家融洽相處一處，而如果中途這個孩子入了黑幫，或者賊窩，那麼，當你再找到他，就不再是原來那個孩子了，也就無法輕易地和家人回家了。更重要的是人無論信仰什麼，只要是善的，也是容易接受超度的，否則，因為善根不具，無法聽得進規勸指引，也就無法改變去向了。

這個事件在圖旦益西心裏產生了極大的影響，最有力的證明一句俗話：「一母生九子九子皆不同」，同樣的父母，同樣的家庭環境，同樣生長在高原這塊清淨的土地上，圖旦益西與相差只有三歲的三哥東珠的差別如此之大，一個是連殺生的念頭都不曾有，而且也無法遇到和實現那樣的動機的機會，還出家當了喇嘛，成為三寶弟子；而另一個卻是機緣成全了很多殺生的業障，

年輕的生命也為之付出了慘痛的代價。佛的智慧是一種超越世俗的智慧，而不是世間的小聰明，這讓圖旦益西明白了因果是真實不虛的，表象的事件也是業因果報的一個爆發契機，而非真實的原因。佛理與現實相遇，理論更加照見現實，讓圖旦益西對佛法的理解更加具體，也更感歎釋尊的大智慧何等的不可思議了。

02

坐落在北山深處的甘沖寺，安靜地與神山對視，彷彿兩位智者在打坐參禪，年復一年，日復一日地，如如不動。而修行人的日子也是寧靜平和的，寺院的生活沒有了世間的名聞利養，也沒有因五蘊六識而起的紛爭。在這樣清淨的道場，圖旦益西有更多

寺院和神山

時間去思考和探尋宇宙和生命的真相，內心裏對人生的思維越來越深刻，也愈發精進修行了。

這天，老喇嘛先覺堪布在早課結束後，把圖旦益西叫到自己的僧舍，嚴肅地對他說：「這次回來遇到了突發事件，東珠現在已經轉生為馬，以後你也要堅持為他做法事，希望他能夠早日轉入善道。」

圖旦益西聽著先覺堪布的話語，諾諾地應承著。

「事情來得突然，不過現在暫時告一段落了。另外一件事我也沒有來得及和你說，」先覺堪布深深地看了一眼畢恭畢敬站在一旁傾聽的圖旦益西，接著說，「七年前你是違背本寺制度偷偷跑走的，既然你回來了，按照寺規，你要接受應有的懲罰。」

圖旦益西恭敬地站在老堪布面前，彷彿一個曾經犯錯的孩子，虔誠地承認了自己的錯誤，說：「師父，弟子願意接受懲罰。」

寺院決定懲罰圖旦益西在大殿磕長頭十萬個，為火房（廚房）背十捆柴，在佛殿上供千盞燈，還要在全寺僧人面前鞠躬謝罰，並檢討等等。

當這一懲罰決定當著寺院全體僧眾公佈之後，暗地裏引起軒然反響。大家都在懷疑，這樣的重罰可有得圖旦益西受的，那麼多功課和體罰，圖旦益西得多久才能完成，再說，能不能完成還難說。各人都懷著一顆懷疑的心情來靜觀其變。

圖旦益西沒有任何雜念，他只是虔誠老實地履行自己的承諾，毫不猶豫地開始每天的功課。就如攀岩，攀爬時你既不要看腳下的懸崖深處，也不要望著高處的目標，只關注每一步是否走得踏實平穩，因此內心才沒有恐懼，也沒有想要達到目標的那種急迫，不知不覺中你就已經順利地接近目標了。這就是當下的堅

持，所要做的僅僅是走好每一步。智慧的成長亦復如是，一條綿長的路途……

【……以無所得故，菩提薩埵，依般若波羅蜜多故，心無罣礙，無罣礙故，無有恐怖，遠離顛倒夢想，究竟涅槃。三世諸佛，依般若波羅蜜多故，得阿耨多羅三藐三菩提。】

——《般若波羅蜜多心經》

從此，圖旦益西開始履行老喇嘛先覺堪布對他實施的懲罰。每天，寺院的螺號響起，法鼓震天的時候，他也如其他喇嘛們一樣在自己的僧舍裏做早晚課，之外磕長頭，每天還要到附近的山上砍柴背柴。做完這些，要當著僧侶們虔誠地大聲朗讀他的檢討書，並鞠躬感恩……

就這樣一年過去了，在經過日復一日的苦修之後，圖旦益西瘦得就如當年修行林裏的苦行僧一般，幾乎是皮包骨了，加上個頭高，顯得搖搖欲墜弱不禁風的樣子，但是他的內心卻越來越強大，他彷彿感受到了當年佛陀在苦行林修行時期的境界。

在外面苦行的六年，經過饑寒交迫的考驗，加上接受寺院對他的這些重罰，七年中沒吃過一頓飽飯，但是，圖旦益西明白這也是他修行的最好機緣，七年苦修也好，嚴厲重罰也好，那就是他一生最好的消除業障罪過的機會啊！

俗人的世間法是「樹倒猢猻散，牆倒眾人推」，你若有名有地位，人人見你就有禮有節有尊敬；當你受到一些挫折困境時人人見你嘲笑、諷刺，即使表面不說什麼，也會逐漸與你疏離。由於寺院對圖旦益西的這些重罰來得過於猛烈，再加上他表現出來的那種讓人寒戰的枯瘦的體相，他也時常受到一些嘲諷，但是他根本不在乎這些。

佛的存在是為了眾生，有了眾生，佛才有了存在的價值，佛

和眾生是相對的存在，不是神與人的關係，而是覺者和未覺者的
關係。眾生的存在才造就了佛菩薩，而同時佛菩薩的出現，才讓
眾生得度，無法說得清楚，是佛度眾生，還是眾生度佛。從這種
境遇裏一路過來的，對一個樂於苦修的大德來說，安住於其中，
就如蟬蛹臥繭，當破繭而出之際，真正的境界就出現眼前了。歧
視和崇拜只是如影子和空氣，亦如動力之源，推動智者勇猛精
進！

【何以故？諸佛如來以大悲心而為體故。因於眾生，而起大
悲；因於大悲，生菩提心；因菩提心，成等正覺。譬如曠野砂磧
之中，有大樹王，若根得水，枝葉華果悉皆繁茂。生死曠野菩提
樹王，亦復如是。一切眾生而為樹根，諸佛菩薩而為華果，以大
悲水饒益眾生，則能成就諸佛菩薩智慧華果。何以故？若諸菩薩
以大悲水饒益眾生，則能成就阿耨多羅三藐三菩提故。是故菩提
屬於眾生。若無眾生，一切菩薩終不能成無上正覺。】

──《普賢行願品》

如佛經所言，一切對境對圖旦益西的修行根本沒有什麼損
壞，反而都化作菩提成為了助緣。就這樣，圖旦益西用一年時間
完成了所有的懲罰，感覺自己彷彿破繭而出一般脫胎換骨了。因
為他突出的表現，不但老喇嘛先覺堪布全面接受了他，就連僧眾
們也轉變了對他的態度，進而表現出由衷的肅然起敬。

03

　　甘沖寺坐落在北山深山之中，這裏藍天通透，空氣潔淨，森林植被濃郁，因處於幽深僻靜處，鮮少有外來干擾，的確是一處修行的好場所。

甘沖寺的喇嘛們

　　和所有的寺院一樣，甘沖寺的喇嘛們每天都要做早晚課，早晚課採取的是傳統的在大殿上共修方式，共修的主要內容是大圓滿和上師瑜伽法。寺院共修時候，通常要安排一位「提棍僧」，也就是僧官，主要負責巡視監督喇嘛們早課。所謂的「提棍僧」就是手裏拎個棍子，發現哪位喇嘛在誦經時候打瞌睡，就會走過去，毫不留情地照著他肩膀打下去，以提醒他認真誦經。在一些寺院，僧官都是由一些長相比較令人生畏的喇嘛擔任。

　　通常「提棍僧」會給三次警告機會，當他發現有喇嘛打瞌睡，就會將那根幾乎手腕般粗大的棍子豎直了往地上「咚咚咚」

使勁鈍出聲音，因為大殿上比較空曠，那聲音顯得格外凝重刺耳，那些打盹喇嘛就會立即被驚醒，接著誦經了。如果三次警告無效，如果再發現打瞌睡，那麼，僧官就會毫不猶豫地走過去彷彿沒有情感一般地舉手就打。

有的領誦經文的喇嘛年輕，偶爾第一天晚上貪玩，第二天也有打瞌睡的時候，這個時候如果被「提棍僧」發現了，卻還是會給些情面，雖然不會去打，但是他會徑直走過去，盯住領誦喇嘛，如果領誦喇嘛沒發現，他會「咚咚咚」棍子鈍地發出警告聲，如果三次警告還是打瞌睡，通常也會被打。所有喇嘛都會被「平等」對待。

後來，甘沖寺先覺喇嘛安排圖旦益西為負責監督喇嘛們修行的「提棍僧」，這也多半緣於圖旦益西在功課上的突出表現，以及在他實修過程中在喇嘛中贏得了很高的尊崇。而非他長得如何「面目猙獰」。

清晨四點喇嘛們就得起床到大殿上做早課，因為高原的氣溫低，大殿上陰冷，喇嘛們披著大氅，跏趺坐在大殿上，有的甚至還睡眼惺忪，似乎沒有從睡意中清醒過來的樣子。

大殿上沒有電，先覺堪布坐在上座和大家一起誦經，可是，誦經聲從開始的「聲勢浩大」逐漸地變得越來越小，越來越微弱，甚至傳出了打鼾聲。先覺堪布於是就打開手電筒，總是習慣性地先看看手電筒，然後再環繞一周挨個照。

這時候，正在念經的一個喇嘛看見師父就要下來巡視，他用胳膊捅了捅旁邊師兄，提醒他趕緊醒來念經，這樣，先覺堪布巡視一圈，見大家都扯著嗓子大聲誦經，也沒發現有誰在打盹，他暗自奇怪。

圖旦益西是提棒僧官，他的職責是負責查詢，看看哪個喇嘛

打盹，他就要拿棒子去打。可是，打鼾聲此起彼伏的，令善良的圖旦益西也無從下手。等下了早課，先覺堪布將圖旦益西叫到他的僧舍，不滿地問：「圖旦益西，你作為僧官為什麼不履行職責，明明是有人打盹，我卻每次都抓不到，我相信你一定能看到。」

「師父啊，大家都這樣，我怎麼辦呢？」圖旦益西很是為難，搪塞道，實際上他真的不忍向素日朝夕相處的師兄舉起棒子。

「明明聽到有人在睡覺，卻每次抓不到，這又怎麼解釋？」先覺堪布問他。

「師父啊，你每次打開手電筒先是自己查看一圈手電筒亮沒亮，這功夫，那些打盹的喇嘛就得到別人的提醒了，那可就抓不到了。」圖旦益西答道：「下次您就直接循聲照過去一定更能抓到。」

「哦，這樣啊！」老喇嘛先覺堪布恍然大悟，「好，你不打，等看我怎麼管教他們！」

第二天早上四點，高原的凌晨依舊漆黑，三十幾位喇嘛就齊聚到大殿之上，每個人跏趺坐在禪墊上，披著大氅，在先覺堪布帶領下，開始誦經。

老喇嘛先覺堪布雙眼微閉，帶領大家開始大聲誦經。他不時地睜開眼睛查看，因為太黑，幾乎看不見喇嘛們的表情，起初誦經聲很大，在空曠的大殿上更是洪亮，不多時，聲音就弱下來，接著就出現了鼾聲。先覺堪布聽鼾聲是從右邊角落，這一次他快速拿起手電筒直接照過去，只見一位喇嘛的頭低垂著打盹，發出了鼾聲。

先覺堪布停下誦經，拄著一根幾釐米粗的拐杖，悄然走下法

座，直奔那位打盹的喇嘛走去。他犀利的目光處，恍惚看見那位喇嘛鼾聲正濃，旁邊的喇嘛偷眼瞄了一眼先覺堪布立即收斂了目光，繼續誦經。

先覺堪布走到近前，舉起拐杖朝著打盹的喇嘛後肩膀子狠狠打下去，只見喇嘛本能地抬起胳膊要保護自己，人也早已經從困頓瞌睡中徹底清醒，可是為時已晚，老喇嘛先覺堪布狠狠地打下去，一下兩下，旁邊誦經的喇嘛不敢看熱鬧，繼續誦經。

先覺堪布這一打，令打瞌睡的喇嘛滿地翻滾，喊著：「師父！我知錯了，不敢再睡覺了。」

一拐杖落下去，見喇嘛求饒，就停下來，厲聲呵斥：「你們出家為了修行，連這點苦都受不了，談何修行？」喇嘛唯唯諾諾地伏在地上不敢抬頭，聽著先覺堪布的訓誡：「今天，所有喇嘛誦經完畢可以去吃飯，你不許吃飯，在這誦1000遍！」

喇嘛只能承諾：「師父，我一定完成功課，以後不敢再睡覺了。」

04

這一天，僧眾們做完早課，老喇嘛先覺堪布把圖旦益西叫到房間裏對他說：「圖旦益西，你的表現眾人皆知，一年就完成了如此繁重的功課，令大家也十分信服了。隨喜隨喜啊！」

沒等圖旦益西回答，先覺堪布接著說：「在佐欽寺的時候去過德格，應該知道德格印經院吧？」

圖旦益西答道：「是啊！師父，我知道那所印經院，具有

三百多年的歷史呢，也是文物保護單位。」

「我們寺的《大藏經》還沒有請到，我想你這次陪同這幾位大施主前往康區德格把《大藏經》請回來，你看如何啊？」

圖旦益西聽了不假思索地、歡喜地欣然領受了任務：「您放心吧，師父！我保證完成任務！」

在德格佐欽寺學習六年，圖旦益西自然瞭解德格印經院。那是始建於1729年，坐落在德格縣城更慶鎮，素有「藏文化大百科全書」、「藏族地區璀璨的文化明珠」、「雪山下的寶庫」盛名的印經院，全名「西藏文化寶藏德格印經院大法庫吉祥多門」，又稱「德格吉祥聚慧院」。幸運的是文革期間由於當地群眾的保護，印經院基本上沒有遭受毀壞，完整地保存下來了。

老喇嘛先覺堪布要請的《大藏經》，也就是四川大藏經，乃整個藏區最為完整版本的一套《大藏經》了。它歷代聞名，西元1792年德格第四十二代康王，丹巴才仁首倡木刻藏文經典《大藏經》。如果全套請回來得幾百本，他估計了一下，怎麼也得用卡車裝運。

大家商量之後決定租用一輛解放牌大汽車，俗稱「大解放」。不過，這輛「大解放」最大的特點就是慢，上坡的時候不如一輛小毛驢車快，一路上壞了修，修了再走，走一天又壞了，就這樣走到哪裏，就在哪裏安營紮寨。

大家車上還裝有六噸青稞，按施主們的計畫去的時候拉幾噸青稞到那裏賣了，回來時，還要把《大藏經》請回來，因為「大解放」是租的，施主們算的是經濟帳，意思是空車也好，載物實車也好都要一天二百元的租費，不如拉些糧食順便賣了把租費賺回來。

　　跟圖旦益西一起去的還有尖扎堪布、拉南宗寺的照羅活佛。

　　當他們千里迢迢，一路顛簸，跋山涉水地來到德格，才瞭解到這麼多青稞是不可能一下子賣出去的，因為牧民們最多也就買個五十斤，再加上沒有那麼足夠的時間，他們根本無法做零售，所以很希望能夠儘快找個大客戶，一次性把他們的青稞全部買下來。可是，在石渠縣一帶問了兩天，也沒找到一個大買家。

　　這時，一起來的照羅活佛說：「不如這樣吧，我認識色希寺的首座大活佛，這些糧食也許他需要。」

　　照羅活佛的話讓大家看到了一絲希望，自然高興極了！於是，圖旦益西和照羅活佛準備了一點見面禮，去了色希活佛的府上。照羅活佛一路上向圖旦益西簡單介紹了色希大活佛，圖旦益西才瞭解到原來色希活佛是位在家活佛，還是石渠縣的官員。

　　一路說著，色希活佛家的三層府宅就在眼前了。圖旦益西還是第一次看見如此富麗堂皇的活佛宅邸，之前見到的活佛都是在寺院裏，而這次是世俗中，他多少懷有一分好奇心。大活佛家宅是三層樓，坐落在寬敞的院落裏，頂層是佛堂和貴客廳，二層是活佛的生活廳，底層是倉庫，院兩邊還有平房，看來是管家住的房子，給圖旦益西印象最深的就是那隻純黑色的藏獒，凶巴巴地守護在門口，見到生人就狂吠，簡直就如雄獅一般威猛。管家沖牠呵斥了幾句，牠才安靜下來，但是讓人感覺牠那深邃的眼睛彷彿依舊虎視眈眈地瞪著幾名生客。

　　管家通報後，經過活佛的允許，圖旦益西和照羅活佛在侍者的帶領下進入二層客廳。

　　侍者說：「二位師父請坐，在客廳稍等，我去稟報佛爺。」

　　他們倆手捧著哈達顯得很拘束，沒敢落座，只是在客廳中央站立等候。幾分鐘後大活佛由管家引領著從另一個門自內室走出

來了。大活佛身著金色華麗的服裝，那質料應該是上等的綢緞，外搭一件顯得沉甸甸的紫紅色的大氅。只見他鼻直口方，眉目開闊，面色溫和中透著威儀。管家俯身招呼完畢，退步行至門口，才出了客廳。

照羅活佛雙手舉過頭，身體俯身前傾，把哈達捧到座前，首先獻上雪白的哈達，並恭敬地向色希大活佛問好並頂禮，然後圖旦益西也頂禮獻哈達。

大家剛剛落座，侍者就恭恭敬敬地端著茶盤上前斟滿茶，那茶並不是常見的酥油茶，而是濃濃的普洱茶，每個茶杯的托盤裏都配套一個小碟子，裏面有點心之類的食物。侍者輕聲說了句「請慢用。」就又躬身退出了客廳。

因為給他們的時間有限，來不及喝茶，照羅活佛向大活佛介紹起來：「尊敬的色希活佛，這位是甘沖寺的圖旦益西，此次受寺院喇嘛先覺堪布的委託，到德格縣請大藏經。任務艱巨啊！」

照羅活佛直奔主題，提到了這次來德格賣青稞和請大藏經的事情。色希活佛認真傾聽了照羅活佛的敘述，知道了他們的種種困難，非常同情他們，毫不猶豫地答應收購他們的青稞：「好吧！這是好事得支持，多你們這點糧食也不算什麼，我就收下吧。」

照羅活佛和圖旦益西聽罷內心別提多麼歡喜，照羅活佛趕緊吩咐圖旦益西去叫車把青稞拉來，於是，圖旦益西就歡天喜地馬上跑去了他們的紮營點，大夥聽了這個喜訊都很高興。紛紛躍起，開著「大解放」就進了色希活佛的深府大院。管家一聲令下，家丁們不一會兒就把六千公斤糧食卸完了。

圖旦益西很好奇，藉機在色希活佛的大糧庫轉悠了一圈，只見倉庫裏面大米麵粉等等，各種糧食應有盡有，他們那點青稞真

可謂是「九牛一毛」。就這樣，他心裏暗自感恩上天的眷顧，感恩照羅活佛的幫助，感恩色希活佛，總算完成了一半任務，順利地賣掉了青稞，心裏的石頭也落了地。

　　告別了色希大活佛，大家滿心歡喜地驅車趕往康區有名的佐欽寺朝拜，當晚，圖旦益西一行人就住在了佐欽寺。因為那是圖旦益西曾經學習過佛法的佛學院，也是甘沖寺的母寺。他們到了那裏拜見了白瑪格桑法王，法王很熱情地接待了他們，同時，圖旦益西又見到了他的上師欽哲活佛。

欽哲活佛

　　欽哲活佛出生在1964年，雖然只比圖旦益西大三歲，但是已經成為一位具德上師了。他是圖旦益西當年在佐欽寺苦修時的上師之一，主要教授他書法、初級的入行論、佛子行和戒律。多年以後，欽哲活佛穿的破破爛爛，行為也是瘋瘋不羈，喝酒吃肉，真是「酒肉穿腸過，佛祖心中留」，成為「濟公」一樣的活佛。因此，凡俗之人肉眼凡胎如何能夠了知因果真相？外表的顯相並非就是真實面目，這也是佛理警戒修行之人對任何眾生都要有恭敬心平等心，不能輕視任何生命，因為我們認為面前這位不如法的人正是佛菩薩化身。有的居士見到欽哲活佛這些舉止覺得是不如法的，就拿著他的照片問大寶法王，法王一看照片，立時流下了眼淚，並對著照片頂禮膜拜，連連說：「這才是真正的得道高僧啊！」如此這般，居士們的異議才慢慢消逝了。這是後話，但只有這些大德才會明白他的示現具備怎樣的甚深妙義。世俗人何嘗

能夠洞察得到呢？

　　欽哲活佛和圖旦益西師徒見面分外親近，他也詢問了圖旦益西回到寺院的修行情況，當瞭解到圖旦益西回到甘沖寺的經歷之後，他露出了歡喜的笑容，連連稱讚：「好啊！好啊！」然後說了很多勉勵的話語。

　　圖旦益西這次重返佐欽寺，心裏始終沒有忘記一位喇嘛，那就是阿喀才多老喇嘛，他忘不了老喇嘛的囑託。當圖旦益西帶著從西寧買的幾斤大紅棗，興致勃勃地跑去見阿喀才多老喇嘛的時候，有人告訴他，老喇嘛已經於一年前去世了。

　　圖旦益西深深悔恨自責，怪自己為什麼不早點回來看望阿喀才多老喇嘛！他跑到山上，坐在當年他苦修的石洞前的石頭上，當年在此苦修的場景依然歷歷在目，他彷彿看見阿喀才多老喇嘛穿著那身彷彿租來的破舊褪色的僧袍站在他的門口向他微笑，他不由得大哭了一場。

　　哭過之後，他想後悔有什麼用呢？這一次圖旦益西更加體會到無常所以為無常，是無法預見的，無時無刻不隨時出現的，人只有珍惜當下所有，一切事情都不能拖拖拉拉。他跑到屍陀林，席地而坐在山坡的草地上，為阿喀才多老喇嘛念了幾個小時的經，把帶去的大棗全部灑在周圍的山上，也算了卻了他生前的一個小小的願望。

　　故地重遊，當年苦修的情景清晰如昨，而這次來佐欽寺，他住的不再是當年那個山洞、那個木箱子了，這一次他有了可以睡覺的僧舍，然而圖旦益西竟然輾轉難眠，彷彿思緒又一次回到了那個山洞，他彷彿看見圖旦益西身披那件人造毛大氅，坐在箱子裏打坐參禪，困了打個盹，睡著了頭幾乎垂到胸前，晃悠一下身體又清醒了，然後接著念經，反反覆覆，周而復

始，堪比「頭懸樑，錐刺骨」的境界了……

　　不知何時，圖旦益西才慢慢入眠，一覺睡到天濛濛亮，他就
自然醒了。修行的人起得早，眾人此刻也都已經起床，收拾完
畢，簡單吃了點饃饃，喝了杯酥油茶，就匆匆告別了佐欽寺，驅
車出發趕往德格。

　　佐欽寺、馬尼干戈小鎮，雀兒大雪山、德格……車子沿著317
國道顛簸的繞山路艱難地攀爬著，圖旦益西望著車窗外觸景生
情，就這樣，一路顛簸彷彿把他內心深處的記憶都翻騰出來一般，
當年少年的他躊躇滿志，就在這樣一條艱辛的求學路上陰差陽錯地
曾經走錯了方向，兩度經過雀兒大雪山，在馬尼干戈小鎮落腳……
往事不堪回首，如今一切都成為回憶，雖然當年那麼辛苦，現在回
想起來卻是那樣堅實的感受，又那麼令人回味無窮，求法的路途再
艱苦也總是內心充滿著法喜。他一路走一路感歎，不知不覺，從白
天走到了天黑，晚上十點多他們到了德格印經院。

　　第二天上午，照羅活佛和施主蘇多杰二人去印經院把請《大
藏經》的手續辦妥了，下午，他們就把《大藏經》搬到帳篷裏，其
中，甘珠爾大藏經103本、丹珠爾大藏經217本、還有其他的經卷，
每一本經書用布包著，一張一張疊放著，所以，圖旦益西和甘肅的
蘇多杰的任務就是盤點大藏經，一本接一本，一張又一張地清點數
量，整整數了二十多天。當幾百本大藏經裝上卡車時，正如之前所
預料的，整整裝滿了一卡車。圖旦益西就這樣和大家經過四十多天
的努力，終於把一套完整的《大藏經》請回了甘沖寺。

　　老喇嘛先覺堪布手撚著佛珠，站在院子裏看著喇嘛們卸車，
滿面笑容，透出內心的喜悅，連連關照喇嘛們：「小心點兒，小
心點兒！」他還笑著鼓勵圖旦益西說：「很好、很好，圖旦益西
啊！後生可畏啊，你今後定會大有作為！」

　　晚上，先覺堪布把圖旦益西叫到自己的宿舍，難掩心中的喜悅，他招呼這位愛徒坐下來，一邊品茶，一邊給他講起《大藏經》。

　　佛教自7世紀初由漢族地區、印度和尼泊爾分別傳入西藏地區後，據傳在松贊干布執政時，曾派遣端美桑布扎等人到印度學習梵語。學成歸來，始創西藏文字，隨即用以翻譯部分佛教經典。8世紀時，在赤松德贊的大力扶持下，佛教得到很大的發展，興建了桑耶寺，創辦譯場，分別從漢、梵文中譯出佛教典籍4000多部，並編寫目錄，藏文大藏經的內容基本形成。全藏分為甘珠爾、丹珠爾和松繃三大類。甘珠爾又名佛部，也稱正藏，收入律、經和密咒三個部分，相當於漢文大藏經中的經和律；丹珠爾又名祖部，也稱續藏，收入贊傾、經釋和咒釋三個部分；松繃即雜藏，收入藏、蒙佛教徒的有關著述。

　　據統計，藏文大藏經（德格版）共收佛教經籍4569種。除佛教經、律、論外，尚有文法、詩歌、美術、邏輯、天文、曆算、醫藥、工藝等。其中屬於密教的經軌及論藏等，十之七八是漢文大藏經中所沒有的，因此受到國內外學術界的重視。

　　「所以，修習佛法真可謂學無止境，在我們寧瑪派最重視顯密雙修，而且注重聞思，然後才是實實在在切入修行次第，在四川色達喇榮，晉美彭措法王就是本著這樣的宗旨辦學，讓更多信徒能夠聽聞最真實的佛法，學習更多的密教論藏。」

　　圖旦益西聽了先覺堪布的話，不覺心中升起無限嚮往，他想著某一天，他會坐在法王如意寶的講堂裏，內心默默地祈禱，實現這樣一個宏願。

05 |

　　甘沖寺年復一年的時光輪轉裏，安靜得彷彿和這神山融為一體，默默地梵行，與天地合一，彷彿一隅與世隔絕的世外桃源。就在這樣的時光裏，這樣一種平和的日子裏，當這一天走出戶外，彷彿一夜之間山上漫山遍野的花兒綻放了笑臉，嫩綠的草兒紛紛探出頭來，大通河水的低迴吟唱四季如一，鳥兒快活地應和空谷迴盪，大自然周而復始演變，無一不向人們昭示了一切如夢如幻的輪迴規律。宇宙萬物都在成、住、壞、空的規律中輪轉，就如四季的變化、生命的輪迴、晝夜之間的轉換，無一例外地向我們昭示萬物的生、住、異、滅的無常規律。大自然又迎來了春天！

　　這天，老喇嘛先覺堪布對圖旦益西說：「大殿裏要塑三尊大佛像，前幾年我安排其他喇嘛去找匠人，到現在還沒能完成，

甘沖寺

別說塑像了，連個匠人的影兒都沒見著，我看這事還是由你來完成，我比較放心，這次你去把塑像匠人找來吧！」

「遵命！」圖旦益西每次領命都是懷著歡喜心，因為他知道，每一次任務對於自己都是一個歷練的機會，而且他感到這也是老喇嘛在有意培養鍛煉他，更是在考驗他。

果不其然，每一次的任務都不是那麼輕而易舉完成的，老喇嘛先覺堪布總是給他出一道又一道難題，彷彿在故意考驗和考察他。

先覺堪布看了看圖旦益西，慢悠悠地說：「不過，益西多吉，這次辛苦點兒，車費、住宿費，等等，這些錢我一分都沒有，只有你自己想辦法啦！」

出發前，圖旦益西躺在僧舍的床上輾轉反側無法入眠，心裏盤算著：「之前，其他喇嘛去辦這件事，老喇嘛即便全部支付他們吃住路費等，事情還沒有完成，而且中間還不是一次兩次跑去辦事兒，多少次都提供給喇嘛花銷的費用，到現在還是一事無成。老喇嘛先覺堪布明明知道我窮的多少年沒穿一件像樣的衣服，穿的都是撿來的破舊衣服，而輪到我現在同樣的事卻分文沒有，分明是給我出了一道大大的難題。」

他又翻了個身，心想：「老喇嘛所以這樣做，一定是對我的考驗，也可以說是我修行的一部分，說俗點兒這就是我的命，說得高尚點兒，這應該是我的使命。」就這樣，想著「使命」，更重要的是想怎麼解決費用，整整一個晚上都昏昏沉沉。

「不管那麼多了，只要認命苦行就是了！」這樣想了之後，圖旦益西翻了個身，迷迷糊糊中，彷彿僅僅打了個盹的功夫，天就放亮了。

當公雞的啼叫打破山裏的寂靜的時刻，圖旦益西就急急忙忙

起床了，簡單地吃了饃饃，喝了碗酥油茶，準備好行囊，就躊躇
滿志地出發了。

夏日的早晨依舊顯得清涼，他獨自一人快行在山間崎嶇的路
上，露珠兒弄濕了他的僧袍，晨曦朦朧的光亮指引著他這兩個多
小時的路程，令他的身上沁出淡淡的細汗。翻過寺院旁邊的那座
神山，家鄉，那個高原上普通的小村莊，彷彿是隨著天色放亮才
清晰地映現在眼前一般，它安靜地掩映在晨曦淡淡的白光和繚繞
的炊煙裏，雀鳥嘰嘰喳喳，彷彿認出當年少小離家的那位少年，
親切地和他打著招呼。這熟悉的場景又回轉而來，想到就要見到
阿媽夏爾楚，不免心情有一絲興奮和迫切。雖然之前因為三哥東
珠的離世，他跟隨著老喇嘛先覺堪布回去一次，但是，那次只是
例行超度法事，並沒有好好地和夏爾楚寒暄問候，加上當時那氛
圍，大家也沒了心情去共敘親情。作為喇嘛，圖旦益西對夏爾楚
的感恩之心更多於養育之情。

圖旦益西紅色袈裟披在身上，風塵僕僕地站在夏爾楚和文賢
尚面前，文賢尚兩眼笑成了彎月。而有那麼一瞬間，夏爾楚和圖
旦益西母子倆四目對望著。夏爾楚眼裏流露的是驚訝和喜悅，當
她望著眼前這位身材頎長，面龐消瘦的披著洗得有些發舊的訂著
補丁的袈裟的年輕喇嘛的時候，一下子愣在了屋子中央，她一定
沒有想到小兒子會回來。那兩行淚水順著她的高高的鼻樑兩側默
然地流了下來，夏爾楚淚眼朦朧地上下打量著小兒子，彷彿不認
識一般，雖然因為東珠的死母子二人得以見過一面，但是當媽的
並沒有仔細多看一眼這個當年自己最心疼的小兒子。九年前那個
莽撞少年離家的時候，她的心有多麼難捨是別人無法理解的，這
一走彷彿人間天上的距離，雖然近在咫尺，卻九年才得相見。

「高了，黑了，也瘦了！」阿媽夏爾楚一隻手拉著兒子的手

仔細端詳著，一隻手撫摸著他消瘦的臉龐。而文賢尚只是在一旁看著母子倆，笑容寫滿了他那黝黑的臉龐。

圖旦益西能感覺到阿媽夏爾楚的手有些發抖，眼淚掛在她的臉龐。他心情複雜地望著夏爾楚，她那舊有的模樣上增添了些許細細的皺紋，臉色經過風吹日曬也變得棕色透紅，面頰上那藏民特有的「高原紅」更加明顯了。時間把圖旦益西從莽撞少年變幻成了大小伙子，而時間也讓阿媽夏爾楚穿過歲月的滄桑，逐漸變老了……

圖旦益西喝著阿媽夏爾楚為他熱的酥油茶，把先覺堪布交給他的任務和塑造佛像的重要性向夏爾楚和文賢尚說了一遍，夏爾楚認真地聽著，流著淚笑著鼓勵兒子說：「好好修吧！孩子，一切會好起來的！多少個高僧大德都是苦行而得到正果，我相信你能成功！」

阿媽夏爾楚塞給了兒子二百元錢，文賢尚和夏爾楚目光慈祥而堅定地望著他，夏爾楚雙手合十，訥訥地說：「我祈禱你弘法利生的事業有成，佛祖保佑你！扎西德勒！」

兩個小時的路程，一個小時的重逢，匆匆的相聚，匆匆的別離，圖旦益西心裏此刻無限感慨，他懷揣的豈止是二百元錢，那是夏爾楚對兒子的鼓勵和支持，他匆匆地揮手又一次告別了銀髮依稀的夏爾楚和文賢尚……

沒有停歇地輾轉於途中，下午，圖旦益西就乘車趕到了西寧。

在藏傳佛教藝術中，熱貢藝術是重要的流派，主要包括唐卡、堆繡、雕塑、建築彩畫、圖案、酥油花等多種藝術形式，而坐落在青海省黃南藏族自治州同仁縣隆務河畔的熱貢作為發祥地而聞名於世，人們稱它「金色谷地」。數百年來這裏的人民傳承

了從宗教寺院走出來的民間佛教繪塑藝術，其從藝人員之眾多，群體技藝之精湛，歎為觀止，故有「藏畫之鄉」的美譽。　所以，請大師雕塑佛像自然也就首選熱貢了。

　　第二天一大早，圖旦益西草草地在街邊的小麵館吃了一碗麵片兒，就匆匆買了車票出發去了青海有名的熱貢佛像藝術之鄉同仁縣。因為之前他通過打聽當地的人，得知同仁縣就是他要找的那位塑像大師的家鄉所在地，那是一位無人不知無人不曉的著名的藝術大師，當地老百姓稱他為「浪家大師」。

　　一位好心的老鄉在聽完圖旦益西的想法之後，眉頭緊鎖，說：「找『浪家大師』啊？那可不是件容易的事！他們父子三人是我們藏區有名的民間繪塑大師，還曾經去過五臺山和拉薩雕塑過佛像，你這小寺廟想請大師做事好像不太容易。不過，你還是碰碰運氣吧。」

　　這位老鄉的意思人家畢竟是大師，見過世面，身價也高，像甘沖寺這麼小的寺院想請這麼高級別的大師還不夠資格，也就是「小廟很難請到大神」，有名氣的大師必定有大師的架子。

　　聽了這話圖旦益西心裏也不免有些忐忑，一點把握都沒有了。但是，他不服輸的勁頭上來，心想：「既然已經來了，就要放手爭取。」他心裏記得上次去四川請《大藏經》，照羅活佛帶他去見大活佛買了一些禮物，有了上次的經驗，這一次，他想也不能空手去見大師，為了表示誠意，他如法炮製去縣城裏買了哈達以及一些土特產茶葉等禮品，準備第二天去拜請「浪家大師」。

　　「浪家大師」的家住在距離同仁縣城四十多里地的卡日唔，他搭了輛拖拉機來到山溝口還要再步行三個多小時，才輾轉到了目的地，真所謂「千淘萬漉雖辛苦，吹盡狂沙始到金」啊！

　　當他風塵僕僕地臉上掛著汗珠敲開「浪家大師」家的大門的時候，他的心撲騰、撲騰地跳動著，不知道是一路艱苦所致，還是對結果的無法預料感到緊張，抑或是面見大師的興奮，總之，此刻的心情難以形容。

　　來開門的是一位年輕人，他的氣質裏有著一種自然的超凡脫俗，那明亮而機靈的眼神在他古銅色的略顯黑的臉上彷彿是鑲嵌在肥沃疆土上的兩處透徹的清泉湖。他打量著圖旦益西，雙手合十，有禮貌地問：「請問師父，您找誰？」

　　實際上對方不用問，已經猜測出這位年輕的喇嘛來的目的，他這一身袈裟，十有八九也是為了畫塑佛像而來的。

　　圖旦益西也回禮道：「阿彌陀佛，我是來自互助縣甘沖寺的，希望拜見『浪家大師』，麻煩請您通報一聲，好嗎？」

　　也是藏民對佛子的尊重，雖然不確定是否有結果，但是他們還是沒有拒絕接見圖旦益西。

　　圖旦益西被來人引導著走進「浪家大師」的家，與其說這是家，莫不如說這是一個手工作坊，院子裏，屋簷下，堂舍中都擺佈滿了成品和半成品的唐卡或者塑像，他顧不上欣賞，一心跟著來人向裏走。

　　在客房裏坐著一位接近花甲的高挑清瘦的老人，他精神矍鑠，面龐黝黑，目光炯炯有神，頭上梳著辮子，散發出民間藝人的那種滄桑的藝術氣質。見到年輕的喇嘛進來，非常謙和地起身招呼，圖旦益西立即走上前，很有禮貌地鞠躬敬獻哈達，大師彎腰俯身，雪白的哈達套在他的頸上，他面色平易近人，和善地開場，讓圖旦益西感到原來大師竟然如此低調，如此地謙卑，並非傳說中那般桀驁不馴和傲慢，看來神是存在於傳說裏，或者只在人的心中的臆想裏，之所以傳的神乎其神，是因

為人的心在仰望。

　　圖旦益西把來的目的詳詳細細地和大師說明，他爽朗地笑了，說：「小師父，看您這風塵僕僕一路艱辛遠道而來，能夠趕上我在家，也是我們的緣分啊！我豈有不答應的道理呀！不過，您先回去，我過幾天就來，您看怎樣？」

　　圖旦益西聽了不免想：「自己好不容易找到這裏，也有緣得見大師，就這樣沒有確定結果就離去，萬一半路出現變故，大師變卦，那這一趟就算白跑了。」

　　他趕忙誠懇地說：「我沒事，那您需要準備幾天我就等幾天吧。這次請求您一定要跟我一起回去。」

　　「浪家大師」看穿了這位年輕喇嘛的心思，不由得笑了，或許是圖旦益西的誠心誠意打動了他，當天他安頓好一切，收拾了一下需要的東西，第二天就帶著兩個兒子和這位年輕喇嘛一起上路了。

　　一路上輾轉到了家鄉的甘禪口鎮上，圖旦益西細心地考慮到他們父子三人恐怕不習慣走山路，就向老鄉家借了三匹馬，讓他們父子三人騎馬上山。

　　圖旦益西自己沿著那蜿蜒狹窄的羊腸山路向著甘沖寺方向走去……遠遠地看到寺院的經幡隨風飄動的那一刻，他的心才放下來，他不覺深深地鬆了口氣，因為，這之前，經歷了幾次未果的任務，終於他的努力下完成了近乎八成，覺得心裏踏實了不少。

　　他到了寺院，把早已經在那裏等待他的「浪家大師」父子三人帶到了老喇嘛先覺堪布面前。

　　老喇嘛先覺堪布看起來異常歡喜，他和「浪家大師」三人熱情地打過招呼，簡單的寒暄和介紹之後，就讓圖旦益西安排他們先住下了。

　　黎明天剛放亮，僧眾們就早早起來做早課，而「浪家大師」父子三人看樣子也是勤奮的人，起得也很早，待喇嘛們早課結束吃過齋飯，圖旦益西就帶著他們和老喇嘛先覺堪布商議起雕塑佛像的具體細節來，經過他們一天的商量與計算，「浪家大師」給出了一個日程和安排，還有成本也計算得很精確了。如果要雕塑三尊高達三米多的佛像，每尊造價需要八千多元，這樣價格敲定下來之後就開始籌畫動工了。先覺堪布安排圖旦益西一方面協助「浪家大師」具體雕塑工作相關事宜，另一方面圖旦益西還肩負著大佛像的「裝藏」工作。

　　寺院的大殿上架起了木頭工作架，佛像需要泥塑鍍金，還要上顏色，工序也是很複雜。開工之後，寺院的平靜彷彿被這樣一個景象打破，每天這些工匠都緊鑼密鼓忙碌著，這一幹就幹了三個多月，從開春到現在已經是夏天。匠人說佛像需要一段時間晾乾，彩繪工作要等到明年才能繼續，這樣就需要半年多的時間來晾乾，等這些工作都做完才輪到「裝藏」工作，所以，在雕塑完佛像後，圖旦益西先把匠人們送回去了。

　　年輕的圖旦益西不知疲倦，一心一意地只為圓滿完成工作，這個過程無疑也成為他的一種修行，這種修行是深入於世俗的修行，讓他更加瞭解了人與人之間的關係的複雜遠遠要勝於寺院的單純的關係。在這樣的歷練中，他更加擁有一種極強的適應能力和應變能力，這也是他得到的一種殊勝的加持。

　　幾件大事在圖旦益西的努力下終於塵埃落定了，只等著來年佛像做完彩繪之後裝藏了，這件塑造佛像的大事才算是圓滿。隨後的日子裏，圖旦益西每天和喇嘛們一樣，在自己的僧舍裏修行。

　　每一天，圖旦益西除了做功課之外，他就和年輕的喇嘛們一

起去山上砍柴，這也是落周師父生前給他們安排的每日的工作，
也同樣被視為修行的一部分。

　　甘沖寺坐落在北山，原本北山就屬於祁連山脈，山上自然林
木茂盛，山裏的松樹經過數年的生長，最粗的一個人無法環抱。
幾乎每一天，圖旦益西都和大家經過那樣一條崎嶇山路，也穿過
那樣一個茂密的松樹林，這條山路連接著寺院和神山，真正宛如
古詩云：「曲徑通幽處，禪房花木深」，這樣的意境，再點綴以
一行身穿紅色袈裟的喇嘛，更凸顯了那種仙谷禪境。長年累月的

北山森林

習慣，喇嘛們每次砍柴回來的路上都要坐在那棵比一個人的環抱還粗的松樹下休息，因此，那一隅地腳就自然而然地成為了他們固定的休憩場所。在樹蔭下，微風裏，喝著羊皮筒舀來的甘甜山泉，透徹心脾的清涼，彷彿神仙般自在。

這一天，幾個年輕的喇嘛一起擔著柴下山來，到了這顆大樹下，圖旦益西提議休息下，於是幾個喇嘛就自覺地卸下擔子，席地而坐，吃吃喝喝起來。

圖旦益西坐在樹下，心裏突然間冒出一個念頭：以前寺院裏的喇嘛是不是在這顆樹下埋了什麼東西呢？他越想越覺得這樹下會有寶貝，彷彿中了魔咒一般強烈的感應。他終於忍不住說：「師兄，我總覺得這樹下有寶貝，我們不妨挖開找找看？」

幾個師兄不以為然地笑開了，七嘴八舌地說：「師兄，你是不是中邪了，這深山老林裏這麼多樹，你怎麼就肯定這樹下有寶貝？」

「是啊！要挖你自己挖吧，我可不想費那勁。」

「嗯嗯，我也不想，等你挖開會一無所獲，還是算了吧，師兄。」

圖旦益西聽了眾師兄們的話也不好堅持，歇息片刻就和大家挑起柴禾一路小跑般地下山去……

「挖寶」的話題自此似乎被人遺忘再沒有人提起。可是，圖旦益西心裏卻強烈地感應到了什麼，彷彿總有人提醒他去挖寶。

這一天，恰巧寺院裏的喇嘛都被分派了事務，只有圖旦益西一人去山上砍柴，他完成了砍柴任務後，照常來到那顆大松樹下休息，他又不由自主地想起「挖寶」的事，不挖一次試試總覺得不甘心。過了一陣子，他東張西望看看寂靜的山裏毫無人影，就開始動手掄起事先準備好的鐵鍬挖起來。一邊挖，一邊

還不時警覺地張望，因為他害怕被人看見，想像一下一個喇嘛獨自一人，在深山裏，挖什麼呢？被人看到一定會很尷尬，會被人笑話。

五分鐘過去了，地上出現一個大坑，沒有見到寶貝，但是，他堅信會有寶貝的，毫不氣餒地繼續挖，挖著挖著，他的臉上露出了驚喜，不由地沖口而出：「啊呀！還真的有寶貝啊！」

他看見了一個古色古香的盒子，打開一看，裏面有數枚「袁大頭」，還有黃金，一尊佛像，一副「麻紮腿兒」，也就是鏡腿上拴著繩鏈的舊式水晶眼鏡。看到這些寶貝，他開心極了！

他拿起一塊「袁大頭」端詳起來，上面除了有一個光頭袁世凱的頭像，還寫著「中華民國三年」字樣，他數了數，足足有二十個「袁大頭」。他也不知這些是否值錢，心想：「這可是半個多世紀之前的錢幣，多少也成了文物了。估計也會賣上幾個價錢。」

他又拿起一塊金條，這可是貨真價實的金子，這可是「錢」。他心想。

而這尊佛像，看樣子也有年頭了……

圖旦益西心裏撲騰騰狂跳，這位年輕的喇嘛感到如此玄妙，他也不知道為什麼自己會有如此強烈的感應，這棵樹下會有寶貝。他如獲至寶，顧不得去想為什麼了，包好這些「寶貝」，揣進裏懷，挑起柴禾，幾乎小跑著消失在山路的盡頭……

他心裏高興不僅僅得到了這些寶貝，而是他心裏還另有打算。

回到僧舍，他把包裹打開，將黃金、「袁大頭」和水晶眼鏡挑出來放好，抱著佛像去找老喇嘛先覺堪布。

「了不得呀！山裏找到好東西啦！」老喇嘛先覺堪布戴上老

花眼鏡，雙手小心翼翼地捧起佛像，仔細端詳著，看得出老堪布看到這尊精美的佛像顯得很歡喜，他端詳了好一會，才抬眼看著圖旦益西，不無打趣的意味兒說：「我們的圖旦益西是不是長期在山裏尋寶呀！」

「沒，沒，沒……」圖旦益西顯得有些不好意思，連連擺手說，「就這一次，就這一次。」

「好吧，這佛像是個寶貝，看樣子有年頭了。我就收歸寺院了。」老堪布欣然接受，接著說：「不過，圖旦益西，以後可不要執著於找寶，要好好修行啊！」

「是，師父。」圖旦益西畢恭畢敬地答道。

圖旦益西並沒有把所有寶貝全部上繳，是因為他心裏有著「小九九」，就是他一直渴望的去印度朝拜學習的事，如果老喇嘛先覺堪布不同意的話，他也沒有資費去學習。令他歡喜的是，他竟然真的找到寶貝，他明白黃金會變成錢，所以，就「私吞」自己腰包了。

他偷偷地把黃金拿到市面上變現，黃金的市價是56元一克，加上他素日積累的，湊足了2000多元，一下子腰包裏便有了錢。實際上，自從佐欽寺回到甘沖寺，圖旦益西就萌生了去印度的念頭，這一次的念頭把他自己都嚇了一跳，但是，彷彿有一塊巨大的磁鐵吸引著他一般，那念頭變得越來越強烈。去印度可不比去佐欽寺，那麼遙遠的地方，何況還是國外，那是需要更多錢的。

他小心翼翼地把這些寶貝換來的錢珍藏起來，暗暗地為將來的計畫做著準備。

06 |

　　先覺堪布站在寺院前的廣場上，望著遠方的神山，與寺院的大殿遙相呼應，一隻灰色的烏鴉昂首翹立在大殿飛簷尖兒上，在藍天白雲的背景下，顯得格外吉祥殊勝。

　　他深深地呼吸一口清新的空氣，心裏想：「雖然眾生生生世世的輪迴中，佛弟子肩負著生生不息的大任，這未盡的事業還將繼續，但是，畢竟此世自己想完成的事今天得以告一段落。」

　　更重要的是，他看到圖旦益西的成長，在眾弟子中尤為突出，從請大藏經到塑造佛像，這一系列的考驗也驗證了自己的眼光。寺院交給他管理自己放一百個心…… 這樣想著，他感到很欣慰，因為甘沖寺的管理後繼有人了。

　　一天，先覺堪布把圖旦益西叫到自己的房舍，充滿慈愛的目光望著他，說：「益西多吉，我最近感覺特別累，我要去山裏閉關幾個月，到明年匠人來了我就回來，你去招集大家來我這裏，我有事宣佈一下。」

　　圖旦益西遵命去把全寺所有的人都叫了來，先覺堪布環視了一圈，嚴肅地說：「我從八零年開始一直為這個寺院的建設、育人等事宜盡心盡力，已經盡了我最大的努力了，現在我老了，是該考慮一下自己的事的時候了，因為我明白屬於自己的時間不多了，我看你們也長大了，應該能夠獨立管理這個寺院，我相信你們有能力管好這個寺院，我把一切都教給你們，剩下的就看你們自己了……」

　　圖旦益西聽了老喇嘛先覺堪布的話心裏很不是滋味，他聽著那語氣似一種訣別，彷彿他這一去就再不會回來，在場所有人都靜靜地傾聽著，不敢插嘴。

　　「今天我主要說的是，我走了誰來管理寺院一事，這個人選我覺得實至名歸，在我心裏早已經選定好了。經過幾年的考驗，我認為他是一個靠得住的人，我相信他有能力管理好這個寺院，他的學習、修行都經得起考驗，在我們這個寺院裏比較起來，他的確是一位優秀的僧人，各方面都出類拔萃，我相信他……」

　　先覺堪布頓了頓，掃了一眼肅然起敬地站在他面前的弟子們，繼續說道：「從今往後這個寺院的全盤工作，所有的事都由他來管理，你們在座的要配合他的工作。想必不用我說明，大家也知道他是誰了吧？」

　　喇嘛們的目光都齊聚在圖旦益西身上，看得他感到有些尷尬不自在。

　　「沒錯！他就是圖旦益西多吉。你們大家要聽他的話，而我從現在起要去山裏閉關幾個月。」

　　第二天，圖旦益西和另外幾個喇嘛送老堪布到山裏閉關處，那是坐落在寺院東邊金池山山頂上的一間小木屋，這裏人煙罕至，路途險峻，所以選擇這裏閉關，也是因為是如此無人干擾的淨地的緣故。在寂靜無人的山裏顯得有些孤寂，的確也是真修之人閉關的好處所。一行人護送老堪布沿著崎嶇陡峭的山路爬上山坡，登上最頂峰，在山尖巨石俯視下的一塊平地，有一間簡陋的木屋，四圍和房頂都是圓木搭成的，木板門的上方懸掛著一面褪了色的「門過」，窗戶是木板釘製的，用一根木棒支撐著，棚頂糊著泥巴上面也早已經雜草叢生。有些稍有縫隙的地方還釘著塑膠布。

　　隨行先覺堪布來的喇嘛們把閉關處的小房子收拾得乾乾淨淨，只有護關的小喇嘛留了下來。就這樣，直到晚上，圖旦益西才告別了老堪布，和其他的喇嘛返回了寺院。

　　老喇嘛先覺堪布每天都在小屋裏入定淨禪，除了護關的小喇嘛按時送飯的時候，他吃飯之外，餘下的時間只是潛心修行。這樣，一個月時間轉眼過去了。

　　這一天，護關的小喇嘛匆匆跑回寺院，神色悲哀地向大家通報老堪布在閉關處圓寂了。

　　至此大家才恍然大悟，原來這一切老堪布早有安排，人生短暫無常，然而，他老人家預知時

嘛呢活佛坐在先覺堪布圓寂的閉關房

日，對於生死早有把握，事先將身後事安頓好，就這樣於寂靜處悄然離開了這個紛繁複雜的人世間。

　　僧眾們沒有過度的悲傷，沒有眼淚哭泣，有的只是對死亡的超越世俗的理解。按照佛家的儀軌，圖旦益西安排全寺上下為老堪布誦經七七四十九天，同時在七月法會佛事中供燈十萬盞，供水十萬，供花十萬，供香十萬，為老堪布超度送行。

　　「或許某年某月，可敬可愛的彷彿再生父母般的老堪布還會轉世回來，完成他未完成的任務吧。」想到這裏，圖旦益西的心不免有了一絲安慰，因為在佛教詞典裏沒有死亡的字眼，有的只是涅槃之後的新生。

　　先覺堪布圓寂之後，整個寺院的管理就落在了年輕的圖旦益西肩上，喇嘛們此時也有了分歧，有的很支持圖旦益西的工作，有的不支持，也就不幫忙，或者有時候還要搞點惡作劇小破壞什麼的。但是，圖旦益西對於這些都不記掛於心，他認為

既然自己承擔了這樣重的擔子，就要獨立，要用自己的智慧，發揮自己的能力水平，正如佛法是內心求道，求人不如求己，靠別人不如靠自己。最關鍵的是如何能夠把這個寺院維持下去。

1992年5月的青藏高原依舊寒冷，黃色的油菜花只是試探著吐了吐嫩芽，或許是感覺到了高原的清寒還沒有淡去，所以那種漫山黃燦燦的景致依舊是人們心中的期盼，但是那蘊藏的勃勃生機卻在山巔上依舊白雪皚皚的北山腳下悄悄地孕育膨脹著，忽然某一天，當人們推開寺門走出去，望見那山坡上一片片黃色的油菜花，彷彿忽如一夜之間就綻開了燦爛的容顏。

雕塑佛像的匠人們就在這樣一個充滿生機的季節被圖旦益西請回了寺院，佛像早已經晾乾，接下來的工作就是把所有的彩繪貼金全部圓滿完成。

浪家大師聽說老喇嘛先覺堪布已經圓寂，不免讚歎：「人生無常啊！沒想到僅僅半年多時間，老喇嘛就與我們陰陽兩隔了。」

不過，藏民心中對生與死早已經不是一種世俗的理解了，家裏有人離世並不哭天搶地，因為生死是人生必經大事，何況，佛法教人面對生死不應有貪執之心，不能讓自己的哭聲和淚水障礙亡者往生。更何況對這樣一位得道高僧，每個人心裏都有一個勾畫，在那樣一個清靜淨土，老喇嘛先覺堪布獲得了大自在，而他一定還會回到人間度化眾生的。所以，浪家大師懷著這樣一種神聖而凝重的心情繼續著自己的工作……

塗色工作完成風乾之後，圖旦益西主持舉行了裝藏儀式。他在佛像背後留的一個空洞，把經卷、珠寶、五穀等放入佛像然後封上。這就是「裝藏」。其中裝藏用的五穀、金銀珠寶、甘露丸、嘛呢丸；數種名貴藏藥及藥材；七珍八寶、聖地花草、水土

以及各類心咒、舍利粉和各種經咒、符等都是經過加持的聖物。
也算是完成了老堪布最後的一個夙願。

　　按老喇嘛先覺堪布他老人家的遺願,他把寺院上下管理得有
聲有色,就這樣在按部就班生活修行中,兩年轉瞬過去了。

　　這天,突然管家喇嘛來稟報圖旦益西,說才郎旦珠來看他
了。圖旦益西不免想起那個大雪天被他打得亂竄的年輕人,聽說
他後來一直沒犯病,還到祁連某個老鄉家做了上門女婿。正思忖
著,只見才郎旦珠在管家喇嘛的引領下,恭身走進圖旦益西的僧
舍,他一見到圖旦益西就雙手合十,畢恭畢敬地和圖旦益西打著
招呼:「圖旦益西師父,好久不見了!」

　　圖旦益西也高興地招呼他坐下來,攀談起來,他詢問起這些
年才郎旦珠的狀況,才瞭解到,自從那個大雪天,才郎旦珠犯病
被圖旦益西追打後,再沒有犯過病,而且還娶妻生子,如今已經
是一個孩子的爸爸了。提起前幾年冬天大雪裏圖旦益西打他的情
景,兩個人都笑了。

　　才郎旦珠動情地說:「師父啊!正是那天您打了我,我才有
了今天啊!」

　　圖旦益西不免微微笑著,詢問起他當時的感受。

　　「當時,我身上附的那個東西令我神志不太清楚,只是看見
您提著棍子過來了。我看見您的臉都是黑藍色的,很凶的樣子。
第一次感覺到金剛手菩薩來了。所以,當時我沒跑,只是求饒。
記得您打了我三下,一點也不疼。剎那間頭腦很清亮,感覺眼前
也突然亮堂了。」才郎旦珠頓了頓,接著說。

　　「我想啊,您打了我也是對我好,那是一種特殊的加持吧。
再也沒有比那個更好的功法了。」

　　圖旦益西聽了插嘴問道:「那你當時怎麼還跑了呢?」

「我只是看了您一下，太凶了！呈現的忿怒像啊！把我給嚇跑啦！」才郎旦珠感歎道：「不可思議！太不可思議啦！」

「哈哈哈！」兩個人不約而同地大笑起來，談得非常愉快。

這件事令圖旦益西更加理解了他曾經學到的佛法理論，在現實中的應用，也就是如何利益眾生。釋尊的偉大就在於他發現了生命的真相和對治的辦法。佛菩薩慈悲為懷，但在度化利益眾生的時候也是需要善巧方便的，不能一味地和藹可親，就如對待一個不懂事的小孩子，有時候也要呵斥嚇唬幾句，同樣道理，度化眾生有時候需要菩提心的慈悲，有時候遇到那些惡緣，也要外顯忿怒像才會起到作用。

類似才郎旦珠這種事多了，自然當地的老鄉就口口相傳，慢慢地圖旦益西獲得了很高的口碑，大家越發地尊重這位年輕的寺院管理者。

提起管理寺院，自從老喇嘛先覺堪布圓寂後，圖旦益西也進行了一些改革。由於大殿裏太陰冷，有的喇嘛得了風濕，有人提出建議喇嘛們各自回自己的僧舍做早晚課了。圖旦益西採納了大家的意見，只是他規範了寺院共修教義，要求每天喇嘛們功課的內容，依靠自覺自律按照寺院統一佈置做早晚課每天各自在僧舍裏修行。而每隔十天安排一位值班喇嘛，在誦經殿上誦護法經等經文。圖旦益西從此還規定寺院僧人必須要到佛學院進修學習，而且要自費學習，如果獲得了堪布學位，按照寺規要為其舉辦坐床儀式。在圖旦益西的安排下，僧人們陸續地到佛學院學習。而留在寺院的僧人的修行完全依靠自律。這也是符合內心求道的宗旨，一個修行人不能自律，還談何修行呢？

就這樣，圖旦益西把寺院管理得井井有條，日子就如北山寧靜的氛圍一般平和。

　　這一天，圖旦益西在僧舍做完晚課，忽然覺得有些疲倦，就坐在椅子上掩面睡著了。

　　恍惚之間，他走進印度的某個寺院，那裏的僧人全部身穿紅色袈裟，他夾在他們中間，旁邊有一位老者對他說：「這裏是佛教的發源地，有一個很大的佛塔，就是菩提聖地金剛塔。」

　　圖旦益西聽完就誠心地朝著它頂禮膜拜……

　　醒來之後，圖旦益西才發現這是一個栩栩如生的夢境，而這個夢境讓他意識到有一件事是他今生一定要做的，或許那是前世許下的一個心願，今世是不是有緣非得要去呢？一連幾天，他幾乎每天都有類似的夢，這讓他再也無法安坐於這一隅寺院之內，彷彿遠方有個聲音在召喚著他，那召喚彷彿寺院每天按時吹響的海螺號角一樣，在遙遠的釋迦牟尼佛祖初轉法輪的聖地傳來，在圖旦益西的內心裏越來越響亮了，彷彿一個巨大的磁場吸引著他的心，他知道該是出發的時候了……

青海北山甘沖寺

5

勇猛智慧，發大誓願
為度眾生，乘願而來

經過一個長時間的暗暗準備，

圖旦益西決定出發去印度朝聖學習，

他計畫從拉薩前往尼泊爾，再去印度，他人在中國，

心早已經飛到了佛陀誕生地，佛陀講經說法之地，

他祈禱著自己能夠順利地沿著佛陀出生、苦修、

初轉法輪的印跡去完成他內心的一種美好的願望，

也希望在印度，

他嚮往的佛國進一步深造……

01｜心中的普陀羅

　　舉世聞名的布達拉宮，聳立在西藏拉薩市西北的瑪布日山(紅山)之上，「布達拉」是梵語音譯，又譯作「普陀羅」或「普陀」，原指觀世音菩薩所居之島。布達拉宮俗稱第二普陀山，布達拉宮分為紅宮和白宮。居中央是紅宮。

　　圖旦益西從北山上的甘沖寺出發，途中經過兩個多小時的步行，來到了山下的甘禪口，然後在那裏搭車到了互助縣城，才買到了從互助到西寧的客車票，再從西寧乘車經過一路的高原顛簸之旅，終於經過三天兩夜輾轉來到了他嚮往已久的聖地——拉薩。

　　一路上，他看見虔誠的藏族信徒，膝蓋和手掌都套著套子，身子上穿掛著粗糙的皮衣罩，沿著道路朝著拉薩的方向量身跪拜著行進，那種虔誠深深地震撼著他這個佛子的心。

　　當他終於如願以償，站在布達拉宮的回廊望向布達拉宮廣場，那威嚴屹立在紅山坡上的布達拉宮與大昭寺、小昭寺遙相呼應，和那充滿濃郁古老氣息的八廓街構成了拉薩的中心，想起有人說來西藏如果不來這裏就等於沒有到過西藏，如今這裏儼然成了世界關注的焦點，那無疑是緣於被藏傳佛教的超凡魅力以及與之相應的文化歷史造就的璀璨文明所深深吸引。

　　他的思緒彷彿穿越了一個長長的漩渦般旋轉的時空隧道，帶著他走進那段歷史的新紀元。

　　一時佛陀為眾弟子所環繞，坐於竹林精舍苑中，眉間忽發五色妙光如霓虹，其光曲折射向北方雪國（西藏），釋尊莞爾而現無限歡喜，目視彩光方向。一菩薩請釋尊說明此奇瑞的原因，釋尊乃授以《梵蓮華經》。經文言曰：「此惡魔惡神所居

住未開化的雪國，三界諸佛從未施以教化，但將來我教將傳入
此國，恰入太陽光照全國而教化之。」活佛烏澤克齊乃自願前
往教化此未開化的雪國，此活佛前身原為菩薩，在諸佛之前曾
立誓願曰：「我將往三界諸佛未往的雪國任教化難以濟度的人
民，此雪國將為我教化之地，我能將惡神惡魔化為慈父慈母，
我能為其師，我能成為照耀彼等黑暗的燈光。三界諸佛的聖教
將照耀此未開化的雪國，對三寶的信心將感無量樂福，一切眾
生皆大歡喜。」菩薩作此誓願時，由菩薩之心發出「薩達利
加」華般的光明，普照全世界。嗣後其光明上升西方極樂世界
而沒入光明無限佛心，不久再由無量佛心重現，以此教化雪國
化身為佛的宏願，沒入蓮花之海。

——《喇嘛教史略》

　　這是一段充滿神奇色彩的故事，而歷史記載的佛教傳入吐蕃
卻是西元七世紀由吐蕃王室帶入西藏並傳播得以發展起來。
　　驍勇善戰的松贊干布在完成平息反叛統一吐蕃的歷史使命之
後，開始致力於政權建設，他派人去印度學習並創造了藏文，從
而促進了文化交流。

　　貞觀八年，松贊干布與南部泥婆羅（今尼泊爾）通好，十三
年（639），與泥婆羅尺尊公主聯姻。
　　松贊干布非常欣賞唐朝的富庶與繁榮。唐貞觀八年（634），
遣使赴唐溝通關係，亦遣使赴唐求婚。唐太宗為結好吐蕃，求得
西部邊境的安寧，遂於十五年（641）將宗室女文成公主許配給
他。唐蕃聯姻，文成公主的入藏，將佛教和內地各種先進的科學
技術和文化帶到了高原，進一步促進了西藏經濟文化的發展。

　　松贊干布對聰慧美麗，自幼受家庭薰陶，學習文化，知書達理，並信仰佛教的文成公主一見傾心，在文成公主進藏之前，她提出了一個條件，就是將佛教帶到吐蕃，松贊干布欣然應允。而文成公主出嫁不僅僅為吐蕃帶來了佛教，還帶來了很多新的技術。對吐蕃的文化經濟發展都起到巨大的推進作用。

　　最初是松贊干布為迎娶文成公主而興建了布達拉宮，17世紀重建後，布達拉宮成為歷代達賴喇嘛的冬宮居所，也是西藏政教合一的統治中心。

　　大昭寺，又名「祖拉康」、「覺康」（藏語意為佛殿），位於拉薩老城區中心，是一座藏傳佛教寺院，始建於唐貞觀二十一年（647年），是藏王松贊干布為紀念尺尊公主入藏而建，通常與小昭寺連稱「拉薩二昭」而馳名於世。小昭寺始建於唐代，與大昭寺同期建成，7世紀中葉，由文成公主督飭藏漢族工匠建造。寺內供奉的釋迦牟尼佛為佛陀12歲時之等身像，是文成公主由長安攜帶進藏，成為西藏最珍貴的歷史文物，後移至大昭寺，又將公主攜帶的另一尊佛移至小昭寺。

　　歷史的畫面沒入宇宙天際，而這些承載著歷史氣息的古老建築，卻將歷史鮮活地留存下來。如今的布達拉宮早已經是拉薩乃至西藏的象徵，也是世界各地信徒嚮往的聖地，是來過拉薩的人們必去的地方，那不僅僅是簡單的遊歷，更是心靈的一場沐浴洗禮。仰望著藍天白雲下，高高紅山坡，依山矗立的宮殿，高高在上地俯瞰著塵世中的人們，這種居高臨下是人們發自內心低首臣服的感受，入主布達拉宮的歷代轉世大德，也創造了輝煌的西藏的佛教歷史。

　　沿著圍繞著老城區包括布達拉宮在內的「林廓」繞佛的信眾，無論是身著藏袍的藏民，還是異鄉客，都懷著同樣一顆虔誠的心，這裏的藏民心中，佛法與生活早已經圓融在一起，每天都有藏民手撚佛珠，搖動著轉經筒，繞著布達拉宮轉經，最後的終點就是大昭寺的八廓街。人們繞佛繞塔，在大昭寺頂禮叩拜，他們繞佛拜佛的同時，豈止是向外的求索，他們內心的智慧的覺醒，正是他們自身的佛性。淳樸善良的藏民，雖然不富裕，但是卻為天下祈求太平，佛法早已經與藏族人民的生活融為一體，成為他們引以為豪的文化。

　　【如來智慧。無處不至。何以故。無一眾生。而不具有如來智慧。但以妄想顛倒執著。而不證得。若離妄想。一切智自然智無礙智。則得現前。】——《大方廣佛華嚴經——如來出現品》

　　沿著古老的八廓街的石板街道，順時針環繞著大昭寺，絡繹不絕的朝拜者中，又多了一個身穿袈裟的喇嘛，心中默默持咒、祈禱、回向，八廓街古舊的石板路散發著記憶的味道，每一塊磚都似乎記錄了一段歷史，彷彿在經歷這樣的生生世世的膜拜後，也充滿了靈性。

　　在大昭寺和小昭寺的香煙繚繞的陽光裏，圖旦益西向釋迦摩尼佛「等身像」頂禮膜拜。據說大昭寺和小昭寺的兩尊等身佛像都是由釋迦牟尼佛親自開光，能夠見到這兩尊佛像，就彷彿親見佛陀。圖旦益西俯首於祖師之前，真如親見一般感動，眼淚無法控制地流下來……

　　圖旦益西無心去追朔八角街的瑪姬阿米酒館的傳奇故事，只中意於「轉山轉水轉佛塔」的初始；也無意於探尋藏區的民俗內核，那是因了他的軀體裏流淌著藏族人的熱血。回視以往的那段歷史，相續輪迴中，他的骨子裏已種下一顆充滿普賢菩薩的菩提

大願之心。那飄揚在寺院上空的五彩經幡彷彿是向他揮手召喚，那暮鼓晨鐘裏有他太多的期待，他就這樣像那些虔誠的藏民一樣，亦步亦趨地不斷匍匐又站起，沿著朝聖的路等身頂禮十方三世一切諸佛菩薩，為眾生祈福，為天下祈福，為眾生得度祈禱迴向。

【令其永離妄想執著。自於身中。得見如來廣大智慧。與佛無異。】——《大方廣佛華嚴經 ——如來出現品》

在圖旦益西的日程裏，拉薩是他開始漫長朝拜之路的起點……

在拉薩朝拜過程中，圖旦益西也沒有忘記他此行的最終目的地是印度，他一邊朝拜一邊暗地裏委託拉薩城裏的熟人打聽如何才能去印度。有一天，圖旦益西在八廓街遇到了一位僧人，兩個人說了心裏話，都有去印度朝拜的心願，於是就打算結伴前往印度。他們中轉尼泊爾。

經過數日歷盡艱辛的輾轉顛簸，他們終於站在了心之嚮往的地方……

他當然清晰地記得在佛學院所瞭解的歷史：

釋尊成道後，前往鹿野苑尋找當年離他去的五名侍者，

拉薩，布達拉宮

途中遇到的一個沙門，那時世尊還未開始弘法，那位沙門見釋尊是一位氣度不凡的修行者，就問世尊修行誰的教法，釋尊回答：「我於世間無有師，也無與我同等者。」，這位沙門回答：「朋友，但願如此！」，似乎不太願意相信，就這樣他與佛陀擦肩而過，卻不識真佛，失去了向佛陀學習的難得的機會。

而眼前的鹿野苑卻是趨之若鶩的另一番景象，從世界各地四面八方前來朝拜的僧侶信眾們不辭辛勞，來此與釋迦牟尼佛祖默默地用心隔空對話，這不能不令人隨喜讚歎！

圖旦益西站在鹿野苑講經臺前，忘卻了旅行的勞頓，內心超乎尋常地平和寧靜，他的眼睛彷彿看見了佛陀跏趺而坐在菩提樹下，微閉著雙目，手結定印，第一次將自己多年苦修悟得的正果宣講給五位侍者聽。

當年在苦行林饑餓苦修，讓佛陀骨瘦如柴，生命奄奄一息，就在河邊飲水時候，聽到一個撐船者對船上的人說：「琴弦繃得太緊就會斷，太鬆則彈不出音。」頓時感悟到自己的苦修是錯誤的，就在他奄奄一息之際，帶著牛奶和乳酪的牧羊女路過，就用乳製品供養佛陀，佛陀死裏逃生，重新參禪悟道，獲得中觀正道。而五名侍者因為看到佛陀放棄苦修，誤以為佛陀從此墮落而感到失望離開。

所以，佛陀找到五位侍者，告訴他們自己感悟了正道，向他們宣講起來。釋尊首先批評了苦行和其他學派的不正確主張，提出了具此感悟到自己「不苦不樂」的中道學說，來證明苦行不是正道，只有中道才合理。接著講了「八正道」，亦即：「正見、

正思維、正語、正業、正命、正精進、正念、正禪定。」

　　包括陳憍如在內的五名侍者被佛陀的理論徹底說服了，當即頓悟剃度為比丘僧。佛陀的宣講進而進入第二個次第，宣講了四聖諦，也就是「苦、集、滅、道」……

　　這就是著名的鹿野苑佛陀悟道之後第一次說法，也就是佛陀在鹿野苑初轉法輪的故事。

　　在印度雲遊期間，佛教聖地是朝拜者必去的地方。印度的文化歷史悠久，所保留下來的印記也比比皆是，釋迦摩尼佛祖當年出生、成長、修行、悟道和轉法輪的歷史古蹟吸引了眾多世界各地慕名前來朝拜的遊客，更是吸引了大批雲遊僧眾，讓人流連忘返於其間。

　　圖旦益西從鹿野苑到舍衛城，兩千多年前的歷史畫面清晰地展現在他的視野裏，他彷彿看見釋迦牟尼佛祖依舊在舍衛城給孤獨園講經說法，眾弟子圍坐其周圍歡喜信受的場景……

　　【如是我聞。一時佛在舍衛國，祇樹給孤獨園。與大比丘僧，千二百五十人俱，皆是大阿羅漢，眾所知識：長老舍利弗、摩訶目犍連、摩訶迦葉、摩訶迦旃延、摩訶俱希羅、離婆多、周利盤陀伽、難陀、阿難陀、羅侯羅、憍梵波提、賓頭盧頗羅墮、迦留陀夷、摩訶劫賓那、薄拘羅、阿那樓陀，如是等諸大弟子。並諸菩薩摩訶薩：文殊師利法王子、阿逸多菩薩、乾陀訶提菩薩、常精進菩薩，與如是等諸大菩薩。及釋提桓因等，無量諸天大眾俱。

　　爾時，佛告長老舍利弗：『從是西方，過十萬億佛土有世界名曰極樂，其土有佛，號阿彌陀，今現在說法。……】

　　　　　　　　　　　　　　　　　　　——《佛說阿彌陀經》

　　雖然坐落於山間的舍衛城已被大火焚毀，但是圍繞在舍衛城的城牆，宛如長城一般歷經數千年依舊恪盡職守地護衛著這個僅僅剩下斷壁殘垣的地方，又彷彿盡心護衛著那古老的印度文明。在岩石堅硬的盆地中央是佛經中經常提到的舍衛城。

　　給孤獨長者，看中了祇園幽靜雅致的環境，就想買來供養佛及比丘們。祇園主人祇陀太子戲謔要求說：「聽說您的錢很多，如果您能以黃金鋪地，隨鋪多少就賣多少給您。」給孤獨長者前世曾為羅西多施主供養過去六佛，所以今生有很殊勝的福報，他可以看見地下的寶藏並且能加持土石變成黃金。給孤獨長者依其福報，用黃金鋪地，太子為他的精神所感動，還剩一塊時，對他說：既然您買地供佛，剩下的地不用鋪了，讓我也供養佛吧。給孤獨長者後來迎請天人在這塊地上建了一座經堂，故此園名為祇樹給孤獨園。

　　當置身於佛陀講經說法的祇樹給孤獨園時，耳邊響起了陣陣誦經聲，佛陀在這裏為朝拜的人們描述了西方極樂世界的種種美好，為度化一切眾生，宣說四十八大願。

　　在這裏，天邊那落日金色的餘暉就如從西方世界映照而來；在這裏，空氣靜靜地隨著佛陀的心聲感應飄蕩。幾千年來，彷彿這樣的宣說始終沒有終止……。

　　《大唐西域記》裏有這樣一段記載：

　　有一位大長者名叫迦蘭陀，當時是一位德高望重的豪貴，他用家裏的大竹園佈施諸外道，當他見到釋迦牟尼佛後，深起信心，於是將外道逐出，在竹園中建立了一座精舍，請佛

居住。精舍在王舍城北門一里餘，用石頭砌成，門向東開。
佛陀在世時，經常在此居住，並宣說了數部經典，以導凡拯
俗。這個地方就是著名的竹林精舍。

　　圖旦益西一路叩拜，一路思想，追隨著佛陀的足跡，歷史的
畫面又一次鮮活地映現眼前，鹿野苑上空彷彿那樣一個金燦燦的
法輪恆常旋轉不停，一如他追求佛法的猛力發心，綿綿不息……
　　從鹿野苑到菩提伽耶需要乘坐幾個小時的長途客車，在鹿野
苑朝拜了一天，第二天，圖旦益西就起程前往菩提伽耶。
　　在菩提伽耶，圖旦益西隨著朝拜的人流行走之際，忽然，他
被眼前的景致驚呆了，那樣一座高高聳立的灰白色金剛塔，在陽
光下威嚴直聳雲霄，塔上精雕細琢的佛像栩栩如生，塔旁的百年
菩提樹依舊繁茂，繫著的絢爛經幡，以及常年不斷的供燈，令菩
提樹彷彿是跏趺而坐在寶幢之上，隨著微風送來的檀香的氣息，
隱隱傳來低低的誦經聲。
　　即便是走在外面的石板路上，也是來這裏的人們朝拜的內容
之一，他們有的一步一個等身長頭，有的虔誠地在那裏供酥油供
燈供香。熙熙攘攘的各種膚色、各種打扮的人們，有秩序地從塔
口進出。那情境竟然和圖旦益西夢裏的一模一樣！
　　圖旦益西也朝拜了菩提伽耶西方的蓮花生大士的出生地。蓮
花生，這位在他兒時母親夏爾楚就曾經給他講過的印度高僧，
8世紀後半期把佛教密宗傳入西藏，藏傳佛教尊稱他為洛本仁波
切（軌范師寶）、咕汝仁波切（師尊寶）、烏金仁波切（烏仗那
寶）。通稱貝瑪迥內（蓮花生）。據多羅那他於1610年所著《蓮
花生傳》所載，約於摩揭陀國天護王時出生於烏萇國王族……

在印度，在菩提伽耶，在鹿野苑，佛陀初轉法輪的地方，圖旦益西見證了夢中的金剛塔，夢裏那位僧人無疑是向他開示的菩薩示現。頓時，他的心情激動萬分，快步地朝著日暉中的金剛塔走去……

他站在金剛塔前雙手合十舉過頭頂，屈膝、俯首、磕頭；在塔內釋迦牟尼佛像前供燈、供香，又默默地雙手合十念經祈禱，一一敬做。

來印度這段時間裏，時間彷彿靜止了一般，抑或是穿越到了那樣一個時代，圖旦益西的足跡遍佈鹿野苑、舍衛城、竹林精舍、靈鷲山……圖旦益西的思想追隨著佛陀的足跡，做了一次超越時空的拜謁，他的靈魂深處得到了佛的廣大加持，邁開堅定的步伐，向著印度佐欽寺大圓滿佛學院走去……

在印度你會發現這裏聚集著各國風格的寺院，有緬甸、日本、朝鮮風格的，也有中國漢傳佛教和藏傳佛教風格的，簡直就是世界佛教建築博物館。佐欽寺佛學院在此也有分院。圖旦益西因為在四川佐欽寺佛學院學習過，因此就選擇了佐欽寺佛學院學習。

在佛學院的教授中，流傳著「孟買佛學院的小門」這樣一則故事：

孟買的佛學院在它的正門旁邊開了一個小門，門高一米五，寬四十釐米。一個成年人進去，必須側腰彎身，否則只能碰壁了。這是佛學院為新學生上的第一課。所有新來的學生，都會由他的老師帶領著來到這個小門，讓他進出一次。很顯然，所有的人都必須彎腰進出，儘管有失禮儀，但卻達到了目的。老師教育大家說：大門當然進出方便，而且可以讓人很體面很有風度的進出，但是很多的時候，我們要進入

的地方沒有很寬闊的大門，或者，有的大門不是可以隨便進入的。這個時候，只有學會了彎腰側身、暫時放下尊貴和體面的人才能進入，否則你只能被擋在牆外。

　　佛家的哲學就在這個小門裏，人生的哲學也在這個小門裏，尤其是通向這個小門的路上，幾乎是沒有寬闊的大門，所有的門都是需要彎腰側身才可以進去的。在我們的一生中，如果要使自己在人生旅途中一帆風順，少遇挫折，學會「彎腰、低頭、側身」，對每個人來說都是一門必不可少的修煉。而低調做人正是這種修煉的最佳境界。同時，低調做人也是一個人步入社會必備的自我保全手段。熙來攘往的社會處處風雷激蕩，時時風雲變幻，只有甘於低調之人才能在社會的風雨中獲得更多的人生保全。

　　圖旦益西就這樣和所有的遊學僧人一樣上了佛學院的第一堂課，這也是課堂上堪布所講的流傳甚廣的一則哲理故事。圖旦益西今後的修行和生活道路上，他正是遵循著這樣的精神，無論身處怎樣的境地，他的心就如那平靜的大海，永遠處於一個最低的位置，但內心好比大海的深邃，又是那麼寧靜而安詳，彷彿隱藏在海底中的寶藏。

他在佛學院學習的日子裏，歡喜地學到讀到很多經典，讓他更加瞭解了佛法的博大精深，他懂得了一個道理：「高高山頂立，深深海底行。」立足於高山之巔，然後所見始廣；潛行於深海之底，然後所行始切。見地廣，小則明修行之理路，大則總佛教之全局；功行切，內則自覺自度，脫輪迴於苦海，外則覺他度他，化淨土於娑婆。高高山頂立，覺悟人生是也；深深海底行，奉獻人生是也。人立於世，當不離此二端，始可稱人生圓滿，如或不然，虛擲光陰，甚為可惜。

正如《普賢菩薩行願品》中所說：

【……乃至一切諸善知識。我悉勸請。莫入涅槃。經於一切佛刹極微塵數劫。為欲利樂一切眾生。如是虛空界盡。眾生界盡。眾生業盡。眾生煩惱盡。我此勸請無有窮盡。念念相續無有間斷。身語意業無有疲厭。】

在佛學院的學習讓圖旦益西忘記了時間，每天聽經、讀經，歡喜地專注於佛法之中。學習佛法和學習任何世間法都不同，佛法是關照自己的內心，向內心求索，而世間知識則是為了利用外部世界而學的知識技能，卻是於無常中運用，自然也有無常的煩惱和疲厭。而學習佛法卻是讓他越學越歡喜了。

印度全年分為乾濕兩季，三月到九月為濕季，十一月和二月之間是乾季。全年中平均氣溫都在三十多度，所以，這裏學習不像早年圖旦益西在佐欽寺佛學院時候，雪域高原的高寒氣候幾乎把他凍死過去，導致現在腳還有傷痕，買鞋子也都要挑選比實際鞋碼大一號的，因為這樣才舒服些，不至於擠壓他那無法徹底恢復的腳傷。而這裏的溫度雖然比較熱，但是畢竟相比寒冷要耐得住了。

忙忙碌碌中時間就如沙漏中的沙子一般，轉瞬漏盡。這就如

有漏世間，有漏即苦，也就因煩惱而感知之苦。在佛學院如饑似渴地學習了兩年，圖旦益西內心的修習得到了昇華，他心裏對這塊土地產生了眷戀，如果讓他此刻離開這裏，那他內心雖然不能產生煩惱之苦，卻大有「樂不思蜀」的感覺。

這一年，印度的乾季氣溫偏高，最高溫度達到了四十二度，而早晚溫度又回落到十度左右，一熱一寒，彷彿人被熱脹冷縮一般。晚上，小北風吹起來的時候，讓人依舊感到陣陣寒慄。

完成了一天的讀經功課，圖旦益西回到僧舍，感到渾身痠疼，有些疲倦無力，就昏昏沉沉睡著了。迷迷糊糊之中，他彷彿回到了甘沖寺，看見了熟悉的廟堂，熟悉的喇嘛僧眾……又忽然有白雪皚皚的山巔，一席寒風過後，落葉無序地飛舞，最後晃晃悠悠地鋪滿了山坡……有人向他笑著，有人向他招手。他覺得口渴，忽然看見那樣一條溪水，於是，他俯身雙手捧一捧喝下去，卻全部吐出來。緊張之際，人就驚醒了……

醒來之後，他這才感到渾身是汗，整個身體彷彿一個火爐，他知道自己是病了。

自從來到印度，圖旦益西還是第一次生病，而且還如此嚴重。他不得不去看醫生，醫生建議他住院治療，就這樣，圖旦益西住進了醫院。

印度雖然不是發達的國家，但是醫療條件卻是世界上名列前茅的，世界各地的專家義工雲集在此。照顧圖旦益西的是佛教協會指派的一名義工，他每天都能得到最好的醫治和無微不至的照顧。可是，圖旦益西按照醫生的治療方案，每天該吃藥吃藥，該打針打針，無論採取什麼方法，病情卻絲毫不見好轉，醫生也覺得奇怪而一籌莫展。

每天，圖旦益西吃不下，喝不下，或者實在沒辦法吃些東

西，也是吃多少，吐多少，死也死不了，活也活不成，就那樣半死不活中折騰著……這讓圖旦益西彷彿經過餓鬼道的懲罰一般難受，他想起自己學習過的「自他相換」，這讓他想到了死亡，自己對此生並沒有執著，雖然眼下自己的身體處於病患，他也不為疼惜自己的身體而惋惜，對於眾生的苦，沒有比現在體會的更加深刻了，生老病死人生之苦，以及餓鬼道之苦，他都感同身受，之前學習了那麼多佛學理論，如今都清晰地現前領受了。不過，他雖然不貪生怕死，但自己所學的佛法沒有在此生利益眾生卻是一件遺憾的事情，就此一點，他真的希望自己儘快好轉起來。

然而，醫生找不到病因，加上病情絲毫不見好轉，圖旦益西的病情反而愈發嚴重了。

「看來你這病無法治癒了，小師父，你這是患了癌症啊！」醫生眼神裏充滿哀憐地看了看面前這位骨瘦如柴的年輕喇嘛，「所以，從今天開始我們決定給你做化療。」

圖旦益西聽了醫生的宣判，彷彿一位死刑犯聽到最後的宣判，雖然他是一個出家人，對生死有超出常人的認識，但是，這樣無情的宣判在年輕的圖旦益西內心裏依舊掀起了波瀾，他並不是貪生怕死，只是內心的理想和信念還來不及實現，「難道就這樣結束了嗎？」他不甘心，「我會好的，不會死的！」

醫生就這樣斷定圖旦益西得了不治之症，按照治療癌症的方案對他進行了化療，一天接著一天，從朝陽升起，夕陽落下，時間靜靜地流淌，圖旦益西的頭髮也掉光了。可是，他還是上吐下瀉，人愈發虛弱得路都無法正常行走，有幾次還昏死了過去。

有一天，病房裏又住進來一位病人，躺在病床上的虛弱的圖旦益西抬眼看了看，那人也向他笑了笑，覺得這個光頭年輕人甚至連抬眼的力氣都沒有了，簡直就是病入膏肓的樣子。

　　時間久了，他們也就彼此熟悉了。

　　病友瞭解了圖旦益西的經歷，對他十分同情，說：「如果你這病是真實的病症，那麼用藥一定會有效果，不會這樣絲毫沒有好轉。我擔心你這是不實之病啊！」

　　其實，圖旦益西不是沒有這樣想過，而且他對虛病也有所瞭解，並深通其意。但是，他想不通的是，他多年的修行，怎麼會招惹外道侵擾呢？修行之人外道魔障是不會近前的，即便近前也是隨喜修行功德而轉魔障為護法。

　　「那只有一種可能，就是神佛在給你示現。」病友聽了圖旦益西的疑惑之後，沉默片刻說，「要不你去求這裏的一位活佛，給你看看問題到底出在哪兒了。」

　　圖旦益西覺得病友說得有道理，可是眼下躺在病床上的他根本起不來，原本一百四十多斤的體重的壯小伙子，如今只剩下六十多斤了，整個人都虛脫了一般。吉人天相啊，好在遇到了好心人，正好這個病友有個護理者，那是一位中年男子，身材偏瘦，臉色黝黑，一雙印度人特有的大眼睛，眼白顯得異常顯眼。不過，他那目光中卻有著柔和的光。

　　圖旦益西只好請求他幫忙，去找那位活佛給自己看看。

　　中年男子毫不猶豫地欣然答應，沒有做片刻耽誤就離開了醫院。半天時間，他風塵僕僕地推開了病房的門。

　　他帶來了那位活佛的診斷：「小師父，那位活佛說了，你今世不能留在印度，得馬上回去，本來你是應該朝拜完馬上就回去的，可是你想留在印度學習經文，不過，你家鄉寺院的護法來找你了，讓你回去。」

　　「原來還真是神佛做的示現！」圖旦益西聽後內心不禁感慨萬千。

「按道理你學經文是有神佛護法的保佑，遺憾的是你今世只有朝拜的緣，沒有定居印度一輩子的緣分，所以護法讓你履行你的承諾，完成你的使命，盡到你的職責，而這一切都不在印度，而在你的家鄉。」那位護理者轉述了活佛的話。

「那你看我病得這麼重，起床都起不來，更別說走路了，還怎麼回去啊？」圖旦益西聽了不免有些失落。

「活佛說了，你心裏想著馬上回家，病就會馬上好了。」護理者說，「而且寺院的喇嘛也會為你供燈念經，相信你會好的。」

這一番話讓圖旦益西輾轉難眠，夜晚來臨的時候，他躺在病床上，望著窗外皎潔的月色，那存留在他內心的一點點私心竟然驚動了神佛，他終於醒悟：一個發大菩提心的修行者，是不應該只顧自己修行，只顧自己的理想，自己的未來，滿足於自己的渴望而棄眾生於不顧的。

圖旦益西終於感悟到了護法的良苦用心：「乘著大願再來的圖旦益西，如果你棄眾生於不顧，那就只能先死而後生，從頭再來了！」

想到這裏，圖旦益西按照護理者轉述的那位活佛提供的對治方法，在心裏真誠懺悔著，發誓如果病好之後，馬上就回到自己的寺院，履行自己的誓願。

這樣想著，正如那位活佛所說，病了三個月之後圖旦益西，真的出現了奇蹟！被醫院判了「死刑」的人，卻不出一個星期就好轉了。就連美國來的專家都驚詫不已，感到不可思議！

圖旦益西心裏激動萬分，發願一定要回到青海。這樣，他第二天就可以扶著欄杆在走廊裏獨自行走了，不到一個禮拜，他不但可以下地走路，而且原來吃不下任何東西，一吃東西就吐的

他，竟然想吃東西了，而且連續吃了兩碗麵條。兩個禮拜之後，他終於痊癒出院了！

大病初癒之後，圖旦益西做的第一件事就是急切地請求生病期間護理他的護工幫忙引見那位神秘的活佛，他想當面感恩。那位護工答應他這兩天之內就幫他聯繫。

果然沒費周折，護工第二天來告訴圖旦益西，活佛很痛快地答應了他的請求，希望第二天上午十點到他的寓所見面。

當圖旦益西走進活佛的寓所，經過護工的介紹，他才恍然大悟，原來這位活佛就是四川阿壩格登寺的活佛，他神通廣大早有耳聞。「難怪我生病，他能夠看出端倪呢！」圖旦益西瞬間念頭跳過。

他雙手合十，雙膝跪地，身體前傾匍匐在地上，五體投地行大禮，頂禮他心中尊敬的上師，感恩他的慈悲加持，使得自己能夠這麼快從生死線上回轉。

「感恩上師！」圖旦益西三個長頭磕完，雙手合十站立在活佛面前。

活佛平易近人一點架子都沒有，他雙目露出慈悲的目光，微笑著望著眼前這位年輕的喇嘛，說：「年輕人，看到你這樣子真的很高興啊！你的使命未完，如果真的客死他鄉，還需重新來過，你的事業不在印度，不在他國，而是你的家鄉啊！怎麼可以輕易貪圖自己的一己理想呢！」

圖旦益西聽到活佛這樣說，不免產生了很多疑問，他想：「自己不過就是一個出家喇嘛，在哪裏還不是修行度化眾生嗎？」

活佛似乎參透了他的心思，憐愛地輕微地搖著頭，接著說：「年輕人，我就直說吧，你可不是一般的喇嘛，你是一位轉世的

仁波切，這個是註定的緣分，你生來就是佛的化身，肩負著弘法利生的使命啊！」

「什麼？我是位仁波切？」圖旦益西在這樣一個結論面前還毫無心理準備，不免吃驚。這個問題是他還從來沒有想到過。

活佛微微一笑，接著說，讓我猜猜看，「你是不是在你們寺院的後山上挖到了寶貝？」

「對呀，對呀！」圖旦益西不免更加吃驚，連連認可。

「為什麼別的喇嘛不會相信那裏有寶貝，而你偏偏堅信不疑，而且堅持要挖寶呢？」

活佛的連連爆料令圖旦益西此刻再也不懷疑這樣的論斷了，因為挖寶的事除了自己和甘沖寺老喇嘛先覺堪布知道，還沒有第二個外人知曉，遠在印度的大活佛竟然將這件事說出來，他不得不信服了。

「那我怎麼做呢？」圖旦益西問。

活佛一下子嚴肅起來，說：「你前世發了一個願，希望能到佛教聖地學習，你今世用自己前世藏的寶貝換了錢才實現了前世的夙願。現在你與印度的緣分已經盡了，而你我因緣成熟在此相遇，也是佛祖的點化。你的身份能夠從我這裏得到印證，也是緣定前世啊！你的事業在青海，在中國！收拾下，跟著你的護法回家吧。好好腳踏實地修行，利益眾生。」

「阿彌陀佛，尊敬的上師，感恩您的開示！」圖旦益西雙手合十，「我會記住您的教誨的，發大菩提心，為了眾生得度而奉獻自己。」

當圖旦益西退出活佛的寓所，他抬頭望著藍天，陽光異常刺眼，印度的六月，是花兒盛開的季節，空氣中都似乎彌漫著花的氣息，靜謐的寺院，香煙迴繞，喇嘛誦經聲不時傳來，瞬間，他

的心裏徒然升起一絲不捨。

　　這一次大病，讓圖旦益西更加懂得自己今生的意義，也懂得「心病還須心藥醫」，身體的病魔來自人們的內心，眾生所以在無邊輪迴苦海中輾轉難以出離，正是自心生了病啊！作為一個發大菩提心之人，捨棄眾生，就如同醫生捨棄病人於不顧，罪莫大焉！

　　圖旦益西終於想明白了，丟棄了那樣一種糾結與無奈，這樣想了，他不覺感到渾身輕鬆，身體也逐漸恢復健康。隨後的日子裏，他流連在印度的佛學院、寺院，除了朝拜，還購置了一些物件，並且在佛教聖地請了甘露丸、金剛結、護身符之類的聖物。

　　這天，在外遊逛一天的圖旦益西回到住所，開始著手準備行囊。他一個人默默地在房間裏收拾東西，他將手電筒打開，將500元錢放進去，將其餘剩下的錢連同那些他淘來的寶貝縫進衣服的夾層裏、褲子的褲邊裏，他想這樣在過關卡的時候就不會被發現了。這一系列活動彷彿是機械運動，絲毫沒有影響他的腦袋裏的思維。從拉薩、翻過喜馬拉雅山脈，經過尼泊爾來到印度，一晃已經三年了，他彷彿已經「樂不思蜀」，沐浴在佛陀的智慧裏，同時也感受到自己的內心與兩千多年前那個時代的共鳴。

　　「哎，天下沒有不散的宴席啊！」圖旦益西內心深深歎了一口氣，不過想起活佛，他不免心生一絲歡喜，他對自己的未來卻隱隱充滿了些許好奇和一種與生俱來的豪情。

　　他在臨走之前希望和活佛告別，他想此次離開或許就是與活佛的訣別，生死有期，但是可能今生不會再見了。他內心裏的不捨越發濃厚，他不捨活佛、不捨佛學院、不捨印度這塊佛的聖地。在這裏，他彷彿能夠感受到佛陀伏藏的資訊，那種巨大的加持令他永遠無法忘懷。

　　活佛再一次看見圖旦益西，眼前這個年輕喇嘛背著大包裹，恢復了應有的朝氣，宛如一個上滿弦的鐘錶，渾身散發著自信的光芒和蓄積的力量。

　　活佛又一次露出慈祥的笑容，他彷彿看見法輪常轉，生生不息的源源不斷的動力。

　　「年輕人，你一定要記住你的使命，回去之後，你不久就會被認證為活佛的，但是你千萬不要說我們的故事，因為那一點意義都沒有。你的那一方土地上，有那一方規矩，你要記得大道無形，不要注重表象。一切外相均已不重要，重要的是你的心，它決定著你的方向。好好修為吧！眾生等著你……」

　　圖旦益西默默地傾聽著活佛的教誨，連連點頭。他恭恭敬敬地給活佛行叩拜大禮，眼睛裏不免噙滿淚水，他不知道這一去是否還會見到活佛……

　　活佛手裏拿著金剛杵撫在圖旦益西在他面前低下的頭頂上，內心深深地祝福著眼前這位年輕的喇嘛……

　　這一情景圖旦益西覺得如此熟悉，彷彿曾經發生過，他瞬間記起在翻越喜馬拉雅山脈的途中做過的那個夢，原來，那是一個向他昭示著這樣一個契機的夢啊！心裏不免異常激動！他更加堅信，一切都有緣起，更加堅定了心中的信念。於是，他起身雙手合十，鞠躬之後，轉身背起行囊，頭也不回，決絕地走出了活佛的寓所。

　　在印度與活佛的兩次匆匆的會面，確是令圖旦益西終生難忘的，他牢記活佛的教誨，在未來的日子裏將這段邂逅深深地長久伏藏在心底……

　　他背著行囊，告別了活佛，告別了佛學院，告別了印度，這片讓他無法忘懷留戀的佛教聖地！

02 | 天上地下唯我獨尊

在尼泊爾南部魯明臺，坐落在特賴平原上藍毗尼花園，是釋迦牟尼佛祖的誕生地，佛陀誕生的傳說至此開始流傳歷經數千年經久不息，輪迴百轉的眾生，因循著這段神奇追朔而來頂禮膜拜，彷彿一切在暮靄的柔光裏都披掛上了一層神秘的面紗。經過風蝕雨琢，如今這個地方僅僅剩下了遺跡已顯得陳舊，儘管如此，也無法阻擋來自世界各地的虔誠的僧眾和信徒。

釋迦牟尼佛誕生於三千年前的中印度，佛陀在降生之前為一生補處菩薩，於兜率天說法，號「白幢天子」，後因諸佛以天樂等各種莊嚴，勸請佛陀：如過去燃燈佛所授記，賢劫千佛之第四尊佛——釋迦牟尼佛，您降生世間、說法度眾、示現成佛的時機已到，請您以過去生於燃燈佛前，所立之誓願，於兜率天說法十二年後，降生於世間，轉大法輪，利益無數有情眾生。以諸佛殷切之勸請，佛陀遂生起降生世間、說法度眾之堅定心念。兜率天之天眾聽聞白幢天子（釋迦牟尼佛前世）將降生世間，咸感哀傷悲泣，憂慮從今後，不能再聽聞白幢天子講經說法，白幢天子知悉天眾之心念，乃告知天眾：吾雖決定降生世間，但吾將一生補處菩薩之權位，以寶冠為記，授與彌勒菩薩，彌勒菩薩將繼續於兜率天為諸位講經說法，此事之殊勝，無可比擬，故彌勒菩薩又號「無能勝」，即源於此。

白幢天子觀種姓、氏族、時、地、母親等五相後，決定降生於中土印度迦毗羅衛國，淨飯王之王族，於是化乘六牙白象，象口含白色蓮花，入住迦毗羅衛國王后摩耶夫人之母胎。摩耶夫人夜夢六牙白象入住母胎後，即懷有身孕。

　　經十月懷胎，依印度當時的習俗，摩耶夫人返娘家天臂城待產，在許多的侍衛護送下啓程，當行至藍毗尼園時，見樹林蒼翠蓊鬱、百花盛開，一切景物均極為清淨殊勝而美好，當摩耶夫人手扶無憂樹之枝葉，佛陀即於此時，於沒有任何痛苦的情況下，由摩耶夫人之右脅誕生。佛陀誕生之時，有各種殊勝妙相與瑞兆產生，大地有六種吉祥之震動，帝釋、梵天以各種化身示現，守護四周；天女散花，天眾以天樂莊嚴，並以殊勝美妙之甘露沐浴佛身，諸天以殊勝妙好之甘露沐浴佛身之緣起，即為後世浴佛法會之由來。佛陀誕生後，隨即於東、西、南、北四方各走七步，每走一步，地皆湧現寶蓮承接佛足；世尊一手指天，一手指地，說道：「天上天下，唯我獨尊；三界皆苦，吾當安之。」以此為佛陀於世間示現成佛之緣起。

　　當圖旦益西歷盡千辛輾轉地來到這裏，靜注這塊神聖之地的時候，釋迦摩尼佛祖的故事漸漸清晰地映現在他的腦海裏，遮蔽護衛摩耶夫人的神樹不知是否還是當年那一棵，即便不是，他也相信那是一棵轉世之樹，生生世世靜守在這裏；摩耶夫人曾經沐浴的地方——帕斯卡尼水壇，佛陀出生之後淨身之水，或許不如往昔那樣充盈，卻依舊照映著朝拜者的身影，每個人看見水中自己的映射時，註定會獲得與以往不同的全新的注釋。而他映現在水中的模樣，依舊是那個風塵僕僕的年輕的喇嘛（傳說與佛有緣的人可以從池水中看到自己前世的模樣），或許那正是他的前世，一如夢中所感應，註定了今世的緣分，他生生世世不變的信念在佛光的洗禮下恒久永駐。

　　那高高聳立的阿輸迦（阿育王）石柱，四周圍欄上繫滿了五彩經幡，記錄了信眾心中美好的祈願。輕風吹動下，或許會隱隱聽到彷彿從遠古傳來的聲音，幼小的佛陀站在樹下大聲宣告：「天上地下唯我獨尊」。那是佛陀昭告人們，煙波浩渺的宇宙之中，頂天立地的是每一個人內心的自性，自己才是自己的主宰，決定著自己的命運，而不必聽命於任何人或任何超乎人的神。從這個角度看，佛才是真正的無神論者。

　　在這裏遊歷朝拜的僧眾隨處可見，與其說在尋訪佛陀，莫不如說在尋找自心。人們安靜地次序叩拜頂禮，只聞簌簌的衣服摩擦聲，不聞世間喧嘩聲。那種靜謐平和，與這裏的靜靜矗立的山，和緩流動的水，以及無聲無息地接納八方來客的精舍樓臺競相呼應。

　　圖旦益西隨著朝拜者們絡繹不絕的人流，逐一參訪佛祖出生地遺址、摩耶夫人廟、釋尊淨身的聖地，這每一處靜臥的印跡，從那一刻起就開始留下釋尊的足跡。

　　在尼泊爾的旅行，時間就這樣在朝拜和感悟中結束了，這一次精神之旅，對於任何一個人而言都彷彿在八功德水中沐浴過一般，整個人也有了脫胎換骨的感覺。

　　圖旦益西這一路從菩提伽耶到新德里中轉，乘車到加德滿都，從印度境內到尼泊爾藍毗尼花園僅僅十幾公里的距離，就這樣，在因緣驅動下，圖旦益西結束了三年的印度尼泊爾朝拜學習之旅，就此告別了這個古老的聞名古國，傳說中的天竺國⋯⋯

　　圖旦益西此刻感覺到一身輕鬆，經過過去三年的考驗，如今他風塵僕僕地終於坐上了回鄉的班車。

　　從日喀則到拉薩全程約270公里，也是同樣的高原狹窄的山路，沿途可以望見白雪皚皚的大雪山，如果遇到雨雪天，路上經

常有泥石流和滑坡，別看二百多公里的路程，即便順利，也需要將近六個小時才能夠到達拉薩。如果遇到路途泥濘滑坡，那旅程就更加顯得漫長。

　　圖旦益西從日喀則出發，輾轉乘車沿著318國道，一路還算順利，經過五個多小時的顛簸，才到達拉薩。他下了車的第一個想法就是好好吃一頓。離開家鄉三年了，他很久沒有吃到家鄉的風味了。圖旦益西這樣想著，左顧右盼，找了個避風無人的角落開始翻衣縫褲縫，原來智慧的圖旦益西可謂「狡兔三窟」，他並沒有把全部的錢都放在手電筒裏，而是一大部分縫在了衣服縫裏，同時也將他在印度請到的珍貴的釋迦摩尼佛舍利也縫在衣縫裏。他左右環顧見四周沒人，就從衣縫裏抽出一張鈔票。

　　圖旦益西在街邊一家藏麵館美美地吃了家鄉碗麵，好久沒有吃家鄉麵了，圖旦益西感覺前所未有的美味。吃飽喝足之後，他找了家廉價的小旅館，花了五元錢準備在拉薩住一宿。待第二天一早再坐車回青海。

　　晚上，睡在小旅館狹窄的小床上，圖旦益西思緒萬千，輾轉

難眠。這一回來，他放棄了自己對未來的設想，放棄了遊學世界的願望，放下了他渴望的一切，自己的全部設想都將成為夢幻泡影了。因為，甘沖寺需要圖旦益西，家鄉的信眾需要圖旦益西，這一世圖旦益西要完成的使命不容他沉湎於一己的夙願裏。

第二天早上八點，圖旦益西準時坐在了拉薩開往西寧的汽車上……就這樣，在髮露懺悔之後的他，雙腳踏上雪域高原，心也踏踏實實地沉靜了下來。

圖旦益西回到了他熟悉的青海西寧，他沒有做絲毫停留，心裏想著的是趕往坐落在西寧尖扎縣坎布拉鄉南宗溝的阿瓊南宗寺，因為他認識的古浪倉活佛就是該寺院的寺主。圖旦益西離家三年，今後的打算總是要有所思考，他視古浪倉活佛為上師長輩，第一個就想和他聊聊，所以他第一個想到了要拜見古浪倉活佛。

古浪倉活佛見到風塵僕僕的圖旦益西分外驚喜，第一句話就連連說：「你可回來了，回來了好！回來了好！再不能亂跑了。」

古浪倉活佛把他保存的陳年普洱拿出來，爐火溫暖了整個房間，也溫暖了圖旦益西的心，兩個人被罩在透過玻璃窗射進房間的陽光裏，爐子上的水壺冒著白色的蒸汽，古浪倉活佛一邊給圖旦益西斟茶，一邊傾聽著他娓娓道來。

圖旦益西向古浪倉活佛講述了在印度這三年的經歷，他是怎樣翻過喜馬拉雅山脈，怎樣經尼泊爾到了印度，在印度遭遇的生死考驗……古浪倉活佛聽了不免感慨，他對圖旦益西說：「去年，國家落實了宗教政策，又恢復的轉世活佛的認定，當時我就想圖旦益西啊，他在哪裏呢？」

　　圖旦益西笑著聽著這位令人敬重的上師的話，喝了一口茶。

　　古浪倉活佛也呷了一口，接著說：「落實政策後，形勢越來越好了，政府也很重視藏區的宗教文化建設。」他頓了頓，瞥了一眼圖旦益西，接著說：「不瞞你說，你知道我們家有一尊世代相傳的寶貝綠度母佛像，靈驗得很呢！也托夢給我說，圖旦益西正是甘沖寺的轉世活佛啊，寺院哪能一天沒有主人呢。回來就好，回來就好啊！」

　　圖旦益西思緒萬千，難怪在印度，護法那麼堅定地告誡自己回到家鄉，原來自己是帶著使命而來啊！古浪倉活佛聽了圖旦益西的神奇經歷也不停地唏噓感歎。

　　古浪倉活佛顯得有些激動，他說：「農曆八月是吉祥的月份，既然你回來了，我們也不要耽誤，抓緊時間進行活佛認證和舉辦坐床儀式。」

　　從古浪倉活佛的寺院出來，圖旦益西風塵僕僕地乘上開往甘禪口的客車，一路上，他又重新回到了夏嘎神山的懷抱，他內心感到那麼溫暖，感到腳步踏在這塊土地上是如此地踏實。那熟悉的神山上的一草一木依舊茂盛，那熟悉的大通河的濤聲依舊雄厚，那蜿蜒曲折的十二盤依舊九曲迴腸，那熟悉的甘沖寺，依舊安靜地在山的盡處，在峽谷深處，彷彿是在靜候他的歸來……

嘛呢活佛在法會上

第三篇

叁

嘛倉青才·
圖旦益西多吉仁波切

從俗家小孩南哲才讓，
到出家小沙彌圖旦益西多吉，
直至嘛倉青才·圖旦益西多吉仁波切，
一位轉世活佛經歷了無數輾轉艱苦的修行和磨難，
終於端坐在人們面前……

　　在藏地,「仁波切」也就是「轉世尊者」的意思,藏語叫「朱古」,本意為「化身」。「活佛」只是漢地的一種叫法。活佛轉世制度的採用有它一定的理論基礎,是藏傳佛教特有的傳承方式。活佛轉世出自佛教靈魂不滅、生死輪迴、佛以種種化身救度眾生的觀念。佛教產生以前,古印度就有其他宗教流行。根據《印度通史》的作者介紹,西元前3000年左右,印度河流域的摩亨殊達魯人中已有母神崇拜,「靈魂之說也很流行:樹木、野獸和蛇蠍都受到崇拜。和宗教密切相關的是處理屍體的習慣,印度河流域的史前居民已經知道了三種方法:整屍埋葬、分屍埋葬和火化後埋葬」。雅利安人到達印度河流域後,出現了種姓制度,它將人分成婆羅門、刹帝利、吠舍三族,以及地位低賤的首陀羅種姓。婆羅門高高在上,主持宗教儀式。於是到釋迦牟尼生活的時代,便出現了反婆羅門教的代表不同階級和階層利益的六個教派。值得注意的是:這六個教派都涉及靈魂、轉世、輪迴等學說。

　　在嘛倉青才・圖旦益西多吉被正式認定為甘沖寺第六世仁波切之後,他真正地做到了深入經藏,統理大眾,因歷世活佛強調持誦觀音心咒,所以有了「嘛呢」的稱謂,漢地的居士們也因此尊敬地稱他為嘛呢活佛。

　　1979年十一屆三中全會召開後,國家開放了宗教信仰政策,寺院也逐漸恢復了宗教活動。嘛呢活佛正式坐床掌管甘沖寺寺務,同時,他也是互助縣人大常委委員,海東市人大代表,海東市佛教協會副會長,青海省人大代表,嘛呢活佛說這些頭銜不重

要，重要的是我可以通過這些角色更加深入地體訓民眾，以世間法為基礎弘揚出世間法，善巧方便度化眾生……

第六世嘛倉青才‧圖旦益西多吉，人俗稱嘛呢活佛，1967年5月5日出生於華銳互助北山馬蓮灘村，十四歲在甘沖寺出家授沙彌戒。一九八五年，在古浪寺嘉塞大活佛的安排下，前往西康佐欽寺（佐欽寺）深造學習，拜佐欽寺白瑪格薩法王為師學習五部大論和十三部論典精髓，語法、曆算、書法、繪製唐卡等五明經典。一九九二年在阿日札五明佛學院學習。一九九四年於色

嘛呢活佛坐床儀式老照片

達喇榮五明佛學院學習。一九九九年於北京高級佛學院學習深造。二〇〇五年前後修繕甘沖寺……

1
Chapter
第一章

......
我能深入於未來，盡一切劫為
一念，
三世所有一切劫，
為一念際我皆入。
......
——《普賢行願品講記》

01

　　阿媽夏爾楚曾經告訴圖旦益西說在他出生不久，她就背著襁褓中的他去見本家一位大叔，因為那位大叔能掐會算，所以很多人都找他推測命運或者給初生嬰兒取名字。藏民有個習俗就是小孩子出生後都要去看看命運和取名字，還有要做一種洗禮。

　　本家大叔說：「這娃兒原本是一位出家人啊！這一世就是為了度化眾生而來的。我看十有八九應該是一位轉世仁波切。」

　　圖旦益西就這樣在夏爾楚的撫養下經過十幾年的隱忍生活之後，80年代趕上宗教政策落實，在十四歲時出家到甘沖寺做了小喇嘛。不過，雖然宗教政策落實了，但是此時活佛轉世制度還沒有恢復。圖旦益西也僅僅作為一名普通僧人踏實地潛心修行。

　　不過，在坊間，老百姓就開始流傳一種說法，說甘沖寺的圖旦益西小喇嘛出生的時候，天空出現了光明瑞相，一定是一個不平凡的人，由此根據一些活佛轉世的故事傳說中的說法，流傳出圖旦益西也是一位活佛轉世的說法。

　　甚至當地有一個盲人的一則四句偈子也在民間悄然傳播開來，大意為：

　　駿馬奔騰躍火羊，

　　朝陽映現沐山莊，

　　天人乘願降安多，

　　瑞光普照慧四方。

　　有好事兒的藏民開始分析這則偈子，說這偈子裏面的意思就是：在藏曆火羊年，有一個名字帶「天」字的人在早晨太陽升起的時刻降生安多，他是一個乘願再來的人。所以，大家都在對號

入座，就有人傳言，甘沖寺的圖旦益西是火羊年生的，而且他的俗家名字就是南哲才讓，就是「天子長壽」的意思。

「哦呀！那圖旦益西多吉不就是一位乘願再來的仁波切？」藏民們口口相傳，一傳十，十傳百，就這樣的議論如暗湧的波濤在整個華銳地區傳播開來，在藏民心裏掀起無法平息的波瀾。

這種說法在民間不脛而走，儘管還沒有經過政府的程序認證，藏民心裏早已經把圖旦益西視為「仁波切」了。於是，開始有信眾慕名而來，希望能夠獲得圖旦益西的摸頂加持，這種現象也不是空穴來風，並非簡單地緣於那個流傳中的偈子，而是素日裏圖旦益西在為藏民做法事或者解決一些問題的時候，也時常發生很多不可思議的事情，老鄉們也自然覺得圖旦益西是一位修行很高的喇嘛。雖然坊間傳得沸沸揚揚，但在遠離世俗的寺院裏，卻是靜水一潭，喇嘛們每天照常打坐念經，沒有人去關注這些事情。每每遇到這樣的情形，圖旦益西都十分平和地向老鄉們解釋……

提起甘沖寺歷代的活佛轉世，也是很有傳奇色彩的，在安多這一代更是家喻戶曉。從建寺起，甘沖寺經歷了五世活佛轉世。

在圖旦益西剛剛到甘沖寺的時候，先覺堪布就介紹了甘沖寺的第四世嘛呢活佛，他是一位大瑜伽師，是修持密法圓滿的大成就者，至今還能看到他在石頭上留下的腳印和手印。他培養的弟子逾千人，其中成就虹化的就有三位。

1897年，第五世麻倉活佛原名官卻龍多若塞，出生在青海華日互助巴扎甘沖，八歲出家並被認定為第五世嘛呢活佛，二十四歲時修建了甘沖寺，他先拜青海黃南州尖扎縣的古郎倉大活佛為師，後到四川西康佐欽大寺拜第五世佐欽大活佛「圖丹曲吉多杰」為根本上師，堪布顏葛仁波切為經師，深造十多年，1934年

他返回家鄉並擴建甘沖寺，到了1958年，寺院共有僧侶50多人，兩位活佛，經過五世麻倉活佛帶領努力之下，寺院發展迅速，擁有大殿一座，小殿一座，還有習經院、講經院、禪堂等。他一生勤於「聞思修」的自利利他的講辯著等事業，培養了為佛教和眾生起到一定作用的徒弟數千人，是一位著名的高僧，也是當代一位密法圓滿的大成就者。

這一年正是「大躍進」大煉鋼鐵的年代初期，藏區的宗教就開始遭受打擊，甘沖寺也在那個年代全部被拆除，寺院的木佛像被當做劈柴燒火了，而銅佛像、金佛像被拉走作為製造槍支大炮的子彈。文化大革命期間，出家喇嘛和覺母被趕下去開會，逼著還俗結婚生子。自己找不到對象，政府幫著找，逼著結婚回家過普通人的生活。當時，寺院被拆毀的時候，紅衛兵小將一把火把藏經樓燒了，第一世至四世的詳細傳記和所有經書全部被燒毀，所以那段歷史記載也化為灰燼，無從考證詳細情況了。

1959年，藏區和全國一樣進入了大躍進年代，更嚴重的是，藏傳佛教面臨了一場劫難，第五世嘛呢活佛被民兵關進了監獄。在獄中，第五世嘛呢活佛每天依舊禪定靜修，根本不受外界干擾，而民兵們卻經常來騷擾。

這天，一個民兵端著槍闖進牢房，用惡狠狠的語氣對活佛說：「如果你還俗結婚就可以活著出獄，否則的話，這裏就是你的終結之地！」

第五世嘛呢活佛望著這位年紀不大的民兵，彷彿這個年輕人周圍有無數怒目可憎的惡鬼環繞著，「世人被惡魔纏身，業感深重，此非短時期可以消匿啊！」他唏噓感慨，心中升起無限悲憫。他預感到了未來的佛教會經歷如朗達磨滅佛一樣的毀佛運動，暗自思忖：「此肉身何足貪惜！何不脫離塵世靜待來生繼續

弘法利生的大業呢？這樣示現也會讓眾生對佛法有一個實證的信服。」

　　他這樣想著，每天除了打坐禪定，即便民兵到了飯點兒送來吃喝，他也是不吃不喝。民兵們感覺好生奇怪，這每天送進去的食物原封不動，連續十幾天都如此，就通報了隊長，隊長也好奇，於是跑來牢房查看。這不看不知道，一看嚇一跳。

　　只見活佛的身體呈現跏趺坐態，懸浮於半空中，一動不動，人也變得很小。

　　幾個民兵膽戰心驚湊近前查看：「不好了，死人了！」

　　隊長心率一下子就陡升，不過，他表面假裝鎮定地呵斥屬下：「別咋呼！他也沒啥稀奇的，只是一種氣功罷了！誰都會！不准出去亂說！」

　　「是，是！就是氣功，氣功！」幾個屬下嘴上這樣說，實際他們心裏明白，因為他們也是生長在這塊土地上，對於傳說中的藏傳佛教高僧大德的虹化現象早就有耳聞，自然清楚這就是傳說中的虹化現象。

　　提起虹化現象，在民間流傳得神乎其神，至今科學也無法解釋清楚這樣的現象。

　　虹化可以劃分為多種：一種是大虹化現象，就是人死後化作光消失在虛空中；還有中等虹化現象，留下一點點就是指甲、頭髮或者衣物這類東西；還有一種，就是坐著縮小，變成小孩子一樣的身體；最後還有一種就是禪定坐相，身體像活著一樣。

　　第五世嘛呢活佛就是這樣一位虹化成就者，他的故事也不脛而走，這樣的示現在當地藏民心裏留下深深的影響，這也是當時一位大成就者最後向信眾做的最有說服力的表法。

　　此刻，圖旦益西的內心彷彿與甘沖寺歷世活佛的心念有著一

種感應，強烈地感受到正是那種乘著普賢菩薩大願，懷有一顆殊勝的大菩提心和度化輪迴苦海眾生的願望，才如一段一段地接力一般不斷相續地輪轉於世。

1959年的中國，宗教依舊沉陷於嚴寒的冬季，很多大德高僧紛紛示現神蹟，遁逝於這個六道場所，或許他們明白隨順的真實意義，而默默地等待著春天的到來……

八年之後，真正的是一個明媚的春天的早晨，一抹紅霞漫上華札·文賢尚家的屋頂的卯時，祥和而寧靜之中，圖旦益西降生在那樣一個普通的家庭，追根溯源，他的降生並非偶然，祖上與佛的夙願源遠流長地記載在族譜上，在中陰境界裏，在佛光指引下，一個轉世靈性必定追隨著那樣一束佛光指引，去尋找生命的誕生的棲所，那總是一種必然了。

年少的圖旦益西和所有輪迴中的生命一樣，對那樣一段境界幾乎模糊不清甚至遺忘了，但是生活中總是有一些神奇和玄妙令人無法詮釋。可是，冥冥之中，未來在他的預感下越來越清晰。沒有人能夠瞭解他內心世界裏的那樣一種與生俱來的願望。

1980年國家落實了宗教政策，先覺堪布、落周師父等三位老喇嘛前來修建寺院並向政府申請開放，直到1982年11月24日，甘沖寺經青海海東地委批准開放寺院，這個時候寺院有喇嘛9人，先覺老喇嘛任寺管會主任。

時間的推移，世事變遷，在輪轉中演繹著無常，彷彿昨天還在「批四舊「，今天就塵埃落定，迎來了佛教的春天……

1993年國家的宗教政策進一步落實恢復了活佛轉世制度，由於民間的傳言愈演愈烈，也引起了政府對圖旦益西的高度重視，與佛教組織一道對他進行了認真嚴格的考察認證。

藏地認定活佛的方式不同，有金瓶測簽，有根據前世留下或

圖畫或文字的提示，而圖旦益西的活佛身份認定實際上也是非常傳奇的。在印度就有位高僧認定了他的活佛身份，回來後，青海省政協副主席古浪倉活佛也認可了他的真實性，再加上民間的傳播，嘛呢活佛轉世的故事就出現了多個版本。

古浪倉活佛家裏有一尊靈驗的綠度母佛像，是祖上傳下來的寶物，每當有人問事，他都要在綠度母佛像前祈禱。

初八這一天，古浪倉活佛在綠度母像前莊重地供奉上鮮花，點燃了藏香，虔誠地在心裏祈禱，他默默地思維：「圖旦益西是一位精進修行的喇嘛，祈求度母開示，是具德上師轉世的話，請您示現祥瑞」。做完了祈請儀式，古浪倉活佛就同平日一樣，照常休息了。

恍惚之中，古浪倉活佛看見由遠及近，綠度母越來越清晰，翩然飄到他的面前半空中，只見她全身如翡翠一般的晶瑩剔透，泛著綠色的光芒，她慈祥的雙眸望著大活佛，聲音在虛空當中緩緩道來：

「古浪倉，你所提到的甘沖寺圖旦益西，正是此前甘沖寺第五世嘛倉仁波切的轉世，如今機緣成熟，嘛倉仁波切的夙願能夠得以實現。你可以履行你的責任，早日扶持他坐床了。不可懈怠！」

古浪倉聽了綠度母的話，不免心裏一時高興，須臾，綠度母的身影竟然眨眼之間化為烏有，他被夢驚醒了。

這樣的示現令古浪倉活佛深深歡喜，他很高興自己能親證圖旦益西這位年輕精進的喇嘛的身份，同時，綠度母這個祥瑞的托夢也稱為認證活佛的見證之一，加之古浪倉活佛的前世也是甘沖寺活佛的上師，這些機緣巧合在這一世中又將他和圖旦益西連結在一起，這不得不說是冥冥之中的安排。

　　早前，很多藏民都知道古浪倉家裏有個非常靈驗的寶貝綠度母像，也是奇怪，有老百姓去問事，總是能夠得到準確的答覆，所以，這尊綠度母的名氣很大，但是卻從來沒有外人見過這尊綠度母像，直至古浪倉活佛圓寂，他的親屬將綠度母像更視為珍寶，從不對外示人。

　　就在圖旦益西從印度回到甘沖寺不久，當地「文革」期間被逼迫還俗的夏嘎活佛興致勃勃地來到寺院，講起了讓他興奮得無法安睡的一個夢境。

　　「圖旦益西啊！昨晚我做了一個吉祥的夢，夢裏的大白天，在甘沖寺後山的上空出現了兩顆明亮耀眼的星星，一顆掉進了您的手心裏，一顆落在了甘沖寺大殿。」

　　他興奮地描述著：「我在想，這是什麼意思呢？」

　　喇嘛們紛紛發問，這夢究竟有什麼密意？

　　夏嘎活佛說：「我只能說，這關乎圖旦益西的身份，甘沖寺目前還沒有住寺的仁波切，我想這是菩薩示現，告訴我們圖旦益西就是甘沖寺的上師仁波切的轉世啊！」

　　圖旦益西就是嘛呢活佛第六世轉世的消息原本在民間就發酵已久的，更是乘著這樣的言傳愈演愈烈。

　　在藏民心裏，坐床儀式也僅僅是一個形式而已，實際上在他們心中早已經視圖旦益西為活佛了。

　　在認定活佛的程序上，當地政府還要有一個確定的過程，這樣，還要等履行程序的結果出來後才能真正對外公佈並舉行坐床儀式。不過，「圖旦益西是嘛倉仁波切的轉世」的傳言早已經家喻戶曉，大家都翹首企盼著活佛坐床的吉祥之日的到來。終於，經過一個長時間的考察取證，圖旦益西被認證為甘沖寺第六世嘛呢活佛轉世。從此，這件事就公開宣傳起來。

　　對於圖旦益西來說這並不是一件新鮮事，因為之前，在印度，兩位活佛的話都在提示他的使命。而他從小的一些經歷，今天回想起來也的確不是空穴來風。

　　對於另外一個人更是如此，那就是圖旦益西的阿媽夏爾楚。自圖旦益西來到世上的第一天，本家大叔就已經告訴夏爾楚說她這個小兒子可能是一位轉世活佛，並且千叮嚀萬囑咐不能對外聲張，因為，當時中國正處在文化大革命的高潮，「破四舊」打倒了一切被當作「牛鬼蛇神」的人和物。所以，「圖旦益西是活佛」這件事情註定是一個絕對不能公開的生死攸關的秘密，就連他的阿爸華扎・文賢尚都被蒙在鼓裏。圖旦益西最慈祥的阿媽夏爾楚，就如吉祥天母一樣守護著他，這個秘密竟然一直守護了二十七年！

　　1994年，二十七年後的這一天，終於機緣成熟，撥開雲霧見了太陽！

　　風和日麗的夏天，油菜花將漫山遍野染成金燦燦的，在陽光映照下，宛如油畫一般靚麗，令人賞心悅目，整個山溝裏都充滿喜慶的氣氛。青海省政協派副主席古浪倉活佛率領政教兩界一眾人等來到夏爾楚和文賢尚那坐落在小山溝裏的家，為她送來了禮金五百元和禮物，並鄭重地獻上了潔白的哈達。

　　古浪倉活佛幾乎含著淚激動地將雪白的哈達獻給夏爾楚，然後雙手合十，對這位令人敬重的母親說：「感恩您對圖旦益西的養育呵護，對佛法的護持！」

　　夏爾楚也眼含淚水，沉默寡言的她不知說什麼好。過去的那些歲月，那一幕幕場景，如電影般重播，再看看今天，圖旦益西終於實現了他的夙願，他心中的秘密已經不再是秘密，夏爾楚心裏有一種釋懷的輕鬆。

　　夏爾楚雙手合十，嘴裏念著六字真言，內心感恩佛菩薩，讓她的兒子，那個曾經叫南哲才讓的藏族小男孩，那個叫圖旦益西的青年喇嘛，真正回歸他本來的位置，能夠獲得如此殊勝的世間緣分而利益眾生。這位已經六十五歲的老人，偉大的母親，那雙大眼睛裏淚光閃爍，終於無法承載那樣的激動心情，眼淚沿著已經爬上皺紋的臉頰流了下來。她臉上掛著微笑，用那飽含風霜的手輕輕地拭去淚水，深深地舒了一口氣，心也隨之漸漸地，如今天的陽光一樣，變得透亮，變得輕快了。

　　送走了古浪倉活佛一行人，夏爾楚內心依舊沉浸在輕鬆喜悅

北山油菜花

裏……

　　鄰居們都前來看熱鬧，將她的家圍得水泄不通，紛紛雙手合十道賀，「這孩子，從小看大，那麼善良的孩子，難怪呢，原來是一位轉世尊者啊！」

　　「嘖嘖，這真的是命運啊！東珠英年早逝，因為殺業太重，相反南哲卻沒想到是一位仁波切，這真是命運啊！」有人由衷地感歎著。

　　「夏爾楚，你養了個好兒子啊！扎西德勒！」

　　夏爾楚顧不上去一一應和鄰居們的各種說辭，此時，她只有雙手合十面帶開心的笑容不住地向大家點頭，想起自己這幾個孩子不同的命運，夏爾楚內心無限感慨，那個中滋味是旁人無法體會到的。

　　在圖旦益西被認證為甘沖寺第六世嘛呢活佛轉世之後，一九九四年藏曆八月二十五青海省政協開始籌畫為他舉辦活佛登法坐儀式。

　　五彩的經幡隨著微風飄揚在山坡上，信眾們燃起七枝火供，虔誠地禮拜。青色的煙霧繚繞在半山腰上。大殿屋頂上金色的法倫在陽光下熠熠發光，羚鹿圍繞著法倫，彷彿抬頭聆聽著佛音。

北山的雲

甘沖寺的大殿在藍天白雲下籠罩在一種祥和而喜慶的氣氛之中。藍天白雲青山碧水間，偶有雀鳥飛過，發出鳴叫，彷彿萬物都沉浸在祥和歡喜之中……

寺院大殿被清掃得一塵不染，金色的蓮花生大士的塑像高高肅立在大殿之上，那睿智而慈祥的目光望著穿戴一新的喇嘛，或拿著唐卡佛像，或舉著經幡，恭敬地站立兩旁，穿著民族

五彩經幡

盛裝的信眾們，簇擁側立在殿內殿外，有的不停地搖動著手中的轉經筒，有的翹首張望，有的手撚佛珠嘴上不住地念誦經咒……

大殿的地面被清掃的乾淨異常，地面上也精心描畫上白色的祥瑞之花。大殿正中的蓮花生大士塑像前威嚴的法臺裝飾得雍容典雅，側面的紅色地毯一直通向旁邊殿門的通道，大殿掩映在陽光玻璃投射的光芒裏顯得氤氳而肅穆。

「各位嘉賓老鄉們，你們好！」古浪倉活佛站在側旁開始宣說，「今天是一個吉祥喜慶的日子，我們巴扎甘沖寺終於迎來了第六世仁波切，他就是我們寺院的嘛倉青才・圖旦益西多吉，今天我榮幸地代表青海省政府宣佈這樣一個喜訊並主持嘛倉青才・圖旦益西多吉仁波切的坐床大典。」

各寺院前來的喇嘛們以及當地的信眾們有的翹首望著大殿門口，有的雙手合十行禮，期盼著那激動人心的一刻……

　　隨著古浪倉活佛的宣佈，法鼓咚咚陣陣敲響，彷彿擊打在人的心間，威儀的法號聲聲低沉，彷彿呼喚著人的靈性，在眾人的翹首企盼的目光裏，圖旦益西頭戴紅色的尖頂高帽，身穿紅色法衣，出現在門口，他踏上紅色地毯徑直走向法臺，一邊走，一邊微笑著向左右兩旁的喇嘛和信眾微微點頭示意。

　　寺院喇嘛們和其他寺院的高僧大德共同參加了供曼扎和誦經儀式。當嘛倉青才‧圖旦益西多吉坐在威嚴的法座之上，面向黑壓壓的信眾的時候，當信眾們懷著虔誠的心情陸陸續續接受他的摸頂的時候，一種神聖的使命感彷彿被加持在他的心裏，從這一刻起，他即將以嘛呢活佛的身份去完成度化眾生的莊嚴使命，而當地的信眾也可以光明正大的心態擁有屬於自己的信仰了。

　　八月的北山正值油菜花茂盛綻放的季節，那漫山遍野的金黃傳遞著喜悅的資訊，院子裏的樹開滿粉紅色的花朵，彷彿在迎合所有的爛漫，昭告那樣一份歡喜的心情……

02

　　【復次，須菩提，菩薩於法，應無所住，行於佈施，所謂不住色佈施，不住香味觸法佈施。不住於相。何以故。若菩薩不住相佈施。其福德不可思量。須菩提。於意云何。東方虛空。可思量不。不也。世尊。須菩提。南西北方。四維上下。虛空可思量不。不也。世尊。須菩提。菩薩無住相佈施。福德亦復如是。不可思量。須菩提。菩薩但應如所教住。】

——《金剛經》

　　「活佛」，按照字面解釋就是「活著的佛」的意思，真正的藏語名字叫「朱古」（sprul-sku），「朱」有幻化的意思，古的意思是「身體」，「朱古」就是指「幻化身」或者「化身」。望文生義有時總是有偏差的。我們所熟知的「轉世活佛」只不過是漢語對「佛的化身」這一名詞的形象稱呼。

　　所以稱為活佛，根據經典論述，他前世必定是一個修行並取得成就者，為救度眾生而乘願再來人間。簡言之，就是一個平常人，他也可能前幾世不斷地修習佛法，只是我們誰也不知道而已。被認定為活佛的，自無始以來所積累的二資功德圓滿，就是個成就者。他用凡夫的影子出現在我們面前，小時候跟其他小孩一樣學習、拜師、修煉。中晚年時收弟子、講法、傳法，當我們發現他的時候，他已經是一個大成就者了。他發願成就後再返還到人間救度眾生，還要為佛教的發展培養人才，進行利眾的事業。藏地稱之為化身。

　　此時在嘛倉青才‧圖旦益西多吉的內心裏的「仁波切」只是一個名號，對於發大乘菩提心的人，名號已不重要，他想的更多的是：「我怎樣做才能不愧對這個名號，起到一位「仁波切」的作用。而不是內心擔著於一個名號而已。圖旦益西想以後的日子裏自己的責任和擔子更重了，作為仁波切，是佛陀的使者，為了眾生而來到這個娑婆的世界，來到這個世界不是享受，而是要為弘揚佛法和利益眾生而自度度他。」

　　有一次，外鄉的一位八十多歲的老奶奶病了，她躺在床上，因為虛弱，說話也需要仔細貼在耳邊才能夠聽清楚，兒孫們圍繞在她的身旁，心裏明白，如今老奶奶說的每一句話都可能是臨終

遺言了。

　　老奶奶握著兒子的手說：「我就這幾天的事了，你們把嘛呢活佛請來給我念個經，做個超拔法，我也就可以安心地走了。」

　　他的兒子不敢怠慢，聽了老奶奶的話，立即來到甘沖寺請嘛呢活佛。

　　「哎呀，我這一時也走不開啊！」嘛呢活佛聽了外鄉人的話，不免很為難，「這要去也得十幾天之後才有時間啊！」

　　外鄉人急促懇求道：「仁波切，我老母親也就這一兩天的事了，如果十天以後，老人家可能就等不到那時候就已經不在了呀！」

　　嘛呢活佛若有所思地對外鄉人說：「這要看老人家虔誠的心了，如果她真的需要我去做超拔，那說明她對我有信心，她可能等到十天以後，我如果沒到之前，她絕對不會走的。」

　　就這樣，十天以後，外鄉人竟讓人安排再次來到寺院請嘛呢活佛到他們家念經。那位老奶奶竟然真的在十天以後還沒有離開，這讓嘛呢活佛很是欣慰。

　　來到了外鄉人的家，大家恭恭敬敬地向嘛呢活佛行禮敬茶，嘛呢活佛喝了一碗茶，做了灌頂前必須的準備工作後，就直接來到了老奶奶的身邊。原本這幾天來昏昏沉沉，有點神志不清的老奶奶，竟然一反常態特別精神，見到嘛呢活佛，老奶奶異常高興，面龐顯露出了開心滿足的笑容。嘛呢活佛心裏明白，老奶奶正是一直在等待他的到來，今天這是真的要走了……

　　嘛呢活佛準備停當之後，開始做文武百尊灌頂，並進行中陰法細解。老奶奶就在炕上，靠著被子坐著，嘛呢活佛一直對著她念經。當他念到中陰法灌頂後部分，五方如來的世界一一解說

到西方阿彌陀佛世界時，老奶奶就像聽著聽著睡著了一般，在嘛呢活佛念經這一個多小時中，老人家一直雙手合十，安靜的閉目傾聽，最後她的手無力地垂下。此情此景，嘛呢活佛知道，老人家安祥地走了，只見她面帶著微笑，端莊的相貌祥和而寧靜。此刻，除了嘛呢活佛念經的聲音，似乎周圍一切都變得空寂，安靜得一點響動都沒有。

實際上，老人家的親朋好友都在周圍聚集著，但是依照藏族人的規矩，喪禮之中，沒有人會大哭。因為藏族人幾乎都信仰佛教，他們內心中堅信，人死並非如燈滅，而是脫下一件破舊的衣服去換新的衣服，或者從一個世界往生到另外一個不同的世界。在佛教詞典裏，沒有死亡的概念。所以，藏民遇到生死的問題，內心幾乎都很坦然和淡定，這是與沒有信仰的人相比較存在的天壤之別。

終身念佛的人和不念佛的人臨終前有很明顯的區別。不念佛的人，死亡降臨時，很痛苦，很恐怖，很害怕。特別是罪業深重的人臨終時基本上在恐怖中折磨致死。雖然一生不念佛，但是沒有做過壞事的人，臨死時比較清醒，且沒有恐懼感。念佛之人就不一樣，死亡來臨時很坦然，沒有痛苦，很容易接受這個自然規律，自如自定，很清楚地面對死亡。

提起這位老奶奶，她還是一個蠻有故事的人。

據說她從小學佛念經，還當了女僧。在文革期間，她受盡了造反派紅衛兵的折磨，後來，宗教政策開放後，她又一次穿上了僧衣。她清淨一生，沒有結婚，是一個修行不錯的僧尼。在青海尖扎南宗尼古寺出家修行。

文革期間，她一樣被趕回家裏，但是她堅守戒律，信心堅定，寧肯一死也不願意成家。她的家族比較大，親戚子女多，雖

然她沒成家，但是她家的一個親戚的孩子多，她就領養了其中一個男孩子，這就是到寺院請嘛呢活佛的那個老奶奶的兒子。就這樣，她有了這樣一個家庭。

老奶奶臨終之時面帶微笑，走得安詳，自然家人也非常欣慰而高興，也沒有那種哭天搶地的痛哭，大家平靜地做著善後處理。

嘛呢活佛以仁波切的身份踐行著他無始以來所發的度化眾生的大願。像這樣的事，在他的生活中屢屢發生，他親眼目睹了芸芸眾生在輪迴之中的各種業因果報。這令他對在佛學院所學的佛法有了更深的理解。

這一天，有一位老鄉來請嘛呢活佛做長壽灌頂。老爺子是一位非常小心的人，為了表達對嘛呢活佛的尊重，他把自己珍藏的一個古董小碗小心翼翼地從櫃子裏拿出來，滿懷虔誠地為嘛呢活佛倒上茶水，表達他對活佛的敬意。

嘛呢活佛雙手捧著這個小碗，端詳著這個小碗，他竟然無從下口，那個小碗根本就沒法用來喝茶。只見碗口一圈就像鋸子一般，粗粗糙糙的碗口凹凸不平，如果一不小心就會劃破嘴巴。

嘛呢活佛左看右看，也沒法喝茶，就放在桌子上再沒有去碰觸，老人一看嘛呢活佛不喝茶，就不斷地勸說：「仁波切，您喝茶！您喝茶！」

接著，他又介紹起這個碗：「仁波切呀，這可不是一般的碗，這是我祖上用三頭犛牛換回來的，現在可是無價之寶啊！如果不是貴客登門，我都不捨得拿出來。」

嘛呢活佛微笑著說：「你的這個碗確實看上去有點與眾不同，也許是個寶貝，但是我沒法喝茶呀！如果我喝了，碗口邊兒把我的嘴巴劃破，我如何給你們念經呢？」

　　老人聽了嘛呢活佛的話，顯得很不好意思的樣子，笑了笑，趕緊去換一個普通的茶碗給嘛呢活佛斟上茶。

　　嘛呢活佛透過這個古董碗悟出個道理：他沒有接受老人的好意也是有原因的，其一，必定那是一個破碗，無法喝茶。其二，他認為他到老鄉家不是為了欣賞古董，而是要念經做灌頂。如果用一個破碗就傷了緣起。但是，嘛呢活佛理解老人的好意，也就沒有忌諱。

　　世俗的人根性不同，把所有的外物誤認為寶貝，實際上在佛法中，最好的緣起和寶貝就是信心，你對佛有了信心，也就是最珍貴的緣起。那必定也會獲得殊勝的加持，否則，內心還附著外物，又怎樣能夠從內心獲得真正的加持呢？

　　透過與老鄉們接觸的事件表象，讓嘛呢活佛深感一種責任，因為佛法並不是簡單的儀式，念念經，做做灌頂，等等這樣的形式。對佛法的理論的學習，無論對出家人，還是在家人都是首要的。只有懂得道理，才會有正確的行為。所以聞思對任何人而言都應該是首位。

　　佛法的延續和發展，也要通過聞思才得以實現，只有聞思才能令眾生正確理解佛法，才有可能令眾生度脫出輪迴苦海，這是佛陀的大願，而活佛轉世的意義正是為了完成這個大願，因為活佛是佛陀的化身，是佛陀的使者。

　　眾生無始無終的輪迴，才有活佛的相續轉世。如果眾生脫離了大千世界，那麼佛和佛教乃至佛法的存在就沒有任何意義了。佛陀與眾生，如父母和孩子，佛陀永遠記掛眾生於心中，無有分別，眾生不度，地獄不空，佛就永遠不離不棄眾生。

　　在末法時代，作為一位轉世活佛，嘛呢活佛知道要明確自己的使命和職責，尤其是在「文革」之後這樣的後期佛教時期，都

要從零點起步，自己要學習，還要帶弟子，修建寺院、佛殿和道場，不僅自己修行成就，更要度化信眾一起走向光明，真正要做到「同登彼岸」。

在舉行坐法床儀式之後，嘛呢活佛坐在法座之上，心潮澎湃，此刻，他感受到自己肩負的使命前所未有的莊重，思維中有個聲音在告訴他兩個字「責任」，如果度化眾生，必須求得正信，必須對佛法有一個深刻通達的認知。所以，他想：「目前我的首要任務依舊是完善自己，也就是繼續苦學佛法，精進修持。修行和苦練才是硬道理。」

嘛呢活佛再一次將呼吸調整過來，讓思維安住於一種冥想狀態，蓮花生大士在前方虛空中微啟雙目，面帶和善微笑，他外披紫紅大氅，身著金剛衣，頭戴蓮花帽，那手中金剛鈴杵閃爍著金屬的光芒……一點、一點地清晰起來，他就這樣與虛空中的蓮花生大師相對而坐，從蓮花生大師的身上，無數的光芒向他投射而來……他思維中的自己與上師無二無別，「心咒」從心底徐徐升起，一字字一句句如放射的微波，震撼著自心……

這一年，嘛呢活佛重新規範了寺院管理，也在心裏繪製了未來的一個願景，而他作為本寺的住寺活佛，要為那樣一個願景而做足功課，這個功課的第一個首要條件，就是他要通過進一步聞思修增長自己的智慧，讓智慧之光照耀所到達的每一處，也讓這樣的光明迴照給這北山一隅，無論修行自己、度化眾生，還是修建寺院，都在這樣一個計畫裏一環套一環地逐步實現，也就使自己成為一個真正意義上的活佛。

一千三百年前，唐玄奘為了追求真理，長途跋涉歷盡艱辛；蓮花生大士為了降服雪國隻身進藏；就連我們的本師釋迦牟尼佛祖也是十九歲離家苦修，經過十年參禪悟道修得正法，五十年講

經說法示現涅槃……對真理的追求是無有窮盡的。學習佛法的道路是永無止境的，而度化眾生的大願也是永無休止的，圖旦益西嘛呢活佛此刻想到的還是學習。這一次，他決定去早已經聞名遐邇的，他心中嚮往已久的四川阿日扎五明佛學院和色達喇榮五明佛學院學習深造。

　　經過一年的修整，圖旦益西把寺院的一切事宜交付給寺院的管家喇嘛，然後背起行囊，又一次踏上了求索之路……

四川甘孜

2

Chapter
第二章

……

【如是虛空界盡，眾生界盡，眾生業盡，
眾生煩惱盡，我此隨學無有窮盡。
念念相續，無有間斷。
身語意業，無有疲厭。】
——《普賢菩薩行願品》

所謂學無止境，所謂學而不厭，所謂持之以恆，
所謂相續不斷……在學習佛法的道路上，
嘛呢活佛依舊深感任重道遠。

01 │ 阿日扎五明佛學院

　　一九九四年十月，嘛呢活佛從青海西寧乘車翻山越嶺經過317國道再一次來到馬尼干戈小鎮。馬尼干戈，一座神秘而峻美的西部小鎮，從古到今都是一個驛站，一條街道，幾排藏式平房。小鎮上來往的行人都是面色黝黑典型的康巴人，頭繫紅頭繩，身佩長長的藏刀。還有更多的是騎馬來小鎮上的牧民，像許多西部電影中的情節，他們將馬繫在專門立的木柱上，便在矮小的藏式木屋採購東西、喝酒、唱歌，生動而親切。

　　眼前的一切令嘛呢活佛的思緒不禁回到了九年前，他從寺院偷偷跑出來，途經成都再經過馬尼干戈小鎮輾轉前往佐欽寺求學的經歷，心頭湧起一絲感慨。時過境遷，物換星移。一切都在無常的變化中……

　　二十八歲的圖旦益西已經不是當年那個小喇嘛，而是嘛倉青才・圖旦益西多吉仁波切，身份的認證並沒有讓他貢高我慢，對佛法的渴求卻越發迫切。

　　這一次，嘛呢活佛要去的佛學院隸屬於石渠縣，而石渠縣百分之九十以上的居民都是藏民，據說以前行政區劃原本要劃分給青海省，但是由於海拔高，這裏的空氣含氧量僅為內地的40%，冬季最低氣溫比南極長城站還要低整整10°，就連花草樹木都難以成活，被有關專家視為「生命的禁區」，所以，當年因為這裏的藏民經常與青海的藏民為了爭奪草場而發生械鬥而被青海省拒絕接收，就劃分給四川省了。但是，儘管這裏高原景致宜人，但是遊人也不多。大概這裏的人口密度也稱得上最低了。

　　馬尼干戈的意思是堆積了瑪尼石的地方，它彷彿是朝佛之路必經之地，九年前，十六歲的嘛呢活佛就是在此地中轉搭車去佐

欽寺佛學院，九年後嘛呢活佛再一次經過此地不免感慨萬千。時
光飛逝，物是人非，馬尼干戈小鎮除了鎮上多了些飯館、小商店
之外，騎著馬風一樣飛去飛過的康巴漢子依舊是馬尼干戈小鎮的
一道風景，這裏彷彿沒有太多變化。跑青海、走西藏、去成都，
都要從這裏經過。所以，馬尼干戈雖然如大漠中的一個孤零零的
島嶼一般卻不顯得寂寞，來來往往的人們從這裏分道揚鑣，這裏
儼然成了一個中轉站……

　　去石渠沒有班車，嘛呢活佛依舊像九年前那樣，站在路邊攔
截過往的大卡車，等了兩天，他才等到了一輛去石渠方向的大
卡車，司機聽了這位喇嘛的話，也沒有猶豫，熱情地答應載他
一程。

　　沿著省道經竹慶、三岔河、蝦扎，一路上的路依舊崎嶇難
行，氣候異常惡劣，有時候大雨下得地上都冒煙兒，駕駛室的玻
璃蒙上一層水霧，司機不斷地用抹布擦拭。嘛呢活佛就這樣一個
人搭乘順風車奔波在這近5000公尺的路上，向著甘孜州石渠方向
進發。

　　阿日扎五明佛學院就坐落在距離石渠縣東北約70公里處，海
拔4300公尺，它的初建還有一個故事：

　　蔣揚欽哲尊者曾經預言：「第五世阿日龍稱法王將會在扎西
卡的阿日寺建立一座佛學院，並將培育出很多有成就的堪布。」
現今的白瑪才旺法王、堪布索才和堪布扎巴堅贊三位尊者等大德
都為人所熟知，除此還有許多隱世的成就者，都是在阿日扎五明
佛學院修學成就的。

　　第五世龍稱法王曾經向弟子安卻紐日說：我願意未來在金
玉山給讓瑪這個地方建立一所很大的佛學院。」然而，種種原
因，第五世龍稱法王的這個夙願未能在當世付諸實踐。直到

1986年，才由白瑪才旺法王和第六世龍稱法王在非常艱苦的條件下創立起來。

這樣一個殊勝之地，嘛呢活佛早有耳聞，這也是他下決心來此求學的原因。

嘛呢活佛下了順風車，與卡車司機揮手道謝告別，轉過頭去尋找去佛學院的私家車，然而私家車的路費對於嘛呢活佛而言卻是昂貴的，但是求法心切的他對此毫不吝嗇，所以，他也沒有猶豫，就乘上了當地老鄉的私家麵包車。

一路顛簸緩行，終於面前出現了一條江，同行的老鄉告訴他：「這條江就是雅礱江，它的發源地在青海巴顏喀拉山脈，也就是金沙江的最大一級的支流。」

這位老鄉說著，禁不住看了一眼這位偏瘦的年輕喇嘛，豪氣地問：「師父，您是從青海來的？」

「哦，是啊！」

「看來您是到阿日扎佛學院吧？」

「嗯，對啊！」

「就快到了，您看到那個水壩嗎？一會兒過了橋就快到寺院了。」這位藏族老鄉熱情地介紹著。

果然，過了那座橋，再走不遠，就看見遠處有一群建築物，那就是阿日扎五明佛學院所在地，在東部海拔4300公尺的高原上，寺院的殿宇顯眼地坐落在半山腰，面南背北，依山而建，這裏的山巍峨大氣，這裏的樹蔥郁茂密，這裏的天空遼闊高遠，這裏的水氣勢滂沱……這裏不但景色壯美，地勢也微妙吉祥，看起來是一個非常理想的聞思和閉關實修的場所。

嘛呢活佛和老鄉揮手告別，顧不上些微的旅途勞累，邁開大步沿著山路走去，他正如緣起時來到這裏的大德，被這裏吸引而

至，目的都是聞思修行，更好地利益眾生。

　　嘛倉青才‧圖旦益西多吉以甘沖寺第六世轉世活佛的身份來到佛學院深造，在經歷了過去的次第學習之後，他希望能夠得到大德指點，獲得訣竅，早證菩提。

　　阿日扎五明佛學院是西康地區寧瑪、噶舉等教派講學修持的主要寺廟之一。白瑪才旺仁波切生前在此講授大、小五明經論密法。由於他精通教理、廣學博才、守持淨戒、具足證量，曾有上千位來自西藏各地的轉世珠古和僧眾在其座下聽學，大法會時則有幾萬人前來聆聽仁波切的開示。

　　在阿日扎佛學院，嘛呢活佛叩拜大堪布班才仁波切為上師，在他老人家的偉大慈悲光環下，他經過一年的修行，從內心根本生起了前所未有的菩提心，明顯感覺到自己由內而外的變化，達到了一個更高的境界。從表象上看，他說話辦事行為徹底換了一個人似的，而且更具備了大德相好特徵。此刻，他感悟到佛學中心思想的精髓菩提果位，就連以前在其他佛學院的同修道友們見了他都說：

　　「嘛倉仁波切就是嘛倉仁波切，您變了，變化太大了，根本不是以前的那個圖旦益西了！」

　　嘛呢活佛聽了也備受鼓舞而歡喜！這也就是「相由心生」的道理，一個人的個性、心思與人為善惡，都可以由面相看出來。因此，面相是一種透過觀看一個人面部特徵的方式來論命的科學。反過來，如果一個人行為是善或惡，那麼，多少都會影響到自身的面相。

　　一次在鎮上，便裝出行的嘛呢活佛走在小巷裏，路旁一位看相先生拉著他非要為他相面，他懇求道：「你花十元錢成全了我的生活，而我還可以為您看看面相。也不影響您啥啊！好心

人！」

　　嘛呢活佛對命理也是比較精通的，人的相貌與命運也有著某種玄妙的聯繫，這也是不爭的事實。雖然他是一位早已經放下世俗的出家人，修的是出世間的大乘佛法，對命運的把握，於一位真正的大德而言是具備了一定程度的內在的主動支配力量的，所以，是不是看相對他而言已經不重要。

　　不過，嘛呢活佛聽看相先生這麼一說反而被逗樂了，原本他無意看相，卻索性坐下來，說：「那好吧，你給我看看，我的命怎樣？」

　　那相面人請嘛呢活佛坐下，仔細端詳起起來，彷彿過了好久，他才開口：「啊呀！您是一位大福報人啊！」

　　「哦？！」嘛呢活佛聽他這麼一說，不免也起了興致，笑望著相面人，饒有興致地靜待下文。

　　「不過，您雖然衣食無憂，是大富大貴之相，但是您這輩子沒有女人緣，到現在還是個光棍兒。」

　　「哈哈！此話怎講？」嘛呢活佛不禁被逗得哈哈大笑起來，他覺得傳統文化中的《周易》打卦算命和相術還是有它一定的道理，也可以說是人類的智慧結晶，只是對於一位智者不能迷信，還要以智慧的心去分辨。

　　「您看您這長相，女孩子不會喜歡的。」相面人接著說：「雖然你天庭飽滿，地閣方圓，看起來很有佛像，但是這長相不是普通女孩子喜歡的樣子啊！」看相人滔滔不絕地講起來。

　　「不過，您的確是大富大貴之人啊，我沒必要拍您馬屁，您看，您十元錢也給我了，我沒必要說您好話討好您啊！」

　　嘛呢活佛拜別了相面先生，不禁暗想：「別說，這相面先生還有點意思，說的還有幾分準確啊！看來面相也是由心生，這也

符合幾分法理。」

　　善惡業決定人的相貌氣質也是真實不虛，相貌與善惡業的對應就闡述了很多相貌的因果，比如說：

　　某人經常愛尊重人，每動一次此念，就莊嚴一次，長此以往，就出莊嚴相。

　　某人經常愛精進，每動一次此念，就向上一次，長此以往，就出端莊相。

　　某人經常愛節儉，每動一次此念，就謹慎一次，長此以往，就出樸素相。

　　某人經常愛佈施，每動一次此念，就寬厚大方一次，長此以往，就出寬厚相。

　　某人經常愛以慈悲心助人，每動一次此念，就積善一次，長此以往，就出慈悲善良相。

　　所以，在聽聞佛法之後那種真實歡喜的心境，那難得的一棵菩提種子，終於在心間生根發芽了，這一切外在的變化正是源自於內心的轉變。而這一切轉變還依託於佛法僧三寶的加持。在三寶中，僧寶卻是舉足輕重的，沒有具德上師的傳道，就無法正確地弘揚佛法。在佛學院學習過程中，嘛呢活佛有緣獲得很多上師的加持，所以對於上師他更加有自己甚深的理解。

　　實際上，在佛學院學習過程中，上師們在談到上師的作用時，也曾經強調過，密宗弟子必須要有自己的根本上師作為密法的傳承上師。這也就是為什麼密宗裏強調四皈依，在皈依佛法僧的同時也要虔誠皈依自己的上師，因為上師是自己具體實修的教授者、引導者，如果對自己的上師不具備信心也是一種障礙。

　　這麼多年的佛學院修學經歷，嘛呢活佛深深感受到與自己最

有緣的上師，第一眼就能夠感受到與其他師父不一樣，甚至聽到有緣師父的名字就有一種特別的加持力，見到上師有的還會不自覺地流淚哭泣，表面看似無緣無故，實際上這都是與上師具有前世法緣的緣故。

但是，要觀察出一位師父的真德、真識、真悟，必定這位弟子也要是一個前世或者幾世的修行者，這樣所積累的無量功德者才能夠悟到上師的正能量。否則，一名凡夫俗子是不具備這樣的智慧和洞察力的。沒有前世修行的普通人今世遇到佛法，念佛拜佛也只是種下一個佛緣善果，是不可能具備觀察出上師能量的智慧的。

就如嘛呢活佛，如果他與寺院其他的僧人一樣，沒有如此強烈的進一步學習佛法的渴望，他也不可能去佛學院學習，進而也不可能遇到那麼多上師，更別說遇到更加具德的密法上師。而蘇才琪布就是一位俱德的密宗上師，嘛呢活佛與他的緣分也不僅僅一時。

有很多居士沒有一個穩定的上師，別說根本上師，就連一般的師父都無緣接觸，這不是師父的問題，而是自己沒有那種厚福厚德，遇不上一位俱德的上師，就是遇到了也未必在師父身上找到一絲知識，說不定看見的全是缺點。因此，要找到一位有法緣的上師必須自己是個多世的修行者、積德者。上師，不僅僅是一世的上師，而是生生世世的上師，這樣積累的法緣，才能夠感到師父的加持力和不可思議之處。

嘛呢活佛如今有很多師父，除了甘沖寺的兩位喇嘛堪布上師之外，他遇到了很多上師。按照佛法，哪怕講過四句經也算是上師，也就是所說的「一字師」，都需要恭敬。一個修行人，甚或一個出家人，從皈依出家開始一生必定有很多師父，但是根本上

師卻只有一位。當遇到一位俱德上師時，一個人可能很虔誠地禮拜求法修學，但是還沒有發自內心地去理會你的這個師父，還沒有感悟到師父的真正加持力，因為總會覺得上師不是在給一個傳法，或者他有成千上萬的弟子，說不定上師根本認不得弟子。在這樣一種心態下修學佛法，這裏學幾年，又到別處學幾年，拜了很多師父，卻始終不得法。這只能說明一個問題，那就是這個人與所拜的這些上師根本就沒有前世的甚深緣分，沒有確定根本上師，只能是因事行事，最後只能說算是認識許多上師，在某某地方或者寺院雪國聽過法而已。如果一個修行之人能夠感悟到某位師父的能量和他的不可思議的一面時，這個人所感動的是師父與眾多師父不同之處，也就有了一定的境界，同時也說明了因緣而引起了今世的淨相。如果對任何師父都沒有特別的感覺，那麼就僅僅是一名信徒而已，也只能說僅僅有佛緣，說不定哪天緣分盡了，也就連信徒都算不上了。因為沒有根本上師的弟子是無依無靠的，就像一個孤兒，自由自行，不受任何約束，說明弟子還沒有一個完整的教育體系，學得五花八門，長此以往沒有規矩難以成方圓，都是自分自稱自定。

在阿日扎佛學院學習的日子裏，嘛呢活佛每一天都有感悟，每一天都充滿了法喜。他對上師的理解更加透徹了。

他不免憶起1985年6月在佐欽寺，他拜見了幾位上師，感覺都很好，在他的眼裏他們都是佛菩薩的化身，都是蓮花生大師的化身，是文殊菩薩的化身，是觀世音菩薩的化身。而整個寺院方圓地貌宛若蓮花生大士銅色的極樂世界，寺院上下五六百僧人都是持名聖僧，每一件事物都令他心動，有時候莫名地熱淚盈眶，他彷彿到了另外一個世界。雖然他當時是那樣心動，但是內心裏還沒有定下心來，因為他正在思考，還沒有定位，或許當時自己的

虔誠的心一時衝動的幻想，等到過了六年之後，他再觀察自心，仍然存在著如此的心情。在上師的關懷和慈愛下，加上他自己的信念和勇氣，他在離開佐欽寺的時候已經具備了淨相、虔誠、信仰，彷彿剎那間感悟到了很多佛經的真諦。他夢得最多的就是上師、蓮花生大師、本尊和護法，那種殊勝的加持和愛護，豈能是局外人所能體會的呢？

在佐欽寺的生活比起如今在這裏可謂天壤之別了，那時的嘛呢活佛沒有像樣的吃穿用度，但他心情總是那麼快樂，那種快樂是一種發自內心的法喜，而非轉瞬即逝的世俗之樂。雖然他沒吃沒穿，甚至撿別人扔掉的衣服，乃至到屍陀林棄屍處扒下死人身上的衣服，但是玄妙的是雖然如此，在上師的不可思議的加持力下，他從來都沒有生過一次病，就連小感冒都沒有過。這就是上師，嘛呢活佛對上師的理解超出常人甚至普通喇嘛的理解。

一年之後，他再次在佛學院遇到並拜見了密宗上師蘇才琪布。

蘇才琪布上師已經是一位七十多歲的老人了，雖然他年事已邁，卻依舊精神矍鑠，尤其那眼神中透出銳利的彷彿直指人心、洞悉一切的光芒，那是一種只有高僧大德才具備的目光。

蘇才琪布上師跏趺而坐，接受嘛呢活佛恭敬頂禮叩拜，然後，嘛呢活佛也趺坐在側，把他的想法一五一十地說出來：「上師，我求您老人家能夠傳授我密宗大法。」

蘇才琪布微笑著說：「菩提心是一切佛法的基礎，是八萬四千法門的精髓，你已經得到菩提之地，但圓滿菩提果位還要你一生的努力……。」

密宗上師蘇才琪布為包括嘛呢活佛在內的幾位弟子做了七天大圓滿一系列灌頂、傳法和傳承。同時，嘛呢活佛也得到了其他密宗的一系列灌頂。獲得密訣之後，他開始閉關修習大圓滿氣、

脈、明點和無上瑜伽法。經過一年多的修行，上師才允許嘛呢活佛等弟子出關。

所謂的閉關就是指僧人獨居一處，靜修佛法，不與任何人交往，滿一定期限才外出。短者為三天、七天，中等者為二十一天、四十九天、三個月，長者可達一年乃至三年。

在禪定的境界裏，嘛呢活佛體會到清淨性空的歡喜，他從五彩繽紛的雜念中抽離出來，安住於空定、氣定、火定、光定、法身定和大涅槃定的境界之中，六大皆空，趣入於虛空未生前的最原始之源頭，一切無為也無所作為。

出關這一天，嘛呢活佛下意識地用手摸摸下巴，禁不住笑溢臉上，自己儼然成為了一名鬚髯美男，再看看自己，身材也越發頎長了，鏡中的自己眼神顯得格外精神，眼睛不愧為心靈的窗戶，他發現自己的眼神也變得越來越清澈明亮了。

眼，身之純晶，軀之嚮導，五官之要，六根之首。眼，心靈之窗，精神之所，知識之門，七情之戶，法慧之地。故以眼對眼，以眼觀心，以心傳神，以神補身，眼、身、心均得休息，疲勞自然解除。

當他走出戶外，陽光分外耀眼，藍天更加清湛，心境的改變，讓他的雙眼所看到的周圍的一切彷彿都起了變化。這或許就是「相隨心生，境隨心轉」，以此六根之首之清淨，直接轉變了心境。修行給他帶來的種種利益，是無法用語言來形容的。

嘛呢活佛在阿日扎的學習圓滿完成，和上師道別之後，就如當年的朝拜一樣，背起行囊向下一個聖地出發了。

一路走一路欣賞沿途風景，一路走一路回憶那一年，那個叫

圖旦益西的年輕喇嘛跟隨著尼泊爾人開啟了朝聖的里程，沿著朝聖者的足跡去遍訪聖地的旅程若說是一次心靈之旅，那麼，這一次可以說又是他另一次心靈昇華的精神之旅了……

　　晉美彭措上師不顧年邁體弱，於1980年到色達縣喇榮溝這個荒無人煙，生活條件極為艱苦的地方，白手起家，苦心經營，創建了只有32名學員的小型學經點。至1982年，根據國家下達的文件提倡各教團體創辦學校，培養專門人才的精神，晉美彭措上師在色達政府的支持下，以極大的毅力把學校推向了更加完善、更加充實的新階段，一所繼承和宏揚民族文化，學習和實踐佛教文化藝術的大學已初具規模。

　　1985年5月19日色達縣政府批准了喇榮學經點的成立。

　　1987年班禪副委員長題寫了「色達喇榮寺五明佛學院」的校名，同時致函色達縣人民政府說「新龍喇嘛晉美彭措準備在色達喇榮寺籌建一所佛教五明學校，這是一件好事，在此，我同意並批准建之。希望你們給予應有的協助，使之切實辦好。」

　　1992年全國人大常委會副委員長阿沛阿旺晉美給學院題詞「色達喇榮寺五明佛學院，是全知班禪仁波切悅意批准建的，至今已有五年歷史，在此過程中發展壯大，特祝吉祥如意。將來繼續培養愛國愛教，能為人民服務之有用人才而努力奮鬥。」

02 ｜ 色達喇榮五明佛學院

一為「聲明」，精通語言文字者為聲明。

二為「工巧明」，明一切工藝技術。

三為「醫方明」，明治病的各種醫術。

四為「因明」，明鑒別、考定正邪真偽之理法。

五是「內明」，明自己修持的一切經藏、理法、宗旨，佛教以精通三藏十二部經典為內明。

蓮花生大士在其預言《甚明幻境》中授記：「金剛降魔之化身，將在康區新龍處，河右三頂雪山前，龍壽有緣持戒者，名為列洛林馬尊，其修無上大密道，彼能掘出多伏藏，若具自成善緣起，消災弘揚二次第，藏主壽為八十一，七徒妙得菩提果，得中悉地一百五，結緣眾生四千個。」

緊接著又預言道：「其後下康處，名號為阿字，持藏生雞年，住法三千年，殊勝成就九百尊，隨行瑜伽六千名，結緣眾生七萬個，大德壽為八十六，後為持藏名為華，年虎壽為三十三，正法駐世二百年，三名弟子得成就，結緣一千四十八。」

蓮花生大士在這裏詳細地用語言介紹了法王晉美彭措前世、今世和後世，詳細授記了法王這一世降生時間、名號、殊勝大成就弟子之數量等。

色達喇榮五明佛學院坐落在這個平常的山溝裏的小山包上，

陽光下的山野坡地上僧舍和學員宿舍簇擁著雕欄玉砌金碧輝煌的佛學院的主殿，那金色的飛簷在陽光下熠熠生輝。藍天下，一個挨一個密密麻麻的紅色小木棚屋，綿延數里。經過二十多年的發展，如今的色達五明佛學院已經成為當之無愧的世界之最，它被美國《世界報》評為世界上最大的佛學院。

色達喇榮五明佛學院

　　嘛呢活佛來到這個叫喇榮溝的地方的時候，色達佛學院還只是一面山上佈滿了僧舍，初建不久的色達喇榮佛學院規模自然不如現在大，但這對於嘛呢活佛而言也足夠震撼了。遠遠駐足凝望，他的眼前簡直就是一隅世外桃花源，一塊人間淨土，竟然有那麼多人來到這裏參拜修行。

　　初到喇榮溝，嘛呢活佛在一位老鄉推薦下，花了700元錢買了一個小木屋，這是一個四周是木板牆、房頂是油毛氈蓋的十幾平方米的板房，它破爛不堪，即便在巴扎家鄉都無人問津的那類房子，而在這裏成為了嘛呢活佛的棲身以及禪修的場所。就這樣簡

單，嘛呢活佛在喇榮有了自己的「家」。收拾停當之後，嘛呢活佛一身輕鬆，他看著自己的「小家」，面露心滿意足的欣慰喜悅的微笑，因為相對於當年在佐欽寺學習六年的那些艱苦的歲月，在色達喇榮已經是天壤之別的幸福生活了。

學院以藏傳文化為主的課程非常豐富，主要分佈於共同文化系、顯教系、密宗系以及漢僧部三系一部之中。共同文化系設置有文史部和小五明部。文史部設藏文文法、藏族史、英語、翻譯等課；

小五明部下設曆算、工巧、醫學、戲劇、詩學等課。顯教系設置有中觀部、俱舍部、因明部、戒律部、智慧部等五大部、各分出初、中、高級班，以適應不同程度的學生。密宗系設有加行、續部、竅訣三大部，其中竅訣部為實修班，亦各分出初、中、高級班，以適應不同根機的學生。漢僧部主要為漢地來此求學之四眾設置，分成初級班、中級班、高級班，選修各系的課程，並開設了藏語初級班。

這些課程的設置也正切合了《大藏經》中所涵蓋的經律論所有的內容。僧眾學員們就這樣沐浴在法王如意寶的智慧之光裏，如饑似渴地徜徉在浩瀚的佛法中，如魚得水地汲取養分。這恰好也是嘛呢活佛理想中的學習，這些學習內容包括中觀論、辯證法、唯識論和唯物論。

對於在這裏學習的佛弟子，這些課程中只能選擇一到兩門，每天上午十點到十二點，全院的學生都要去甘多啦大經堂聽法王如意寶講授。下午則是分班上課，主要講授五部論和五明課程，嘛呢活佛自此開始了他在色達五明佛學院的修學。

對於前來修習佛法的佛弟子，一部分人要克服高原反應，色達喇榮的海拔在4000公尺左右，這裏海拔最高處有4200公尺。由

於學院是依山而建，學院的宿舍遍佈山坡，這裏可以說出門就爬坡，甚至每天的飲用水和生活用水都要自己去泉眼背，在路上，嘛呢活佛經常看到有比丘尼因負重行走緩慢，走一步歇一步，然後再繼續前行的情景。但是無論男眾還是女眾，生活艱苦對於他們都是一種修行的契機。所以，在學院，每位修行人，無論出家在家的弟子，臉上都是平和而散發出發自內心的喜悅。

對於嘛呢活佛而言，因為本身就是高原土生土長，所以高原反應之苦就不復存在，唯獨在生活方面需要解決來源問題。嘛呢活佛的老鄉介紹給他幾個漢地來的比丘，他利用早晚業餘的時間教他們學習藏文和書法。平時，嘛呢活佛也和其他學員一樣，撿拾牛糞儲備用來燒火，而條件好一點的還可以找到木柴。

嘛呢活佛的小板房裏行頭簡陋，除了設有簡單的佛龕，再就是學習必須的書籍，生活必需品，鋪蓋整齊地疊放在臥榻上。進門的屋角堆著一些牛糞，一個簡單的爐子，用來生火做飯和取暖。但是，學院的資源有限，除了生火做飯之外，嘛呢活佛哪裏捨得取暖呢？所以，冬天，他披著那件救命「大氅」，和衣而睡，基本不可能像普通人那樣寬衣而臥。雖然條件艱苦，但是他很滿足，因為這比較1985年起在佐欽寺學習時「洞穴宿舍」的條件不知要好上多少倍。

在新學員入學後的第一件事就是要接受灌頂。所謂的灌頂就是驅散及注入的涵義。也可以理解為「授權」修行密法，首先就要有一位具足實證資格的上師，而且設立本尊壇城，以使密法修行者瞭解本尊的實修方法。嘛呢活佛在此懷著一顆虔誠的心念接受法王如意寶和門措上師的灌頂，在本尊壇城中，依次透過用寶瓶的甘露水、咒幡、本尊法相、鈴杵及水晶等具有不同意義的法器，配合修持儀軌，用以驅散行者的所知障及煩惱障，或清淨身

口意之罪業，並注入智慧之力，讓受灌頂者透過不同的觀想，及咒力的加持，覺悟自己心性本質的訣竅，達到內在身口意、氣脈明點當下淨化，成為佛的身語意三門金剛。

「所有十方諸佛智慧身，
吉祥圓滿正覺蓮花生，
文殊如意寶尊誠祈禱，
諸事吉祥成就賜加持。」

眾弟子聽到法王如意寶唱誦三遍吉祥發願偈，紛紛欣喜地叩拜，通過這樣的加持，能夠遣除世間的違緣障礙，諸事吉祥成就。通過灌頂之後，受灌者成熟為修密之容器，猶如世間之授權，從此可聽聞修習殊勝之金剛乘。

詼諧幽默的法王如意寶晉美彭措仁波切是喇榮佛學院的始建者也是學院院長，是三大依怙主：文殊菩薩、觀音菩薩和金剛手菩薩之一的聖妙吉祥之化身。他用通俗易懂深入淺出的語言循循善誘地教導五明佛學院的在家出家僧俗弟子們，從做人的基本開始宣講，讓佛法在人們心中顯得親切。

在九十年代初，學院附近山坡上就形成了一個屍陀林，所謂的屍陀林，根據記載又名屍林、寒林，藏語「德戳」「德」意為棄屍，「戳」意為眾積聚的林園，考證其歷史淵源，見錄於續部的一個傳說：「勝妙雅夏黑日嘎，大悲四無量誅魔，魔屍仰而睡姿落。墜於南瞻部洲處，由此形成大地基，變為八大屍陀從，頭部指向西南隅，雙足指向東北隅，雙手伸向左右方，頭及身心四肢等，衍說八大屍陀林。藉以大悲加持力，屍林淨為本處故，委命八大瑪嫫為，看管巨屍守護神。彼處即是大聖地。」

往昔，勝妙黑日嘎顯現大悲忿怒相誅殺瑪章日扎，魔屍墜落在南瞻部洲，肢體臟器被各自加持為金剛匯地，形成八大屍陀

林。久而久之，空行護法自發在此匯聚，住地勇士瑜伽母也幻化成鳥獸形象頻繁出沒。若能將死亡生命的屍體放置此處，交由屍陀林內或隱或現的勇士空行薈供享用，則可淨除亡者罪障圓滿廣大資糧。即便未予修持薈供儀軌，然而只要是在具大加持力的屍陀林內將屍身任意佈施鳥獸，都會給亡者積累很大功德。具緣者能去往空行剎土獲得殊勝解脫，普通人亦能關閉惡趣生門，趨往人天善道。成為金剛乘法器。除了通常所說的八大屍陀林之外，人間還有許多隨行屍陀林或人工屍陀林，它們是依據《空行母莊嚴續》等續部教言和成就者們的口訣記錄。由諸大持明按照密宗特殊法門與儀軌修建而成。如果一時無法將屍體送到八大屍陀林所在地。那麼送至隨行屍陀林或人工屍陀林內佈施，也具有與前者相同的功德。

　　凡是到佛學院來的人，幾乎都會到屍陀林來參觀，因為這對於修行者而言也是一堂非常生動的認識無常的教程。有的出家人甚至就坐在被碎掉的屍體前，非常清楚地看到屍體是如何被禿鷲吃個精光。甚至有的精進修行者專門到屍陀林閉關修持。

　　古薩里是乞丐之義，如捨棄現世的瑜伽士住山者等無法獲得其他用於積累資糧的受用之人依靠觀想而供施自己的身體。即辛辛苦苦、勤勤懇懇所積累珍惜的一切其他物質也都是為了滋養自己的這個身體，對此每個人必然珍愛自己的身體勝過其他一切受用。所以為了斷除對身體的愛執，而進行供施身體比供施其他物質更殊勝、功德更大。如頌云：「供施馬象成百倍，供施妻兒成千倍，供施身體十萬倍。」瑪姬拉准也說：「無貪施身體，未知為二資，珍愛蘊身體，佛母前懺悔。」

　　屍陀林是藏民在此做天葬的地方，在49天內，喇嘛們給亡者念經超度，在這裏的山坡上聚集數不清的禿鷲，而禿鷲被視為是

空行母佛菩薩的化身，亡者的屍體經過處理後作為會供給禿鷲吃掉，這樣會令亡者消除業障。

據後來有人寫的傳記記載，早在屍陀林形成初期，法王如意寶曾經帶領他的實修班弟子來到屍陀林修行「區分有寂」。這種修習方法目的是為了引生恐懼心，旋即逆觀其本性而現前覺性智慧。不過這樣有難度的修法並非任何人都可行持的。多少年過去，隨著來學院學習的人越來越多，就很少組織這樣的修法。

藏曆新年的第一天，也是藏曆神變月的第一天。從佛教角度講，神變月是非常好的日子，尤其是上弦月（初一到十五），當年釋迦牟尼佛成佛後，在這十五天，以種種的神通、神變降服了外道的六個本師，大力顯揚佛法聖教，因此這十五天的每一天都是殊勝吉祥日，行持一切善法的功德都會有成億倍增長。

學院每年從藏曆一號到十五號，都會舉行十五天的持明法會，修持息、增、懷、誅四種事業中的「懷業」，主要修持觀音九本尊修法和《現有自在攝受祈禱文——大加持云》。通過這些修法調服自心，進而能勾召、調服其他眾生的心，使得他們也趣入正法，得到度化，獲得解脫。

每年學院的持明法會參加的僧眾就有幾萬人，其中有很多大持明者、成就者，法會期間，僧眾共修完成數量巨大的觀音九本尊心咒，同時還舉行會供、超度等。即使不能親自到學院來參加法會，心中隨喜、修持也能得到殊勝的功德利益。如果得到過觀音九本尊修法的灌頂、傳承，或者對觀音九本尊修法有極大的信心，可以隨喜發願念誦觀音九本尊心咒；如果自己不會修這個修法，不會念誦觀音九本尊心咒，能發願完成15萬遍觀音心咒：嗡瑪尼唄美吽舍也非常好。

1995年農曆二月初八至十八，大持明者法王如意寶主持了持

明大法會，參加者僅僧眾就達到三萬五千多位，更有他方淨土十萬大菩薩前來參加。自釋迦牟尼佛轉法輪以來，這是第五次持明大法會，是一次曠世難遇的大法會。嘛呢活佛也是眾多參加僧眾中的一員，他早在阿日扎五明佛學院學習的時候，心裏就暗自決定，有一天他一定要到這個世界上最大的佛學院，拜法王如意寶為上師，潛心深入學習佛法。今天，一切都如願以償，他的坐下是色達喇榮4200公尺高的山坡草地，前方是法王高高的座塌，空中飛揚著潔白的哈達，法王如意寶那慈愛的聲音響徹喇榮上空，他情不自禁地流下了眼淚……

　　在喇榮五明佛學院，這樣的持明法會每年都要舉行一次。這一年持明大法會是如此殊勝，參加的人比以往每一年都要眾多，此刻，嘛呢活佛也正是成千上萬的僧眾之一，他第一次參加這樣殊勝無比的大法會，內心不由得很激動，他跏趺而坐，虔誠地持咒，歡喜地聽聞法王如意寶的教言。

　　法王如意寶晉美彭措仁波切諄諄教誨：「一切法是善是惡，功德是大是小，完全取決於發心，因此要發清淨廣大的菩提心。為了一切眾生，也是為早日成佛利益眾生，而隨喜修法供養，這樣的發心是最好的，功德也不可思議！當然，你們有一些自己的其他願望，在這樣殊勝發願回向後再做也是可以的，一切願望也都會無欺實現的。」

　　法王如意寶對眾生的慈悲與善巧方便的教導讓更多信眾對佛法的認識和信仰更加趨入正道。嘛呢活佛坐在眾多僧眾之中，得到了殊勝的大加持。

　　也就是在這一年，法王如意寶晉美彭措開始率領僧眾籌建大幻化網壇城。

　　壇城的選址也是喇榮的4200公尺最高點，學員們都參與了打

地基、挖土、填土等勞動，包括慈誠羅珠堪布、希阿榮博活佛、
隆多活佛、益西彭錯堪布等大堪布活佛也參加了勞動，這當然是
一種功德無量的修行。

　　法王心中對修建壇城早有規劃，法王親自選定幾位堪布參與
技術設計，在安排大家參與勞動實修方面也是有他甚深思考的，
打好了基礎，法王就要求喇嘛們主要還是以學習為主，抓緊理論
和實修學習，而另外安排覺母們背石頭上山，即便是輕裝走在學
院的路上，由於地處高原的山坡，很多人都覺得疲憊，何況負
重！因此從開始到完工，覺母們也確實非常辛苦。這些石頭主要
是用於打地基，而石頭除了覺母們一塊一塊背上山，另外也有老
鄉用牛車拉上來。用料、用水等大多是依靠人力，可想而知大家
付出了多麼大的體力勞動。即使如此，大家依舊內心充滿歡喜，
沒有人抱怨勞累。

　　壇城中有五部佛父佛母共十位，男女菩薩共十六位，六道導
師共六位，四門守護明妃共八位，共計四十位，再加上普賢王如
來佛父佛母，合計就是四十二位寂靜神尊。所謂壇城即是「完整
的本尊世界」，在梵文中稱之為「曼扎拉」，直譯就是「圈形
圍繞」。其意義就是世俗象徵性壇城而言，即對於所依本尊無量
宮殿中心做周圍圍繞，或者對於能依主尊，眾多聖尊圍繞。根據
歷代眾多上師們的教言，轉繞壇城能夠積累資糧，懺除業障，祛
病消災……有無量功德。

　　阿迪峽尊者在拉薩時，對轉繞徹襄寺興趣盎然，百轉不厭。
這引起了僧眾信徒們的注意，以仲敦巴格西為首的大德們向阿迪
峽尊者祈問有關轉繞方面的教誨，尊者開示道：「在世間有為善
法中，沒有比轉繞所獲得的福德更大的了。在轉繞時，身語意三
門都應當歸攝於繞行。

在印度，有轉繞城市獲得成就的人，有轉繞經堂、藏經樓獲得成就的人，也有轉繞卡薩巴諾觀世音菩薩聖殿，病體康復並獲得成就的人……因此，大家應該精進轉繞！」

至尊上師法王如意寶也開示宣講了許多轉繞壇城的功德，尤其是轉繞大幻化網壇城的功德時指出：「轉繞分三種品類：上等者，轉繞一萬圈以上；中等者轉繞一千圈以上；下等者轉繞一百圈以上。以此評類，分別獲得上中下三等功德。向壇城頂禮和轉繞獲得無量功德原因是，不論頂禮還是轉繞，都是以自己身語意某種特殊的方式或者具備緣起的象徵來親近和相應本尊自生壇城，所以能自然感召本尊功德。

如今當你來到色達喇榮五明佛學院，你第一眼就能夠看到喇榮佛學院山頂上的金碧輝煌的「壇城」，也是喇榮溝夜晚最明亮的地方，是十方諸佛的清淨之地，他的光芒彷彿永不熄滅的佛光，照耀著喇榮的夜空，每個夜晚到達這裏的朝拜者，都會一下子被那光芒所攝受，而且無論你身處學院何處，抬頭都可以望見壇城。

壇城的落成，令這些佛子們有了一個好的修行之所，他們在那裏繞壇城、磕大頭，這也成為他們修行中必不可少的內容。幾乎來到佛學院的人都會轉壇城，轉壇城的功德殊勝，下等功德是轉108圈，中等功德是1080圈，上等功德是10800圈。」

嘛呢活佛每當來到壇城，都會記起師父師兄們在一起艱苦奮戰修建壇城的那些日日夜夜，如今的壇城已屹立在眼前，彷彿從唐卡裏走到了現實之中……

每當他來到壇城，他的內心都會升起無限慈悲，祈願所有功德回向遍法界虛空界眾生：

「唯然一次之親見，能救地獄之怖懼，

稀有吉祥之壇城，顯於多康五臺山。
自現報身智幻化，所縛反覆行境前，
殊勝顯現之影像，即是真實佛壇城。
合掌宛如蓮花苞，一放大樂頂輪上，
則遣無間一切罪，此是悅耳金剛言。
因而慕求幻化網，稀有壇城諸功德，
吾為有緣諸眾生，簡而明瞭撰此文。
所積善根誠回向，幻化網續根不衰，
弘遍一切諸時方，殊勝事業遍虛空。
外壇清淨現貪本尊身，內壇蘊界圓滿寂怒云，
密壇成熟覺性大法身，願能獲證無窮清淨果。」

　　在喇榮溝聽講佛法的人之中，除了出家僧侶之外，還有居士林裏來自全國各地四面八方各地的信眾，大家在一處上課之外都是自己閉門修行，這些弟子被分幾個區，私下裏有嚴格的戒律互不干擾，但是，這並不是說彼此不能接觸，在假期，很多居士都希望能夠與一些高僧大德結緣，所以，有些時候，出家僧人的傳法之路也由此開啟。

　　這天，嘛呢活佛和所有喇嘛們一樣，身穿袈裟，席地而坐在大殿，認真地聽聞講法。休息期間，他和身邊一位年紀相仿的男居士四目相對，不約而同地相視而笑。就這樣，兩個人相識了。

　　可以說，這兩位雖然身份不同，但是都有一個共同的地方，就是佛學院的學員，都是佛陀的弟子，只是一位是出家弟子，一位是在家弟子。

　　交談期間，嘛呢活佛瞭解到了這位師兄是一位俗家弟子，是一位名校哲學系畢業的大學生，他是一個看似偶然的原因才進入佛門的。實際上，說是偶然，現實世界中的每一件事，結果都有

它的必然性。

　　大學畢業之後，突發了一件偶然事件。一次在外遊玩，他回家就病了。這一病就不起，到醫院檢查也沒有結果。還是他母親聽了一個朋友的建議，帶著他去看了一個神秘的人。

　　「你兒子遇到了一個女鬼，他和這個女鬼前世有情債，是討債來了。」

　　「啊？！」他異常驚訝，在他的世界觀裏，根本就不存在什麼鬼魂，他感覺很是詫異。

　　可是，接下來的事讓他更是費解，他的母親按照「大仙」指點，採取了措施之後，他的病竟然神奇地好了。

　　他從此內心的平靜完全被打破，開始糾結「為什麼？」為什麼自己確確實實的毛病，醫院沒有辦法，而所謂的「大仙」卻可以治癒？為什麼科學無奈的毛病，在他看來迷信的方式卻起了作用？這完全違背了他本身建立起來的唯物主義無神論的世界觀。他百思不得其解。他回憶起前20年走過的求學之路……

　　這一年，當這位北京名校哲學系畢業生躊躇滿志地和大家拍完了畢業照之後，從北京回到了老家。還沒有找工作的他卻遇到了這樣一個大問題。他忽然意識到他根本就弄不明白了，搞不懂所修的哲學專業在現實社會中的意義何在？

　　意識形態中，從初中開始，每個學生接受的教育都是以實證科學為基礎的辯證唯物主義，考試的時候只要誰背誦得好，成績就會高。即便高考的時候，這種應試題目也只能以分數論英雄。而人類潛意識中的主導思想並不是因為分數的高低而能夠指導人類的行為的。

　　直到畢業，一些現象引起了他的思考，他如饑似渴地翻閱學習了幾乎全世界的哲學書籍。他雖然熟讀世界哲學體系的各類書

籍，從西方哲學、中國哲學到印度哲學，一直在尋找答案，但是始終沒有找到他想要的答案。

或許是機緣成熟，他曾經的經歷在現代認可的哲學體系中無法找到答案。他困惑了，他的世界觀開始動搖，甚至到了土崩瓦解的地步。而當他讀到印度哲學中的論述，這更接近宗教，進而讓他接觸到了佛家的經典，他在輪迴和因果的思想體系中慢慢地開始明白⋯⋯

他決定繼續進行尋找，機緣巧合，他來到了色達喇榮五明佛學院⋯⋯

「您看看，」他指著自己雙眉之間，自嘲地讓嘛呢活佛看，「我這才二十多歲，這眉頭就有深深的緊鎖的皺紋，就是因為思慮過多而烙下的印記啊！」

「那可是思想者的標誌哦！」嘛呢活佛打趣道。

兩人不免開懷大笑。

嘛呢活佛聽到了這位師兄的故事，不僅非常感慨。佛陀的教育兩千五百多年歷史中，無論世事如何變幻，從伽利略地球是圓的學說，到牛頓萬有引力的發現，科學在不斷地發展，人類依靠自己的聰明才智不斷探索大自然的奧秘，但是卻始終沒有看清楚自己。而佛陀的大智慧看清楚了宇宙和生命的真相，發現了因果和輪迴的規律，並為人類指明了一條瞭解自己和宇宙的解脫之道。

也正是如此，這位師兄在喇榮佛學院找到了答案，他再也不需要糾結了，他在學佛的過程中，找到了自己人生的定位和意義。

在喇榮的所有學員各有各的因緣來到這裏，也各有各的問題需要在佛法裏找到答案，隨著學習的深入，每個人都有了自己的

答案。

　　每天，學員們除了聽仁波切和堪布們授課，平時抽考和期終大考外，還有就是每天都有一個小時的辯論，這也就是著名的喇嘛辯經。冬季還要舉行一系列形色多樣的大型考試。分講、著、辯、背誦、研討五類，通常要持續一個半月左右。

　　喇嘛們不但要熟背經典，還要正確深刻理解經教法理，只有這樣，才能在辯經中富有邏輯信服力，內容涵蓋了對世俗很多東西的辯證。學院不但組織對論，還組織立宗論，而且對論中有人根據辯論者觀點進行駁斥提問，如果被駁倒，就將獲得一片噓聲，辯者還要除下黃帽，直至下次辯倒問方時方能重新佩冠。所以，辯經是對一個修行者的學識最大的考驗。

　　除了考試辯經，私下裏這些漢地來學習的比丘和居士和藏族僧眾也經常為了一個問題進行辯論。因為對佛法的認識程度不同，他們也時常會產生分歧，或者嚴格地說是理解上的深度有小小的不同。

　　藏族人，無論是出家喇嘛還是在家人早已經將佛法視為自己的文化，信仰和生活已經圓融在一起。雖然法理上講修佛最終目的是為了解脫，但是能夠解脫的也是鳳毛麟角，不是一生一世的事情，所以，藏族修行者並不執著於即生成佛，而是把學佛融入了自己的生活中。這一點上，就會時常引起一些辯論。堪布們也鼓勵學員有問題就要進行探討，從而在思辯中明辨真理。

　　這天晚上，嘛呢活佛和一位漢地居士聊到「解脫」問題時，漢地那位居士說學佛就是為了成佛，為了解脫。

　　嘛呢活佛說：「學佛最終為了脫離輪迴獲得證悟解脫不假，但是藏族人學佛就是學習文化，沒有多少人明確就是為了成佛解脫。」

　　那位漢地居士聽了這個論點，登時瞪大了眼睛，顯得異常驚訝：「學佛不是為了脫離輪迴解脫，那為了什麼？」

　　「那你不信你去問問，是不是這樣。」嘛呢活佛不溫不火，俏皮地向著那位居士眨了眨眼睛。

　　這位居士非常認真，於是真的就好信兒，前去問了幾位喇嘛：「你們修佛是為了什麼？難道不是為了成佛？」

　　「成佛？沒想過。」幾乎每位喇嘛都如此反問。

　　那位漢地來的居士很驚訝，接著問：「為什麼？難道學佛不是為了解脫成佛？」

　　「佛學早已經成為我們藏族人的一種文化，好東西為什麼不學？不學豈不是成為愚癡的傻子？不過，成佛的機率實在太低了，比例那麼小，我們根本沒打算此世成佛，不過學佛是一個積累資糧的過程，足夠了的時候成佛也是自然的。根本不是一世修成的。」

　　當這位居士再見到嘛呢活佛的時候，他說：「真沒想到我得到的答案真的是這樣啊！」

　　嘛呢活佛笑了，說：「你看啊，他們的回答貌似不是為了成佛，但是確切地講，是不執著於成佛，但最終依舊還是要解脫成佛的。而是通過堅持不懈地學習積累資糧水到渠成的結果，而不是以執著心去時刻想著的刻意追求的結果。」

　　「是啊！」那位居士不禁感歎，「這樣的態度才是真正的中道啊！我明白啦！」

　　釋迦牟尼佛經過1000次轉世才成就，500次是聖者，而另外500次還是普通人，各行各業都有，甚至還轉世做過妓女、乞丐、商人，等等。所以，更別說凡夫俗子，不知經過多少世才能夠修成！嘛呢活佛深知修行之路是艱難的，但是，佛慈悲為懷，

給人們指明了一條通向最終解脫之路，那就是往生極樂世界，一個人此生成佛的機率卻是鳳毛麟角的比例，但是要想念佛往生極樂世界的機率依舊是很大的。作為業障深重的凡夫而言，這的確是一條光明之路……

佛學院的學習生活簡單而充滿法喜，每一位學員都認真精進，這些修行人的根器雖然不同，但是誰都不願意掉隊，每一天都會在下了課之後回到僧舍認真複習消化理解，因為第二天堪布們幾乎都要抽考，這種抽考是隨機的，因為每天堪布拿一個大瓶子，裏面裝滿寫著弟子們名字的小紙條，每天開講之前都要對頭一天內容進行提問，堪布的手伸進瓶子裏，說不定會抽到誰來回答。雖然大家都很努力，但是還是擔心被提問時如果答不上來會很尷尬。所以這時候的大殿上安靜得出奇。

有的頑皮的弟子也會偷偷耍耍小聰明，把堪布瓶子裏的紙條倒出來，然後充分攪合一通，這樣免得自己的名字總是在上面被提問到。說到這也是學院學習生活的小插曲，修行者無論出家在家，都是有一些習氣，就如小孩子一般。難怪後來法王如意寶的得意弟子索達吉堪布說過一句特別慈悲的話，意思是說眾生都是貪玩的孩子，忘記了回家。提起修行當然是一件很嚴肅的事情，但是也是一件很歡喜的事情，往往得到高僧更具備孩子氣，也是緣於內心的純淨。學員們在一起的生活也是純淨的，每一天的唯一要義就是聞思修。

喇榮五明佛學院的課程中，如果說最精彩的要數因明的學習，因明產生於古印度，是古印度五種學問之一。五種學問即五明：聲明，工巧明，醫方明，因明、內明。因明梵音醯都費陀，屬於論理的學科。由宗，因、喻三部分組成，其中因是最重要的部分所以叫因明。在歷史上，因明是在辯論中產生，並在辯論實

踐中發展起來的。因此它是一門關於思維和辯論方法的學問。因明在古代印度知識體系中的地位，相當於亞里斯多德形式邏輯在歐洲學術中的位置。

在學員辯經過程中，大家引經據典，開宗明義，將自己對佛法的理解通過因明辯論模式進行辯論，在辯論中更加能夠明白其中的道理。雖然唇槍舌劍，但是卻充滿法喜。

據載，辯經這種方式最早源自印度。西元792年，赤松德贊從印度請來蓮花生、寂護等高僧入藏宏法。當時在西藏也有不少漢僧，領頭的叫大乘和尚。這兩派本著「一山不能容二虎」的原則，擺開了一場論戰擂臺，誓要一見高低。結果漢僧不敵印僧，十分丟臉地敗下陣來。落敗的原因，倒不是因為漢傳佛教比印度佛教差勁，而是因為兩家修煉的重點各有不同。漢僧習練禪宗，講究的是頓悟，是心領神會——從一堆狗屎中也能見出佛來，還有什麼「幡動」、「心動」、「風動」、「當頭棒喝」之類玄而又玄，誰也鬧不明白的東西。這種注重性靈和感性思維的方法，一旦與人辯論起來，頓時變成鋸了嘴的葫蘆，敵不過擅長邏輯思維，強調正誤推判——其實說白了也就是辯論和演說——的印度佛教，只好灰溜溜認栽走人。這次打擂，史稱「拉薩論爭」，並由此開創了藏傳佛教辯經的先河。此開創了藏傳佛教辯經的先河。

在佛學院法王的無限慈悲眷顧之下，嘛呢活佛在這裏得到了佛法全面系統的法脈傳承，四年中，除了理論修習之外，每一年參加大法會，放生等活動。他還得到了一系列的灌頂，這樣的聞思修的系統學習令他受益匪淺。

　　每一天，嘛呢活佛除了上課聽聞理論，業餘時間都是精進修行，不想浪費每一分一秒的時間，時間就這樣在不經意間飛轉流逝，1998年如期而至，這也是嘛呢活佛在喇榮佛學院學習的最後一個學年了。

　　這一日，學院的一學期課程結束了，趕上放假，在學員們臨返鄉之際，有兩位來自濱城的女居士找到了嘛呢活佛，她們交談中問嘛呢活佛：「師父，您去過東北嗎？」

　　嘛呢活佛說：「這些年，我除了在藏區和印度的佛學院學習、建設寺院修行之外還從來沒有到過漢地。」

　　「那師父，我們邀請您去濱城，也是結緣傳法啊！」兩位女居士誠摯邀請。

　　嘛呢活佛思忖片刻說：「好吧，我倒是應該出去走走了。」

　　四季經過了春夏秋冬的輪迴在喇榮的最後一個學年裏，嘛呢活佛終於走出了藏區，他隨同兩位居士來到了美麗的濱城，從此與漢地結緣，開啟了弘法利生的大門。

　　上師法王如意寶的甚深法義與漢地有著殊勝的緣分，早在1986年就發下宏願：要廣度漢地芸芸眾生。而次年就率領少數眷屬輾轉到五臺山朝拜，他駐錫於鷲峰之巔的黛螺頂傳法閉關。而嘛呢活佛師從法王，也正是上師的加持之下，因緣成熟，從此去接觸漢地，認識漢地，為那裏的有緣眾生佈道弘法。

　　在兩位女居士的安排下，嘛呢活佛被安排住在了市郊的別墅。漢地的信徒對藏傳佛教充滿好奇，他們對活佛有著神秘的想像，所以很多信眾乃至普通人，只要有緣分的都紛紛要求拜見活佛，聞訊驅車前往結緣的人甚至超過百人。

　　嘛呢活佛的日程除了隨順當地的習慣，吃飯應酬，接見信眾，還有就是做放生法事，為信眾請的佛像和佛珠等開光，有的

雖然不是信徒，但是也會慕名而來，希望得到活佛的摸頂，還有的心裏充滿好奇地想來看看活佛到底是「何方神聖」，長成啥樣，甚至有些人把活佛當成了「算命先生」，請求打卦算命，問東問西。活佛針對這些形形色色的眾生都充滿了慈愛與平和，他寧靜的聲音，溫和的外表，內斂的儀態，以及那種由內散發出來的威儀，讓所有接觸過他的信眾都產生了親近感。

由於邀請他來濱城的是女居士，為了方便陪伴嘛呢活佛，她們特意找一位與嘛呢活佛年齡相仿的男居士每天陪同在嘛呢活佛左右，這位居士是嘛呢活佛來漢地親密接觸的第一位男弟子。也就是因為這一次的緣分，直到今天，在漢地濱城這塊善根深厚的土地上，嘛呢活佛的故事在居士中也是口口相傳。

這一天，有一位老闆來拜見嘛呢活佛，請活佛為菩薩和財神像裝藏開光，接著又聊了些生意上的事情。臨走他邀請嘛呢活佛去一個海島上遊玩。在那位男居士的安排下，嘛呢活佛一行在一個風和日麗的早晨出發了。

那位老闆駕駛著他的那輛「沙漠風暴」，一路說笑著載著嘛呢活佛行駛在高速公路上，前方是去海島的港口。

從港口到海島要乘坐渡船，那位老闆把車停在碼頭停車場，一行人乘坐渡船，一路有說有笑乘風破浪地向著海島駛去。嘛呢活佛站在船頭，海風拂面，大海的氣息也撲面而來，此刻他的心情很複雜，他望著茫茫大海，覺得大海之大就如眾生欲望的無止境，因此身在世俗中的感受就是所面對的誘惑遠比寺院大得多，色欲執著令眾生不知憂苦，這令他內心很是感慨，他想到一些經典，對眾生相早有詳細描述，正是佛陀的智慧遍知眾生之苦啊！

在《大乘無量壽清靜莊嚴平等覺經》就有這樣一段描述：「……無田憂田，無宅憂宅，眷屬財物，有無同憂。有一少一，

思欲齊等，適小具有，又憂非常。……」世俗中的人們，不但要追求有房有車，還要有豪宅豪車；不但要有衣服穿，還要追求奢侈品牌；不但要有飯吃，還要追求山珍海味……因此，人們每天都忙忙碌碌地為了這些無止境的追求而努力去賺錢……人們在追求這些的時候，卻忽略了周圍的風景，忽略了掩藏在內心的自性，由此產生的痛苦也不言而喻，更遠離了內心那個真實的自己。

「師父，這風景還不錯吧？」那位老闆樂呵呵地走過來打招呼，打斷了嘛呢活佛的思路，「一會兒上了岸，我帶您到魚池，那魚池裏的魚又多又大，一釣一個準兒！」

嘛呢活佛微笑著應和道：「好啊！好啊！」

一個小時過去了，眼前的小島呈現在大家面前。

海濱的遊客，或在海中暢遊戲水，或坐在沙灘上曬太陽，或在遮陽傘下燒烤，一邊品嘗美味一邊聊天……

接船的商務車早早等在了遊艇碼頭，載著一行人穿行在山林間的小路，來到了一個魚塘。

「師父，這就是我說的地方，怎麼樣？」

「不錯，不錯！」嘛呢活佛附聲讚歎。

「師父，我們先去品茶休息下，然後去釣魚。」

這是一個私人會所，一樓大堂被裝飾得華麗典雅，實木紫檀木傢俱，一進門的右側擺放著大氣的木質茶海。那老闆一走進大廳就坐到茶海前，招呼大家坐下：「來來來，坐坐坐！來品品我藏的陳年普洱茶。」

於是，他熟練地洗茶具洗茶，一邊說：「師父，我瞭解你們藏族人就是喜歡普洱，當年茶馬古道上從雲南到青藏，茶商所販運的普洱茶經過藏地人的創造成為藏地最受歡迎的茶。對吧？」

嘛呢活佛應道：「是啊，我山上喝的就是普洱茶。」

老闆說話間，嫻熟地給嘛呢活佛斟了一杯茶，恭敬地說：「師父，以茶代酒敬師父，歡迎師父，榮幸之至能夠光臨，也是讓我等凡人沾沾佛光啊！」

嘛呢活佛話不多，聽了這番話不由得笑了。

這時，一個服務生走進來恭敬地問：「老闆，釣具準備好了，您看？」

「哦，好！師父，我們去魚塘釣魚吧。」

嘛呢活佛欣然應諾，面帶微笑地隨著那老闆走到戶外，一行人興趣盎然地來到魚塘。

此刻，正是陽光明媚的下午，鳥兒鳴唱，海風微撫，令人心情大好。

來到魚塘邊，老闆不無炫耀地對嘛呢活佛說：「師父，您就看我的吧，保準兒一鉤一條！您就等著吃魚吧！」

嘛呢活佛看著他胸有成竹的樣子，微微一笑，沒有答話。

時間一分一秒地過去了，半個小時過去了……老闆的魚鉤仍然沒有動靜，他皺著眉頭心想：「奇怪啊！以前幾分鐘就上鉤的魚怎麼今天半個小時還沒動靜呢？」

他收回魚鉤，換了更大的魚餌，又一次下鉤，半個小時又過去了，還是沒動靜。

「我看我們還是放棄吧。」坐在一旁的嘛呢活佛說，「我看今天我們是釣不到魚了。」

「不可能啊！！」老闆滿腹狐疑地說：「平時可不是這樣的哦，這魚塘就是下去摸魚也不會空手而歸的，這在以前那是一會兒就釣上來一條，一會兒一條！今天還是真的見鬼了！」

嘛呢活佛微微一笑：「我看你們菜園子裏的菜不錯，我們中午就燒點蔬菜好啦！我現在可是餓了，等不了你釣的魚了。」

那位老闆覺得臉面有些發燒，深感自己很沒面子，不過轉念一想也只能如此。心想：「照這樣下去，等我釣到魚還不知道什麼時候，哪裏好讓師父因此挨餓呢？」只好就此作罷，安排人趕緊做飯。

飯桌上，嘛呢活佛顯得很高興，他望著老闆那有些過意不去的表情，笑著說：「你這一桌子菜很豐盛，真是『海鮮』，海了去的鮮啊！」

「哎！慚愧啊！我在佛前打妄語啦！一鉤一條，結果一條都沒釣到。」老闆顯得不好意思起來。

「這不好嗎？」嘛呢活佛說，「為什麼要把我們的快樂建立在眾生的痛苦之上呢？如果人家把鐵鉤子鉤你的嘴上吊起來，你是什麼滋味呢？」

老闆聽著嘛呢活佛這一番話，立時愣住了，默默地沉思片刻，心想：「哎呀！釣了這麼多次魚，自己從來沒考慮過這個問題，一切彷彿是應該的。」

「我給大家講個故事吧。」嘛呢活佛繼續說。

大家饒有興致地聽著。

「電視節目上有一次報導，一個漁民出海打魚遇到海難沒有回來，記者採訪他的老婆，她帶著三四個孩子，哭得可憐兮兮的，她說一家大小全指望老公打魚養活啊！老公這樣走了，家裏如何過呢？」

「不過，從因果角度講，你老公一生捕魚上千噸，一家老小為了生活殺了人家那麼多生命，打來的魚有的還帶魚仔，那也是人家的孩子啊，如今只要你家一條人命償還人家那麼多命債，一點都不過分啊！可是世人從來不設身處地去思考這樣的問題。」

「師父啊！聽您這樣一說我還真慚愧啊，我們吃了那麼多魚

和肉，從來都沒想過這樣的問題。覺得一切都理所應當啊！」

嘛呢活佛笑著說：「那是大家不相信因果輪迴的結果。所以，對於我們修行的人而言，一切都是不一樣的理解。」

「那師父，我有個問題不明白。」另一個人問。

「你儘管說，什麼問題？」嘛呢活佛說。

「您是出家人，我發現藏地喇嘛也是吃肉的，這難道不違背您剛才所說的？」

「你問得好！」嘛呢活佛說，「原本以佛的慈悲為懷的大悲心，是不允許殺生吃肉的，不過這可是一個說來話長的話題。」

於是，嘛呢活佛從歷史的角度解釋了藏地出家人為什麼吃牛羊肉的問題。

釋迦牟尼在世時的飲食是吃肉的，而全世界學佛不吃肉的只有中國人。中國漢地素食是梁武帝提倡的，梁武帝之前，中國佛教徒也是吃三淨肉，梁武帝發心吃長素是讀《楞嚴經》的時候，佛講：「菩薩大慈大悲，不忍心吃眾生肉」，梁武帝非常感動，所以就自動素食。他是佛門大護法，他吃素，老百姓自然效法。這就是中國素食的初始。佛教人不殺生，戒律上沒有說不吃肉。佛陀在世是托缽化緣，「佛家是慈悲為本，方便為門」，托缽時人家給什麼吃什麼，這是方便，慈悲。如果你是素食者，人家給肉你還要求要素食，那就是找麻煩。佛弟子沒有分別心，人家給什麼吃什麼。

「佛教傳到藏地，按照大乘佛教教義，是不應該吃眾生的肉的。可是，那個時候高原上交通不便利，豐富的物資也無法運送，當年的社會也並不富裕。除了滿地牛羊青稞，根本無法種莊

稼，如果不吃牛羊肉，高寒地區的人們無法獲得熱量和能量，人就會餓死，所以，那個時候，也是吃肉的。一直到現在，由於習性難改，也有吃肉的佛弟子。不過，隨著耕種技術和交通條件進步，蔬菜也比以前多了，也提倡吃素了。就是現在在佛學院，堪布活佛們都是大力倡導素食。」

大家聽了嘛呢活佛的話，不覺恍然大悟。

不過，有人也提出了濟公活佛的故事這種現象。

嘛呢活佛半開玩笑地說：「濟公是活佛，但是像他那樣的活佛又有幾個呢？濟公吃肉，眾生是搶著願意讓他吃，因為經過他這一吃就等於對眾生做超度了，一下子就得到解脫，而普通人吃肉只是口欲之貪，哪裏有能力像濟公那樣超度眾生呢？那結果只能是獲得眾生的怨恨，結下了孽緣，是會遭受惡報的。」

「哎呀！師父啊！我這還是第一次聽到這樣深刻的解釋啊！以前我們常常以濟公為理由，喝酒吃肉，『酒肉穿腸過，佛祖心中留』，看來哪裏那麼簡單啊！這真是瞭解越多就越是不敢妄言啦！」

「就是就是，你可別忘記了，這兩句話後面還有兩句：『世人若學我，如同墮魔道』。」嘛呢活佛接著說，引起大家熱烈的反響和討論。

大家一邊吃，一邊聊得開心，不知不覺這頓飯，從熱乎乎的吃到冰涼，但是人們內心裏卻因為嘛呢活佛的一席話沸騰了，宴席雖然就此散去了，但是，每個人心裏的思考一直繼續著……

嘛呢活佛第一次走出藏區到漢地，他看到眾生對佛法的瞭解匱乏，而且可以說還有很多是不夠正確的，眾生因誤解而非議和排斥佛法，尤其是因為對藏傳佛教不瞭解而產生的誤解，令嘛呢活佛深深感到自己的責任重大。更讓他感慨的是一些信眾僅僅把

修行理解為燒香拜佛等儀式，而不是依據佛陀的智慧指導自己的身口意，進而修正自己。或者說這類信眾不是從聞思入手，只是從形式上信佛，而非學佛，信佛和學佛還是兩個概念，信佛也有正信和迷信之分，正如這次來到漢地，大多數與他結緣的人把佛教與打卦算命的混為一談，來到漢地這些天，與他結緣的人們，很多人都是求他解答或是事業、或是生意、或是愛情的問題。

晚上，他躺在酒店的床上輾轉思維，看來度化眾生也需要用善巧方便，隨順趣入，因為自己也學習過藏地易數，所以可以推算出一些事情。他想：「佛法講究善巧方便，如果信眾有需要，還是要適度與傳法度化眾生做到圓融才是，但是這尺度的把握是需要智慧的。這種現實的『考試』並不比在佛學院的考試簡單啊！」

回到寺院，嘛呢活佛的心因此好多天還沒有從漢地收回來。

學院放假這段日子，他除了在考慮甘沖寺的修繕，就是在思考自己所學所思所悟如何回饋給眾生，如何讓佛法與眾生更加接近。那目前只有一點，就是自己一定要獲得正道正解。

春節前，嘛呢活佛進入了閉關修行狀態，他每年都要閉關三個月，他認為一個人是需要獨立思考的氛圍的，就如愛因斯坦曾經講過的話，人是需要孤獨地獨處的，就是因為不希望別人的觀點對自己產生影響，保持一種獨立的思考空間，也就能保持一種冷靜平和，不被外界所左右。某種程度上，這也切合了閉關這一做法。當一個人進入冥想狀態，專注於內心的關照的時候，智慧之光就會照亮心田，定然就會獲得智慧。

從色達喇榮五明佛學院畢業了，嘛呢活佛告別了尊敬的法王如意寶晉美彭措仁波切，告別慈悲的上師們，告別了眾師兄們，回到甘沖寺做了一段調整。

03 ｜ 北京高級佛學院

　　一九九九年九月，嘛呢活佛從色達喇榮溝回到甘沖寺不久，一天，青海省互助縣政府宗教局派人來到寺院，說政府打算安排一些活佛高僧去北京高級佛學院學習，鑒於他的活佛身份，決定安排他去那裏學習四年，嘛呢活佛聽了自然心生歡喜，欣然接受，安排好寺院的一切事務，就啟程了……

　　深秋的高原層林盡染，漫山遍野不再是清一色的綠，五顏六色的景色豐富與「彩虹之鄉」的名字遙相應和，令人賞心悅目。高原的天似乎更高更遠……美麗自然的高原美景與北京首都形成鮮明對比。當嘛呢活佛站在天安門廣場的時候，那前塵往事總似一幅幅活動的畫面顯現眼前，縱觀歷史，藏傳佛教與北京這個地方，也就是歷代統治者有著千絲萬縷的聯繫，通過政教合一的安撫政策，佛教不僅在藏地得到廣泛傳播發展，隨後也反過來影響了漢地，所以，在北京，也不乏有藏傳佛教寺院和佛學院。

　　西黃寺北京高級佛學院位於朝陽區定門外黃寺大街中段，與東黃寺並稱黃寺或雙黃寺。這一清朝時期達賴、班禪的駐錫之地，目前是中國藏語系高級佛學院所在地。黃寺是清朝皇帝給五世班禪修建的行宮，結果五世班禪在北京圓寂之後，這裏變成了他的靈塔，高級佛學院就坐落在此地。班禪為了高僧適應這個時代，把各個地區重要的活佛、住持都接來北京學習，就像受訓一樣。畢業後發給國家頒發的大學文憑。學院的學員分為活佛和喇嘛兩類，通常喇嘛需要通過考試合格才能夠入學，而活佛則是政策性的不需要考試。

　　在北京高級佛學院的學習，鞏固了嘛呢活佛的所有佛法理論，佛法彷彿融入到他的血液之中，他的心與佛陀的智慧合二

為一，自心與上師無二無別。種種情形也向他顯現了一種預兆，他想：「要想度化一條魚，就得變成一條魚，用魚的語言為其說法。」佛家講「法無定法」，講究「善巧方便」，佛陀的教育是充滿活力的。在佛經裏有這樣的一個故事：

當時佛陀有一個叫周利盤陀的弟子，他的特點就是愚笨過人，記憶力又是非常的差，他有個哥哥也在佛陀的僧團裏出家，對這個愚笨的弟弟非常的嫌棄，覺得弟弟真是給僧團丟臉，因此總想把他趕出僧團外，周利盤陀為此覺得很苦惱。

這天他正傷心地在哭著，正好遇上慈悲的佛陀，佛陀就上前安慰他，問他哭什麼，他說因為自己的愚笨，被哥哥所嫌棄，佛陀說不要傷心，他們不要你我要你，說著就交給他一份工作，叫他在僧團中每天幫忙掃地，並教他念四個字，「掃塵除垢」，他確實非常笨，佛陀教他念「掃塵」兩個字時，他就忘記了「除垢」二字；教他念「除垢」二字時，他又忘記了「掃塵」二字，通過教了很長時間才終於把四個字念下來了。從那以後，周利盤陀每天都在寺院掃地，他一邊掃一邊念「掃塵除垢、掃塵除垢……」

有一天，周利盤陀突然心生一疑念：「佛陀命我掃塵，到底他是指外在的塵，還是指其他的甚麼塵呢？」在思維此疑問後，豁然開悟了，此時他的心中突然顯現了三段偈子：

「此塵是貪非土塵，密說此貪為土塵，智者能除此貪欲，非是無慚放逸人。

此塵是瞋非土塵，密說此瞋為土塵，智者能除此瞋意，非是無慚放逸人。

此塵是癡非土塵，密說此癡為土塵，智者能除此癡毒，非是無慚放逸人。」

　　由於心念的專注，經過一段時間後，妄想漸漸少了，無明漸漸少了，於是無漏智慧光明顯現出來，後來周利盤陀因為天天念這四個字的關係，證得了阿羅漢果。

　　佛陀就是這樣，根據不同根機的眾生，施設不同的法門。在佛陀的八萬四千法門裏，就像周利盤陀這樣的眾生都可以得度，那麼還有什麼樣的眾生不可以度化呢？

　　嘛呢活佛回想起過去的日子，自己經歷了生活中無數的磨礪和考驗，佐欽寺佛學院六年在苦修中感悟到大德的智慧；印度佛學院三年的學習讓他懂得了什麼是一位大乘佛弟子的使命；在阿日扎五明佛學院兩年學習，讓他得到了佛菩薩的慈悲加持，自己能夠內心深悟菩提之地；而色達喇榮五明佛學院的四年的學習，自己沐浴在法王如意寶的智慧之光裏，系統地學習了佛教理論，並次第修習，獲得訣竅。可以說，這些學習，讓一位年輕的喇嘛成為一位慈悲和智慧的雙運圓滿的大德。

　　而這次，他被派往北京佛學院，更多的是瞭解佛教的歷史和宗教政策，嘛呢活佛認為這一切都是必要的，因為自己發心去度化的是當代社會的眾生，而這些眾生是特定的地區、特定的文化、特定的社會背景之下的眾生，所謂「知彼知己，方能百戰百勝。」只有瞭解了社會，才能隨順趣入，善巧方便地度化眾生。所以，嘛呢活佛對這樣的學習也是真正地融入其中，而且他自此利用首都，這樣一座文化中心的方便，開始廣泛接觸社會，瞭解社會，瞭解各層次的人們的思維，廣結善緣。他暗自思維：弘法利生，如果只建立在高閣之上，就會令人們無法靠近了，也就很難去調伏末法時期難以調伏的剛強眾生。

　　1999年，全世界都在瘋傳世界末日的到來，網上瘋傳「1999年至2000年是雙魚時代與水瓶時代的過渡期，潘朵拉的魔盒開啟的時間，人類將會遇到越來越多的災難，有些說法是整個宇宙時空的淨化，能得到提升都會提升，而剩下的就是被淘汰。」

　　民間熱議末日即將到來，很多人都決定在末日那一天要做最後的狂歡。這種傳言或許是人們平淡空虛的生活中的一味調料，或許是為歡聚找一個別具一格的理由。總之，末日傳說給這個冬季披上一層神秘薄紗。

　　然而，在本年度最後一天來臨的時候，一切依舊是安然無恙，2000年的元旦如期而至，白雪皚皚的北方，沐浴在節日的氣氛裏。

　　元旦的清晨，嘛呢活佛早早地起床了，窗外的天空陰沉沉的，有密密麻麻的雪花灑落下來，偶爾不知從何方傳來救火車那急迫的鳴叫，為「末日」的清晨平添一絲低沉的氣氛……

　　「這或許就是感應吧。」嘛呢活佛心裏想，「雖然末日傳說隨著地球照樣圍繞著太陽公轉自轉的清晨而不攻自破，但這樣的陰沉沉的飄雪天氣不能不說是眾生心想之感應吧。」

　　想到這裏，嘛呢活佛不由得微微露出一絲笑容，他收拾好，開始每日的功課，他進入了一種禪定的境界……

　　因為假期短，嘛呢活佛就留在北京過節。寺院裏的僧人對節日並不像世俗中人那樣熱心，每到這樣的日子，他們反而更加精進發心，吃齋、誦經、持咒、閉關，為天下祈求太平。假期過後，精進的學習生活又開始了……

　　此刻的青藏高原已經是白雪皚皚，風寒料峭的季節，坐落在這威儀之上的那座小山村──馬蓮灘，在浩浩之大千世界之中渺小得彷彿百樹一葉，在九百六十萬平方公里的土地上幾乎可以忽

略不計。在這小山村裏那個舊房舍的土炕上，文賢尚正在端著他那個跟隨他多年的長煙斗，向煙斗裏續煙草，那是他自己種的煙草，有著高原特有的味道，無論換什麼樣高級的煙草，他都不屑一顧。十六七歲的時候，他就學會了吸煙，對他的煙斗更是鍾愛倍加。

這天，他不由自主地想起了已經是活佛的小兒子，雖然當年他竭力阻止南哲出家，但是他內心對這個小兒子是疼愛有加，對他也曾經寄予深切的希望。

「我們的南哲自從出家後就很少見面了，不知現在他可好？」文賢尚似乎自言自語，又似乎是說給夏爾楚聽。

夏爾楚望著籠罩在煙霧中的丈夫，說道：「你就瞎操心，我們的小兒子是活佛，他不好哪成！他好著呢！這去北京學習，那可是首都，豈有不好之理！」

「好啊，好啊！」文賢尚兩眼含笑，嘖嘖讚歎道，「沒想到，我們完康拉卡家族也會出現一位活佛，這真是我們的福報造化啊！」言語間透出自豪，面容裏藏著微笑。

「快了，就要放寒假了，南哲也會回寺院的。」夏爾楚說。

老倆口思念小兒子的心比惦記任何一個兒女都要多些，雖然他們知道他們的小兒子南哲才讓是讓他們最放心的一個孩子。

此時，在北京，嘛呢活佛正坐在課堂上聽大堪布講經說法，不覺心裏有些慌亂，精神也有些不集中，他閉目平靜了片刻，內心忽然產生一種不安的情緒，「難道家裏有什麼事？」他想。

須臾間，嘛呢活佛將思緒調整回課堂，專心地上完了這節佛教史課程……

元旦過後，學院結束了一個學年的課程，學員們就要放假各自回家鄉了。

嘛呢活佛收拾好行囊，無論外面的世界多美好，想起回家，心就插上了翅膀，恨不得一下子飛回那個家，對於一位出家人而言，他的家就是寺院，那坐落在北山腳下的小小的禪房。

出家，就是放下一切塵緣，斷除一切因緣，專心修行，出離輪迴，誓願成佛，普度眾生。自從出家，嘛呢活佛就很少和父母家人聯繫，專致於學習修行傳法的弘法利生事業，超度眾生確是活佛的使命。

此時的青藏高原早已是大雪封山的季節，一場接一場的大雪把整個山巒包裹起來，彷彿穿上了一件厚厚的白色大氅，在陽光的映照下尤為炫目。嘛呢活佛背著行囊走在上山的路上，遠遠地，寺院的經幡在碧藍的天空映襯下，為這色彩單調的季節增添了五彩繽紛的一抹絢爛，嘛呢活佛內心升起一絲歡喜，心想：「終於到家啦！」

回到寺院，嘛呢活佛除了繼續每天的修行，就是聽取管家喇嘛的彙報，聽取寺院的尚存的一些亟待解決的問題，共同謀畫寺院建設的大事。

這天午休時間，寺院管家喇嘛敲開了嘛呢活佛的房門：「師父，鎮上來人說，您的父親文賢尚過世了。」

嘛呢活佛沒有回應，似乎早有預料一樣，他沉默了許久，管家喇嘛謙恭地哈著腰，不禁抬眼望了望師父：「師父，您看我們……」

嘛呢活佛示意他先退下，他開始整理行囊，準備趕赴家鄉為自己的父親做超拔……

最近，文賢尚覺得頭暈，就去鎮上診所檢查，結果是血壓有些偏高，醫生給他開了藥，他在村上打了吊瓶，就和夏爾楚打招呼去睡一會，結果，當夏爾楚叫他吃飯的時候，她驚訝地發現丈

夫已經走了。文賢尚是悄無聲息地走了，沒有痛苦，如果說有先兆，就是他說頭暈，就是他提及了他心愛的小兒子南哲。這在平時他從來沒有過，不過，夏爾楚想著一定是血壓高導致的頭疼，而走的先兆也就是他提及了南哲，除此之外再沒有特別的表現。就這樣，73歲的文賢尚悄無聲息離開了……

當嘛呢活佛趕回家的時候，文賢尚已經安靜地躺在那裏，家裏的親人和鄉里鄉親都趕來送葬，見到嘛呢活佛，大家紛紛脫帽躬身頂禮。

而此時的嘛呢活佛，不僅僅是文賢尚的兒子，也是趕來超度亡靈的活佛。嘛呢活佛按照佛教的儀軌，為辛苦一輩子的父親華扎·文賢尚亡靈做超度。

他感到父親就在自己身邊，微笑著看著他：「兒子，你回家啦！阿爸看見你真高興！」

「尊敬的華扎·文賢尚，您知道嗎？您現在永遠地離開了這個塵世，走在輪迴的路上了，」嘛呢活佛彷彿看見文賢尚在虛空中回眸望著他，微笑著，他似乎聽到了兒子的話，微笑凝固在臉上，顯露出悲傷的神情。

「不過，尊敬的華扎·文賢尚，我作為仁波切很高興為您超度，希望您按照我的指引向極樂之地出發。」嘛呢活佛繼續說，「天道之光已經投向您，那潔白明亮之色，正是佛祖的指引，請和我一起發願：

【生死流轉皆因愚癡無明而有，
際此法界智光照亮暗路之時：
唯願毗盧遮那世尊引導於前，
唯願無上虛空佛母護佑於後；
唯願使我安度可怖中陰險道，

唯願使我安住一切圓滿佛地。】

　　尊敬的華扎・文賢尚，願您不要被那貌似溫柔的光芒所迷惑，循著明亮之光，走吧！」

　　接下來的每一天，嘛呢活佛取消了一切活動，每天都專注地為文賢尚做中陰超度。這天晚上，嘛呢活佛做完法事已經是夜色漸濃之時，他簡單地洗漱，躺下休息，迷迷糊糊之中，有人叫他：「南哲，南哲！」

　　他睜開眼睛，看見阿爸文賢尚正站在他面前，微笑著，向他招手：「兒子，我真的要走了。」

　　嘛呢活佛定睛看時，須臾之間，一道白光閃過，文賢尚不見了。

　　他連忙雙手合十，口誦佛號恭送那道白光，瞬間消失在暗夜之中。

　　這時，嘛呢活佛醒了，他回憶起剛剛的一幕，知道文賢尚得度往生了。不覺深深籲了一口氣，內心升起了無限的歡喜。

　　這個假期，文賢尚的離去是嘛呢活佛一生中的大事，他能夠報答父恩，趕上他放假期間，能夠專心為父親做超度也是冥冥之中佛祖的安排啊！他心裏感到莫大的欣慰和感恩。

　　佛陀在《大方便佛報恩經》中所宣講的就是知母、念恩、報恩，加上慈、悲、增上意樂，合起來是修佛門的大孝。所以，嘛呢活佛能夠以佛法利益眾生，包括自己的父母，因為從輪迴來講，生生世世中眾生都做過自己的父母，所以佛視眾生為父母，這種大悲心也是佛門弟子博大的孝心。

　　假期很快就過去了，嘛呢活佛告別了家鄉，再一次回到了北京。

　　北京，是一個聚集著各路精英的政治文化中心，這些人是中

國力量的代表，但是，世間知識的熏洗，世態炎涼的浸染，使得他們的世界觀建立在外在物質基礎之上，這和佛陀所說的「莫向外求」有著本質區分，所知障阻礙芸芸眾生，成為了度化眾生的一大魔障。嘛呢活佛要用自己所感悟的佛學理論用最貼近人們的語言進行一種特殊的教學，這個課堂就是社會，這裏的學生就是芸芸眾生。

人類發展到今天，所追求的方向就是極端依賴外在的物質和環境，這與佛陀所說的心內求法內道教法是相對的。佛教自古以來，統稱異教徒為外道，此一名稱並非輕侮之意，因為佛陀在各經論中，都說佛法在自己心中，不向外求；中國禪門也說：「不作佛求，不作法求，不作僧求。」可見佛法即自己的真心自性，若在此以外談法論議，都是心外求法，故被視為「外道」。

在這樣一個大都市，人們每天都在為滿足自己的衣食住行等需要甚至更多的需要而努力拼命去工作，你會經常聽到「多賺點錢，等老了生病了需要錢時心裏也有底。」等等，一切都依靠外在的物質，賺錢已經不是以滿足基本生存的需要為目的。雖然錢在現實物質世界不可缺少，但是，錢是無法重新買回健康的，錢也無法買回生命，錢更無法給一個人真正的快樂……不過，滾滾紅塵中，人們卻為錢孜孜不倦地奮鬥著。

就是在這樣的人群中，嘛呢活佛深深理解了「佛度有緣人」這句話，因為求佛實際就是求自己的心，一個人的心是外人無法改變的，作為活佛，也是盡自己的力量去啟發引導，而真正得度的卻是有緣有心之人。

　　來到佛學院已經有一年多了，除了學習修行之外，嘛呢活佛開始試著走出去接觸眾生，也就是結緣。因為他知道，該是他發揮活佛作用的時候了。

　　在北京，嘛呢活佛結交了社會各界人士，這其中最活躍的就是文化娛樂界的人士，他們經常打電話給他，或是約去喝茶，或看電影、或是喝咖啡，或吃飯，總之，嘛呢活佛與這些有緣眾生融合在一起，而見了面之後，談論的不僅僅是佛法，話題涉及到各個領域，這無疑為嘛呢活佛開啟了一扇窗，逐漸地對社會有了全面的瞭解。

　　星期天，嘛呢活佛受邀去三里屯，這裏是北京夜經濟的符號，酒吧、咖啡廳、西餐廳雲集在這裏，是北京最熱鬧的夜生活區之一，是都市白領、新新人類和外國友人喜愛的地方。

　　今天應邀來到三里屯咖啡廳的人是都市白領，緣起是一位朋友引薦的外企高管，也是對藏傳佛教非常感興趣的人，雖然他不是佛教徒，但是依舊熱情地要結緣活佛，多次提出邀請，因為種種原因沒有成行。

　　幾個人落座後，互相做了自我介紹。

　　和嘛呢活佛一起來的學院師兄和大家介紹說：「我有幸和大家隆重介紹我們尊敬的嘛呢活佛。」

　　一雙雙熱情的雙手合十頂禮嘛呢活佛，紛紛說：「阿彌陀佛！扎西德勒！」

　　「活佛，您好！認識您真是我的榮幸啊！」一位溫文爾雅的女孩子雙手合十，向嘛呢活佛頂禮。

　　「你好！你好！」嘛呢活佛話不多，簡單地回應大家的問候，「扎西德勒！扎西德勒！」

　　「活佛，這位余小姐是我們業內優秀的HR，英語超級棒！

有人介紹起來。

女孩子靦腆地回敬：「哪裏啊！你不要誇張好吧！」

在大家熱聊期間，問的最多的就是關於活佛，關於藏傳佛教，關於達賴喇嘛，這些問題有的很敏感，有的很深奧，有些問題令嘛呢活佛不知從何談起，因為要想回答明白某些問題不是三言兩語能夠解釋清楚的。

在北京，娛樂圈的很多演員、白領、老闆各界人士都很喜歡與佛結緣，嘛呢活佛在和他們接觸的過程中，瞭解到大多數人都是有一種美好的願望，就是期望自己能夠順利健康，工作事業順利。這種發願雖然也是佛祖開許的，但是在真正解脫方面卻沒有太大幫助，不過，對於末法時期剛強難化的眾生通過這樣美好的願望也同樣能夠種下菩提種子，對於生生世世的輪迴最終得以解脫也是有意義的事。

嘛呢活佛想到這裏，周利盤陀清掃灰塵的身影從眼前掠過，「善巧方便，隨緣而度，應機說法」，這種方式倒是很適合目前這樣的狀況的。他心裏這樣想。

這一天中午，嘛呢活佛結束課程，有人來告訴他說門衛電話有人找。嘛呢活佛感到奇怪，是誰打來的？

「喂！活佛嗎？我是那天一起喝咖啡的小余啊！」

「哦，啊！原來是您啊！」嘛呢活佛說，「還好吧？」

「師父，您是否能夠賞光，我們晚上去吃西餐？我有問題請教您啊！」

「哎呀，我也吃不了什麼的，您知道，如果一定要吃，我們簡單點，就吃碗麵吧。」

「也好啊！」余小姐說，「那我晚上開車來接您咯！」

晚上，余小姐按照約定時間準時開著她那輛桑塔納轎車來到

學院，她驅車直接載著嘛呢活佛來到一家麵館，說是麵館，實際上是一家酒店，主食主要是特色麵，這裏的菜肴和其他高檔酒店一樣比較豐富。

「師父，我今天請您來，是想向您請教一些問題，」余小姐開誠佈公，「我平時喜歡讀佛書，我祖母和母親都是佛教徒，她們也讓我問問師父，是否能夠和師父結緣。」

「哦，可以的，那我得安排下時間。」嘛呢活佛答，「您有什麼問題，說吧。」

余小姐開始有些猶豫不決，彷彿做了思想鬥爭一般，最後終於開口：「師父，我聽說藏傳佛教寧瑪派允許僧人結婚，活佛也是可以娶妻的，是這樣嗎？」

「你那聽說的都是不瞭解情況。出家僧人一定要遵守戒律的，哪裏可以娶妻生子！」嘛呢活佛果斷地回答，「藏傳佛教中僧人娶妻有些情況是還俗的僧人，比如文革時候被逼迫還俗的，還有就是一些不符合僧侶制度的寺廟的僧人，他們的不如法行為。這些可能讓大家對藏傳佛教產生了誤解。」

「哦，原來是這樣的哦。」余小姐若有所思，「不過，師父，您對婚姻家庭怎麼看的？您難道沒有一點想法？」

「我是出家人啊！如果我要還俗，可能20歲左右的時候就找老婆了。」嘛呢活佛說，「與世人的交往，作為佛學交流的朋友可以，但是一起生活是萬萬不可以的。」

「那師父，不是說大道無形嗎？如果我給您提供出國的機會，有房，有車，有錢的話，對您弘揚佛法不是一種幫助？」余小姐接著說。

嘛呢活佛分明是感受到余小姐的話裏有話，但是，他依舊裝作糊塗，只是就事論事地接話道：「你看過《西遊記》吧？」

「嗯，看過，很好的電視劇啊！」

「西遊記裏唐僧去西天取經歷經『九九八十一』個磨難，其中有一個磨難是在女兒國，國王要和他成家，讓王位給唐僧，唐僧是堅決拒絕了！這裏面就有你的問題答案：金錢、地位、名望、愛情、家庭等等，這世俗間人們感受到的所有美好的東西，對於一個追求解脫和弘法利生的出家人而言並不是好的東西，如果一旦陷入那樣一個塵緣裏，種種誘惑，種種障礙就都來了。如果唐僧禁不住世俗的誘惑，退轉還俗接受這一切『好意』，那他還能取得真經嗎？那我們後世的學子是否能夠讀到完整的《大藏經》都要打上一個問號啦！那樣對於解脫成就就是磨難就是阻礙了，怎麼可以呢？」

「哎！」余小姐深深歎口氣，「師父，您是位大德啊！我真的是以塵世之意度佛子之心了。」

「我在想，我將來出國，還希望能夠和師父一起學佛，弘揚佛法……」余小姐沒有說下去。

此時的嘛呢活佛才真正感受到余小姐的「醉翁之意不在酒」，她這是在向自己表白，出於慈悲心，他覺得感情是眾生始終糾結的一個問題，人們在感情的漩渦裏掙扎，在無始輪迴之中周而復始地起起伏伏其中，看似甜蜜，實則痛苦不堪，其實就是一個甜蜜的陷阱啊！

嘛呢活佛深邃的眼神裏透出慈悲的光芒，接話說：「我的目標是解脫成就，利益眾生，已經斷除了一切世俗中的因緣，不但此世不可能，來生也依舊如此啊！我們的想法註定是不同的。」

一番話後，氣氛陷入了沉默中，這頓飯兩個人都沒有吃多少，懷有心腹事的余小姐內心一直無法平靜。

像這樣的相好德好的活佛在世俗中得到眾女追求的事不單單

於嘛呢活佛是常有的事，對於任何一位風華正茂的高僧大德都一樣，他們在芸芸眾生傳法之中經受了最具誘惑的考驗。這種情況，早在數年前，落周師父和先覺堪布就已經預料到了，此刻的嘛呢活佛不禁感歎：如果沒有定力，在凡塵的誘惑之中，是多麼容易迷失自己啊！

在北京的學習就是這樣，除了在佛學院的課程，就是和大眾的交往，對於尚還年輕的嘛呢活佛在這樣一種世俗的境地裏安住，也可以說是另外的一種修行。

不久，嘛呢活佛聽說余小姐出國了，而且她放下了所有，在美國一家寺院剃度出家。大家在談論起她的時候都說：「萬萬沒有想到，像余小姐這樣事業有成，要模樣有模樣，要錢有錢，要物有物的人竟然能夠選擇出家！」

嘛呢活佛只是作為一名聽眾，聽著大家的議論，他內心裏卻以一種更高的角度看待此事，他看得出余小姐是與佛有緣的人，今世能夠剃度出家，也是她機緣成熟的結果。對於一個深信佛法的出家人而言，一切都是因果，一切都是應該的發生。

他和大家說：「那你們看啊，釋迦牟尼佛出家之前還是王子，有美妻有兒子，要什麼有什麼對不對？甚至將來的江山都是他的，但是他還是剃度出家了。」

大家聽了不禁陷入了沉思中⋯⋯

或許因為北京佛學院地處北京市區的原因，在此學習期間，嘛呢活佛與俗家人的接觸遠比在藏地佛學院頻繁。這一切在他心裏都被視為助緣，離開眾生的修行是不堅固的，離開眾生的佛法是傲慢的，佛法應該具有不拘一格的教化方式，一切唯心所造。

【當我們徹底地到達勝義諦的時候，在自己的境界中，世間的苦樂善惡等等一切，都會不復存在，但卻能了知他人的苦樂。

所以，就會永恆地度化眾生。】

　　嘛呢活佛在北京與人們接觸過程中，他感受到世俗間的人們，彷彿日日夜夜在夢境中，或者如患眼疾的病人，將白色看成黃色，卻感到所看見的黃色才是事物本來真實的顏色。所以，很多時候，他所傳播的佛理往往不被世人所理解，即便是有些感到理解了，也是有限的，而非證悟了的究竟了達。這讓他更多地從世俗諦的角度去思維，如何讓佛法更能接近眾生。勝義諦離不開世俗諦，如果一個人了達了世俗諦之後，才會有新的思考，才會從勝義諦的入口，開始新的思維征程。這也切合本師釋迦摩尼佛在傳道授法過程中的漸進次第，人的認識過程也是從一個高度到另一個高度的，而不到最後的高度，都不是究竟解脫。他深深感到任重而道遠。

　　2002年的寒假，進入北京佛學院第三個學期上半年就這樣結束了，當他回到了甘沖寺，已經是冰天雪地，大雪封山的寒冬季節。寺院顯得異常清淨，因為冬季修繕寺院的工程已經暫時停工，也不像暑假要舉辦法會等各種法事，所以，冬天，是他最好的閉關修行的時節。

　　在嘛呢活佛閉關前，他特意去古浪寺拜謁了古浪倉活佛。

　　古浪倉活佛見到了嘛呢活佛，心裏別提有多高興了。雖然這兩位活佛年齡相差懸殊，但是卻如朋友一般談笑風生，在一起的話題並非凡夫俗子所能夠理解，可以說早已是「忘年之交」的金剛道友了。

　　古浪倉活佛笑呵呵地將茶杯遞給嘛呢活佛，說：「看看，看看，如今的圖旦益西非彼時的圖旦益西，而是脫胎換骨，真真正正地成為嘛倉青才仁波切啦！」

　　嘛呢活佛也不由地笑了，說：「上師慈悲，感恩上師的點

化。」

「人生就是如此啊，輪迴之路上，你我相遇，也是命運的安排，而走了這一招，能夠看到佛教的恢復和昌盛起來，也是我們的福報！我即便當下往生，也無遺憾。願來世依舊乘願再來！後會有期啊！」

「上師，您這話？」嘛呢活佛似乎聽出了弦外之音，言外之意。

古浪倉活佛似乎有意打斷了嘛呢活佛的話，說：「我倒是想聽聽你的感受呢！來來來，今天讓我們好好暢談一翻咯！」

兩個人引經據典，嘛呢活佛也談了他一路走來經過各個佛學院學習的收穫和感想，直聽得古浪倉活佛不住地點頭讚歎，他內心裏那份愉悅是無以言表的，他想：「佛法有這樣正信的高僧大德在，何愁不發揚光大呢！」

告別了古浪倉活佛，嘛呢活佛回到寺院，打算從春節前小年開始閉關，到正月十五才出關。

寺院是喇嘛們的家，平時在外弘揚佛法或學習佛法的喇嘛們，每到春節前都紛紛回到寺院，在一起為眾生守夜祈福。而嘛呢活佛常年堅持春節期間閉關，也是在默默為遍法界虛空界眾生祈福。而當他走出閉關小屋的時候，雖然山巔上的積雪依舊白茫茫，依舊也有飄雪的日子，但是春天早已經在人心裏開始復甦了。而此時，也是嘛呢活佛即將返回北京佛學院的時候。

「嘛呢活佛，有您的電話！」一位喇嘛跑來他的僧舍通報。謝過之後，嘛呢活佛匆匆來到門衛接電話。

「師父，古浪寺有通報說古浪倉活佛圓寂了。」電話是寺院管家喇嘛打來的，嘛呢活佛聽了之後，並沒有驚訝，反而很平靜，他想到古浪倉活佛早已經了知生死，預知時日，可以自在於

生與死之間了。

人世間有「五福臨門」的說法，「五福」這個名詞，原出於《書經》中的〈洪範〉。五福的第一福是「壽」，第二福是「富」，第三福是「康寧」，第四福是「好德」，第五福是「考終命」，是命不夭折而且福壽綿長。「富」是錢財富足。「康寧」是身體健康而且心靈安寧。「好德」是生性仁善而且寬厚寧靜。「考終命」是臨命終時，沒有遭到橫禍，身體沒有病痛，心裏沒有掛礙和煩惱，安詳而且自在地離開人間。

「五福臨門」的願望逢年過節體現得最淋漓盡致，家家戶戶貼對聯的時候，出現頻率最多的橫批上就是赫然寫著那吉祥的四個大字，卻少有人瞭解什麼是五福，更是鮮少有人能夠真正獲得這樣的五福，更不用說去思考為什麼人們無法獲得那樣完美的人生了。而對於一位得道的修行者，獲得這樣的福報卻是符合法理的。

早春三月，嘛呢活佛接到這樣的通報，他回想起假期與古浪倉活佛的會面，92歲高齡的古浪倉活佛的話語依舊迴響在耳畔，其中隱含著暗示正是他對生死的預知時日，只是不便說破罷了。

春是生的季節，預示著新的生命的即將來臨，古浪倉活佛在這個季節悄然而去，卻是意味著生命的終止也是一種開始，在佛學的法典裏，沒有死亡的字眼。寺院的僧眾們請了左欽班瑪噶藏活佛為古浪倉活佛舉行火化儀式。七天之後，當打開火化爐子的時候，親見爐子裏面眾多舍利子，在場的在家人出家之人，紛紛頂禮膜拜。

大家懷著一種敬仰之情，將舍利子裝在金瓶中，然後裝藏在靈塔裏，供奉在古浪寺。聽寺院的喇嘛說，古浪倉活佛圓寂後，

古浪寺找到佐欽寺法王預測尋找轉世靈童，法王告訴來者說：
「古浪倉活佛圓寂後，將在寺院西方一個村莊轉世，八年之後，
也就是2010年前去尋找。」而且同時，法王將轉世靈童的父母名
字連同轉世山莊的名稱地點一併寫在了一張紙上，交給了來者。
來者回到寺院，將這張紙條小心翼翼地放在一個小箱子裏，叮囑
大家等八年之後再打開。所以，管家喇嘛小心翼翼地將那個小箱
子封存珍藏起來，誰都不敢去觸碰。

　　假期結束，從西寧到北京，往返於兩地，往返於四季，彷彿
一次一次的輪迴，周而復始。然而，就如人生，總是在無明中有
個短暫的休止，下一次輪迴或許在不遠處，或許再過五百年……

　　北京佛學院的最後一個學期，來年的夏天，嘛呢活佛的學業
就要結束了。回到了北京，一切又是按部就班的課程與修行，還
有依舊的朋友聚會，彷彿生活一下子從天上回歸人間，世間的日
子平淡無奇，忙忙碌碌，富涵因五蘊而生的誘惑，考驗著每一個
眾生。但是對於出家人，每一天都有新的收穫，每一天都充滿法
喜，從來沒有過普通人的寂寞、浮躁與無聊，是一種無苦之樂的
真實喜悅。對嘛呢活佛而言，修習佛法永遠是快樂的事情。

　　剛剛放假，嘛呢活佛應邀去觀看拍電影，電影中主角演員很
是與他投緣，在拍攝休息期間，大家一起吃飯，攝影師給嘛呢活
佛講解電影的拍攝：

　　「電影最重要的原理是『視覺暫留』。科學實驗證明，人眼
在某個視像消失後，仍可使該物像在視網膜上滯留0.1－0.4秒左
右。電影膠片以每秒24格畫面勻速轉動，一系列靜態畫面就會因
視覺暫留作用而造成一種連續的視覺印象，產生逼真的動感。」

　　「這就如《金剛經》中所講：凡所有相，皆是虛妄。」嘛呢
活佛笑著接話說：「我們生活中所見皆是瞬間生滅，我們所見所

聞都是剎那之間的生滅假相。但是，我們看著就像真的一樣。」

大家一起談笑之間，不經意地，嘛呢活佛會被問及關於佛教，關於藏傳佛教，關於活佛。

其間，有位著名的女演員請求嘛呢活佛為她做皈依，她對嘛呢活佛說：「師父，我只求此生順利健康平安，請師父加持！」

由於自己的活佛身份，嘛呢活佛結下了很多善緣，一些演藝界人士、明星也成了他的皈依弟子，他們內心裏親近佛法，雖然求索的是平安順利健康，但在自相續中也播種下了菩提種子。嘛呢活佛內心裏也是無比地歡喜。

不過他還是忍不住向女演員說了一番語重心長的話：「皈依代表著你自此成為佛教徒啦！今後不會再相信其他教派。但師父領進門修行在個人，學的怎樣就看你自己了。求佛莫過求自己啊！」

大家連連應諾，卻也不太明白嘛呢活佛話語裏更深層次的含義。

有人問：「佛菩薩不會保佑眾生平安？那為什麼那麼多人去拜佛求佛？」

「我給大家講一則故事吧。」嘛呢活佛興致勃勃地說。

「好啊！好啊！」大家熱烈地響應，都喜歡聽嘛呢活佛講故事。

於是，嘛呢活佛就細細地道來：

以前，有一個人正在屋簷下避雨，突然間看到觀世音菩薩撐傘走過來。忙說：「普度眾生的觀世音菩薩，你能否度我回家？」

菩薩回答道：「你在屋簷下，我在雨中，簷下無雨，何需我度？」

這個人一聽，立即跑到雨裏說：「現在，我已經在雨中了，這下你可以度我了吧！」

菩薩又回答：「你在雨中，我也在雨中，你被雨淋，是因為你沒有帶傘；我沒被雨淋，是因為我有帶傘。可見，是傘度我；你沒有傘，應該去找傘，而不是找我。」

剛一說完，菩薩就消失了無影無終。

過了一段時間，這個人遇到了困難，便到寺院去求觀世音菩薩。

此時他剛走進寺院，見到一個正在求觀世音菩薩的人，竟然跟以前所見過的觀世音菩薩，長得一模一樣，便問說：「您是觀世音菩薩嗎？」

菩薩回答：「我正是觀世音。」

這個人更感到驚奇地問：「既然您是觀世音菩薩，那為什麼還要拜自己呢？

觀世音菩薩微微一笑：「我跟你一樣，也會遇到難事；但我知道，求人不如求己！」

大家聽後一時間陷入了沉默，嘛呢活佛知道大家都在思考，這兩則故事卻是在大家心中產生了震撼。

「求人不如求自己。」嘛呢活佛停頓了片刻，接著說，「實際上，學佛就是用佛的智慧指導自己，修正自己，從而改變自己，自己改變了，你的境遇也會隨之改變。就如醫生給你藥，你只有吃了才會治病，即便是良藥，你不吃也不會對你起作用。關鍵還是看自己啊！」

「師父，感謝您的教誨啊！一席話讓我們茅塞頓開，受教

啦！」大家紛紛讚歎，覺得和嘛呢活佛的交談能夠讓他們獲得的是名利之外的更高的感悟，這才是真正的快樂！所以，嘛呢活佛在北京的學習，和文藝界的交流活動反而很頻繁，也是這些人的善根不淺，在名利雙收之後，他們對人生開始有了更深層的思考和追求，這不能不說是眾生心中本自具足的佛性。

最後一年，在佛學院，除了佛學經典之外，又增加了一些政策性和歷史性的課程。業餘時間，每天嘛呢活佛做完晚課之外，休息日經常依舊是有各界朋友約請，或者看風水，或者批八字，或者摸頂，或者開光，而真正向嘛呢活佛請教佛法或者求法的人卻鳳毛麟角，因為長久以來人們認可的世間亙古以來的生活方式和生存方式已經成為了習慣，只是絕大多數一成不變地承繼沿襲這樣的習慣，眾生對生活和生命的思考並不多。一些白領女士對相好的嘛呢活佛心生喜歡，有的說要用金錢和房子供養，希望嘛呢活佛和她生活在一起；有的要帶他一起出國，比如到新加坡、日本、臺灣等國家和地區發展，她們說弘揚佛法也需要一定的物質條件的，像嘛呢活佛這樣清貧苦修也是有局限的。對於這些好心的追求，帶給嘛呢活佛的僅僅是一番感慨。

眾生對佛法、佛子的瞭解基本都是建立在世俗的觀念基礎上來思維的，殊不知真正的修行是超越世俗諦了達勝義諦產生出離心和菩提心的基礎上才會獲得證悟和解脫的。這些在短暫的宴席上也無法闡述清楚，也非著於文字相能夠說得清楚的，就如和一個人說巧克力如何香甜一樣，如果那個人沒吃過，他無論如何也不能體會到那真實的滋味。所以，遇到這樣的情況，嘛呢活佛每每都要簡單地闡述自己的追求，而婉拒女居士的追求。

越是與眾人接觸，嘛呢活佛越是感到責任重大。他想佛學院學習自此將告一段落了，接下來他的任務就是如何弘揚佛法道

理，如何讓大家瞭解佛法。

　　嘛呢活佛從十四歲出家直到三十二歲，一直都追求學習佛法的甚深妙義。自北京回到青海北山，就沒有再去任何佛學院學習，但是對於佛法的聞思修並沒有因此而有絲毫的鬆懈，進而，他遵循著內心的指引，開啟了弘法利生的未來……

嘛呢活佛手繪唐卡：持蓮觀音

3

廣結善緣，度化眾生
建設寺院，弘法利生

　　在北京佛學院學習期間，嘛呢活佛就開始著手寺院建設，1999
年的假期，他從佛學院回到甘沖寺，想的最多的就是修繕寺院，
他一直想修建八大如來塔和殊勝菩提塔，資金卻一直沒有著落。

　　作為出家人，寺院本是清淨修行的地方，除了信眾供養之
外，並沒有其他收入，而修建寺院卻是需要大量資金的，當嘛呢
活佛開始籌建修建寺院的時候，他意識到了這樣的實際困難。在
這有形世界裏，種種存在的基礎無法脫離物質的支撐，雖然一個
人的生存基本條件不需要太多，但是修建寺院可是一種不小的需
要啊！

　　他仰望著寺院大堂上的蓮花生大師的坐像，內心起伏翻騰，
想起在佐欽寺「托缽乞食」的經歷，那也是放低自己的一種修
行。修建寺院是一種功德，也是廣結善緣的一個好的契機，所以
這樣思維著，他還是覺得資金的來源依然要依賴「托缽乞食」。

　　此時，甘沖寺修建的規畫早已經成熟於心了，嘛呢活佛先放
下資金的問題，專心地籌畫起來，他計畫翻新現有的主佛殿，還
要修建新的佛塔、佛殿。

　　每天，在做完早晚課之後，他就潛心地著手設計工作，畫平
面圖和立體圖，計算所需石、磚、水泥、鋼材、木材等材料的數
量，然後再按照市場價格預算成本。石、磚的問題可以就地取
材，其他的材料需要差人到市場去購買。

　　在修建寺院前期，嘛呢活佛利用假期親自指揮寺院喇嘛僧
眾，從山下將磚背上山，從山上挑選石頭，這種艱苦的勞動對於
僧眾而言是一種修行，所以，他把這種修行的方式也帶到了自己
的寺院，同時自己也加入其中。

　　北山的夏季，林木濃郁，花團錦簇，鳥語花香。隆冬，飛雪
滿天，茫茫山林，銀裝素裹。所以，只有春夏兩季是修建寺院的

好時節，所以，嘛呢活佛決定把修建寺院安排在夏季。

有了計畫，有了安排，萬事俱備，只欠「資金」了。

一連數天，嘛呢活佛都在心裏盤算著從何入手，這樣不知不覺竟然有無名火從心裏升起，表現出來的就是嘴上起了包，所謂的「火皰」。

真實不虛啊！有了眼耳鼻舌身意，就會有色聲香味觸法，因而產生妄念，就會影響內心的平靜，從而病由心生了。雖然只是上火，但是嘛呢活佛專注於這樣的感受，雖然嘴上的皰很疼，但是他意識到那是執著心產生的果，如果沒有這樣的執著心，那就沒有這樣的果了，菩薩畏因，眾生畏果。看破了這個因果關係，所以對治它的辦法就只有放下，從即刻起，他不再去想資金問題，如果把心願放在眾生，而不是私心，那麼還會有如此的果報麼？這種苦雖然是因為修寺院引起的，但是產生了執著心就是一種違緣，如何化這類違緣為助緣，之前嘛呢活佛讀過的一則大乘八關齋戒的創始人比丘尼華媄的經歷，就是一個非常好的典型事例：

比丘尼華媄得了麻風病，被強迫從人群中驅逐出去，孤苦伶仃地獨自生活。為了治病，她夜以繼日地精勤修持大悲觀世音菩薩，結果修出了真實無偽的菩提心，修成了本尊觀世音菩薩。在本尊修成之後，不但她的病不治而癒，而且還促使她開創了很多觀音菩薩的法門。我們現在所修的依靠觀世音本尊受持大乘八關齋戒的一系列修法等等，都來源於她。換句話說，她的病不但讓她自己獲得了解脫，而且也將很多人帶上了解脫道。

　　所以，從解脫的角度來說，世間的違緣、生老病死的痛苦，這些世俗人非常不願意接受的事情也完全可以令人真正走上解脫之道，如此這般生病的意義和逆境某種程度上也是一種助緣！因此，嘛呢活佛不再去想資金的事情，他調伏自心，每天安住於佛法的修習之中……

　　晚上，嘛呢活佛靜坐入禪，在那種禪定狀態中，他的眼前竟然出現了一幅壯觀的景象，高山巍峨重巒疊嶂，掩映在鬱鬱蒼蒼叢林之中的寺院，香煙繚繞，佛號聲聲，清晰悅耳……這是哪裏？這樣思維著，忽如之間來在了山門前，只見上有一藍色橫幅書寫四個金色大字：**五臺聖境**。

　　出定之後，他默默思維，一下子感悟到這是菩薩示現啊，如果廣結善緣，那麼必定要去那些聖地，因為只有那裏才可以有來自四面八方的信眾。他於是心裏暗自決定遍訪佛教四大菩薩道場。

　　沿著佛菩薩指引，嘛呢活佛決定他的第一站就是五臺山。

　　五臺山位於中國山西省東北部，是大智文殊師利菩薩的道場，與四川峨嵋山、安徽九華山、浙江普陀山共稱「中國佛教四大名山」。五臺山是指五臺縣的五座相互連接環繞、挺拔秀麗的山峰。它們分別是：東臺望海峰、西臺掛月峰、南臺錦繡峰、北臺葉斗峰和中臺翠岩峰。由於五山峰海拔均在3000公尺以上，因此除了一些虔誠的佛教徒能夠登臨五峰臺頂朝拜文殊菩薩外，很少有人能夠到達五臺。

　　大智文殊師利菩薩，即文殊師利或曼殊室利，佛教四大菩薩之一，釋迦牟尼佛的左脅侍菩薩，代表聰明智慧。因德才超群，居菩薩之首，故稱法王子。文殊菩薩的名字意譯為

「妙吉祥」；文殊或曼殊，意為美妙、雅致、可愛，師利或室利，意為吉祥、美觀、莊嚴，是除觀世音菩薩外最受尊崇的大菩薩。文殊菩薩在道教中稱文殊廣法天尊。普賢菩薩，曾譯遍吉菩薩，音譯為三曼多跋陀羅，中國佛教四大菩薩之一。是象徵理德、行德的菩薩，同文殊菩薩的智德、正德相對應，是娑婆世界釋迦牟尼佛的右、左脅侍，被稱為「華嚴三聖」。

所以，在《普賢菩薩行願品》中有云：「文殊師利勇猛智，普賢慧行亦復然。」若一定要用世俗的角度去詮釋的話，那就意味著一個代表智慧，一個代表願行，這也可以理解為作為一個大徹大悟之人，不但要擁有真正的大智慧，同時也是擁有崇高願行的人，可以說應該做一個「智行雙馨」的人。

嘛呢活佛身穿紅色袈裟，端嚴行走在芸芸朝拜的眾生之中，顯得尤為突出。他沿著崎嶇的山路，輾轉朝拜了五臺。當他站在東臺頂上放眼望去，此刻的五臺山依舊沉浸在晨霧中安睡，山巒疊嶂，如凝固的海洋一般，起起伏伏的峰波與峽谷，彷彿浪花一般的曲折。靜默而臥的山巒，被看日出的遊人攪鬧著沒有了清晨的寂靜，而日出遵道而行，並不因喧嘩而提早至。

來五臺山朝拜的人們，大多是仰慕四大佛教名山之名而至。來到了五臺山不登臨五臺朝臺看日出，不到塔院寺燒香禮佛就等於枉此一遊。對嘛呢活佛而言，五臺的魅力並不在他表面的景色有多麼威嚴，而是他骨子裏從古自今所包涵的深層意義。朝臺的路是波折的，朝拜完東西南北中五個臺坐車也至少一整天時間。

南山寺門口的哼哈二將從來沒有改變過姿態，而來來往往的

遊人卻變幻了數不清的模樣。幾千年傳承的佛家思想也不會因為世事變化、人浮於事而改變。佛理如一如舊，人們對佛理的理解卻會因為各自的理解不同而有區分。所以，閻浮提眾生心裏的佛不一樣，所看見的佛也不同了。

「快快！拜拜！拜了文殊菩薩，人就聰明，升學就會順利了！」

嘛呢活佛循聲望去，只見一個女子招呼著身邊的孩子去拜菩薩，在她的心裏，文殊菩薩既然是智慧的化身，那麼拜了文殊菩薩就會得智慧加持，那孩子就會聰明，升學也會順利了。這是百姓對佛的理解，因為無明無知導致對佛的迷信。

在五臺山朝拜的途中，他們一行從北臺去往西臺的時候，在茫茫雲海之中，嘛呢活佛不經意看見了一座彷彿金色的飛簷露出雲端，他環顧了四周，心想：「從地形上看，這雲海在山谷裏，那裏是不可能出現建築物的，更何況整個五臺山也沒有金色的屋頂。」他感到很奇怪，就悄聲問隨行人：「你看看，那雲端裏是不是有金色的屋頂，就像寺院的飛簷一般？」

被問的人一聽，趕忙放眼望去，卻是雲海茫茫，怎麼也不見金色的屋頂，疑惑地說：「沒有呀？」

後來，嘛呢活佛發現那屋頂越露越多，最後露出大半個寺廟的樣子，他再一次問大家，有的人說看見了，有的人說沒有看見。眾人議論紛紛，都不知為什麼。嘛呢活佛內心彷彿感應到了文殊菩薩的示現。就如當年釋尊講經之地靈鷲山，在普通人的眼裏沒有什麼，但在佛菩薩眼裏卻有著不一樣的境界，看到的也是與眾不同的景象。

嘛呢活佛從圓照寺敬香膜拜之後，來到寺院大雄寶殿門前的石階上休息。

　　此刻的太陽高懸在頭頂，那光芒如前來朝拜的人們的心一樣熱情洋溢。寺院門前的空地上，嘛呢活佛坐在一張椅子上，望著往來的人流靜靜地思維，他甚至喜歡這樣偶爾發發呆，或者關照自己的內心動向。

　　「師父，您是活佛嗎？」

　　嘛呢活佛循著一個帶著港味的問話回頭望去，只見一位衣冠楚楚的中年男子，正面對著他，身體微微前傾，很有禮貌地向他微笑著。

　　「啊！是啊！」嘛呢活佛一邊起身一邊回答，中年男子一定是看到自己的衣著打扮才判斷出自己的身份的，嘛呢活佛這樣想著。

　　「那師父，你遇到什麼困難了嗎？」中年男子問。

　　「哦，是有些麻煩。被你看出來了。」嘛呢活佛不禁笑了，覺得這人很有意思，也是一個很聰明的人。

　　「我不是神佛，哪裏會看什麼，」中年男子說，「我見師父的嘴角起了個火皰，覺得師父您是上火了。」

　　嘛呢活佛又被他逗笑了：「看來智慧的人連眼神都充滿智慧的。」

　　兩個人就這樣並肩坐在凳子上聊開了。

　　「師父，我們萍水相逢，也是緣分。師父能和我說說遇到什麼困難了？」那人問。

　　嘛呢活佛一打眼兒，覺得這個中年男子也是一個與佛有著深厚緣份的人，就和他坦陳：「不瞞您說，我是遇到些困難，我是青海北山甘沖寺住寺活佛，寺院的發展和光大佛法的重大責任落在肩上，寺院經過這麼多年的風吹雨打，也破落了，我發心要修繕寺院，造福百姓。」

　　中年男子一邊聽，一邊連連點頭，若有所思。

　　「可是，畢竟是人在世俗之中，修繕寺院需要經費，我不知怎麼才能夠湊齊那麼多錢啊！」嘛呢活佛開誠佈公，將內心的思慮全盤傾吐給這位陌生的人。

　　「那師父，我想問問，修繕寺院您需要多少錢？」中年男子聽完嘛呢活佛的敘述問。

　　嘛呢活佛不假思索地如實回答道：「不瞞您說，估計至少也要四十萬！我是一個出家人，去哪裏弄四十萬！如果實在不行，也就隨緣而動不能急於求成了。」

　　中年男子釋然，這一次，輪到他滔滔不絕地和嘛呢活佛談起此次朝拜五臺山的目的。

　　原來，中年男子是來自香港的一位商人，因為生意上的原因，他這次來五臺山五爺廟許願。

　　「生意競爭非常激烈，為了佔領市場，我們也是沒少費周折和心思，但是，我還是不放心啊！」中年男子說，「五臺山是文殊菩薩道場，我是來這裏求得智慧指引的，不想遇到了師父，這一定是佛菩薩的加持，讓我能夠遇到您這樣一位活佛！」

　　嘛呢活佛連忙反問說：「我能幫到你生意什麼呢？」

　　「哎呀，師父，您別忘了您是活佛，如果能夠得到您的加持，我想生意是能夠順利成就的！我相信您！所以在此弟子求您加持，如果成了，我就供養您40萬！」

　　聽到此言，嘛呢活佛連連擺手，說：「不不不！加持我是可以做的，但是可不能那麼開價碼，佛法不是做生意哦！」

　　中年男人聽了嘛呢活佛的話不僅哈哈大笑，說：「師父，您真風趣！」

　　說著，他和嘛呢活佛互相留了聯繫方式和通信地址，就各自

沿著自己的目的地繼續朝拜去了。

可以說，這件事是此次五臺山朝拜途中的一個小花絮，嘛呢活佛並沒有把此事放在心上。不過，因為佛是不打妄語的，回到寺院，他想既然在五臺聖地答應了為人家加持，所以就真誠地每天履行自己的諾言，一連三個月，即便回到佛學院學習期間也從來沒有間斷。

轉眼已是寒假了，回到寺院的嘛呢活佛繼續認真為港商加持。

一天，寺院管家喇嘛跑來找活佛，說：「師父，鎮上來人說有人打電話到鎮上，留下電話號，請您回覆。」

嘛呢活佛接過電話號碼，看了紙條上的電話號碼的區號，是南方的國內區號。記憶中，在五臺山巧遇的那位香港人就是香港地區的，他心裏想著定是那位香港商人打來的，因為自己之前並不認識南方人。那位港商算是唯一結識的南方人了，但是，嘛呢活佛並不能確定。紙條上寫著第二天上午十點回電話，嘛呢活佛就決定次日一早，趕在十點前再到鎮上回電話。

第二天太陽還沒升起來的清晨，寺院的喇嘛們就各自在僧舍裏做早課，嘛呢活佛也不例外，每天都養成了早起習慣做功課。太陽升起的時刻已經是早上八點了，嘛呢活佛簡單地吃過早飯，一碗白開水加一塊饃饃。然後就下山去了。

他看了紙條上香港人約定的時間，要趕在十點前去甘禪口回電話。但是，這個號碼是大陸南方的號碼，並不是香港地區的。所以，嘛呢活佛確定，那位港商一定是到內陸出差，然後才打過來的，否則，對於嘛呢活佛而言打香港地區電話如同國際長途，在這樣一個偏僻的高原小鎮也是很難的一件事。

走在蜿蜒的下山路上，陽光探過山頭照進山溝裏，藏民的房

舍煙囪裏冒起了炊煙，那一縷縷炊煙籠罩著小山村，打破了寂靜的早晨。嘛呢活佛一路上邁著輕快的步伐下山，偶爾有藏民遇到他，恭敬地合掌頂禮，九十度的鞠躬，然後退身為活佛讓路。

　　走了一個多小時的山路，嘛呢活佛來到了山下的甘禪口鎮。

　　「喂，您好！」當嘛呢活佛撥通了那個號碼的時候，他聽出那個香港口音，正是五臺山上偶遇的香港商人。

　　「您好！我是嘛呢活佛。」嘛呢活佛介紹說。

　　「阿彌陀佛！師父您好！」中年男子熱切地問候，「師父，知道您回到寺院了，還在假期吧？」

　　「哦，是啊！」

　　「自從上次您打電話給我說為我做了加持，我發現一切好像真的遂願啦！師父，我是想告訴您那個生意成啦！我自己決定供養寺院40萬元作為您修繕寺院的經費，還有10萬元是公司員工的供養。感恩師父的加持啊！」

　　嘛呢活佛聽了也被他的興奮和喜悅所感染，連連說：「感恩佛菩薩加持！聽到這個消息真的很高興！」

　　「師父，我昨天就已經將50萬元打到您上次留的銀行帳號裏了，您去查下，看看是否到帳了。再次感恩師父！」

　　「阿彌陀佛！隨喜你的功德！非常感謝您啊！」此刻的嘛呢活佛真的不知道說些什麼好，他不得不這樣想，五臺山一行無疑是佛菩薩的指引，一切彷彿是巧合，但一切又都是註定的因緣。沒想到，修繕寺院的資金從此有了著落。

殊勝菩提塔

　　佛塔藏語稱：「確頂」（音譯）。屬佛教建築物，蘊含積高天之潔白，堆佛地之淨土，收高僧之遺骨（舍利子），藏大德之寶物，驅外邪氣，佑眾生之情意。堂內塔多為舍利塔，外建塔如山頂、路旁、原野和城鎮的木石土建多為鎮地和避邪。所以修建佛塔是一件很殊勝而有意義的大事情。

　　既然資金已經到位了，那下一步就是將修繕寺院和建造佛塔的事排到日程上來。趁著假期，嘛呢活佛把之前做好的規畫圖紙翻出來，繼續做周密策畫。

　　「萬事俱備，東風也不欠啦！」嘛呢活佛站起身來，終於鬆了口氣。從他的陽光玻璃房的視窗望去，對面象居山上，白雪皚皚，此季節自然不是動工時候，但是他決定趁還在假期，召集喇嘛們開會安排修繕寺院和建塔事項。

　　他展開圖紙，喇嘛們聚攏過來，聽著師父講解：「我想把殊勝菩提塔建在寺院靠山的坡上。」

　　大家順著嘛呢活佛的指點，看到一張圖紙上有八個緊挨著的佛塔，另一張圖紙上畫著一座白塔，嘛呢活佛告訴大家這就是他想要修建的殊勝菩提塔。大家看過之

殊勝菩提塔

後，腦海中彷彿映現出那殊勝菩提塔和八大如來塔座塔已經巍巍樹立在山坡上，陽光下格外耀眼。

「我們先修建殊勝菩提塔，等修完了之後，繼續修八大菩提塔。但是材料的預算和提前採購，等暑期我回到寺院就開工。」嘛呢活佛的話打斷了大家的想像。

喇嘛們專注地聽著嘛呢活佛對寺院的規畫，目光中現出笑意，充滿了歡喜。

「材料就用磚頭和水泥。這樣也節省經費。」嘛呢活佛接著對管家喇嘛說，「你負責購買材料。」

然後，他轉而對另外一位喇嘛說：「你負責找工人。」

「還有，兩座塔的材料要統籌，包括材料、設備以及工人，最好都一次性找好，修完殊勝塔之後，我們就開始修建八大如來塔，這樣也節省成本。完成修塔之後，我們接著就對大殿進行修繕，對寺院也做些維護。這個規畫先由管家做個預算，等開春，天暖和些時備料，暑假我回來就可以開工。」

他安排完具體事項，接著說：「你們就各自負責自己的活，我也要開學了，如果有什麼急事，可以讓尕丹給佛學院打電話找我。」

就這樣，嘛呢活佛一邊在佛學院讀書，一邊籌畫修建殊勝菩提塔和八大如來塔，這期間，他計畫好利用假期親自督建參建。

春天來了，喇嘛們就按照嘛呢活佛的部署開始做建塔的準備了。

上山的路是蜿蜒曲折的盤山土道，為了節省成本，從山下拉材料選擇了用馬車，除非是專業性的工人需要請外援，如果喇嘛們自己能做得來的，就不再另外雇工了。喇嘛們親自下山選料，裝料並且搬運，費了好大勁，才將預算中的全部材料備好了。修

建佛塔的一切準備就緒，暑假，嘛呢活佛就迫不及待地從北京趕回寺院，參加熱火朝天的建塔勞動。

正值七月份，也是高原上最適宜動土的季節，所以，嘛呢活佛從北京回到山上就和所有喇嘛一道開始忙碌起來。

一個風和日麗的吉祥之日，嘛呢活佛率先揮舞著鎬頭，在依山的坡上掘開了第一鎬土，算是一個開工儀式。

之後的日子裏，僧眾們每天都不停歇地在工地忙碌著，塔基修建好之後，嘛呢活佛首先對殊勝塔進行了裝藏儀式，他將當年千辛萬苦從德格印經院請來的《大藏經》、從印度帶回來的釋迦牟尼佛舍利，十萬尊蓮花生大士圖像，以及那件在佐欽佛學院更藏活佛送給他的救命的人造毛大衣與大地佛塔融合為一，永遠地不可分割了。裝藏後大家再接著繼續修建。

腳手架隨著工程的進度逐步增高，前來幫忙的藏民，雖然在並不炎熱的氣候裏，卻揮汗如雨，但是每天都充滿歡笑，聽！抑揚頓挫的曲調在山坳裏空靈地迴繞，表達了心中的歡愉：

「上面的山啊，是座佛經山，我朝著佛經山磕三個頭。

中間的山啊，是座經輪山，我經過經輪山旁繞三圈。

下面的海啊，是片酥油海，我把酥油擺上，給佛上個燈……」

每一天，伴著歌聲和歡笑聲，喇嘛和信眾們在愉快的氣氛中勞動，彷彿變幻魔術一般，一個多月的時間，二十六米高的殊勝菩提塔的雛形就建成了，接下來的工序是外表的塗層。這座塔是嘛呢活佛精心設計的，並且考慮到萬一發生如朗達磨滅佛似的災難，如何去保護裝藏在塔內的佛經和佛舍利。所以這座塔修建的高大雄偉並且內部設置全部由嘛呢活佛完成，結構的最終定稿也是出於嘛呢活佛智慧的考慮。

陽光下，嶄新的殊勝菩提塔依山矗立在半山坡上，和大經堂互相呼應，成為了甘沖寺標誌性的建築物，如果站在對面山上，塔上的反射鏡折射出光芒，人們一眼就可以發現它的存在，彷彿是甘沖寺的一個定向座標，讓人們不再迷失方向。

雪白的殊勝菩提塔，威嚴屹立在山坡上，積高天之潔白，堆佛地之淨土，收佛陀之舍利，藏大德之寶物，護佑著一方眾生，為神山更是如添點睛之筆，在陽光下，一群鳥兒飛過，在蔚藍的天空映襯下，充滿了喜慶與吉祥。

按照佛教儀軌，嘛呢活佛在佛塔落成後為殊勝菩提塔進行開光，所有的喇嘛們穿戴整齊分列兩旁，嘛呢活佛站在佛塔前中央，他左手握著五股金剛杵，一邊誦經一邊打著手印，法號聲聲，法鼓陣陣，一行飛鳥盤繞著殊勝塔，五彩經幡隨風而舞動。這樣一個祥和的日子，殊勝菩提塔終於落成了，這也是嘛呢活佛最滿意的一個作品。

這個假期對於嘛呢活佛而言顯得尤為殊勝，他完成了多年的一個心願，他內心充滿法喜，登上了北上的飛機……

八大如來塔

　　北京的秋天是最美麗和舒適的季節，香山紅葉正濃，將秋裝扮得彷彿一位多情的女子，充滿浪漫和濃情。此刻正值九月份開學的日子，也是迎接「十・一」國慶前夕，美麗的首都到處花團錦簇，街面上商家店鋪的門口各個懸掛上了小小的五星紅旗。從機場乘大巴向市區行駛過程中，嘛呢活佛心情平和而放鬆，一路上他依舊在盤算未來的計畫，殊勝塔建成後，緊接著要修建八大如來塔，讓他欣慰的是一切都按照他內心的預期而順利進展。

　　「感恩佛菩薩加持啊！」他這樣想著，閉目養神，內心不由自主地誦持起觀音心咒。

　　進入二十一世紀的第一個年頭，社會的發展更加快了腳步，隨著交通通訊業的發展，生活的節奏也在發生著微妙的變化。隨著傳呼機的普及，科學家們也在進一步研究普及更尖端的技術運用於民生。大概九十年代初，一款如磚頭大小的手提電話登陸中國，被稱為「大哥大」，不過因為一臺機需要上萬元，只有少數人能用得起。不過，一個小小的傳呼機就給千家萬戶人們帶來

八大如來塔

了很大便利了。在中國，家庭座機電話還沒有普及，但是，街上到處都是公用電話亭或者磁卡電話亭，只要一個傳呼收到，隨時可以找到回覆電話的電話亭。而後來傳呼機也可以接受文字留言了，更加為人們通訊提供了便利。

「嗶嗶！」一陣響聲打斷了嘛呢活佛，他低頭從衣袋裏翻出傳呼機，只見上面有留言：「師父，今晚到北京我請您吃晚飯。」原來是北京一位居士的留言，嘛呢活佛看過之後，繼續閉上眼睛持咒。

輾轉回到佛學院，收拾完畢，嘛呢活佛就去給那位居士回話，約好下午四點他來佛學院接嘛呢活佛，嘛呢活佛想：「這樣我還有一段時間可以休息下。」

在北京期間，這樣的約請嘛呢活佛已經記不清有多少次了，他通過這樣的聚會結識了天南地北的人，有的是來北京出差，有的生活在北京，有的是來工作的，其中很多人盛情邀請嘛呢活佛將來有機會去他們各自的家鄉結緣。這看似紛繁瑣碎，卻是一位大德善巧方便引領眾生結法緣的契機，雖然在世俗間的應酬也是一件差事，比較勞神，但嘛呢活佛始終都充滿激情地在這條無始無終的路上踐行大願。

與這些有緣人相聚時，嘛呢活佛應機說法，大家意識到在日常生活中佛法無處不存在，無時無刻，人們都會從生活細微處體會到佛陀宣說的人生和宇宙的真理。其間，嘛呢活佛廣結善緣，往往大家在瞭解到嘛呢活佛需要修繕寺院的資金，都紛紛表示出一份力所能及的恭敬之心，不經意間，嘛呢活佛所籌集的善款遠遠超過了他的預算。

這些信眾中有一對夫婦，他們是典型都市事業有成的中產階層，也同樣是極其虔誠的佛教徒，不過在認識嘛呢活佛之前，他

們就已經皈依佛教。通過接觸，嘛呢活佛感覺到這對夫婦對佛教的篤信簡直就是他所認識的人當中最可謂不計後果「無私奉獻」的一對。

他們對錢財的佈施達到了登峰造極的程度，最開始他們擁有自己的豪宅，隨著佈施的深入增加，他們將豪宅換成高檔公寓，然後又換成普通民宅，最後，嘛呢活佛聽說夫婦倆搬到了北京地下室，也就是北漂一族蟻居的那種地下室。

嘛呢活佛瞭解到他們的情況很是憂慮。席間，嘛呢活佛在大家對這件事情議論紛紛的時候，他再也無法沉默不語了。

「哎！我想說的是，有些居士學佛學得癡迷執著了。佛講六波羅蜜中的佈施波羅蜜，不是讓你傾家蕩產，而是在你力所能及的情況下，在別人需要幫助的時候適當地付出，而不是把自己從富豪變成乞丐！」

大家聽了轟然而笑。

「你們中學佛的也有的時間不短了。佛陀初轉法輪的時候講的是中道，而非墮入兩邊。要知道，不僅僅是佛家，就是儒家講究中庸，道家講究陰陽平衡啊！這是自然規律。」

大家聽了紛紛點頭讚歎，至少通過這樣的接觸，很多人解決了心中的疑問。

「學佛不能只學皮毛，學形式，重要的是把道理弄清楚，要讓自己變得具有大智慧，佛道在於每個人那顆心，最後才會走上正法修行的道路。」嘛呢活佛語重心長地說。

2002年，也既是在北京佛學院最後一個學年的暑假，嘛呢活佛按照計畫開始興建八大如來塔。和以往一樣，他利用假期遙控在家的喇嘛做好準備，等他回寺院後立即開工了。

八大如來塔的圖紙上，塔座是一個長方體，上面並排矗立著

八個佛塔，實際上從1999年開始，嘛呢活佛就將八大如來塔和殊勝菩提塔的圖紙畫好了，雖然八大如來塔高度只有五米，但是由於工程大，需要時間久些，他就在2000年暑假首先修建了殊勝菩提塔。所以，當年修殊勝塔的時候，喇嘛們就已經按照嘛呢活佛的要求，同時備好了八大如來塔的材料，這樣就只等著時機成熟動工了。

當八大如來塔順利竣工的日子，也就是嘛呢活佛即將開學的日子了，做完了開光大典，嘛呢活佛整裝出發，佛學院的學業即將結束，而寺院建塔的任務也同時完成了，他內心的歡喜無人能夠體會。因為，修建寺院是他修行的一部分，也是他肩負的責任。

修建佛塔的善款還有結餘，嘛呢活佛在思考如何利用這部分善款。

《地藏經》云：「若有眾生，偷竊常住財物、穀米、飲食、衣服，乃至一物不與取者，當墮無間地獄，千萬億劫，求出無期。」

佛弟子都十分清楚十方常住的這些供養，決定要用在常住，個人挪用就是犯盜竊，而這個盜竊是非常嚴重的，比盜竊國家的國稅還要嚴重，它的結果就是向遍法界虛空界去結罪。所以《地藏經》上說，如果一個人犯了五逆十罪惡，佛菩薩可以救你，盜用常住物，佛菩薩不能救，常住物是十方恭敬心，真誠心供養的，就連浪費都有罪。所以，對於常住，戒經裏面說得好，我們愛惜常住物就像愛惜自己的眼睛一樣，一粒塵沙都不能進去。

嘛呢活佛自然瞭解這裏的玄妙原理，所以，他認真思考著如何用好這些善款。

「買些救濟的服裝食物做佈施？不，身外之物總有用完的時

候，那做什麼呢？」嘛呢活佛琢磨良久，好多方案都被自己推翻了。

忽然，他眼前一亮，當年寺院的五個俗家小弟子來寺院主要是為了學習文化，在藏區學校的環境很差。不如捐建一所希望小學，讓更多的孩子能有一個良好的教育環境。這樣暗自想著，欣然地就這樣決定下來了。

這一天，他在和管家喇嘛算帳之後，還有十四萬六仟的結餘，他準備湊足十五萬去鎮政府談捐贈小學的事情。

「扎西德勒，感恩嘛呢活佛啊！」鎮政府的領導聽罷激動地說，「我們大力支持活佛這樣的善舉，我隨後就去縣裏請示。」

很快，鎮政府領導通知嘛呢活佛，縣裏同意在甘沖口建立甘沖小學，並建立專款專用帳號，同時，縣教育局配套5萬元，建立一所集辦公、教學為一體的綜合性教學樓。

鎮政府領導親自到寺院找到嘛呢活佛，高興地說：「嘛呢活佛，我們已經請了設計人員抓緊設計製作圖紙，然後計算出配料和資金總額，到時候您再將善款打到專用帳號就可以啦！」

「太好啦！」嘛呢活佛聽了十分開心，佛塔也建成了，希望小學的事情也有了著落，真正是功德圓滿的事情啊！

佛塔的建成完成了嘛呢活佛修繕擴建寺院的一部分計畫，他決定做一個短暫的修整，待學業結束之後，去寧波的普陀山朝拜，自此他開啟了遍訪佛教四大名山之旅……

嘛呢活佛捐建的希望小學

4

佛為眾而生，指引解脫輪迴，
佛為眾而故，提醒生命無常。

「佛教反覆宣稱，要普渡眾生滿足眾生的一切願望，徹底消除眾生的一切痛苦，從苦難中解脫出來，並把他們引向最終的極樂世界。」這樣說的人明顯不懂佛教的教理，眾生的願望，痛苦，解脫，到極樂世界，這些佛陀不能代替眾生完成，全靠自己。佛說普渡眾生是給你指個道而已，能不能渡到岸在於自己。嘛呢活佛這樣認為，佛只是為眾生宣說了一種解脫的方法和方向。」

01

　　2004年的初夏，青藏高原的油菜花才剛剛結出花蕾，氣候依舊寒冷，而北方美麗的濱城卻是一派嫩綠新芽，初夏的綠將這座海濱城市裝扮得分外妖嬈，午後的陽光毫無遮攔地灑在平靜的海面上，熠熠發光的大海，透著天空那清澈的碧藍。

　　此刻，在黃金海岸濱海大道上，一輛黑色本田小轎車急速行駛著，楊先生載著遠道的客人正在一路觀賞，一路愉快地聊天，不自覺地就聊到了信仰，佛教，乃至藏傳佛教，進而聊到了嘛呢活佛。

　　「我認識一位青海的活佛，那可是一位高僧大德啊！」楊先生感慨道，「看到這樣的季節，不免想起了他，因為每年春秋季節，他都會來的，至少一次。真的期待再次見到活佛啊！」

　　「哦？活佛？」坐在副駕駛位置的雲清瞪大了好奇的雙眼，那目光顯得有些燦爛，本來一直沉默地欣賞車窗外風景的她，立刻來了精神，「太好了！下次如果那位活佛師父來濱城一定要通報一聲，無論我當時身在何處，一定要趕來拜謁的！」

　　「好好！」楊先生爽快地答道，「這以前不知道你也親近佛法啊！要不哪能不言語呢！」

　　雲清笑了笑，本田車很快就進入了高速公路，這時，楊先生的手機響起來。

　　「您好！嗯，嗯，好，好……」他簡單地回覆就掛斷電話，然後臉上露出詭異的笑容。「你猜猜怎麼？」

　　雲清疑惑地看了他一眼：「怎麼？」

　　「讓我明天早上到火車站接，活佛明天到達。」

　　「啊？！」雲清驚訝地喊出來，「不會吧？這麼巧啊！」

「就這麼神奇！明天我5點去接你，然後我們一起去車站接吧。」

「太好啦！」雲清心裏不斷地驚歎緣分的殊勝和神奇，再巧合也沒有如此的機緣巧合，簡直就是有意安排的一般。

「嘛呢活佛應邀來到美麗的濱城，自從1998年第一次結緣濱城，他幾乎每一年都要光顧此地。

清晨，太陽剛剛映紅東方天際，雲清就早早起床了，洗漱完畢，楊先生接她和他一起去火車站接。此時的雲清對待活佛的概念還很模糊，僅僅在電視上看過關於活佛喇嘛的事情，也有些淡忘了。雲清是懷揣好奇而去的，當然，她想見到活佛如果有機會一定要問他一些問題。

初夏的早晨，清涼與舒適，無論哪裏的火車站永遠都是那麼熱鬧，這裏從來都沒有清晨的寂寥，永遠不寂寞。

火車終於徐徐行駛進站臺，他們翹首以待，雲清心裏想像著活佛會是什麼樣子，還略帶些許緊張。

終於，在熙熙攘攘的人流中，兩位身穿紅黃袈裟的僧人格外顯眼地出現了，他們皮膚呈現棕色，臉頰透著高原人獨特的紅血絲，表情威嚴中顯露祥和，目光深遠，身材魁梧挺拔，走路精神飽滿，絲毫沒有疲憊感覺。因為以前在電視上見過，雲清似乎沒有陌生感，簡單寒暄後，他們出發到下榻的賓館。雲清和一些不熟悉的人一起等待師父們收拾停當，一起共進早餐。

在等待之中，雲清望著那樣一群不熟悉的人，無聊地等在一旁，心裏思考著，芸芸眾生中，與佛有緣分的人不知多少，她卻沒有想到自己和這些人卻也是緣分極深的。

早餐是在一家比較大的飯店裏，小菜點了很多，雲清發現師父們也吃點葷菜，這是她好奇的地方，因為從小聽說的出家人是

戒葷忌殺的，他們怎麼吃葷呢？「我一定要問清楚。」她想。

　　由於山丹師父是第一次到濱城，熱情的居士們安排一行人觀光濱城著名的濱海路。當第一次下山來的山丹師父站在觀景臺的時候，他被眼前的與山裏截然不同的現代都市的景色所震撼，他發自內心用他帶著藏語腔調的普通話讚歎道：「太美了！」

　　放眼望去，都市的中心地帶，蔚藍的天空下高樓林立，掩映在綠樹叢中，坐落在公園的紅白二色的足球建築物儼然為濱城這座足球之城的標誌，醒目地躍入眼簾。這個角度幾乎可以將濱城中心繁華盡收眼底。隨著車子行駛在濱海路上，那湛藍的大海真可謂水天一色，在陽光下泛著波光。海風在車速的帶動下襲來，裏挾著大海特有的氣息，讓遠來的客人興奮不已。

　　和往常一樣，嘛呢活佛來濱城都要受到極其隆重的接待，這一行人開了四輛車子，雲清和嘛呢活佛共同乘坐一輛車子裏，他們無心看風景，嘛呢活佛傾聽著雲清貌似問也問不完的問題，內心裏非常欣慰。

　　一行人開車遊覽濱海路，這是來濱城的人必遊之路，和嘛呢活佛來的山丹師父是第一次到這裏，嘛呢活佛主要想讓山丹師父觀光一下與高原截然不同的景色，而他坐在車裏，雲清被安排乘坐同學楊先生開的車，因為是第一次見師父，大伙開玩笑說：「為了照顧你，特意安排你和活佛同車，你要好好和師父學習哦！」

　　「這樣我就有機會盡情發問了！」雲清有點兒小興奮，她這樣想著。

　　「師父，請問藏傳佛教和漢地的佛教有什麼區別？」

　　「藏傳佛教最初是由印度僧人傳到藏區的，唐朝文成公主嫁到西域，把漢地佛法帶到西藏。還有尼泊爾公主，也將佛法帶

到西藏。藏王還為兩位公主修建大昭寺和小昭寺。」活佛耐心解釋，「藏傳佛教主要的精髓是密宗，漢地主要是顯宗，藏傳佛教是現今世界公認的保存體系最完整的佛教，顯宗則是佛法的基礎，兩者殊途同歸。」

雲清似懂非懂。

「那麼活佛，佛家對戒律怎麼看，比如受戒。」

「戒律最初沒有明確規定，是後來發展的結果，當然佛家講善良平等，不殺生。比如老百姓信佛持的居士五戒，其中有不殺生。但是有些人做不到，允許吃三淨肉。」活佛停頓片刻，說：「但是佛教在傳入西域前，對這個戒律有了發展的接受，你想雪域高原牛羊比青草多，顆粒不長，青菜沒有，如果不吃肉，人不是得餓死？所以就針對這個具體情況，可以吃肉。」

這樣的回答讓雲清明白了為什麼有些藏地喇嘛還會吃些肉類，也是之前的條件造成的習慣使然，而嘛呢活佛進一步告訴雲清，現在交通比以前便利和耕作技術也提高了，因此藏地出家人也開始提倡素食了。

關於皈依問題，嘛呢活佛做了詳細解答，這些基本問題是需要弄清楚的。

「信佛有三種；信佛、學佛、修佛。信佛：就是一般居士，居士有居士戒，戒是；三皈依和五條根本戒，總的來說是個信仰者。學佛：是學者，不一定受戒，主要是研究和學習，找一些顯密的資料主抓理論和哲學。修佛：就是從皈依開始，受分別解脫戒，大小菩薩戒，密乘戒，還要一位俱德的上師，也就是專修者。

對於在家居士，皈依有兩種，皈依五戒，也就是不殺生，不偷盜，不誑語，不邪淫，不飲酒，持這五戒來修行。還有皈依三

寶，佛家有三寶：佛，法，僧。沒有佛就沒有法，沒有法就沒有佛教，沒有僧人來弘揚佛法，佛法就流傳不下去，這是佛家三寶。皈依三寶意味著一個人信仰佛法，像學生入學似的，不再信仰其他，是否學好在於自己的精進。」

「到寺院拜佛，有人說：必須自己拿錢請香否則不心誠，沒有用，是嗎？」

「哪有這個道理，信佛講心誠，而不是形式上的東西，還有，有的人燒香覺得錢越多香越多越好，香越粗越長越大越好，根本不是這樣。佛法講：『千佛一柱香』，不在多只在誠。說做功德，只有富人能做嗎？難道一個貧窮的人做不了嗎？不是的，物質上窮不一定精神上窮，你可以做很多，富人可以做金佛像，窮人可以自心觀想，富人可以做大雄寶殿，窮人可以合掌頂禮，富人可以出資出物，窮人可以出力幫忙，自古以來，以一草結燈，作供養，恭敬合掌而發心，頂禮三拜做功德。」

接下來，嘛呢活佛給雲清講了自己的一個經歷。

有一年，嘛呢活佛應邀來到東北，到著名的玉佛苑朝拜。他身披紅黃袈裟，行走在寺院裏，引起過往行人的注目。玉佛苑的僧人看出嘛呢活佛是一位藏傳佛教的修行者，可以說是寺院的貴客，所以，在嘛呢活佛請香的時候，一位師父上前雙手合十：「阿彌陀佛，師父，請問您是位活佛吧？」

嘛呢活佛連忙回禮：「啊，對啊！阿彌陀佛！」

「師父，您是貴客，請您上這一炷香吧。」僧人說著，從櫃子裏拿出來三根小手指長的細細的小香，恭敬地雙手遞給了嘛呢活佛。嘛呢活佛與他相視一笑，接過香，虔誠地在玉佛像前頂禮敬上。

嘛呢活佛敬香完畢，有心地問那位僧人：「謝謝您了！不

過，請問您為什麼只給我三炷如此小的香呢？」

　　那僧人回答：「出家人是一家，而您是僧人……」

　　嘛呢活佛禁不住環視一下那些香客，有的舉著碗口粗的高香，剛進門的時候，嘛呢活佛留意了一下，那些香的價格從999元，888元，不等，賣這些香給香客純粹是商業行為，和寺院佛法根本兩回事。作為出家人，玉佛苑的小和尚自然懂得，香不在大小貴賤，關鍵是發心如何。

　　嘛呢活佛講到這裏，看了看雲清，接著說，「佛教有一則有名的故事，不知你聽沒聽過。」

　　一聽到故事，雲清眼睛都放亮了，興奮地說：「什麼故事，師父，快講講！」

　　嘛呢活佛於是娓娓道來：

　　「這是一則非常有名的佛教故事，出自《賢愚經》。佛在舍衛國祗樹給孤獨園時，有一個貧窮而孤獨的女人叫難陀，以乞討為生。她看到國王、臣民不論大小都供養佛和僧眾，心想：『因我前世罪業深重，今生才這樣貧賤，雖然遇到了福田，卻沒有資財可供養。』如此想來，不覺悲傷心頭，自責悔恨，感傷不已。為了能得到少許的錢物供養佛她乞討了一整天，只得到了一個錢，於是，她拿著這僅有的一個錢到油店想用來買油。店主問她：『一個錢只能買到一點點，你做什麼用呢？』難陀把心中的願望告訴了店主，店主心生憐憫，就給了難陀雙倍的油，足夠做一盞燈。難陀非常高興，來到精舍，將燈供養給世尊。她把燈放在佛前眾燈之中，並發願：『我今貧窮，除了這盞小燈，我沒有什麼可供養佛的，但我希望以此供養的功德，將來能夠得到智慧之燈，滅除眾生的無名黑暗，引導他們覺悟。』一夜過去了，其他燈都熄滅了，唯有貧女所供養的燈還在燃燒。

第二天，正是目犍連尊者值班，他察看天色已經拂曉，便來到殿中收拾燈盞，看見這盞燈明亮地燃燒著，而且燈油和燈芯都沒有絲毫減損，通新點燃的燈一樣。心想：『白天點燈沒什麼用，不如先把它熄滅了，到晚上再點。』就舉手扇燈，然而，燈依舊燃燒，沒有熄滅。又用衣服扇，還是明亮如故。佛見目犍連想熄滅這盞燈，就對他說：『這盞燈身為聲聞的你是息不滅的，就算你把所有的四大海水都澆在燈上，刮起再大的狂風也熄滅不了它，甚至無法傾動它。這是因為這盞燈是一位發心廣大的人所供養的。』

此時，貧女又來參拜佛陀，頭面頂禮，當時，佛對她授記說：『你在來世阿僧祇二百劫中，當得作佛。名為燈光如來。』」

嘛呢活佛一口氣講完這則故事，雲清聽得入神，內心仔細琢磨其中的寓意。

嘛呢活佛頓了頓，說：「這告訴我們一個什麼道理呢？就是學佛關鍵在於發心，如今世俗中供佛總是講究最好的、最貴的、最多的，但是，那都不是真正的發心，而是外在的形式啊！」

雲清不斷地點頭，說：「是啊！師父，所以，有人就說學佛得需要錢，沒錢人沒法學佛，今天聽了師父您講的故事，我真的是恍然大悟。」

嘛呢活佛微微點頭，說：「不是經書教義不好，而是念經的人把經念歪了啊！」

車子裏的人都出現一陣短暫的安靜，彷彿大家都陷入沉思之中，而窗外的景色清麗，這樣的環境配合這樣的心境，彷彿人間天堂的感覺。雲清忽然覺得自己彷彿內心中前所未有的歡喜，自然想起關於素日聽學佛的人講極樂世界如何美好，她一直思考著

這樣的問題，就是是否真的有極樂世界呢？她忍不住打破沉靜，又問起問題來。

「那麼，師父您說是否真的有極樂世界呢？」雲清的問題一個接一個，這非但沒有令嘛呢活佛不耐煩，反而心生歡喜，他彷彿一位循循善誘的導師，對於雲清提出的每一個問題都認真詳細地做了回答。

「極樂世界的法門是阿彌陀佛的淨土法門，是佛祖為所有想學習佛法的各色人開通的修行的方便法門，即使一個人大字不識，念一句阿彌陀佛也會往生極樂世界。」活佛說，「但是你不要把天堂和地獄想成真的有這個地方，只是一個人的心境，一念天堂，一念地獄，這是一個人的修行的結果。一種感受。但是如果一個悟性不高的人，他無法真正體會到這些，就用一種人們習慣的思維告訴他有這個地方，會激勵他有信心修行的。這也是一種開悟的方便法門。」

雲清聽著這一番回答，也是似懂非懂，但她將這個答案深深記在心裏，她想：「或許將來某一天回憶起這些，我會真正懂得的。」

「不過，這些境界不是用語言能夠透徹表達的，一個人真的開悟了，才會真正明白，所以，這些解釋都不究竟啊！唯一的途徑就是深入經藏學習。就是我們讀書，也得一點一點從小學開始，慢慢地深入提高，何況博大精深的佛的智慧呢！」

雲清點了點頭，說：「師父說的是啊！我們瞭解學習的實在太少了，很容易被假象迷惑誤導啊！。」

雲清頓了頓，接著說，「提到誤導，我還有個問題要問師父，如果我去寺院燒香磕頭，是否每一尊佛都要照顧到呢，就是每個佛都要拜，有人說如果不是一一都拜到的話，佛會怪罪

的。」

　　嘛呢活佛聽了不禁啞然失笑，風趣地回答道：「這個你想想，佛慈悲為懷，善待眾生，因為這個怪罪你，那他一定就不是真正的佛了。」

　　「哈哈！也是的。」雲清一連問了這麼多問題，真的很久以來一直的疑問有茅塞頓開的感覺。

　　這時，一直默默地開車的楊先生也問道：「活佛，您說大乘小乘是怎麼回事？」

　　「修行的兩個層次：小乘和大乘。小乘是我信佛，做善事做好人，有好報，追求個人的解脫。大乘則是在這個基礎上發菩提心，還要發願成佛，脫離六道輪迴，不僅僅是自己解脫，進而度化別人也解脫成佛。」

　　「哦。原來如此。」

　　此刻，大家又陷入一陣沉默。從汽車音響裏徐徐傳出一陣清亮的唱腔，就是大家平時都喜歡一邊開車一邊播放，雖然聽不懂也不知更深含義，但是聽了都歡喜的《大悲咒》。

　　楊先生就此順便問了一個問題，就是關於《大悲咒》。

　　「念大悲咒實際就是向眾菩薩傳遞資訊，如果有難，準會有菩薩聽到，來相救，就是這個意思。」

　　雲清接著又問：「活佛，有居士說，讀佛書必須坐著讀，不能躺著，否則是對佛的不尊敬。」

　　「不是這樣的，這就是有些居士把佛法迷信神化了，尊敬與虔誠不在於這種形式，而是在於發心。」

　　雲清問：「活佛，有人說藏傳佛教不排斥異性的感情，他們理解的歡喜佛就是這樣。」

　　「不是的，歡喜佛實際是雙運像，是密宗修行的一種，是很

高的境界，常人無法理解，不是常人理解的那個樣子。」

眾人沉默，似有所思，嘛呢活佛話鋒一轉：「我給大家再講個故事吧。」

雲清暗想：「看來嘛呢活佛真是一個『故事大王』呢，這麼多故事，今天真的是太有幸啦！」

「有一次，蘇東坡和佛印一起打坐，下坐後兩個人聊的興起。

蘇東坡問佛印：『你看我打坐的時候像什麼？』

佛印看了蘇東坡一眼說：『我看你像一尊佛』

蘇東坡看佛印穿著黃色的袈裟，就忍不住說了一句：『我看你打坐的時候像一坨狗屎！』 佛印笑了笑，什麼也沒說。

蘇東坡很高興，回家跟蘇小妹說：『老跟佛印論禪，從沒有贏過，這次大勝而歸。』

結果當蘇東坡把經過給蘇小妹講過以後，蘇小妹說：『哥哥呀，你這次輸得更慘了！』 『為什麼呢？』

『佛印看你像一尊佛，是因為他心中只有佛，所以他看什麼都是佛；而哥哥你呢？』」

活佛關於雙運像沒有多解釋，而是給大家講了這樣一則故事，這個故事也提出了問題，但是答案卻是靠大家去悟。雲清似懂非懂，仔細想想還是蠻有道理，俗人心沒有那種高的境界，世俗人看歡喜佛自然用世俗之道去理解，是無法真正理解其高深密意的。

大家聽了這則故事都笑了，就沒再接著這話題聊下去。

他們乘車一路聊，雲清猛然發覺自己竟然在內心積累了這麼多的問題，這一路聊來，她將心底的的集結逐一打開了，心裏暗自感歎原來佛法有如此精深的哲理，自己多年糾結的問題在佛法

面前全部有解,而世俗中,解釋不清楚的問題往往都被大家的一個詞畫句號,就是「迷信」。雲清實在是感覺遇到一位真正的善知識是多麼的幸運,也是累世的福報啊!

晚餐之後,大家跟從嘛呢活佛到下榻的賓館。這一整天的活動似乎結束了,不過,有人說:「哎?今天不是說有幾位要做皈依的嗎?人呢?怎麼沒影了?」

原來張羅皈依的那些人此刻卻不見蹤影。

楊先生和雲清站在走廊裏,楊先生說:「你說這皈依的人不見了。是不是很尷尬呢?」

「也是,這不是冷場了嗎?」雲清附和道。

「那我們倆皈依吧。」

雲清雖然親近佛法,但是還沒有想好是否要皈依,而且,她對皈依是什麼意思也似懂非懂的,只是今天的場景令她有些不能自持,因為她實在覺得佛法的高深莫測,也覺得今天事先想要皈依的人沒有出現,如果她不皈依大概很尷尬的,這個初衷並非是出自對佛法的正信,而是一種隨機的緣分,這樣的緣起貌似不太如法,但是有誰會說得清楚,佛度化眾生豈止是以一種方式呢?

所以,楊先生和雲清臨時決定在嘛呢活佛面前受皈依。

在皈依之前,嘛呢活佛發現坐在他面前的兩個人事實上並沒有做好皈依的準備,甚至連什麼是皈依才剛剛弄明白。所以他再次強調要想好是否真的想要皈依,而對於雲清而言,直到今天的此時此刻,她才知道皈依的含義:皈依三寶或皈依三寶同時受五戒或五戒中部分戒律。皈依三寶就是皈依佛、法、僧三寶,相當於是佛教徒了,從此,只信仰佛教,等於入佛門,但是修習得好壞全部在於自身。而皈依五戒是皈依三寶的同時要受五戒,即不

殺生，不偷盜，不邪淫，不誑語，不飲酒。

「這居士五戒，對於大多數世俗中的人要做到也實屬困難，但通常皈依都要受持一兩條戒律的，當然也可以不受戒。」嘛呢活佛看了看兩個人，接著說：「這個要看自己的情況，如果做不到，也不必勉強。等你們修行境界達到了，那時候就機緣成熟，可以受持戒律的時候，再根據自己的情況選擇受戒。」

嘛呢活佛穿著法衣端坐在床上，表情安詳而慈善，語調平和而耐心，可謂循循善誘。

「上次，有一位居士，還是行政人員，對佛法很感興趣，要皈依。」嘛呢活佛說：「那還真是得看看是否有緣或者適合，這樣的人自己心還專注在名利場上，皈依的機緣尚不成熟啊！佛也要度有緣人。」

雲清和楊先生聽了嘛呢活佛的講述，對皈依有了總體的認識，他們內心因為不瞭解佛法，也擔心自己達不到要求，所以，兩個人都選擇了皈依三寶，因為雲清想到的是自己只是懵懵懂懂情況下才皈依的，而且自己還需要在社會上做事，戒律還做不到。就這樣，他們決定皈依三寶。她和楊先生跪在地上，接受嘛呢活佛為他們做皈依。皈依儀式並不複雜，嘛呢活佛口中念誦著經咒，然後，用藏傳佛教活佛特有的摸頂來結束皈依儀式。

「好啦！從今天起你們就是正式的三寶弟子啦！」活佛語氣輕鬆地說，他對面前這位身材高挑的女子雲清印象深刻，往常他來漢地傳法結緣，大多數居士是參加放生、開光，或者求預測，鮮少有問這麼多問題的，這令嘛呢活佛內心很是歡喜，學習佛法的次第首要是聞思，然後才是修行，聞思的目的就是為了解決疑惑明白道理，這個叫雲清的弟子的確有些不同。而冥冥之中，他也意識到他和這位弟子的緣分也是前世註定的。

嘛呢活佛幾天的行程被安排得滿滿的，第二天晚上在一家公司的會議室進行講法答疑。

為了避免引起非法聚眾的嫌疑，所以按照法律規定，這次講法只安排了不超過30人參加。

大家早早就坐在了位置上靜候嘛呢活佛的到來。不多時，身披袈裟的嘛呢活佛走進了這座現代化大樓，這樣的反差顯得格外引人注目。

如今，在漢地寺院裏信眾鮮少有聽講經說法的機會，即便是有活動，也是各種法會，比如放生法會、超度法會，等等。佛教已經發展為一種宗教形式，而且更有甚者，一些寺院成了旅遊景點，已經不是清淨場所。末法時期的寺院，出家人在這樣的環境裏修行，也是一種考驗。

佛教原本應該是一種教育，當年釋迦摩尼佛祖悟道之後，在初轉法輪的時候也就是宣講他的發現宇宙和人生真相，因果輪迴的自然法則；第一所教室就是竹林精舍。而佛祖收弟子，與孔子收弟子一個道理，是希望將自己的發現教授給弟子，讓弟子弘揚智慧的道理，讓眾生明瞭真相，那時，沒有雕塑的佛像，更沒有寺院。所以，佛教也就是名副其實的佛的教育，而非宗教了。如今，這樣的教育在寺院裏幾乎少有聽聞，寺院似乎成了人們燒香拜佛求佛保佑的場所，這樣給大眾一個印象，佛教似乎成了迷信。

今天晚上前來聽講法的人有的是比較虔誠的佛教徒，有的是對佛教感興趣的普通人，他們幾乎都準備了問題來請教嘛呢活佛，活佛也一一作答。有一個人提了一個關於《心經》的話題：「色即是空，空即是色。」

那人問嘛呢活佛：「活佛，怎樣才能達到這個境界，那原本

是一個活生生的人或物，怎麼就能看成空呢？」

嘛呢活佛答道：「你問的問題是佛法中最高深的空性問題，所謂色即是空，並非你理解的把一個活生生的人或物變沒了，而是自性是空。這個問題不是一句半句話能夠解答清楚的，空性不是講出來的，是悟出來的，需要你精進修行開悟。建議你還是多聽聞思維，一步一步地有次第地學習為好。」

嘛呢活佛接著說：「佛為什麼講空，因為執受實有並以此為緣，就會引生貪愛，暫斷煩惱現行者的心中仍有執受的種子，沒徹底果斷，沒有了斷心結，因此，執著有真實存在的受而生煩惱，涅槃永久之地無法可達，只有通往涅槃的道中暫緩。

一個真正修行的人最後都要修禪定，沒有禪定就不是真正修行，而禪定是經過次第修行才能到達那一步，作為在座的初入佛門的弟子，不能急於求成，要踏實精進，一步一步學修。首先就是要聞思，然後才真正切入修行次第。」

嘛呢活佛到濱城三天時間裏，講法、放生、開光、為弟子做皈依。他覺得最令他欣慰的是還有一些人是真正想「破迷開悟」，莎士比亞說：「懷疑是大家必須通過的大門口，只有通過這個大門口，才能進入真理的殿堂。」沒有疑問是不能真正走向解脫之路的。

雲清雖然計畫搬家到濱城，但此刻還沒有真正就位。這次她是來辦事，來了濱城一個月事情辦得不是很順利，但是，嘛呢活佛來的這三天，她不但與佛結緣了，而且事情還很順利地完成。

在大家談到這個話題的時候，都開玩笑說：「這一次嘛呢活佛好像專程來濱城和雲清結緣的一般啊！」

這邊嘛呢活佛乘飛機飛回青海，那邊雲清乘火車回老家，她心裏也不得不感歎緣分的殊勝和玄妙。

　　遠離了世俗的鬧市區，嘛呢活佛才能無憂無慮地在山林中安居，在紛繁複雜的世俗社會，充滿著五毒之苦，而眾生反而以此為樂，顛倒妄想中產生無明煩惱，而每個人具備佛性，卻也有疑惑，在這凡塵之中，嘛呢活佛強烈地感受到一位大乘佛法的修行者所肩負的使命。

　　回到山林之中的嘛呢活佛，暗自思維：修行重要的是，是否一個人的心也在山林中呢？如果沒把自心帶回來，那就是折騰自己，浪費人身。如果心身一起，只有缽和三衣，甚至不必費心去遮蔽這無常的身體。

　　一位具德的修行者，應該能夠做到如蓮花一般出淤泥而不染，無論身處何地，心都應該是在定中，如果沒有這樣的禪定境界，那麼，在這紛擾的紅塵，要為眾生指引方向也是妄談，弄不好自己也退轉了，所以，修行，哪怕對一位轉世活佛而言也是一生乃至生生不息的事業……

　　佛陀說過：我不能用聖水洗淨人的罪業，也不能用手取掉人的身心之苦，我的悟心也無法直接移植給別人，我只能用真理進行教化，使人們自脫，我只能指條道使人們自己完成。

　　「神通既可以弘法利生，也可以造作惡業。但在四禪基礎上修出來的神通，是不會去做壞事的。因為修到四禪的人，已經控制了貪欲心，控制了欲界的煩惱，所以不會利用神通來做壞事。被鬼神加持而產生的神通，就說不清楚了。所以，對真實的神通，我們既不追求、羨豔，也不打擊、拒絕。當然，被鬼神加持的神通，就要嚴加防備了。」──《慧燈之光》

02

「佛」和「神」不能混為一談，因為佛家講人人就有佛性，人生之大權在自己手上，不是把人與佛之間的關係作為核心，也不是把自己的一切交給了某個權威的大佛，也不是由佛來命令支配你上天堂，下地獄，而是自己才是自己的主人。

有人說，信仰佛等於把自己交給了神，不但控制了今世，還有來世的靈魂。這是極其錯誤的理解。信佛和服從神的權威是不同的，因為佛教認為佛是導師，他講的是道德規範，尊師、重教任何一個文明社會都很需要。人的幸福和苦難不是佛的按排，是自己所造。

傳說佛陀降生之際即手指天地宣告：「天上地下唯我獨尊！」意思是「本心之我」才是主宰，任何邪魔外道都無法主宰一個人的命運，只有「我」這個自性破迷開悟才能夠真正改變自己的命運。因此佛陀所說的教法，是向心內求法，即為內道，反之，心外求法則視為外道。

現代人更多地依賴外在物質世界，所追求的東西大凡都是外在的物質，而正是因為無常，才會給世人帶來隨後的困擾苦難。如《佛說無量壽經》勸諭策進第三十三中說：

【世人共爭不急之務。於此劇惡極苦之中，勤身營務，以自給濟。尊卑、貧富、少長、男女，累念積慮，為心走使。無田憂田，無宅憂宅，眷屬財物，有無同憂。有一少一，思欲齊等。適小具有，又憂非常。水火盜賊，冤家債主，焚漂劫奪，消散磨滅。心慳意固，無能縱捨。命終棄捐，莫誰隨者。貧富同然，憂苦萬端。】

這也是末法時期較之以往任何時期都突出的一種表象，而眾

生表現在精神層面就是依賴外道。

這年春天四月間，雲貴高原的氣候正是乍暖還寒之際，不過，白天室外的溫度恰好，貴陽的街道兩旁的小吃鋪門前路旁都擺設了小桌，很多人在戶外享用美食，貴陽、貴陽，因為難得見太陽而得名，陽光在人們的心中是最珍貴的，每當陽光燦爛的日子，人們很懂得享受生活，這從街旁絡繹不絕的形色平和的行人就可以略見端倪了。而對於從青藏高原而來的嘛呢活佛而言，這裏再冷也冷不過高原的那種威寒，嘛呢活佛是經過了佐欽寺佛學院幾乎是被凍死的歷練而成長起來的，再冷的天氣在他內心之中也無法產生任何痕跡了，而此時的嘛呢活佛的心裏已經沒有了四季的分別，無論冷暖寒暑陰晴圓缺都在內心的佛光普照之下無二無別。

在當地弟子的安排下，嘛呢活佛住進了一家酒店，每一次到漢地，他的時間表都被安排得滿滿的，一個接一個接待信徒，解答他們提出的各種問題，甚至有人還把他當作了「算命先生」，讓他測算一些未來無法把握的事情。

關於神通，在《長阿含第二四堅固經》和《長部第一一堅固經》有這樣一則故事：

有一次，佛陀來到了摩揭陀國遊化，住在那爛陀城郊的芒果園中。這天，有一位名叫「堅固」的在家居士，來芒果園拜訪佛陀。他向佛陀頂禮後，建議佛陀說：「世尊，那爛陀是一個繁榮富裕的城市，人口眾多，世尊如果能要一位比丘，在大眾面前展現神通，那麼我們那爛陀城的人，一定會更加地敬信世尊！」佛陀回答說：

「堅固！我從來不教比丘們對任何在家人展現神通，我只教導他們遠離喧囂，寧靜地思惟正法，如果有所成就，自己

知道就好，如果有了過失，則當自我舉發，懺悔改過。」

　　然而，這位名叫堅固的在家居士，還是再三地請求佛陀要比丘們為民眾展現神通，以爭取更多人敬信佛陀，方便佛陀與佛弟子們在這人口眾多的城市弘揚佛法，利益更多的人。
佛陀再三拒絕了，並且說明為何不願意以神通來宣揚佛法的理由。佛陀說：

　　「堅固！我可以以三種自己的親身體證來作教化：一是神足神通，二是他心神通，三是教誡神通。

　　什麼是神足神通？神足神通就是能變化出許多化身，能隱身、穿牆、入地、水上行走、空中飛行、身出煙火、直達梵天等等的超常能力。

　　然而，如果有一位信仰正法，歸依三寶的人，告訴另一位不信的朋友說：

　　「太稀有神奇了！我見過比丘能現無量神足神通，他可以直達梵天，真是大神力、大威德啊！」

　　那位不信的朋友可能會這樣回答：

　　「是啊！確實有一種這樣的明咒，可以讓人有神通力。那位比丘就是依著這樣的明咒而現無量神通的。」

　　像這樣，不但沒有達到宣揚正法的目的，是不是反而成為一種誹謗呢！所以，依我的觀察而深知展現神通變化的缺失，所以不喜歡、不重視，並且拒絕以這樣的目的展現神通。

　　什麼是他心神通？那是不必別人告知，就能知道他人心中在想什麼的超常能力。

　　同樣地，如果有一位信仰正法，歸依三寶的人，告訴另一位不信的朋友說：

　　「太稀有神奇了！我見過比丘能展現他心神通，知道別人

心中在想什麼，真是大神力、大威德啊！」

　　那位不信的朋友可能會這樣回答：

　　「是啊！確實有一種這樣的咒，可以讓人有他心神通。那位比丘就是依著這樣的咒，而知道別人心中在想什麼的。」

　　這樣，是不是沒有達到目的，反而成為一種誹謗呢！所以，依我的觀察而深知展現神通變化的缺失，因而不喜歡、不重視，並且拒絕以這樣的目的展現神通。

　　以這樣的緣故，我不教比丘們現神通變化，只教他們寧靜地去思惟佛法；舉發自己的過失，而不現自己的成就，這就是我比丘弟子們的神足神通與他心神通。

　　什麼是教誡神通？例如對比丘作這樣的教誡：

　　「你應該這樣思惟，不要那樣思惟；意念應該這樣，不要那樣；應該捨離這些，而到那邊安住。」

　　像這樣為他說法，內容純正，義理清淨，可以令人修行圓滿。這樣的教誡、說法，讓在家長者、居士們聽了以後，真正對佛法有正確的認識，才能引發他們對正法的信心，進而有意願出家修學，成就三明解脫，這就是我比丘們的教誡神通。」

　　在漢地，嘛呢活佛經常遇到漢地眾人將活佛視為神通之人的問題，智慧的嘛呢活佛也早已經司空見慣，佛陀講的是內道修法，不以神通渡眾生。在這類信眾心中，由於對佛法不甚瞭解，也有部分的誤解。而對待這種誤解，嘛呢活佛也是因勢利導，偶爾也要適當地隨順趣入，以一種平易近人的方式來讓眾生親近佛

法，就如適當地為大家當一次「算命先生」，如果有了什麼問題，以佛法之道做以指導，因為，只有這樣才能夠讓這些信眾信服，慢慢地接近和信仰佛法，這屬於一種善巧方便，應機之法。

清早，嘛呢活佛洗漱功課完畢，吃過早點之後已經是上午9點了。按照昨天的預先通知的安排，今天上午接見的應該是一位大學老師。

隨著敲門聲，嘛呢活佛應聲說：「請進！」

房間的門開了，從門外走進來一位手裏捧著一束鮮花，笑容甜美的女子，看樣子也就是30歲上下，她長相清麗，皮膚白皙，具備南方女子那種小家碧玉又不失落落大方，舉手投足盡顯涵養。

一進門，她就躬身行禮：「嘛呢活佛好！」說著雙手將鮮花奉上，嘛呢活佛接過鮮花，臉上掛著慈善的笑容，說：「你好！」一邊接過那沉甸甸的一大束鮮花，「啊喲！謝謝！謝謝！」

禮畢落座，女子首先聲音柔和地自我介紹起來：「嘛呢活佛，我姓梁。早在來之前就聽朋友介紹師父您，今天真的很開心，能夠與師父結緣。」

「哦，是的！我也聽趙先生和我提到過你，沒來之前就和我預約，一定要見面的。你有什麼問題儘管說吧。」說著，嘛呢活佛就跏趺而坐在床榻上，靜靜地等待著梁女士說話。他隱隱有那樣一種異樣的感覺，梁女士不是普通的人。

梁女士開口說話異乎尋常地坦率：「師父，感謝您能和我結這個緣分啊！我們都很高興。」

說著梁女士指著那束鮮花，笑著說：「不瞞師父，在您沒有到來之前，我就和他商量，我拿什麼供養活佛？他說供養佛哪怕

一束花也行，所以，我就買了這束花給師父哦！」

　　嘛呢活佛自然了然梁女士說的「他」，雖然這個房間裏，肉眼可見只是兩個人在對話，實際上人們看不見的不同空間的眾生並非不存在。只是人們已經習慣了「眼見為實」而已。

　　梁女士所說的現象是末法時期的一種很活躍的現象，那些人類看不見的生命，都希望要借助人的力量在人間做些他們認為是利益眾生的善事來積累功德，是因為他們懂得了修行的重要性。不過，對於人而言卻未必是件好事。

　　嘛呢活佛不免想起過去在寺院，自己還年輕的時候，也是因為好奇頑皮，經常把一些擁有神通的人調動來研究，讓他們神通顯現，有些所謂的「靈魂」不敢去寺院，那人就一時半會兒也不會有神通顯現，他就問：「你這是怎麼啦？為什麼不來神兒？」

　　那人只是木訥地摸著頭，嘟囔著：「我也不知道這是怎麼了，以前很靈驗的呀！」

　　活佛就憋不住笑了，於是正襟危坐，開始翻開招魂經之類經書認真地讀起來，不多時那人就來神了，神通自然顯現了。經過那樣一個經歷，也是讓年輕的圖旦益西開始對生命有一種更具體的思考，人和靈魂的關係，人類這三維空間和多維空間的關係，這在佛法裏都在隨後的學習中找到了答案，他深深懂得了佛法就是告訴眾生宇宙和人生真相，希望眾生能夠依佛法剷除無明。眾生所以在輪迴中輾轉受苦就是因為無明啊！所以，圖旦益西也就因此更加以慈悲心對待眾生，這個眾生的概念已然不是我們肉眼凡胎所能識見的空間裏的眾生，那種大悲心開始拓展到了多維空間，而不僅僅是人本身了。

　　須臾之間，嘛呢活佛的思維穿越了時空，回到了他早年在寺院的一段很俏皮的時代，那是一位年輕的活佛對生命和世界的初

始認識階段，正因為那樣的經歷，才讓他走向聞思修行的更加甚深的妙義當中……

　　而眼前這位漂亮的女士，可以說是接受過大學甚至更高教育的，目前也是從事教育的知識份子，她的特殊情況並不具備普遍性，雖然眼下這樣的民間所謂「出馬」的神通之人大有人在，而且比以往任何時候出現的機率都要頻繁，從世俗意義上講，這樣的神通或許被視為神明而恭敬，但是從解脫的角度來看，又存在很多悲哀……嘛呢活佛一瞬間，內心油然升起了大悲心。

　　「你年紀輕輕，而且漂亮有學識，難道就單身下去？」嘛呢活佛轉而問道，飽滿的面頰上炯炯有神的目光，彷彿能夠直指人心一般清澈銳利。

　　梁女士那雙漂亮的丹鳳眼裏一直都是充滿柔和的光，她下意識地看了看旁邊，彷彿與人相視而笑：「阿彌陀佛，師父，我有他就滿足了。」

　　嘛呢活佛自然洞察了她的一舉一動，他不由自主地看了看梁女士身旁，嘴角露出會意的不易察覺的笑容，他的目光裏瞬間掠過了一絲憂慮，轉而恢復平和：「嗯嗯，你知道……」

　　梁女士善解人意地看著嘛呢活佛，真誠地說：「請嘛呢活佛明示。」

　　「你知道，佛家講人身難得啊！所以，作為人不能依賴外道，應該向內心求道，外道並不能夠真正幫助眾生解脫，我知道你們的發心也是為了周圍的人獲得某些利益，但是那些既得利益是暫時的，並不能給有情眾生帶來永久的超越輪迴啊！你作為人，如果一直這樣被外道利用的話，來世就要作為他的眷屬再無法為人了。」嘛呢活佛說。

　　「師父，那我也心甘情願了。」梁女士的語氣肯定，「即便

是這樣我也願意，我和他在一起很快樂，雖然我們不能像正常人類夫妻一樣生活，但是我們的心靈是相通的。我什麼事情通過他都能了然，比如去接師父您吧，我不知道送什麼好，他就告訴我供養佛，哪怕是一支鮮花都很殊勝的功德，還告訴我說再給您供養一張回程機票，所以師父您的返程機票就包在我的身上了。」

嘛呢活佛認真地傾聽著梁女士的表白：「冥冥之中，我和他彷彿是做夢一般相處一處，那感覺和真正的夫妻沒有差別。」

梁女士向嘛呢活佛講述了自己的故事：

她十三歲時得了一個怪病，只要一接觸男孩就會全身疼痛，而且頭疼得最厲害。起初並沒有在意，一而再再而三，她就發現了這個規律。

再長大一些的時候，她和正常的女孩子一樣，也嚮往著甜蜜的愛情，也交往過男朋友。

一天，她和男朋友約會吃飯，回到家裏就開始發高燒，這一病就在家躺了七天，梁女士並沒有在意。照樣和男朋友約會，可是每次約會都如此，最嚴重的一次依舊是高燒不退，在家養了十一天才緩過來。她感覺像起死回生一般。

後來經過「明白人」給看了看，確定她不能再找男朋友，所以，直到現在30多歲了，她依舊是單身。

嘛呢活佛內心明白，梁女士來見他並非是來求法的，而是來結善緣的，法界眾生都親近佛法，在末法時期，六道眾生都珍惜這樣的尚能夠聽聞佛法的機會，從這個意義上講，梁女士還在迷中啊！

不過，對於梁女士而言，嘛呢活佛當然明白她有她的前世因緣，而「佛度有緣人」，即便一個人知道真理所在，但是卻不能強加給他人，因為佛法是內道之法，外在驅動是不能根本上讓人

們了悟解脫的。

臨走，嘛呢活佛對梁女士說：「我也沒什麼禮物給你，除了佛珠，我想你不需要吧。」

「感恩師父！」梁女士雙手合十，說：「您說的對啊，我不能要您的佛珠，那樣您佛珠的光芒會讓他無法接近我。」

嘛呢活佛禁不住內心感歎，這簡直就是現實版的《人鬼情未了》啊！

輪迴中來來去去多少次折騰，因一絲的善緣，好不容易才獲得暇滿人身，多少人在迷迷糊糊地度過一生，而沒有再三去思維，是否來世還有這人身，世俗中有很多無法忍受的事，因此事毀掉來之不易的人身，那是不值得的。

佛說：眾生之中，只有人類才具備學佛的條件，只有人類才能改變自己的命運。人是聰明的，他可以把自己送往天堂，也可能把自己送往地獄，在人道中，有苦有樂，還有不苦不樂的中分區，這三道的選擇就決定了上中下的去處。而最終是否能夠選擇好的去處，還在於自己的選擇和修為。在娑婆世界裏人們能夠下定決心，清修苦練，可能三年五年時間便能身居中品或上品，而下品下生的往生者若修到上上品卻需要十二劫（一個劫相當於1679萬8000年）的時間。所以，「人身難得」，而人類卻處於無明中不懂得珍惜。

末法時期，人類社會上出現了越來越多像梁女士這樣的情況，當嘛呢活佛來到漢地，這樣的情形尤為嚴重，有些大德也有過開示，認為這是末法時期的一種特殊現象，因為佛法進入末法時期，逐漸走向衰退，而且末法時期已經過去了一千年，餘下的九千年人們還能夠聽聞到佛法，而進入衰退期之後，在未來佛出世之前，眾生就會有相當長的一段時期處於聽聞不到佛法的時期，那是一件很悲哀的事情啊！所以，遍法界虛空界以及六道眾

生中的有明一切眾生，都懂得抓住這樣的機會修行，為未來的解脫種下一顆菩提種子。

《佛說無量壽經》發大誓願第六品：

我作佛時，所有眾生，生我國者，自知無量劫時宿命所作善惡。皆能洞視徹聽，知十方去來現在之事。不得是願，不取正覺。（六、宿命通願；七、天眼通願；八、天耳通願；）

我作佛時，所有眾生，生我國者，皆得他心智通。若不悉知億那由他百千佛剎，眾生心念者，不取正覺。（九、他心通願；）

我作佛時，所有眾生，生我國者，皆得神通自在，波羅密多。於一念頃，不能超過億那由他百千佛剎，周遍巡歷供養諸佛者，不取正覺。（十、神足通願；十一、遍供諸佛願；）

佛經中講過諸佛世界的佛菩薩具有的神通，並非依賴外道而獲得，而是通過精進修行獲得清淨心證悟菩提之後將內在的能力開發出來，這種神通是世間外道的神通無法超越的，佛的世界裏的佛菩薩也都具足相好神通。然而，佛陀的教育不提倡宣揚神通或者利用神通來獲得世俗利益，即便弘揚佛法，也不以神通為工具，而是以教戒幫助眾生獲得清淨早證菩提，更不必說修行出神通為追求世俗的利益所用。

所以，求法也是有正邪兩條道，對於修行的理解不同，導致世間百態，無明的眾生大多數並不真正明白什麼是正法修煉。所謂的外道神通也不過只是給予眾生外在的既得微小而短暫的利益，而且還是極其有限的神通，並不究竟，對於真正解脫毫無意義。人們過分依賴外道，彷彿這樣就可以看出好的命運，殊不知命運是修得的而非算得，如此看來如果把一世的功夫都用在外道上是多麼的無明與愚癡呢！

這些日子，嘛呢活佛在雲貴高原所見的芸芸眾生之中，請他

為他們占卜預測生意的有之；尋求升官的有之；保佑升學順利的有之；種種祈求世俗之利的不在少數。

嘛呢活佛和趙先生調侃：「我都快成算命先生啦！」但是，嘛呢活佛對於這些人又是適度隨順的，是因為佛法的善巧方便，這也是早在佛陀時期就存在的教化眾生的方法。這種尺度也非真正的智者所能夠把握得了的。

末法時期，社會上的具體表現為對佛法實際修、行、證的人非常稀有；甚至佛教淪為「求名聞利養」、「求平安無災無病」乃至「求升官發財」的法門；或者依賴這些有附體的外道來求得順利發達……

如一副對聯：「經懺可贖罪，難道閻王怕和尚？捐財能超生，豈非菩薩是貪官！」；最為痛心的是：「無廟不設功德箱，無寺不受香火錢」，名寺的高額門票致使無錢信徒常常臨其門而難以拜佛禮敬；隨佛所教的三乘菩提變成了「交易」。以上是「佛教世俗化」在世間的現狀。

其次，「佛教世俗化」還表現為：以佛教作為「心靈港灣」「心理按摩」等寄託；倡導「人間佛法」，曲解「佛法在世間，不離世間覺」之真義，重視色身之利養，輕視佛法「出世間」之意旨。這些都是佛教本來意義的淪落；遠離了解脫道與菩提道。

復次，「佛教世俗化」還表現為：「佛學研究」代替實際修行，深入經藏不是尋求如何出離生死苦海，如何走上成佛的道路；而是為了舉證某一論點。

最後，如《楞嚴經》所說：「邪師說法如恒河沙」。

　　2005年9月，當嘛呢活佛再一次踏上北方美麗的海濱城市的時候，他內心非常感慨，每一次他到漢地，內心都很糾結，一則他是身負度化眾生的使命，廣結善緣也是必要的，二則在接觸漢地居士的時候，由於他們依舊受到世俗的思想所左右，在親近上師這方面時常會引起大家之間不愉快的互相嫉妒。比如，吃飯時誰和上師坐一個飯桌，誰又多陪了幾次上師，等等，這些眾生的迷信都被嘛呢活佛看在眼裏。

　　再者，如今也不時有那種為了斂財而假扮僧人的騙子騙取善良人的慈悲心，一部分漢地人會產生很大的誤解。嘛呢活佛不希望他的到來讓一些人產生誤會，那樣很容易令人產生謗佛的嫌疑。所以，他每一次來漢地比較低調，每一次都便裝出行，而且並不是每到一處前呼後擁，彷彿「鳴鑼開道」的架勢。

　　嘛呢活佛相信有緣人終歸是前世因緣，想錯過都無法錯過的。所以，該見到的自然就見到，不該見到的，想見也是枉然。所以，一切隨緣。

　　在與眾生結緣過程中，嘛呢活佛更重視有多少問題能夠通過佛陀宣講的道理能夠解決，從而令眾生得度，而非眾生供養多少錢財，雖然如今「攜佛斂財」的情況比比皆是，但是，五濁惡世當中，依然有正法修行者善護慧命，依教奉行。

　　這天吃過晚飯，雲清和師兄在送嘛呢活佛的路上向嘛呢活佛描述了她所經歷的一切……

　　美麗的東北海濱城市，陽光明媚，天空蔚藍而寧靜，海風輕撫著路邊的梧桐樹，讓這盛夏的日子裏絲毫也感受不到燥熱。繁華的人民路人行道上，雲清邁著輕鬆的步伐，因為趕著去談業務，穿行在路邊行人之中的她顯得行色匆匆。

　　「施主，請留步。」正一路走一路思維的雲清，忽然被眼前

的一位穿著袈裟的僧人攔住了去路。

她疑惑地望著僧人，靜候他開口。

「我見施主是一位與佛有緣的人，請一位菩薩吧，會保佑施主的。」

雲清這才明白僧人是為了向她推銷護身符的，第一條件反射是：「這或許和傳聞中的假和尚依靠賣護身符發財？」

沒等僧人向她展示手裏的護身符，她就斷然拒絕說：「謝謝師父，我已經有護身符了。」

那位僧人依舊執意要讓雲清看看他手裏的護身符。

剛要推辭離開的雲清無意中朝著護身符瞥了一眼，不由得止住了腳步。

只見僧人手裏的護身符，金黃色背景之上的粉紅色蓮花座上，跏趺而坐著一位微微含笑的觀世音菩薩。她一時愣住了，心想：「這不是昨晚上我夢見的觀音菩薩嗎？這顏色、穿戴以及神情簡直是一模一樣啊。」

雲清最近經常夢見觀世音菩薩，這之前還夢見了普陀山上的觀世音菩薩像，而且耳畔還伴有「南無阿彌陀佛」的佛號聲聲。

「難道這不僅僅是夢？」雲清感覺好神奇，就毫不猶豫地掏出一百元請下了這張觀音菩薩護身符。

嘛呢活佛一邊聽一邊默默地不住地點頭，聽罷，他不由得說：「看來，你得找機會去一趟普陀山了。你看看什麼時候有空閒，我可以陪你一起去。」

雲清感到很意外，甚至有些激動，說：「好啊！那太感恩師父啦！」

當年嘛呢活佛就是在夢裏去到了印度菩提迦葉參拜菩提聖塔，有人指點他要去朝拜，他才去了印度。雲清的夢預示著她和

觀世音的緣分極其深遠。嘛呢活佛心想：緣分已至，佛渡有緣人，願這菩提種子能夠開花結果。所以他決定陪同雲清去普陀山結緣還願。

2005年9月的秋天來了，江南的風裏挾著雨的濕氣，顯得有些婉約派的多愁善感，氣溫沒有因為降雨而降低，令人感到依舊很炎熱。這大概就是人們常說的「秋老虎」，雖然時間的腳步已經漸漸步入深秋，這江南卻依舊顯得「熱情似火」。

嘛呢活佛特地從青海飛往上海，從上海乘船到寧波普陀山，與雲清一道朝拜普陀山。此行目的就是與觀世音菩薩結緣。

在渡船上，輾轉一天一宿，就要到了。他們隨同乘客來到甲板上，迎著風望向即將登臨的普陀山。

他感慨地說：「百年修得同船渡，這滿船的人能夠同遊也是前世的緣分。」嘛呢活佛的感慨並不是空穴來風，他智慧的眼睛能夠洞察前世，在度化眾生的過程中，緣分的牽引讓他深信一切都不是偶然，正如雲清那夢境，是觀世音菩薩的點化，機緣將至，佛度有緣人，這樣的機緣怎麼容得輕視！

所以，他親自陪同雲清登上了普陀山。

西元前870年前後的唐朝，在浙江舟山群島1390多個島嶼中，有一座名不見經傳的小島住著張姓人家，把僅有的幾間茅草屋貢獻給名字叫慧鍔的日本僧人。慧鍔和尚從五臺山求得一尊觀音像打算帶回日本，可是走到此地幾次啓航都無法前行。無奈決定停靠下來，祈求佛祖保佑。一夜，慧鍔和尚做了一個夢，夢裏一個僧人對他說：「慧鍔，如果你把我放在島上，我一定會讓你們順利航行。」慧鍔醒來覺得是菩薩開示，就決定將觀音像供奉在小島上。這就是普陀山不肯去

觀音院的傳說。

　　坐落在海中的這樣的一座神聖的島嶼，四面的海風襲來，令這裏有著非同尋常的宜人的景致，普陀山寺院雲集，香火旺盛。來此地抱著各種目的的遊客絡繹不絕，拜佛進香，這一切都必行的程序，並不繁瑣，每個人都懷著虔誠而來，有求生意興隆的，有求生子的，有求升學順利的，目的也大不相同，當然也有真正前來朝聖之人。

　　因為嘛呢活佛來普陀山朝拜不知有多少次了，在這裏朝拜住在哪裏，吃在哪裏，朝拜的路線等等已經輕車熟路，安頓好之後，嘛呢活佛規畫好行程，就帶著雲清開啟了普陀山朝拜之旅。

　　這天，兩個人準備接著拜佛殿，他們乘坐旅遊免費泊車，從一地到另一地，也算是遊覽了這個小島的風景。儘管這裏是佛教聖地，同時也是旅遊勝地，信佛的不信佛的，來的確是有緣人。

　　雲清正想著下了車去請香，竟然發現座位上有一桶無人認領的桶裝上等香，嘛呢活佛笑著說：「你不用請香了，就用這個吧。」雲清猶疑著，問：「這樣好嗎？」雲清心想，自己不花錢請香，用撿來的香敬佛，這樣恐怕不好。

　　「這叫借花獻佛！有何不好！」嘛呢活佛似乎看出了雲清的心思，笑著回答，「一切唯心，就看你的發心了！」

　　在佛本生故事中記載曾有一位為善慧的婆羅門弟子，在參訪至蓮花城途中，聽說燃燈佛將前來蓮花城說法，善慧於是想以鮮花來供養燃燈佛，但是國王已先一步將城中所有鮮花都收納齊集供養燃燈佛。

　　正當善慧尋遍全城也不得鮮花之際，在井邊遇到了一位年

輕的婢女，手中捧著插有七枝優羅花的瓶子，善慧於是至心誠懇的求她將花賣給他去供佛，受到善慧誠心所感，婢女答應給他五朵，另外兩朵則托善慧幫她拿去獻佛，以積自己的功德，並要善慧答應在他未得聖道以前，要生生世世結為夫妻為條件。善慧為了得到花就答應了這個條件。

在將花獻給燃燈佛後，燃燈佛也為善慧授記，告訴他在無量劫後必可成佛，號為釋迦牟尼；而借花的婢女就是釋迦牟尼成佛前的妻子耶輸陀羅的前身。

而在佛教各種供物中，花是最常被用來供奉也是最具意義的，據《大方廣如來不思議境界經》記載，凡誠心、歡喜以花果時饈等物供養佛者，必得安樂、大福德等，並迅速成就阿耨多羅三藐三菩提。

「今天，你撿到了別人請的香，雖然不是你買的，但是你的心卻是滿滿的誠意，你正所謂『借花獻佛』，再把功德回向給眾生，這也是真正佛教徒的大願。**無二無別**。

這也正是：「一句佛號，一炷香，靜禪一次，是功德。

百句佛號，百炷香，靜禪百次，是修行。

千句佛號，千炷香，靜禪千次，是證悟。

萬句佛號，萬炷香，靜禪萬次，是佛陀。

如是缺了菩提心，千萬修持一場空。」

聽了嘛呢活佛這樣說，雲清也頓時釋然了，雖然她還不能夠真正從深層次理解嘛呢活佛話語中全部的意思，但她能夠明白一點，只要心正心誠，有了正確的發心，形式上的東西其實並不重要了。

　　此次，嘛呢活佛自然明瞭他們來普陀山朝拜最重要的目的就是請觀世音菩薩像，因為考慮到雲清是第一次到普陀山，嘛呢活佛將觀光朝拜的事放在了前兩天，然後每天都要到山裏那些佛具店仔細地逛逛，他心裏清楚，雲清的經濟條件實際上並不好，他希望能夠「貨比三家」，儘量幫助雲清節省些。

　　他帶著雲清挨個佛像銷售店逛，二人走進第一家店，琳琅滿目的佛像一時令雲清眼花繚亂。嘛呢活佛注意力放在了櫃檯展示櫃上的觀音像，他問：「你看好那一尊告訴我，我好幫你講價，替你省省。」

　　說完見雲清半天沒有回應，嘛呢活佛不免駐足回頭，但見雲清停在不遠處的櫃檯前仰望著向裏面看，面容帶著平和卻掩飾不住歡喜，順著她的目光，嘛呢活佛望去，只見展示架上一尊木質的「白衣大士」坐像，面部圓融，表情祥和，微閉雙目，略帶笑意，她手持淨瓶柳葉，端坐著，眼睛彷彿在望著斜下方的雲清。

　　此時，在眾多佛像中，雲清的視線一下子被眼前那尊身著白衣的觀音菩薩坐像吸引了，她剛走進這家店就一眼望見了這尊菩薩像，頓時感到心生喜愛，在雲清眼裏觀世音菩薩是那麼安詳美麗，她看了心裏充滿歡喜，那佛像的質地雖然並不珍貴，但是確實是雲清喜愛的，彷彿腳下生根，再也不願挪動腳步似的，定定地站在那裏注目……

　　嘛呢活佛見狀返回腳步，心裏自然明白了幾分，問道：「怎麼？你看好這尊菩薩啦？」

　　「是呀，師父，您看，這尊菩薩實在太美了，我一下子就被她吸引了，我就要請這尊，不看其他的了。」雲清堅定地說。

　　她開心地對嘛尼活佛說：「師父，我看這個我喜歡。」

　　「嗯，你這是一見鍾情啊！」嘛呢活佛不免打趣道，「那也

要多看幾家，貨比三家，幫你講講價省點錢。」

於是，他去問老闆價錢，然後他笑著對雲清說，「這才第一家店，我們看看其他店什麼價錢，多比照一下再說，幫你侃侃價省點兒錢。」

雲清覺得嘛呢活佛實在是很善解人意，他更懂得從別人的角度考慮問題，這一點不只是雲清，幾乎所有的和嘛呢活佛接觸過的漢地居士都感到很親切和溫暖。

「那好吧，再走走。」

原本以為這樣的佛像會很多，可是，他們幾乎走遍了整個普陀山的佛具店，再也沒有見過第二尊與這一尊一樣的菩薩像。

嘛呢活佛不由得笑了：「看來，此尊菩薩就是在此專門等你的到來啊！」嘛呢活佛不免感歎，半認真半玩笑，實際上這也的確是一個很蹊蹺的事。

「你和這尊觀音菩薩有緣啊！那就多少錢也要這尊啦！」嘛呢活佛也高興地說。

這樣，普陀山請觀音像的任務圓滿了，世事機緣巧合的故事不勝枚舉，對於雲清而言，她夢見了白衣大士，夢見了普陀山，而恰恰就只剩下這一尊白衣大士坐像，也恰恰就是雲清特別歡喜喜愛的一尊，一切都不僅僅是巧合了……

普陀山之行對於嘛呢活佛而言這無疑是一件開心的事，他在看到一個與佛有緣的人正逐漸走近佛的殿堂，而佛法正逐漸走進她的心裏，他怎麼不欣慰呢！

03 |

　　雲清和嘛呢活佛完成了在普陀山與觀世音菩薩結緣的使命之後，嘛呢活佛應邀跟隨雲清一同飛去東北內陸城市雲清的故里——山城。這是一座典型的盆地地形，這樣一座城市彷彿坐落在盆底，周圍都是高山，這山脈是長白山的餘脈，這裏雖然深處山地，卻也是人傑地靈的一方水土。

　　時至秋季，漫山遍野的楓樹彷彿給山野披上了五彩的大氅，在山城，城裏的一位居士是學習淨土法門的，他熱情地接待了嘛呢活佛。

　　實際上，在漢地也有些不瞭解密法的修行人對藏傳佛教有誤解，甚至在互聯網上也大有微詞，這一次，這位居士在談到藏傳佛教和漢地顯宗佛教的時候，嘛呢活佛深深感受到，信眾對佛教理解的片面，甚至他們並不瞭解藏傳佛教，有很多問題都是人云亦云。

　　不過，嘛呢活佛也不過多去涉獵這些問題，只是偶爾信眾提及，他也是啟發式地去暗示，如果悟性高的人會參透其中深意，否則，他覺得不需要過多的解釋，因為佛法不是單憑語言可解釋清楚的，首先要通過自己聞思，不知「道」何以談修行呢？

　　「關於密法，很多時候普通人只是看表面現象，密法本身就不是公開宣講的，所以才稱為密。如果一個人的根器達不到，即便宣講也會產生邪見。」嘛呢活佛說，「這差別就在於你證悟不到空性境界，就無法去學習密法。比如，有一則故事說得好啊：

　　老和尚攜小和尚遊方，途遇一條河，見一女子正想過河，卻不敢過。老和尚便主動背該女子過了河，然後放下女子，與小和尚繼續趕路。小和尚不禁一路暗自嘀咕：師父怎麼了？竟然敢背

女子過河？一路走，一路相伴，最終忍不住了，問：師父，您犯戒了？怎麼背了女人？老和尚歎道：我早已經放下，你卻還背著啊！」

大家聽了陷入了沉思。

嘛呢活佛打破沉寂，問：「雲清，你說說，這故事告訴你幾個意思？」

「嗯，就是要學會放下。」

嘛呢活佛點了點頭：「對。還有嗎？」

「就是，人內心沒有邪見，萬物都變得清淨了。」那位修淨土的居士回答。

「是啊！如果一個人內心不清淨，看到什麼都不清淨；如果一個人內心證悟了空性，看什麼都清淨了。」嘛呢活佛說，「所以，對於密法，沒有一個空性心態，是無法學習的，即便去學，也會產生邪見。」

隨著互聯網的迅猛發展，弘法利生的手段也不僅僅是面對面的教授，所以，越來越多的人開始養成一種習慣，遇到問題喜歡「百度」，所以，問題大多數會在網上得到答案，但是答案的對與錯卻是有待商榷的。因為，末法時期，通過互聯網既有正面的資訊，也有負面的資訊。

嘛呢活佛只是簡單形象地說明問題，更深層次的理解是無法解釋得透徹的，因為個人沒有超凡的思想境界體會不到智悲雙運的意義，人心不淨看啥都是扭曲的心態，漢傳佛教自盛唐以後，密宗失傳的原因就是漢人的思想複雜，漢傳的法師們放棄了密法的傳授，不是因為密法不好，而是怕弟子誤解，從此就斷了密法。

此刻，嘛呢活佛和幾位盛情的當地人同桌吃飯，幾乎這場景

在他在漢地弘法利生的過程中經常遭遇的事情，就是大家對藏傳佛教的不瞭解，但是卻是十分好奇地想探尋個究竟。但是，由於藏漢文化的差別，信仰的層次不同，對佛學的理解上也有很大的不同。

現實中就有過這樣的例子，一位法師去藏區學密法，但是他並沒有學到他感興趣的密法，多年後也沒有學成。他回漢地後對他的弟子說不要學修藏傳密法，他覺得他非常有智慧沒有修成，就認為藏傳佛法不能得到正果，這樣的影響非常大。密法之所謂密，就是有些甚深教法是不公開宣說，而只是對大根器的弟子宣說的，所以，嘛呢活佛認為自己的任務能夠讓更多的眾生親近佛法，對於更深的佛法，那還是要看法緣的深淺程度。

這樣想著，嘛呢活佛輕鬆地將話題轉到了這一方山水，口中讚歎此地實在是一個山水清秀，人傑地靈的好地方。

提起下午要去的五女山，當地的居士介紹說五女山位於桓仁滿族自治縣桓仁鎮北側8公里處，係高句麗民族開國都城。相傳有五女屯兵其上，因此為名。

望著窗外寧靜而清澈的渾江水庫，安靜地坐臥於高峻的五女山腳下，彷彿在傾聽大家歡喜的交談，這樣一頓飯就輕鬆地吃完了……

之後，一行人就自然乘著索道車登上了五女山，之前聽說五女山被列為世界物質文化遺產，按規定，這裏方圓之內必須要保持原貌，以保證對原有景色文化的保護。

到達山頂，卻是別有洞天，山頂平坦，秋色宜人，各種樹木的葉子，在深秋也映現出不同的顏色，大有層林盡染的意境。說是物質文化遺產，也不過是留下的基礎遺址，只有露出地面的地基，早已經不見當年的城池亭臺樓閣。想像中，彷彿古代烽火依

舊沒有停歇，五個英姿颯爽的女人帶領著她們的兵馬，守望著自己的家園。

落葉鋪滿了幽靜曲折的小路，沿著那曲徑通幽的山路前行，經過一個類似人造湖的地方，竟也看見那一叢枯色的蘆葦，嘛呢活佛望著前方，說：「那一處最適合修建廟宇了。」

雲清並沒有在意，因為眼下那一片地方是荒草叢生的地方，哪裏有寺院的影子呢？

當走近的時候，大家都看見那裏立了一個牌子，上面寫道：「傳說古時有五位仙女下凡，為民除害，人們在山上修五女廟以示懷念。此處是廟址。」

雲清不禁敬佩嘛呢活佛的洞察力，他的智慧就是這樣隨時流露出來。

回到濱城，嘛呢活佛的日程像以往任何一次來訪一樣，被居士們安排得滿滿的。

有人開玩笑說：「如果不是師父修行好，這樣的工作強度，還不累得筋疲力盡！」

「所以嘛，沒這本事，哪能成為師父呢？」幽默的嘛呢活佛時常也開開玩笑，居士們和嘛呢活佛在一起，除了講經說法的時候氣氛比較莊嚴，平時，大家都說，嘛呢活佛是善巧方便，行住坐臥無不是點化眾生。

實際上，即便是說法，嘛呢活佛也是用一個一個生動的故事和現實案例來循循善誘啟發式地把問題拋給信眾，讓他們能夠有所思考和感悟。嘛呢活佛以他的智慧在漢地善巧方便度化眾生的故事比比皆是，二十年來如果細數起來也是不勝枚舉……

5

這麼多年，嘛呢活佛與漢地結下了不解之緣，也有
很多能夠給人解惑答疑的故事，本章以每一個小
故事呈獻給讀者們，也能夠深入淺出地回答一些疑
問……

01

　　這天，嘛呢活佛帶領信眾放生，雲清由於身體原因沒有參加。

　　雲清正在住處休息，她感覺自己橫著與自己的身體分離了，在自家的臥室，室內的一切如常，當她站立起來的時候，忽然間發現一個高大魁梧的男人正欲走進臥室，她想：「怎麼自己家裏有陌生人呢？」她下意識地雙手合十，嘴裏念出聲：「阿彌陀佛！」那男人的身體頓時消失了。

　　她轉頭望向床鋪，只見她自己右側臥在床上，好像正睡覺，她這才意識到自己的元神又一次出竅了，心裏默念了一句：「師父，我怎麼又出來了，我要回去！」然後，接著她念了一句「阿彌陀佛」，瞬間，她感到從頭開始恢復知覺，彷彿進入了身體，緊接著她艱難地咽了三口氣，人才舒緩過來恢復了身體上的知覺。

　　清醒過來後，雲清感到很累，雙眉之間天目的位置也感覺陣陣痠疼。像這樣元神出竅的事，之前，在她身上屢屢發生。而今，自從她和嘛呢活佛說了之後，她就開始按照嘛呢活佛的指點誦持祈禱文和心咒，在這個過程中，反反覆覆，這一次竟然在大白天發生了這事，她感覺很困惑。

　　她等不及晚上吃飯和嘛呢活佛講，急切地給正在濱城的嘛呢活佛發短信，嘛呢活佛沒有回覆。

　　晚上聚餐，雲清特意和嘛呢活佛提到這事，嘛呢活佛說：「你不要懈怠，繼續持咒，一定會有結果的，這過程是正常的。」

　　雲清懵懵懂懂，只管聽話照做，內心也充滿信心。

自從和嘛呢活佛結緣，雲清懂得了很多道理，才真正明白發生在她身上的那些所謂的「玄妙」之事，只能說是玄，根本談不上妙。因為她深深懂得了自己在一種多麼危險的境界中徘徊！

嘛呢活佛在聽了雲清的經歷之後，不由得倒吸一口涼氣，他覺得在佛與魔之間的較量始終沒有停歇，這佛與魔自在人心，只是人們在迷中。

雲清是幸運的，她能夠遇到正法，也是她的福報。在嘛呢活佛眼裏，前生後世的緣分是如此神奇！雲清還有一段很漫長的路要走。她在修行的路上，要經歷了才能感悟。

嘛尼活佛在和雲清的接觸過程中，有很多這樣的故事，也是令嘛呢活佛感受到自己的使命有多麼艱巨，雲清只是眾生的一個代表，一個縮影。

佛家有個偈頌是這樣講的：

感激傷害你的人，因為他磨練了你的心志；

感激欺騙你的人，因為他增進了你的智慧；

感激遺棄你的人，因為他教導你該獨立了；

感激絆倒你的人，因為他強化了你的雙腿；

感激侮辱你的人，因為他覺醒了你的自尊；

感激斥責你的人，因為他提醒了你的缺點。

——感謝一切使你堅強的人

雲清註定是要在這條路上經歷各種考驗，並在坎坷和創傷中獲得感悟，所以，對於雲清而言，在這種歷練中，無論她遇到誰，都是對她更靠近真理和真相的助力。

正如佛陀的那句開示，註定是說給世間人的：「無論你遇見誰，他都是對的人。這意味，沒有人是因為偶然進入我們的生命。每個在我們周圍，和我們有互動的人，都代表一些事。也許

要教會我們什麼，也許要協助我們改善眼前的一個情況。所以，生命中出現的每一個人，都值得珍惜。」

嘛呢活佛彷彿親臨其境，雲清的經歷告訴嘛呢活佛了一個事實，眾生在末法時期有多麼無助！不過，也正是這樣的經歷，讓雲清一步一步接近佛法，趣入菩提之路。

雲清曾經有兩次經歷令她感到費解，卻又是那麼真實！

第一次是在大學進修備考，一個周末早上睡懶覺的她彷彿在一種境界裏，清晰得那麼真實，她無法動，但是她能看到一個像狐狸一樣的動物，就要從她的右側腰間鑽進她的身體，她左手立即伸出去抓住了牠的肉質感覺非常真實的脖子拎起來，甩掉一旁……於是她就清醒過來。

緩了緩口氣，她皺著眉頭很是不解，也沒有在意，權當一場夢境吧。

可是，這樣的「夢境」不久又一次降臨。

在她去濱城辦事的時候，住在自己濱城的新房子裏，晚上，那樣一個毛茸茸的傢伙又來了，還是要從雲清的右側腰間鑽進，雲清依舊用左手抓住牠的脖子，將牠狠狠地甩出去，她心裏還狠狠地說了句：「走！」

那個像狐狸一樣的動物，毛色光滑明亮，用手抓牠的時候，雲清感到強烈而真實的質感。

出現一次，雲清沒有在意，出現第二次，雲清就覺得蹊蹺。

她不得不打電話求助一位「神人」，所謂的「神人」就是那種坊間流傳的能夠通靈的人。

他幫助雲清寫了朱砂符，然後說：「我幫牠超度，讓牠早日托生。你們之間也是緣分，早點了結吧。」

自此，也很奇怪，那個東西再沒有來找過雲清，不過，雲清

的身體依舊是很弱，境遇依舊很不順利。

直到遇到了嘛呢活佛，見了幾面之後，雲清才把她的這段神奇的經歷和嘛呢活佛講了。

吃完飯，在返回賓館的路上，嘛呢活佛問雲清：「你出竅這種情況有多久了？」

「我很久了，從小就這樣。」雲清說，她瞥見嘛呢活佛的表情極其嚴肅，嚴肅得讓她不敢正眼看他。這讓雲清彷彿看到一尊佛的憤怒之相。

「你不覺得你做夢很準嗎？」

「是啊！是啊！」雲清說，「是很準啊，我都會自己解夢呢！」

「你實話告訴我，你到底想不想出馬？」嘛呢活佛問。

（備註：所謂的「出馬」是民間一種說法，就是有些人被外道的看不見的眾生相中，借這些人的身體或者跟隨著他們，讓他們在人間做一些打卦算命的事，也就是所說的「看事兒」）

雲清毫不猶豫，說：「師父，我說實話不想，我想做普通人，而且即便有神通，我也要自己修行出來才對。」

實際上，雲清的認識並沒有那麼高，雖然她嘴上這樣說，是因為她瞭解佛的神通是開智慧的結果，但是自己目前不要這所謂的「神通」，也多半緣於她對未知的恐懼，而非真正的對佛理的究竟認識。

「你可要講實話，別到時後悔。」嘛呢活佛依舊不太放心。

02

與此同時，嘛呢活佛給雲清和在場的人講了一則現實的故事：

就在濱城，有一位老太太，她是一個打卦很靈的人，實際上在活佛看來就是附體。但是，她不承認自己是附體，她說她身上融入的是觀世音菩薩。她雖然沒有修行，但是經人介紹，每次都和嘛呢活佛結緣親近。

談起神通的事，嘛呢活佛說：「神通是人修出來的，就如黃金本身能發光一樣，而外道賦予人的神通就如鍍的金早晚會光芒消逝。」

老太太聽嘛呢活佛給她講了很多道理，就衝動地說要嘛呢活佛給她加持，活佛就給她摸頂念經。濱城之行結束後，嘛呢活佛回到了山上寺院。

這天，喇嘛來通報說：「師父，有個漢地老太太來訪。」

這突然的造訪令嘛呢活佛滿腹狐疑，因為但凡來訪，人們都會事先通知的，「這是誰呢？這麼突然，連個招呼也不打。」

當老太太出現在他的客廳時，嘛呢活佛一下就明白了九成。

他不由得笑了笑，問：「啊！是您啊！怎麼大老遠跑來了啊？」

老太太把東西放在沙發上，拱手施禮，隨後就單刀直入地問：「師父，我沒得罪您吧？」

「您這話是從何而起呢？」嘛呢活佛故意笑著問。

「自從師父給我念經摸頂，我打卦就不靈了。」

嘛呢活佛笑著答：「不靈就對了，學佛之人不能打卦，不能

親近外道。」

老太太滿面愁容地說：「我還指望這神通賺錢呢，這不靈了，我還怎麼活啊！」

「你不是說你是觀音菩薩加持嗎？如果那樣，你該更靈才對，否則，如果是附體，靈通馬上就會消失。」

「師父，我服了您了，您幫幫我吧。」老太太不達目的誓不甘休的架勢，竟然把嘛呢活佛逗樂了。

「好吧，本來我是幫你，你既然堅持，我也只有順你了。你回去吧，一個月後，你一定能打卦，而且還會靈的。」嘛呢活佛無奈地說。

老太太聽了嘛呢活佛的話，才慢慢平靜下來，她在寺院住了一個晚上，第二天，嘛呢活佛派人把她送到縣上，她才放心地離開了。

後來，嘛呢活佛聽說，老太太的「生意」又紅火了很久，不過，她的身體慢慢地變得不好了。

這件事讓嘛呢活佛更加理解了佛的「三不能」，眾生只有自己發自內心地去求得才能夠真正做到，否則外力再強大，即便是佛陀也無能為力。

（備註：一不能除去眾生既定的業報，據《大智度論》記載，即使是佛陀自己，由於過去世所造之業障，成道後仍要受木槍麥馬等9種果報。二不能度無緣之人，度無緣之人猶如潤無根之草，是徒勞無功也是不起作用的。三不能度盡所有的眾生，儘管佛陀有眾生無邊誓願度的誓言，總有不信之人，佛陀拿他沒有辦法。）

雲清聽著嘛呢活佛講的故事，彷彿在聽神話故事一般，嘛呢活佛看了看認真傾聽的雲清，再次問：「你真的不想出馬？」

「真的！」雲清堅定地答。

「別到時沒有了，怪我，都是活佛，把我的神通弄沒啦！」

　　雲清被逗笑了：「師父，不會的，即便有神通，也是我修行到了境界才是好的。我明白。」

　　於是，嘛呢活佛給雲清親自書寫了祈禱文和心咒。他告訴雲清堅持每天持咒必有成效。

　　雲清並不清楚嘛呢活佛寫的咒語是什麼含義，她對佛法更沒有太多瞭解，她只是老實聽話，每天真的按照嘛呢活佛的開示去做。

　　慢慢地，雲清身上發生了變化，她不再像以前，面色暗黑，臉色變得明亮起來，身體也似乎比以前好了。而且，她魂不守舍的情況也越來越少。她高興極了！

　　這一天，她的胃有些疼，晚上睡覺的時候，彷彿夢境裏，一位身著紅色袈裟的喇嘛來到她床邊，冥冥之中告訴她這是嘛呢活佛，只見喇嘛坐在她的床頭，用手捂在她的胃口處，第二天，她的胃竟然不治自癒。

　　雲清更加感受到佛法的神奇力量，她逐漸地走進了那樣一個殿堂，讓她領悟到更多的快樂！

　　之後嘛呢活佛與雲清再見面時，雲清提起他夢中給他治病的事來，嘛呢活佛不置可否。這實際上是弟子與師父的心靈相應，從佛理來解釋，不是嘛呢活佛真的給雲清治病，而是嘛呢活佛的法身與雲清的內心相應的結果。信願對於一個修行人而言是多麼重要可想而知。

　　就如《佛說阿彌陀經》，通篇都是講「信」、「願」、「行」，只有具備這三項，一個人才能夠真正地感應佛法的真實不虛。這一點，從「神通老太太」和雲清的故事中可略見一斑。

　　如果雲清對佛法沒有信心，對嘛呢活佛沒有信心，那麼她是不可能有這樣的感應的。就如一臺收音機，如果不打開開關，那麼就永遠不會接收到無線電波信號一般，人的信心就如開關，有了信心才會接收到佛法的不可思議的感應道交。

03

　　現代人對感情的執著不僅僅是男歡女愛，這也包含著對親人、朋友、小動物的執著。害怕死亡分離，死後又常常思念，這些都是一種貪執，而且，從解脫的角度講都是障礙，所以，四無量心第一個就是把「捨無量」放在最前面。實際上，人們活著就是應該珍惜當下，當下活明白了，才會為來世種下好的因，過去世中的因會在未來世結果，所以，人首先要學會的是放下。捨並不是捨棄當下的一切，而是放下對一切的執著心，面對的時候懂得珍惜，失去的時候學會面對。有些人放不下故去的親人，希望看到自己逝去親人的去向，這也可以說是一種感情上的執著，而按照法理，佛陀就有開示，不為普通人看來世，這其中的原因另有深意。所以，嘛呢活佛也是鮮少為世俗中人看來世。

　　漢地有一位居士的母親去世了，她生前是虔誠的基督徒，這位居士請求嘛呢活佛要看看母親轉世到哪裏去了。因為這位居士與嘛呢活佛宿世的因緣，令他只好破天荒答應了此事。他索要了那位居士的母親離世年月日期，然後通過入定靜觀，查看到那位母親已經轉世為女孩，而且依舊是投生在那位居士的家裏，現在已經懷了二到三個月大了。

　　嘛呢活佛把這一結果告訴了那位居士，他百思不得其解，家裏一切平靜，沒聽說那位女眷懷孕。嘛呢活佛對那位居士說：「那你回家再仔細瞭解一下，看是不是有這種可能。」

　　那位居士回到家裏，他們家是大家族，兄弟姊妹們也多，而且分散在全國各地，他通過打電話問了一圈，最後問到他一位遠在南方的哥哥，將嘛呢活佛靜觀的結果向哥哥複述了一遍。

　　哥哥聽完不禁啞然愣在那裏，半天才從驚訝中緩過勁來，

說：「你還別說，真有！」

「什麼？怎麼可能？」那位居士表示很驚訝，他是感到太不可思議了！所以才如此沖口而出。

哥哥不禁娓娓道來，接著說：「你嫂子又懷上了，你知道你侄女因為先天心臟不好，所以我們報了第二胎。」

「啊！」那位居士不禁驚歎，「這也太神奇了！不可思議！不可思議！」

「不過，三個月也看不出是男是女，只好過幾個月大一些做B超再驗證了。」哥哥說。

那位居士不禁感歎：「哥哥啊，你說你以前不相信輪迴，這回信了吧。而且，在佛面前，我們做什麼事都瞞不過人家的佛眼啊！」

哥倆因此在一起唏噓感歎了好一會兒，那位居士說：「古話說：抬頭三尺有神明，我們人肉眼凡胎無明糊塗，造作很多罪業，以為沒人看見，人家神佛是看得一清二楚啊！」

「哎！不敢做壞事啦！」

時間一天一天過去，孕婦肚子裏的孩子也一天一天長大，六個月的時候，哥哥帶著孕婦去醫院做了B超，果不其然，檢查的結果懷的是女孩兒。

這一結果讓一家人更加覺得不可思議。

「不過，這B超也不是百分之百準確，只能等孩子生下來再看。」什麼都不相信的哥哥依舊不死心，不到最後結果還是不服氣。

就這樣，一家人在期待中，日子一晃就到了孕婦分娩的日子，那種焦急企盼的心情比普通人家在此時此刻的心情更加迫切。

一家子人為了證明嘛呢活佛的結論，提前派代表紛紛從各地

趕到南方，當護士打開手術室的大門，把孩子抱出來交給那位哥哥的時候，很平常的一句通告：「是女孩兒哦！」

大家的心一下子沸騰了，那種興奮無以言表，因為此時此刻他們已經徹底信服並且相信這孩子真的是母親轉世啊！哥哥抱著的是自己的「母親」，這感覺實在太玄妙了！

那位居士通過此事很多日子無法平靜，佛講輪迴，通過這件事證明確鑿無疑；佛講眾生平等，通過這件事讓他認識到對待任何生命都要有慈悲心，因為說不定哪一世他們曾經做過我們的父母。所以，佛說的真的是真實不虛啊！

當孩子滿月的時候，那位居士拿著母親滿月的照片和女孩對照，結果令人吃驚的是的確長得幾乎一個樣子，而且兄弟姊妹幾個抱那孩子，孩子顯得很高興的樣子，而外人抱就哭個不停。這下子更是驗證了嘛呢活佛的說法。

嘛呢活佛接到通報後也十分感慨。他不禁想起一則公案：釋迦牟尼佛時期，有一位阿羅漢對佛陀說：「世尊，您是遍知一切的全知者，您老人家說我的前世是什麼？」

佛陀說：「我怕看完你心裏不舒服。」

「哪能呢！我是修行人，怎麼會在意呢！」

「好吧！你要有心理準備。」佛陀說，「你的前世是一頭經常在佛塔邊的坑裏玩耍睡覺的豬，因為偷鄰居地裏的東西吃，被鄰居放出的狗追趕，你順著佛塔繞著跑了兩圈，就跑進山裏，被人救下。因為你繞佛塔的功德，今世轉為人並證得阿羅漢果。」

阿羅漢一聽，想：「自己怎麼會是一頭豬的轉世呢！」因此心裏有些不舒服。

佛陀知道了他的感受，就從此規定，佛教徒不允許給普通人看轉世。

　　嘛呢活佛這是第一次為普通人看轉世，也是因為與那位居士甚深的殊緣，沒辦法就只好隨順了他們的願望，好在結果不錯，他想如果轉世結果不好的話就不會告訴他們真相了。但是，通過這件事，令那位居士對佛法更加堅定了信念，甚至一家人從此都相信了佛的智慧，從而皈依佛教。從這個角度看，又是件好事了。

　　正是因為明瞭了教義上關於運用神通看轉世的規定，像類似這樣的運用神通看轉世之事，嘛呢活佛是非常謹慎的。不過，在藏地，藏民們虔誠篤信佛教，且佛教早已經是他們生活的一部分，作為文化滋潤著這一方水土，偶爾，他利用一些小神通幫助藏民解決病苦之事也是時有發生。

04

　　有位在校讀大學的學生暑假回到家裏，雙眼通紅，他以為得了紅眼病，就去醫院就診，醫生看了檢驗報告說：「你這眼睛根本沒病啊，你這病我看不了。」藏族人平時現實生活中解決不了的事通常會找到活佛，而往往神奇的事，找到活佛就找到了對治的辦法。他的哥哥說：「我帶你見嘛呢活佛吧，沒準他能幫到你呢！」

　　這位學生半信半疑，心想：「醫院都看不了，活佛能看？不過去試試也好。」

　　待他在嘛呢活佛的會客室裏坐定，說明了自己的情況，嘛呢活佛拿出一本書，問了他的生辰八字，掐指一算，看了看年輕

人，問：「你是不是喜歡上一個女孩？而且你還弄到她的一張照片帶回來了？」

這位大學生不禁一愣，心中暗想：「活佛怎麼會知道的？」

於是，他就把在學校如何喜歡上一位女生，如何從別人手裏弄來一張照片帶在身上，一五一十地全盤坦白出來……

嘛呢活佛不由得笑了，說：「看看看，果真如此啊！你這毛病就是這麼來的。」

年輕人當然是丈二和尚摸不著頭腦，但也不得不信服嘛呢活佛的高明，就忐忑地問：「請問尊敬的仁波切，我該怎麼辦呢？」

「你回去，把那張相片燒掉，你的眼病自然就會好啦！」嘛呢活佛輕鬆地答道，「這不是大問題。」

年輕人回到家不敢怠慢，按照嘛呢活佛的指點「依教奉行」，過了兩天，那眼病就徹底地好了。

有時候，有人感歎嘛呢活佛的神通，他說：「我哪裏有神通啊，是我們藏族的古老易數厲害，我只是一個運用公式運算的人。」

藏地和漢地不同的是，藏族人的信仰是生活中的一部分，他們遇到大事小情都要問佛，平時的節日也與信仰相關聯，什麼孩子取名字了，家中人失蹤了，有人故去超度了，等等。

比如一個人失蹤了，有人跑來問嘛呢活佛，他通過打卦告訴人家人死了，在某某水庫可以找到等等，像這類靈驗的事情多了，自然當地老百姓就對嘛呢活佛升起極大的信心，也同時對佛法升起極大信心，這裏的老百姓無論男女老少很注重積累功德，大家都會很熱情高漲而且歡天喜地像過節一般地參加轉塔、轉山、轉湖，祭拜神山，等等活動，這些都是日常生活如呼吸喝水

一般稀鬆平常。所以這類事情在當地老百姓中也是司空見慣的，因為信仰的驅動已經在人們內心中建立起牢固的佛教世界觀。這就是藏區的生活。

【佛告觀世音菩薩：汝於娑婆世界有大因緣。若天若龍、若男若女、若神若鬼、乃至六道罪苦眾生，聞汝名者、見汝形者、戀慕汝者、讚歎汝者。是諸眾生，於無上道，必不退轉。常生人天，具受妙樂。】

——《地藏菩薩本願經》

05

嘛呢活佛與普陀山的緣分可謂是累生累世的殊勝緣分，而這也切合了佛經中所講的，娑婆世界眾生源源不斷蜂擁至此，各懷不同的目的，而嘛呢活佛接受祈請，不知到南海普陀山朝拜多少次，每一次對他而言都有很多感悟，他與諸佛菩薩感應道交，充滿了無上法喜，令他在菩提之路上充滿了信心。

在與一位王居士去普陀山的時候，他們分別入住之後，嘛呢活佛提議先休息下再活動。嘛呢活佛安頓好，也無倦意，索性出去獨自溜達去了。

由於多次朝拜普陀山，嘛呢活佛對這裏的地形瞭若指掌，他從住處向著南海觀音菩薩像走去，走到「不肯去菩薩」佛殿拜佛，就在那附近環遊，無意中當他抬頭望去，湛藍的天空中，唯見一塊白雲向他頭頂隨風飄來，越來越近，越來越濃，慢慢凝聚凝聚，最後形成一個渾圓的形狀，彷彿一個潔白的座塌，懸浮在

他的頭頂的半空中，陽光分外明朗，但從白雲中星星點點灑落了
幾點雨滴，滴在嘛呢活佛的臉上，不多時，雨點褪去，又恢復了
寧靜。那雨滴彷彿甘露從天而降，似乎了知有一位大德光臨。

面對此情此景，嘛呢活佛不禁讚歎：正所謂「抬頭三尺有神
明」啊！諸佛菩薩無時無刻不記掛著眾生，這吉兆或許正是對一位
大德的功德所示現的隨喜之兆。這不由得令嘛呢活佛心生歡喜，
「嗡瑪尼唄美吽」從內心悠然而升起⋯⋯

每一次，他朝拜聖地，總是有不同的感應，吉祥而令人歡
喜。

嘛呢活佛受邀與一位居士去雲南雞足山朝拜，也是令他終生
難忘的一次經歷。

雞足山雄峙於雲貴高原滇西北大理白族自治州賓川縣境內，
因山勢「前列三峰，後拖一嶺，儼然雞足」而得名。是享譽南
亞、東南亞的著名佛教聖地，是中國漢傳藏傳佛教交彙地和世界
佛教禪宗發源地，中國十大著名佛教名山之一，素有「雞足奇秀
甲天下」、「靈山佛都、旅遊勝地」、「天開佛國」、「華夏第
一佛山」等美譽。

據《佛說彌勒菩薩大成佛經》記載，未來的彌勒佛將與娑婆
世界前身剛強眾生及諸大弟子，前往雞足山，接受迦葉尊者奉上
的釋迦牟尼佛所著的袈裟，並讓迦葉尊者顯現神通及演說過去佛
所有經法。玄奘法師在《大唐西域記》中也說迦葉尊者「將入定
滅，乃往雞足山。」

近代宣化上人在《大佛頂首楞嚴經淺釋》中明確指出迦葉尊
者「他現在還在中國雲南雞足山打坐入定，等彌勒菩薩出世，將
衣缽交給他。」

嘛呢活佛首次朝拜雞足山，但之前對雞足山的傳說以及佛經

上所講也是耳熟能詳。佛教聖地通常是磁場非常強大的地方，對於一個有修行深度的人而言，他的磁場會與之產生共鳴，從而能夠發現一些吉祥的感應現象。而對於一個業障深重的普通人，紊亂的磁場就會干擾那種共鳴，因此也就很少看見殊勝的感應現象了。與居士出行，嘛呢活佛為了驗證這樣的結論，通常他都要安排這樣獨處的機會。

下午，當嘛呢活佛一行風塵僕僕從飛機場乘車來到下榻的酒店，居士提議先休息一下，於是，他們回到各自的房間，居士們看樣子都休息了，此刻，嘛呢活佛一點睡意都沒有，看了看天色還早，太陽依舊掛在西山之巔，他便獨自走出戶外，在小路上閒庭遊步。

抬眼望去，湛藍的天空，淡淡的雲彩彷彿一層白紗，一抹一抹地半遮半掩，他心情極好，不知不覺走出去一段路程，放眼望去，白色的楞嚴塔矗立在天柱峰頂，在陽光下彷彿被穹光遮蔽著，似佛光熠熠。

無意中抬頭望向天空，一朵雲恰好就在嘛呢活佛的頭頂，他怎麼看怎麼像一隻鳳凰，過了一會兒，那雲彩舒展開，彷彿是一隻展翅飛舞的鳳凰，頭上的雞冠隱約可見，那鳳尾翹起，翅膀如展翅的雄鷹一般張開……那就是一隻栩栩如生的鳳凰飛舞的雲圖啊！

這時候已近黃昏，陽光照在雲彩上，出現了彩虹一樣的色彩，顯

嘛呢活佛拍攝於雞足山

現了一個五彩斑斕的鳳凰形狀。

　　嘛呢活佛不由得拿出手機進行拍照，留下了珍貴的相片，如果不是有照片為證，估計沒有人會相信這樣的奇蹟。

　　在這樣一個佛教聖地，一位俱德上師到來，就連老天都充滿歡喜，竟然示現了鳳凰飛翔雲圖，作為迎接嘛呢活佛的開場戲。

　　像這樣的吉兆，在之後的很多事情中都得到了印證。一次，當地藏民接山神，車子在山路上行駛，行至兩山之間，遠遠望去，路盡頭，兩山之間出現了一塊雲彩，圓圓的，彷彿一個球體，兩山如蜿蜒的巨龍，那景致又如二龍戲珠，令車內的人都嘖嘖稱奇。

在嘛呢活佛與漢地結緣後的若干年裏，無數人與他
見面，無數人又從他面前消失，無數人成為他的皈
依弟子，然後消失在茫茫人海之中，而少數人與嘛
呢活佛的緣分不僅僅是遇見那麼簡單，在這樣的千
迴百轉的輪迴之路上，世俗的緣分就如種子一樣開
花結果，註定演繹著很多不可思議的故事，也帶給
人們很多思考……

佛理講「自他相換」以大悲心領受眾生的痛苦，

以大悲心佈施自己的幸福，執著、疼愛、苦樂的相換。

所以，嘛呢活佛在與眾生結緣過程中，

以此慈悲心行持

一位仁波切普度眾生的大願。

01

　　世俗中的人們每天在忙碌中度過，正如那句「天下熙熙皆為利來，天下攘攘皆為利往。」

　　紅塵中的你來我往的俗事中吃喝玩樂必不可少，尤其是生意人難免要請客吃飯。在濱海，飯局中少不了海鮮，而且尤其講究吃鮮活的，殺業極其嚴重。

　　林老闆今天很開心，因為終於可以見到他一直久聞大名的嘛呢活佛了。所以，他心裏盤算著晚上大家聚餐選在哪裏。林老闆在生意往來期間經常請客吃飯，客戶到濱海就喜好吃鮮活，這也是海濱城市的先天條件導致，貴客來一定要請吃上一頓美味海鮮，所以，他訂飯店選在了最有檔次的一家海鮮飯店。

　　眾人落座，點好餐等待開席前，大家帶著各自的問題，林老闆首先表達了對活佛的敬意和歡迎之心，然後拋磚引玉提出一個問題，他表情顯得迷惘，「師父啊，我自從皈依之後覺得自己罪業深重，所以寢食難安。身邊一些居士總是苦口婆心地很認真地和我宣說殺生的過患，您看，我這每天迎來送往，請客也要點殺活物，回到家裏每每想起殺生就感到很惶恐不安啊！師父啊，您說我怎麼辦？」他顯得一臉茫然和無奈的樣子，「師父啊，殺生的過患那麼大，我是不是罪不可赦啊！」

　　活佛聽了他的困惑，看了看林老闆憔悴的面容，整個人很瘦弱，臉色也不是很好。活佛表情平靜，淡然地說：「沒有沒有，你的生意需要這樣做也是沒辦法的，你也不要太過於糾結，就多學佛理，多念懺悔咒吧。」

　　林老闆聽了嘛呢活佛的話心情多少放鬆了些，說：「好的，師父，我以為我罪不可赦，沒有救了，不過聽了師父的話，我一

定好好學佛，多念懺悔咒，多回向給眾生。」

嘛呢活佛看了他一眼，點頭說：「這樣很好很好。」

林老闆話題一打開，整個歡迎宴變成了嘛呢活佛現場答疑會。往往嘛呢活佛來漢地與眾結緣，並沒有特意去組織專門的會場宣揚佛法，都是通過一些日常的接觸，隨時隨地回答信眾的問題，所以，一頓飯下來，飯從熱到涼，討論直到飯局結束還意猶未盡。講法中說過，一切都會轉為道用，比如你吃這頓飯是抱著什麼目的，是為了貪圖口欲，還是為了更好地利益眾生呢？如果一個人吃完飯準備去殺人，那這頓飯就成為惡業，如果吃完飯準備做好事，那這頓飯就是善業，佛法修行一切在於起心動念。

回來的路上，陪伴在嘛呢活佛身邊的弟子疑惑地問起活佛：「師父啊，本來殺生是很大的惡業，為什麼您卻那樣輕鬆地回答他呢？」弟子心裏想的是這樣的回答是不是不合理呢？

嘛呢活佛看了看弟子，回答道：「你看是這樣啊，從智慧的根器而言，絕大多數人不可能如六祖慧能那般具備利根，多數人的認識是需要一步一步有次第的，就連釋迦牟尼當年說法也分了義和不了義之分。人不是一下子就會開悟成佛成道的。他本身認識沒有到達更高的層次，你硬拿高標準去要求他，把他嚇到寢食難安，快要患抑鬱症了，你沒看見他瘦的很憔悴嗎？這樣下去身體就會垮掉，身體不好了，談何進一步修行呢？這樣，先把他的心結打開，讓他有一個緩衝，慢慢地學習佛法，認識到了一定層次，自然就不會殺生了。」

弟子聽了嘛呢活佛這番話心裏很是嘆服，活佛從來都是站在眾生的角度去考慮問題，應機說法，而不是生搬硬套，讓人敬而生畏。嘛呢活佛是站在世俗人的角度去考慮問題，更是讓周圍的人感受到了活佛真正的大悲心。

02

　　漢地，尤其是有河鮮海鮮和山珍的地方，嘛呢活佛總是遇到殺生的事，有些人請活佛吃飯也就是結緣認識一下，或者有些人也是滿足一下對活佛的好奇，他們也並不是信徒，所以，他們不如法的做法也是自然的。一次聚餐，席間上了一道活魚的菜，就是魚還能夠張嘴閉嘴喘氣，還會動，沒有徹底死亡，嘛呢活佛的表情很凝重，身邊弟子明顯感受到他的不開心，但是他並沒有責怪大家，而是建議讓大家先把活物徹底弄死再吃。

　　嘛呢活佛面對鮮活的生命在餐桌上所遭受的罪，正如地獄裏眾生所遭受的一般刀割水煮，活生生地感受自己被一塊一塊肉撥食一般，他慈悲的心難過的程度可想而知。有些出家人甚至都不和殺生之人同桌共餐，但嘛呢活佛依舊在隨順中做到讓眾生儘量少受些苦痛。

　　作為活佛他甚至到像飯店這樣的地方殺業很重，實際上，來到漢地之後最令活佛無奈的就是請客吃飯，在寺院每天活佛吃一頓飯，只是簡單的白水就饃饃也沒有問題，如果去西寧，簡單的一碗麵打發了事，而在漢地的飯局中，他雖然不殺生，但經常會看到無明眾生殺生的狀況，還把他作為一種享受，很多人不懂因果，認為大魚大肉是營養，不吃會缺乏營養，補一補身體會健康長壽，但事實真相卻是犯下殺生過患，不一定得到健康長壽，反而會有減壽的果報。

　　實際上，每次在餐前、餐中和餐後，嘛呢活佛的心始終沒有離開佛法，用佛的智慧默默地利益眾生。所以，嘛呢活佛的思維是能盡力利益眾生弘揚佛法，不會因為這裏殺業重就選擇迴避，那樣談何利益眾生，利益眾生也不是普通人肉眼能看到的眾生。

03 |

對於出家人而言，每天的功課都是滲入到生活細節中，飯前念誦供養咒是必須的修為。

但每次到漢地，很少能夠看得出他做這些事情。弟子們都說嘛呢活佛在漢地的修行是不聲不響，不會影響任何人，也會儘量避免引起異樣的眼光，比如供養咒的念誦，活佛都是默默之中完成的。弟子曾經講過這樣一個故事，一位居士修行二十幾年了，一次見面在一家餐館吃飯，突然那位居士聲音洪亮地念誦起供養咒，引來周圍的人詫異的眼光。與之相比較，嘛呢活佛更注重這些細節，因為不信佛學佛的人，聽到這些會在心裏產生疑問或者其他誤解和不好的想法都是對大家不利的，那這種善法也就變得不善了。

04 |

在平時，嘛呢活佛會時常與弟子出行，其間他會和普通人一樣，希望幫弟子分擔一下行李，或者其他重物，但是弟子們每每不會讓師父負重，所以弟子明顯地感到他不是很開心。弟子們都說嘛呢活佛沒有一點架子，對待任何人都那麼平和沒有分別。

05 |

　　修行講求相續不斷，每天都會有功課，在寺院的生活簡單清淨有序，功課自然就按部就班，但走出寺院，通常嘛呢活佛的日程就身不由己了，身邊弟子總會把每一天的日程安排得很緊湊。

　　不過，嘛呢活佛出外雲遊，再忙都要早早起來做功課，再晚回到酒店，晚課都不會間斷。修行上也是一絲不苟。等弟子們早上去接他外出，他早已經做完功課等候著了。而白天活佛都是在為大家說法，傳法，做皈依，開光，開示，放生，等等一些例行事務中度過，忙碌一天的活佛，在身邊的弟子眼裏認為一定很疲勞，但是他的晚課卻從不耽誤。這就是一位大德的修為，修行，修行是一生的事，和名號沒有絲毫關係，也不會因為名氣而懈怠。

06 |

　　這一天，嘛呢活佛來到省會開會，有位女居士準備出家，她找到嘛呢活佛請求開示。嘛呢活佛告誡她還是先到寺院短期體驗三個月再說，生活一段時間後，看看自己是不是真正能夠適應並喜歡那樣的生活，也避免盲目衝動出家後再還俗的後果，因為還俗對於出家人而言也是有過患的。

　　但是女居士發心猛烈，並沒有借鑒活佛的話，執意出家了。出家之後，她的丈夫三天兩頭找他，出家之後的煩惱依然存在，她痛哭一場，再次找到了嘛呢活佛，活佛為她做了開示，如果一

個人貿然出家，沒有那個緣分，雖然身處寺院，但是所見所聞所感依舊都是煩惱。出家的概念也不僅僅就是穿上僧袍，剃度到寺院裏修行，真正的出家是要有一顆出離心，小的出家是到寺院，大的出家是出離輪迴，真正的修行不在於形式，而在於那顆心。

07

一次到漢地出行，有位居士安排出車拉著嘛呢活佛去參觀戰犯監獄，嘛呢活佛欣然應允前往。身邊弟子過後問：「師父，我之前也接觸一些來這裏的出家人，他們說戒律上規定殺死人的地方不能去，您為什麼還要去呢？」

嘛呢活佛平和地回答說：「你看啊，首先這位居士認為拉著我去參觀遺蹟美景是他人把好的東西供養給佛，滿懷歡喜心做供養，我拒絕豈不是掃他的興？」

嘛呢活佛看了弟子一眼接著說：「另外，戒律上是有那樣的規定，但是我想的是這裏的冤魂那麼多，誰都不來為他們超度，那麼他們還有出頭之日嗎？我作為活佛，怎麼能捨棄他們而不顧，只考慮自己是否違背戒律呢？」

弟子聽了不禁感歎，都說地藏王菩薩所發大願是地獄不空誓不為佛，他讚歎上師嘛呢活佛如此「我不入地獄誰入地獄」的為眾生而犧牲的精神首先想到的不是自己違背戒律的後果，而首先想到的是度化眾生的使命。這就是一個真正的修行人與眾不同的境界。

08

　　世俗之人吃喝玩樂必不可少，人們大多認為那是享受，是款待客人最好的方式。所以，嘛呢活佛到漢地結緣難免遇到有信眾請吃飯請唱歌的事情。卡拉OK盛行之下，嘛呢活佛也就隨順眾生。往往弟子不解，這樣的場合出家人怎麼能進入呢？通常在家居士學佛幾乎都是十分中規中矩，顯得刻板，甚至有很多居士對一些問題的嚴肅刻板往往讓人們對佛法敬而遠之了。嘛呢活佛對弟子說：「你看啊，我來漢地，大家與我結緣，請唱歌吃飯，大家都是把認為最好的東西供養我，而我如果拒絕就會掃大家的興，接受了，也就是與大家拉近距離，親近大家，大家高興了，自然會願意瞭解佛法，而我在這期間會心清自潔，自有把我，如果連這點修為都沒有，還談何度化眾生呢？」

　　一切從他人角度考慮問題始終是嘛呢活佛的準則，隨順趣入，應機說法，應了那句話：「若想度化一條魚，就要變成一條魚，用魚的語言度化魚。」佛菩薩會以各種化身來度化眾生，眾生才有機會得度。

09

　　海濱城市的人們以及來海濱旅遊的人們都喜歡吃鮮活的海鮮，往往一座城市為了發展旅遊業吸引遊客舉辦海鮮節。一位弟子負責一家企業的海鮮節活動，看到大量的鮮活生命慘遭刀俎，內心十分痛苦和糾結。不做吧，這是公司分派給他的工作職責，

做吧，每天都要目睹活生生的生命等待死亡的場景。他只好以佛法盡力去幫助眾生，於是求助於嘛呢活佛。活佛風塵僕僕趕到濱海，帶領弟子們放生做法事。而更多工作又是常人無法感受得到的付出。眾多中陰境界的靈魂需要他超度，這些都不是念幾句咒語那麼簡單，所以很多時候嘛呢活佛也是要承受一些痛楚的。所謂的能力正是如此，是需要更大的承受能力和洞察能力，並非肉眼凡胎世俗之人能夠理解和感受得到的。

10

而對於超度亡靈的事，嘛呢活佛始終不主張在家居士只憑藉一時的善心衝動行事，當年玉樹地震坊間流傳的那件真實的故事就提到過，地震中不幸死亡的小女孩中陰身借用好友的嘴和一位居士不屑的口吻說：「你以為你們僅僅憑藉念幾句蓮師心咒就可以超度我們嗎？」並執意要求居士帶她和她提到的那些亡靈從山下步行到昌列寺，請高僧大德為他們超度，這才罷了。嘛呢活佛提到這點，又給大家講了一則故事：

一家酒樓的老闆也是佛教徒，懂得了殺生的過患，但還不能不做酒樓生意，於是她專門把一層樓做成了大佛堂，請了一位出家師父坐鎮酒樓，超度被殺被吃的眾生。這位出家師父也是嘛呢活佛在佛學院的師兄，一天他聯繫嘛呢活佛說自己有些撐不住了，因為在酒樓太多的生命需要超度，師父做了六七年專職超度，身體能量耗費很大，作為金剛道友，嘛呢活佛趕到那裏，看到眼前這位師兄顯得面黃肌瘦，顯然是元氣大傷的樣子。所以

嘛呢活佛說，超度的事還是要謹慎，「沒有金剛鑽不要攬瓷器活」，出家人尚且如此，作為普通居士會怎樣可想而知。他總是告誡弟子要安心此地學習佛理佛法，聞思修行實學實修，等有了能力，如果也會像濟公活佛那樣，要怎麼度化眾生還不是易如反掌的事情？

　　嘛呢活佛說度化眾生最關鍵的是你要瞭解你所度化的亡靈是否真正得度，如果沒有這樣的能力，就如你答應別人做一件事情，辦不到，那人家是不是心裏不舒服不高興呢？如果不高興對你是有不好的影響的。嘛呢活佛深入淺出，這樣的正知正念循循善誘，令弟子們無不嘆服。

11 |

　　一次，漢地一位居士的外公去世了，頭天晚上家人商量著要請嘛呢活佛做超度，第二天找到活佛弟子，弟子聯繫了活佛說明了情況，嘛呢活佛說：「昨晚上亡者已經來找我了，說要讓我送他回老家，我問他你的老家在哪裏，他說在山東某某地，我就把他送回去了。他托生在山東鄉下，磚房子牆上還掛著玉米南瓜。」

　　大家唏噓感歎，居士的外公老家的確是山東，而居士因此讚歎如此不可思議的現象，靈魂和人相比具備神通，這邊話音剛落，那邊就到了青藏高原，真的是刹那之間啊！

　　嘛呢活佛講這樣的例子並非渲染自己如何，而是告訴弟子居士們，要想度人先要度己。他笑言不是也有一句話「陸沉之前

先解救自己」，就連我們乘飛機，當需要戴上氧氣面罩的時候，都是要求首先要給自己戴好，才會給身邊的人戴上，也就是你自己都窒息了的話，還如何幫助別人呢？嘛呢活佛就是這樣循循善誘，在一個又一個事件背後，總有一些啟示給周圍的人們，不知不覺地影響著人們。

12 |

還有一次漢地一位居士的外婆離世了，請嘛呢活佛做超度，他們問是否需要請活佛親自到場，還是在青海也可以做到，嘛呢活佛回覆說在哪裏都一樣。居士有些半信半疑，但因為對師父的信心，令他堅持讓師父做超度。當晚他就做了個夢，夢見他的外婆變成一個可愛的小女孩向他微笑。往往在這樣的時刻，找到嘛呢活佛的人們總有一些或多或少的神奇感應。量子力學發展至今天，科學家在理論上認證了沒有時空距離感的理論，雖然還沒有實踐，但是理論上是成立的。往往普通人的認知都是可見性的，所謂「眼見為實」的觀念早已經被顛覆。

嘛呢活佛在漢地結緣的故事數不勝數，很多事情活佛說都淡忘了，但每一位得到活佛恩惠的人似乎都有一些無法忘記的回憶。在漢地，很多時候最多是生意和感情方面的問題。

世界上有很多著名的預言家，但是卻鮮少有人瞭解蓮花生大師在一千多年前對我們這個時代的令人震驚和發人深省的預言，其中就有一條是「女眾兩舌離間夫妻和」，如今在漢地夫妻因第三者插足不和的現象比比皆是，也紛紛演繹了很多人間悲劇，在

活佛到漢地弘法過程中，嘛呢活佛自然也會遇到因此向他求教的眾生，作為出家人，對此類現象當然心懷悲憫，但從因果角度講，這也是一種業緣所致，他基本對具體問題不做評說，只是用佛法勸導大家用佛法智慧面對問題，解決問題，從側面也是做了一種心靈疏導。佛法從利益眾生的角度講，一方面也是要指導世間人們走正路。但首先要聽聞正法懂得什麼是正確的道。

　　不幸的婚姻有各自的因緣，有一位居士離婚了，就是因為她的老公有了外遇，她實在無法挽救，很悲傷，在跟活佛聊到這個話題時，活佛說：「我雖然是出家人，但是世間萬象皆遵循自然規律，佛法講因果和輪迴，從輪迴的角度而言，每個人在無量劫中不知輪迴多少次，就連佛陀都經過一千次的輪迴才成佛，何況俗人？這期間每個眾生都造了很多業，夫妻是緣，無緣不結，分開的因各種，也不能簡單地以好壞評說，要說這個果，還是要問問自己，但無明的我們無法分辨，所以很悲傷。」

　　我給你講一個故事吧，居士聽著活佛的話，若有所思，彷彿有些明白，心裏逐漸敞亮起來。

　　嘛呢活佛說：「有一則有名的故事，叫誰是前世埋葬你的人，不知你聽說過沒？」

　　居士搖了搖頭，聽著活佛接著說：「一個書生和一位小姐定了親，可是那位小姐最後卻嫁給了別人，書生很鬱悶，遇到一位術士，問：為什麼我們十幾年的緣分卻最終不敵認識十幾天的人。這一位術士給他拿出一面鏡子照出了他們的前世：一個女人赤身裸體的躺在水邊，她已經死了。路過的第一個人只是看了一眼就走了，第二個人把自己的衣服脫下給她穿上走了，第三個人把她埋葬了……術士說，書生就是給那位小姐衣服的人，所以他們有緣相愛卻沒緣相守，和他相愛就是報答前世贈衣的情份，而

她嫁的人就是親手埋葬她的男人，所以她要用一生去報答他的恩情。」

居士聽完似乎心裏明亮了不少，她聽著活佛接著說：「作為佛教徒，面對感情糾葛，要學會用所學的佛理思考問題，才能真正地指導你的生活，這個故事告訴我們，任何事情的表面都不是我們所理解的樣子，都有其因緣，所以從這個角度講，你還有什麼想不明白的？」

像這樣，嘛呢活佛在漢地芸芸眾生之中，運用佛法回答問題，解決問題，引導有緣眾生逐漸明白一個道理，讓更多的人瞭解了佛教是智慧的教育，佛法是智慧和方法，一個學佛的人最基本的是用佛法指導生活，修行離不開世間法，這讓嘛呢活佛感到任重而道遠……

嘛呢活佛在甘沖寺寓所

7

天人乘願降安多，瑞光普照慧四方

01

　　在雪域高原三大藏區之一的安多華銳這個地方的藏民崇尚白色，所以也叫華銳噶布（潔白的華銳之意），因為只有華銳地區有白犛牛，因此也被稱為白犛牛的故鄉。就連人們在路上相遇，獻上潔白的哈達，離別時都會說：「願有潔白純淨的路給你走！」在人們心裏，白色代表著純潔善良的美德與吉祥。

　　在華銳的母親河——大通河畔坐落著一個以八大部落組成的瓦薩部落，那裏有標誌性的神山，叫做夏嘎神山，意為白雕山。相傳，在很久很久以前，瓦薩部落的人們還像以前一樣過著遊牧自由的生活，但是有一天，綠松石般的母親河上飛來一隻白色的巨型大鵬雕，牠的叫聲巨大而恐怖，人們對牠強大的體型及怒吼的聲音驚恐萬狀，四處逃竄，馬嘶羊驚，整個瓦薩部落陷入一片混亂。人們祈請三寶，遙遙呼喚蓮花生大士慈悲救度！

　　就在這時，兇猛的大鵬雕飛到大通河中張開翅膀，用牠巨大如山般的翅膀堵住河水，牠想用翅膀積水來淹沒整個瓦薩部落。就在此時，在青海湖海心山閉關的蓮花生大士知道了此事，運用神通來到白雕面前，吩咐牠放棄惡性皈依三寶，但白雕寧死不從，在牠繼續將翅膀展開時，蓮花生大士用手中的金剛杵打斷了牠那雙巨大的翅膀，從而沒能將水蓄積起來。白雕沒有了翅膀再也飛不起來了，之後，在蓮師的加持下，大白雕放棄惡行，皈依三寶。蓮師為牠授予了皈依戒，牠在蓮師面前起誓要做善業的守護神，從此成為了瓦薩部落的地方神，慢慢地大白雕的身體變成一座巨大的山，兩個翅膀也變成了山脈，從遠處看，就如一位母親展開雙臂擁抱著自己心愛的孩子，人們又開始在白雕神山腳下開始了新的生活……

　　在安多華銳這片充滿神奇的土地上不乏這樣的傳說，這給予善良的華銳人民對生活的美好期許和他們對信仰的忠心不二。人們對佛法的信仰和信心從這個傳說中可以窺見一斑。而現實生活中，佛的使者始終踐行著傳說中的使命。佛法把人們從五毒的恐怖境界中解救出來，無疑就如傳說中蓮花生大士把一方百姓從大白雕曾經的惡行中解救出來一般。現實中，把佛法融入實際生活，讓佛的慈悲照進現實也如出一轍。

　　2007年8月，白雕山環抱中的互助土族自治縣巴扎藏族鄉，山清水秀，綠樹成蔭，景色宜人宛如人間仙境，鳥兒鳴唱的聲音空谷迴響，彷彿牠們也能感應到人們的歡喜，在甘沖小學裏一片歡歌笑語，孩子們特意身著節日的民族盛裝和早早等候在這裏的鄉親們一起參加期待已久的小學綜合樓竣工儀式。

　　造型別致的綜合教學樓前，分別坐著縣鄉鎮領導，嘛呢活佛也受邀前來，周圍分佈著各路報社記者。

　　「各位嘉賓老鄉孩子們！站在這嶄新而漂亮的新教學樓前，我首先不得不感恩我們尊敬的嘛呢活佛，是他捐贈了15萬元為孩子們修建希望小學，同時也感謝教育局配套5萬元，也要感謝縣城建局的大力支持。」

　　校長情緒激動地開始了儀式致辭：「正如大家看到了，這座教學樓兩層10間，是集辦公和教學為一體，內設有教師辦公室、電子備課室、多功能室等。我們甘沖小學現有的教學班和老師們終於有了更加舒適、寬敞的學習和生活環境。讓我們以熱烈的掌聲感謝他們的無私奉獻。他們為子孫後代做了一件大善事啊！」

　　掌聲經久不息，孩子們手捧著雪白的哈達，紛紛跑向主席臺，懷著感恩的心情將哈達環繞在嘉賓的頸上。

　　眼前的孩子們的笑臉忽然在嘛呢活佛眼裏變成了兒時的同學

玩伴，拿著破舊的四角號碼詞典的只有小學三年級水平的老師站在講臺上，臺下的孩子們沒有像樣的課桌椅，盤坐在地上的破墊子上，和著老師的節奏朗讀課文。雖然孩子們頑皮，但是依舊有求學若渴的願望……

嘛呢活佛的頸上雪白的哈達厚厚地纏繞著，一張張笑臉是發自內心的歡喜，他能感受到孩子們純真的內心中的那份感恩之情……

歡聲笑語在希望小學的上空迴盪，感恩的話語乘著微風傳揚，老鄉們跳起了歡快的鍋莊，孩子的臉上洋溢著花的絢爛……

他的思維中自己的童年彷彿依舊在昨天，而他自己兒時的願望終於在今天得以實現，他成為了一名佛弟子，也成為了能夠有能力身體力行地弘法利生的佛弟子，正在切實地踐行著自己的使命。

正如那首偈頌所唱：

「駿馬奔騰躍火羊，
朝陽映現沐山莊，
天人乘願降安多，
瑞光普照慧四方。」
……

嘛呢活佛就這樣踐行著一位活佛的使命，他不但自己戒律嚴格，實修實踐，同時，他也沒有忘記自己在這樣的娑婆世界中身負的重任。對於佛法的弘揚，他認為不能讓世人只感到是高深莫測，而是讓佛的慈悲踏踏實實地結合實際惠及世人，讓佛的智慧去感染周圍，讓眾生真正看到佛法的真實不虛和實際利益，進而引導眾生走上解脫之道，這樣的大願豈是一世能夠完成？所以，「仁波切」就如地藏王菩薩一般地獄不空誓不為佛，是發了大願度化眾生的轉世尊者，所以，生生世世都不棄眾生。

02 |

末法時期，無常示現更加劇烈頻繁，每一年彷彿都有令人震驚的災難、戰爭，五濁惡世，無論人心還是自然都遭受更加嚴重的污染和破壞，大自然的感應也是因果使然。

互聯網時代，資訊傳遞眨眼之間，這方剛剛發生就引起全世界的關注。互聯網第一時間報導：

北京時間2010年4月14日，青海玉樹藏族自治州玉樹縣境內發生了7.1級地震，深度為14公里，導致該地區至少2698人遇難，270人失蹤，12135人受傷。縣城結古鎮全部停電由於大部分建築是土木結構，重災區結古鎮附近西坑村幾乎全部倒塌。

各大網站、報紙、新聞媒體頭條刊登了此消息。

近幾年，地震頻發，繼2008年汶川大地震之後的兩年，玉樹地區又發生了地震，雖說比起汶川特大地震傷亡人數不如汶川大地震，但是作為人煙稀少的高原藏區卻是一個不小的數字，再說「上天有好生之德」，每個眾生最愛惜的是生命，而人生的價值也在於生命本身，沒有了生命，談何解脫！每個生命都是無價的，所以，哪怕一個生命的消失，都是一種切膚之痛。那些傷亡的數字深深刺痛著嘛呢活佛的心。

他每一天都在關注著災區的情況，每一天都在為震區祈福。由於震後恢復中，進入災區的各路救災人員車輛很多，道路擁堵，所以，嘛呢活佛決定兩個月之後再前往災區資助。

康巴藏區是指甘南藏族自治州，天祝藏族自治縣；青海所有藏區自治州；雲南迪慶藏族自治州；西藏；還有四川的阿壩，甘孜兩個藏區自治州。玉樹被譽為康巴的「歌舞之鄉」，歡快的康巴歌舞享譽世界，廣袤的玉樹草原美麗而寧靜，玉樹這塊人傑地

靈的地方湧現出很多傑出的音樂人，也正是那些動聽的民歌讓這裏走向全國走向世界。

嘛呢活佛曾經在佐欽寺佛學院學習，在那裏他掌握了康巴藏語，他對康巴地區有著深厚的感情。當他站在廢墟上，望著結古鎮那蒼涼的震後狼藉景象，歎世事無常，歎生命脆弱。他心念六字真言，他當然知道金錢和物資只能解決一時之需，不能解決一世的解脫，他深感肩負的使命有多麼沉重……

2008年在藏區流傳著這樣一個故事，這個故事告訴人們，人死後，靈魂是非常孤獨無助的，找不到所依止處，是多麼地可憐。而佛法帶給人們的是一個堅強的信念，正是這個信念彷彿一盞指路明燈照亮了眾生輪迴之路。

汶川一個女孩地震遇難後，她的心識附到她在成都的一個非常要好的小姊妹身上，被附體的這個成都女孩性情大變，說的話都是那個死去的女孩說的語氣、聲腔和涵義。說她死得不明不白，痛苦萬分，在某寺院排隊等候超度卻被趕了出來。（可見，眾多遇難者的中陰身還沒有被超度，無處落腳也無法投胎），希望有人幫助她。成都女孩的家人被嚇壞了，但終於通過阿壩的一位政府官員聯繫到昌列寺的一位仁波切，把成都女孩接到昌列寺。

這個女孩晚上和一位女居士住在一個屋子裏，幾個居士在那裏念蓮師心咒，成都女孩竟然用死去的那個女孩的口吻說：「你們幾個想靠念蓮師心咒來超度我？功夫還差著呢！」奇怪的是，無論是死去的女孩還是被附體的成都女孩，都沒有學過佛，應該不知道蓮師心咒，卻不知為何出此言語。

　　在場的人很害怕，有的不想和女孩一個房間，女孩似乎有他心通，對希拉堪布説：「我不在這裏住，人家不歡迎我呢。」希拉堪布對其中一位女居士説：「咱們都是學佛的，有點慈悲心吧，你看她多可憐啊。」這才勉強住下。第二天一早，要開車送這個女孩上山。女孩説什麼都不肯坐車，説：「我上山了，他們怎麼辦？」有人問：「他們是誰？」被附體的女孩説：「是那些和我一起死的人。他們現在和我們在一起，有很多人，但是他們好多人都沒有頭，沒有腿，沒有胳膊，我要走上山，帶著他們。」最後沒有辦法，幾個居士和喇嘛就陪著她走，走了六個多小時才走到山上。即便這樣，到了山上，被附體的成都女孩還説：「他們太可憐了，還有好多人沒有上來，他們上不來了，怎麼辦啊？太可憐了！」

　　仁波切他們後來是在昌列寺老寺院大殿裏做的超度，做了很長時間。送走遇難女孩的心識後，被附體的女孩一下醒過來，她問家裏人：「這是什麼地方？我在哪裏？」她完全不記得發生過什麼事情。也不知道現在身處之地，離成都幾百公里之遙。

　　寺院為那些斷手斷頭斷腳的人做超度。因為他們苦不堪言，無處可去。這也將是昌列寺為汶川地震遇難者舉辦49天超度法會後，專門為那些沒有獲得超度的遇難者做補充超度。

　　這個真實的故事在民間流傳廣泛，也曾經深深震撼了嘛呢活佛的心，面對今天玉樹震後的場景，嘛呢活佛心裏的思慮萬千，更加堅定了一個生生不息的信念：為度化眾生，願生生世世不棄

眾生。遠在青海甘沖溝的嘛呢活佛再也坐不住了。他心繫地震災區的同胞，直接背起他那個旅行包，開著越野車踏上了前往災區的山路。一路顛簸著，一路默念心咒，心情像長了翅膀一樣，早已經飛到了災區。

政府號召捐款，各行各業，集體個人紛紛解囊各盡所能去救援災區，但是，由於國內慈善機構和政府的機構臃腫，程序繁雜，災民拿到的善款也不及時，所以，嘛呢活佛只捐助500元給政府，5000元給慈善機構。他想更切實際地直接去幫助災區。

所以，過了兩個月，等待災區平靜了些，嘛呢活佛聯繫了玉樹創古寺的羅周尼瑪活佛，趕巧羅周尼瑪活佛在北京，他在電話那一頭，聲音顯得很凝重，告訴嘛呢活佛：「創古寺已經震沒了，喇嘛死了三十多個，哎！無常啊！」

嘛呢活佛聽了，心情也很沉重。創古寺屬藏傳佛教噶瑪噶舉派寺院，始建於西元12世紀，歷史悠久，從該寺的文成公主廟算起，距今有1300多年的佛教傳承史，從西元1160年前的覺巴義敦貢布算起，亦有800多年的歷史，是竹貢噶舉傳承初創時建於康巴地區著名的「吉然聖地」之名寺。寺廟的主要建築有大經堂、佛殿、閉關精修所、護法神殿、僧舍、講經院及佛塔11座，寺內收藏有《甘珠爾》、《丹珠爾》等佛經3萬餘卷，大小佛像不計其數。大經堂內闢有寧瑪派、噶舉派、薩迦派和格魯派四大教派的佛殿，供奉著各自的開派或傳承上師。這樣一個古老且有規模的寺院，在地震中瞬間傾倒消失，嘛呢活佛切實感受到生活無時無刻不在演繹著無常。

在無常面前，除了寶貴的人身，一切外物都不足惜。嘛呢活佛將裝有一袋子整整十五萬元善款放進後備箱裏，這是他眼下所有的積蓄了。他一路開著他的那輛獵豹，從甘沖寺出發，途經西

寧、湟源縣、倒淌河、海南州，一路翻山越嶺來到了災區。

　　從西寧到玉樹有800多公里，嘛呢活佛馬不停蹄地開了整整一天，他早上四五點鐘起床，也顧不上洗漱吃飯，天還沒亮就出發，一直到太陽落山之後，才駛進災區，最後來到了創古寺。

　　寺院的喇嘛管家走出帳篷熱情地招呼嘛呢活佛，並陪著他在周圍轉了一圈。看到眼前的景象，嘛呢活佛倍感心酸。

　　千年的古寺變成了廢墟，好幾米的佛像全部被砸得稀爛碎，民宅倒塌，寺院的喇嘛們在廣場草坪上搭建起了帳篷，吃喝日用品全部是救援車運送過來，而且資源很緊張，可以說損失慘重。

　　喇嘛管家請嘛呢活佛進帳篷裏休息，給嘛呢活佛煮了碗麵，喝了奶茶。吃喝完畢，管家泡了壺茶，兩個人坐在帳篷裏聊起來。

　　「沒想到這次地震給寺院造成這麼大損失，而且災區老百姓損失慘重啊！」嘛呢活佛說，「如果不身臨其境，是無法想像的！」

　　「是啊！傷亡上千，而且寺院也被毀了啊！」喇嘛管家說。

　　嘛呢活佛順勢拎起放在地上的大袋子，交給喇嘛管家，說：「這是我的一點心意，善款用在這裏才能真正發揮作用。我把全部家當都捐了。」

　　喇嘛管家雙手合十，眼含感恩的淚，說：「活佛的心意深誠，我代弟子們以及災民們感恩您的大慈大悲。放心吧，我們會把寺院建設好，也會為災區老鄉多做善事。不辜負您的善心。」

　　兩個人又聊了一陣子，見天色不早，計算著回程的時間，嘛呢活佛就起身告別了。

　　喇嘛管家起身拿過一個布包，送給了嘛呢活佛，裏面包著三尊佛像，是噶舉派祖師三宗塑像。這佛像雖小，卻滿滿地承載著

佛子心。嘛呢活佛小心收好，就匆匆和喇嘛管家告別。

當他登上「獵豹」，回首望去，陽光下的災區，滿目瘡痍，慘不忍睹，但是，希望就在那一顆顆赤誠之心裏。

在他環視災區的路上，他看見忙碌的救援人員似乎彼此不認識，各自匆匆做著事，藏民們在政府運送來的帳篷裏暫時落腳，偶爾看見有內地派來的心理救助隊。

他回想起這一趟的所見所聞，不禁充滿對佛陀的感恩之心，藏民族在佛陀的智慧之光照耀下，內心的強大和對無常的認識令他無限欣慰和讚歎。

「我不用心理救助，你們還是幫你們自己調整吧。」一個藏民說，他的臉上平靜而淡定，絲毫沒有電視上慣常播報的失去親人的那種撕心裂肺或者一蹶不振，彷彿世界末日來臨的樣子。這得益於藏民的宗教信仰，他們早已經把生死看得是再平常不過的事情了。

一位正在走路的十七歲孩子被記者採訪問說家裏一共五口人，這次地震其他人都死了，就剩下他一個人活著。

記者驚訝：「那你怎麼看不出痛苦呢？」

「生死都是很正常的事，誰還不會死呢？那又怎樣？生活還要繼續。痛苦也不能使死人復活，也不能令人逃脫死神的宣判。」女孩子彷彿哲人一般的回答令記者讚歎不已，在死亡面前，藏民是如此的坦然淡定，正是緣於內心當中那種根深蒂固的信仰。

這些看似平常而非豪言壯語的對話都是出自普通藏族人之口，讓前來救援的人員感到震撼和不可思議。

在安多，就曾經有一位八十多歲的藏族老奶奶，一輩子持誦六字真言。一天，他堅持讓兒子幫她剃光頭髮，又從衣服縫裏取

出不知什麼時候縫進去的甘露丸9粒，分別發給子孫，看著他們吃下去。她顯得高興極了，笑得似乎臉上的皺紋都要消失了，連連說：「太好啦！太好啦！我要回家了。」

孩子們覺得：「一定是老奶奶老糊塗了，這自己不是已經在家裏，還回哪門子家呢？」也沒在意老奶奶說的話。

結果，第二天早飯，遲遲不見老奶奶的身影。孫子就去推門查看，結果，驚異地發現老奶奶變成像三四歲小孩子那麼大小，跑出來說：「不好了，奶奶變成小孩了！」

這一家子聽了，急忙前去查看，才發現老奶奶面帶安詳躺在炕上，早已經停止了呼吸。

這才恍然，原來老奶奶昨天晚上說的「我要回家了！」是這個意思。因為藏民多數信仰佛教，也多有聽聞到大德虹化現象，就斷定老奶奶是虹化身辭世了。這樣的死，在她的子孫後代心裏已經不再是痛苦的事，而是給他們一個光明的開示：死並不可怕，就看你活著是怎樣的態度，在死神來臨的時候，有種安詳、無畏和放下的自在。

在藏民心裏，他們相信輪迴轉世，而這種學說並非僅僅建立在理論上，而是經過廣泛取證。這樣的事例也非常多。

也是在藏區，一個嚴寒的冬季，冰雪覆蓋大地，大雪經過車輛的碾壓形成了冰面，一個22歲的藏族女孩兒騎著自行車，這時候，對面來了輛卡車，女孩一緊張急忙拉手閘，結果連人帶車鑽進大卡車下面，攔腰碾壓過去，女孩子當場死亡。

突然噩耗傳來，女孩子的父母非常悲傷，白髮人送黑髮人，而且走得如此急，怎不叫他們難過呢？一夜之間，夫婦倆就顯得蒼老了許多。三年過去了，也是機緣巧合，他們遇見了一位活佛，他們談及自己的女兒，依舊還是心情沉重，他們懇求活佛：

「仁波切，您慈悲，能否為我們看看女兒轉向哪裏了，也好給我們一個安慰？」

那位活佛聽了他們的故事也很是同情，就問了他們女兒死亡的日子。轉天，活佛告訴夫婦倆：「你們的女兒已經轉世，而且還是女孩兒，今年已經三、四歲了。」同時，活佛告訴他們女孩轉世的地址，父母的姓名，「如果你們想看看女兒，可以去找一找。」

夫婦倆假裝閒逛，來到那戶人家，借由要口水喝，坐下閒聊，這時候，一個三歲模樣的小女孩走進來，坐在夫婦倆旁邊就不肯走了，夫婦倆心想：難道就是這小孩兒？」女人忍不住流下眼淚。那戶人家主人見了很奇怪，無奈他們只好坦白了事實經過。

那戶人家主人也很驚奇，說：「那你們怎麼知道她是你們女兒轉世呢？」

「仁波切說了，女孩後背有塊痕跡，是車軲轆印兒。」

於是，眾人趕忙查看，果然那女孩後腰有一條青色胎記，旁邊的車軲轆文印還赫然清晰可見。眾人都歡奇。夫婦倆淚如雨下，懇求道：「你們有三個孩子，您慈悲，允許我們帶走女孩兒，我們保證對她好。」

善良的主人經過激烈的心理鬥爭，竟然答應了。

這段傳奇故事也是真實的發生在當地一戶藏民家裏，像這樣的故事還不勝枚舉，世界上也有專門的機構研究轉世人，輪迴轉世已經不是迷信，而是事實存在的。而佛教的因果輪迴思想正是揭示了這一自然規律，藏民們篤信佛教，因此對死亡看得自然輕鬆。

所在，在玉樹災區人們才目睹了那一幕幕面對生死離別的淡

定，你很少看到哭天搶地的場面，人們都很平靜地接受災難和死亡的現實。佛教並非人們誤解的那樣消極，而是更加讓人們懂得淡然接受和面對。

嘛呢活佛開著車，災區的此情此景在他心中深深烙下了印記，他回到甘沖寺，又多次張羅著為災區孩子們買本買筆等文具和衣物，寄給災區，他看到那些孩子一無所有，學校也不見了，更沒有書本衣物，他內心裏非常感同身受，雖然他沒有經歷過這樣的災難，但是少年時期小學校的艱苦條件至今記憶猶新。所以，他又持久地給災區多次寄送了物品，直到災區逐漸恢復正常的生活狀態。

所謂因果，不僅僅是自己一人的因果。有些大災難會給整個民族帶來不安的因果，有些是一人所為，萬人遭殃，這就是一個民族的不幸，一個民族的禍根罪業，這也是因果範疇。釋迦牟尼在世時，釋家族受到屠殺，他的弟子問他何故？釋陀說：釋家族在前世裏殺過無辜的很多魚，所以今身遭到了報應。這就是這個世界為什麼會有災難的根源，用佛理解釋，就是業力所感。業，就是我們的行為、欲念。我們的意念有意志和方向，因為有欲向就會造業，有業故有果報。也以共業和別業來區分。共業就是眾生共同造的一些業，互相影響，關係密切，眾生一起受果報。而別業，就是個體所造的業，只影響個人的身心，個人受報。

嘛呢活佛回到寺院，為玉樹震區的遇難者做了超度，也是他作為一位活佛履行了一份使命。

玉樹地震過去了半年之後，正值盛夏，嘛呢活佛接到了一位居士的邀請，前去上海參觀世博會。當嘛呢活佛欣然飛往上海，坐在飛機上的時候，透過舷窗，彷彿是另外一個世界。

03 |

　　藍藍的天空，潔白的雲朵。世界的顏色彷彿一下子變得單純了。這個世界裏除了飛機製造的雜訊外，能夠感受到就是安靜。

　　那滿目的白色令嘛呢活佛的心平靜了，飛行多次，他還是第一次細細地品味著這單純中透出的神秘。

　　這彷彿是另外一個世界，是幾乎每個人在地面都曾仰望過的一萬米高空之上，而現在飛翔在這裏，若即若離地能夠真切地體會它平淡簡單純淨的美。

　　視野所及的遠處，宛如冰川大陸一般的雲層將天空無意之中劃分成兩部分，那天外還有天。

　　一朵朵漂浮的雲彷彿散放在大草原上的羔羊般，嘛呢活佛的思緒賦予了它們生命。彷彿那些羔羊時而聚集一處，像似在靜靜吃草；時而濃密起來，像露出海面簇擁著的白色的珊瑚；更濃更密更高的雲，又組成了山崖，如喜馬拉雅山脈的冰山一樣，有山峰也有溝壑；那長長的一線雲，由低向高，彷彿從海底逐漸上升的島嶼，又有些像探到海上的棧橋；還有呢，有一群礁岩般的白色濃雲，彷彿沿海岸邊奇形怪狀的黑色礁石。

　　飛行高度漸漸在降低，可以隱隱看見雲朵投在海面上的暗影了，如書寫者隨意甩出滴落在蘭色絹布上的黑色墨蹟；刺眼的陽光觸及的海面，波光粼粼，彷彿褶皺了的真絲面料，偶爾還可以窺見有船隻，像小銀魚般，又像蜉蝣落在了水面。低空中相反方向一架飛機急速駛過，如安靜地游走在水裏的一尾大魚，眨眼之間消失在視野裏。

　　色彩隨著高度的降低逐漸豐富起來了，陽光照在濃雲上，純

白裏漸漸多了灰，灰色中又隱約透著點淡粉的暖色。灰藍的海面以及墨綠的山地和田野出現了，沿海的養殖區如一面破碎後被重新粘連的鏡子般；陸面上被道路分割成一片片的土地嚴謹地拼湊在一起，一塊塊，像兒時把玩過的智力拼版上的木板，一塊塊鑲嵌成廣袤的版圖了。

大千世界就在腳下了，五顏六色，高樓林立，車流如梭，人頭攢動如忙碌的螞蟻。世界的色彩豐富起來……

嘛呢活佛深深舒一口氣，他感覺自己彷彿從神仙的天界神遊一番又重新回到人間……

當嘛呢活佛拉著行李箱，隨著人群走出浦東機場的時候，他看見了站在出站口接機的那位居士以及他的家人和孩子，他們每個人笑意寫在臉上，居士雙手合十走上前去打招呼：「師父，旅途辛苦啦！」師徒相見很是激動，這時，旁邊站著他的妻子，滿面笑意走上前為嘛呢活佛獻上一束鮮花，居士可愛的兒子也學著話問候嘛呢活佛，並雙手合十行了一個九十度鞠躬禮。一行人便坐上接站車駛離了浦東機場。

大上海，鋼筋水泥的城市街道上，小汽車飛馳過高速公路，沿途的風光與高原上截然不同，一面是自然的蔥郁，一面是人造的灰白；一面是舒緩淡泊，一面是緊張競爭。每一次嘛呢活佛來到漢地，他都會在內心感慨，最本質的區別不是外在的景色，而是人心，漢地的人們大多數追名逐利，活得很累很無奈；高原上的藏民卻是擁有信仰，過著簡單快樂的日子。人擁有了名利並不能獲得真正的快樂，而人們卻誤認為物質的豐富會帶給人們快樂。豈不知那種快樂是短暫的，而要獲得永恆的自在歡喜，卻是需要放下……

眾生的業力是千差萬別的，所以眾生的命運也是千差萬別

的。就如世界上沒有兩片相同的樹葉一樣，人的命運也是大相逕庭。

嘛呢活佛被安排住進了預定好的酒店。稍作休息之後，那位居士就迫不及待地跑來嘛呢活佛的房間探望，並送來一堆水果。嘛呢活佛一邊收拾東西，一邊和居士說著話，可是不見他做出回應。

嘛呢活佛不由得抬頭看了看，只見他沒精打采，好像要打盹的樣子。嘛呢活佛覺得不對勁兒，皺了皺眉，他發現居士顯得很不正常，並不是旅途勞累困乏的樣子，彷彿有點問題。就大聲問：「你這是怎麼了？沒精打采的？」

這一大聲問不要緊，居士彷彿被從沉睡中驚醒一般：「哦，」他顯得很不好意思，靦腆地笑了笑，「也沒什麼，就是有點犯困。」

「是不是我們尊敬的師父最近法事太多太繁忙了啊！」嘛呢活佛微微一笑，不免調侃他道，「普度眾生去啦？」

「師父，被您看出來啦？」居士仍然靦腆地笑著回答，「我最近是參加了超度亡靈的助念團了。」

「我們師父行了，開始普度眾生啦！」嘛呢活佛開玩笑，「可是，這哪行呢？自己能不能保護好自己啊？」

「請師父開示。」聰明的居士馬上明白了什麼，趕緊說。

「超度眾生這件功德之事，雖然佛經上講是無量功德，但是並不是每個人都可以做的，因為在修行的境界中，各人的能力不同，對於境界的應對大多數人也是能力有限的。雖然佛經上講有聞解脫、見解脫和觸解脫，不是每個人都能夠達到的。」嘛呢活佛說，「不是有這樣一個教案嘛！」

於是，嘛呢活佛為那位男居士講了一個故事：

　　當年米勒日巴尊者在犯下殺生的重大罪業之後，逃到山上拜師。

　　師父問他：「你為什麼要學佛？」

　　米勒日巴尊者答：「我犯下了殺業。」

　　「你殺了幾個人？」師父問。

　　「三十多個。」

　　「哎，你這是罪業深重啊！」

　　米勒日巴說：「因為罪業深重，我很想懺悔自己的業障，希望獲得解脫。請問師父我能不能解脫呢？」

　　師父回答說：「能，早上聽法，早上解脫；晚上聽法，晚上解脫；有些有緣人不用修都能解脫。」

　　米勒日巴聽了回答，感到很歡喜，就在師父門下受了皈依，師父告訴他要懺悔。可是，米勒日巴每天都睡大覺。師父問他為什麼不懺悔？

　　他回答：「師父，您不是說有些人不用懺悔都能解脫嗎？」

　　師父聽了，搖頭歎道：「你走吧，我度不了你呀！你去到後藏找到一位叫馬爾巴的上師，或許他能幫到你……

　　嘛呢活佛循循善誘地對居士說：「關於解脫就如今天的彩票，彩票中心對外宣佈買彩票能獲得500萬大獎，這也是一個機率，而不是買了彩票就能中獎，但是有500萬大獎倒是事實。學佛解脫成佛也如此，學佛能夠成佛是事實，但並不是每個人都能夠即生最終獲得解脫成佛的。因此，就如買彩票，中獎的機會是均等的，可以說每個人都有機會。」

　　那位男居士聽完嘛呢活佛的話，終於明白了這樣的道理，他感慨自己對佛法的理解真的實在是太膚淺，更加感歎佛法的博大精深的教義，並非簡單的字面理解可透徹的。米勒日巴故事讓這位居士懂得了，這樣的尊者當年也不是誰都能夠度化的，需要更

高的境界才會有效。自己僅僅憑藉一份善心，做沒有能力辦得到的事，反而會遭遇一些違緣。

「哎！你們這些居士啊，覺得自己聽到一些佛理懂得讀幾句經文念幾句咒語就得道了可以有能力普度眾生了。」嘛呢活佛搖了搖頭，一邊為居士重新蓄滿茶水，一邊說：「我不是打擊你的慈悲心，度化眾生是需要大智慧，更需要有能力才可以做的，否則就是會傷害到自己，這叫『泥菩薩過河，自身難保』，談何去普度眾生呢？」

「師父，別嘛唬我啊，請您開示啊！」居士顯得很局促，在嘛呢活佛面前就像小學生在老師面前一樣。

「你的問題，我得回山上解決，在這裏不行。」嘛呢活佛說，「你招來了，卻又處理不了，你一個普通人怎麼受得了。」短短三天世博會遊覽，嘛呢活佛無心多逗留，走馬觀花，然後匆匆地告別了居士一家，提前返回了青海。這一路，那陰性生命緊緊追隨著嘛呢活佛，一路跟著來到了山上……

當天晚上，嘛呢活佛不敢拖延，因為這不但關係到一個人的命運，也是一路跟著他上山來的有緣眾生的前途，他開始閉門依儀軌做法事，對那位男居士感召來的陰性生命做超度。這邊，嘛呢活佛在房間裏打坐、誦經、持咒；那邊，窗外卻聽到貓一樣的嚎叫，在暗夜裏顯得尤為陰森詭異。但是，嘛呢活佛絲毫沒有恐懼，他只感到眾生的可憐，就算是那陰性生命對人類有所傷害，也是一種業力使然。他彷彿隔空思維對話一般，一連做了一個月的法事，才將那可憐的固執的生命超度成功。

這也是那位男居士的別業，是他的冤親債主，像這樣的眾生相在云云大千世界之中不計其數，有些人有福報，如那位男居士這樣的，能夠知遇佛法從而得到救度，那還有不計其數的無法解脫的眾生，豈不是還在苦海之中？

　　嘛呢活佛不禁感歎，末法時期，眾生身在苦厄之中，卻不自知，群魔亂舞，卻當作正法，殊不知這是眾生共同的業障所致，對治的良藥就是佛法正念，但是，能夠聽到佛的字眼兒就是殊勝的緣分和福報，何況眾生並不都相信這樣的正法呢！

　　他坐在窗前，望著眼前的神山，陷入了深深的憂患之中⋯⋯

　　當今社會人們只承認實證科學，講究「眼見為實」，而那些口口聲聲相信科學不迷信的人們，對科學又瞭解多少呢？當一個人對一件並不瞭解的事情確信無疑，又何嘗不是對之迷信呢？科學永遠都是相對的結論，比起佛法而言，科學的認知尤其具有它的局限性，顯得目光短淺；而佛法的結論卻超出科學的發展，是絕對的。就如那句話：真理只有一個。人類沒有認證的道理，並不意味著不存在。

　　自嘛呢活佛出家以來，經歷了三十多年蹉跎歲月，他見證過太多這樣的事例，而且無法用實證科學做出合理解釋的現實存在。每每有人問起這類問題的時候，嘛呢活佛總是避重就輕，輕描淡寫地一語帶過，他不想與世俗中人做無用的爭論，因為佛法的道理是證悟出來的，不是爭論出來的，更何況道不同何談論道呢？悟道需要的是「我」，而不是外在的動力。從這一點而言，雖說大乘佛法是普度眾生，但「佛渡有緣人」，也是一個不爭的事實，學佛是內道求法，機緣不成熟，外在哪怕你是神仙，也是無濟於事的。

　　嘛呢活佛注重自身修行，致力於寺院建設和做一些力所能及的善事。他不喜歡張揚，隨緣而動，又不失廣大菩提心，他想：自己的一個重要使命也包括把甘沖寺建設好，個人再高的修行，也比不上佛法僧三寶共同的加持力量，而寺院是佛法僧三寶所依之處，會依此相續不斷地度化眾生，給信眾留下一個依止之處也算自己的一份法佈施了。

04

　　《觀世音菩薩普門品》中宣說觀世音菩薩化身三十二種，意為眾生要以何種身為其度化，菩薩則顯何種身度化之。依此教義，在現實社會中弘法利生，也應該是善巧方便，而不是簡單的說教。如此，嘛呢活佛作為轉世尊者，在巴扎藏鄉一方水土，不但以佛法惠及一方，而且他還是縣、市人大代表政協委員，2014年嘛呢活佛被選為省人大代表。活佛以此身份在政府機關任職，協助政府解決地方各種各樣的實際問題，這具有更加親民的一面，因為在這個百分之九十以上的人都信仰佛教的土地上，由宗教人士來協調民眾問題往往要比政府官員出面更加容易。

　　在人大代表大會上，嘛呢活佛提出：「關於信仰自由的問題。藏民們辛辛苦苦一年到頭賺到點兒錢，心中都有一個願望，那就是去拉薩朝拜，結果政府不允許青海的藏民進藏，這與信仰自由的政策是矛盾的，呼籲放開宗教信仰政策。」

　　各位代表鴉雀無聲地聽著嘛呢活佛的話，私下裏，很多時候嘛呢活佛聽到百姓們對此事的意見，而且有些代表也是有共識的，但是，大家顧慮太多，不敢輕易表達內心真實的想法。不過，作為一位活佛，他內心沒有一己之利，而是真真切切地想到的是老百姓的利益。藏民心中的信仰是不可侵犯的，歷史上多次的滅佛運動，依舊無法把佛教消滅掉，正是因為信眾心裏有一盞吹不滅的心燈。

　　嘛呢活佛接著說：「四川、西藏喇嘛自焚現象，並不能說明佛教徒是反政府的，那都是被少數分子的政治野心利用的。如果出現這樣的現象，可以用法律制裁，而不能一葉障目，因而殃及所有佛教徒和藏民的宗教信仰自由。這不公平。」

　　此言一出，著實把領導嚇出了一身冷汗，因為關於信仰的問題一向是敏感的問題，嘛呢活佛提出來之後，他很擔心會說錯話被人們誤解，從而引起麻煩。於是，散會後，領導私下裏對嘛尼活佛說：「仁波切，您說的都是事實，也是站在公正角度的立場，我非常支持，不過，以後這話啊，還是多斟酌斟酌再說吧。」

　　「不要害怕，我講的是事實，而宗教信仰自由才會獲得社會的穩定，我的發心是好的，是公正的無私的，何談害怕呢？我說話自有分寸，您不用擔心。」嘛呢活佛不由得笑了。

　　正是由於像嘛呢活佛這樣的大德的呼籲，青海省政府經研究終於放開了政策，允許藏民進藏了。因此，藏民們可以去聖地朝拜，雖然出行的手續繁雜，但畢竟有了鬆動。這也可以說嘛呢活佛等這樣的大德作為代表為百姓造福，也因此積累功德資糧，功德無量之善舉。

　　後來，在每一年青海省「兩會」上，嘛呢活佛都會提出一些建設性的議案，比如佛教寺院不能賣門票的發言，就引起與會代表的熱議，引起人們的共鳴。活佛認為佛教寺院賣門票嚴重影響了佛教的正常發展，也違背了教理。在藏區漢人要買門票，這就從根本上嚴重影響了民族團結。嘛呢活佛以人大代表的身份參政議政，也是從另外一個角度造福眾生。

北山裏的野雞

8

Chapter
第八章

一者禮敬諸佛。二者稱讚如來。三者廣修供養。四
者懺悔業障。五者隨喜功德。六者請轉法輪。七者
請佛住世。八者常隨佛學。九者恒順眾生。十者普
皆回向。

——《普賢菩薩行願品》

佛菩薩轉世究竟是為了什麼目的呢？
《華嚴經》中說：「雖然證得菩提，引導彼岸等生起菩提心，
時常向眾生示範無障淨行，此乃諸善逝之變化。」
只有藏傳佛教有活佛轉世嗎？不是的，
漢地的高僧大德們也是成就者的化身，
沒認定而已，
八百多年前藏地也沒有轉世制度，
佛的化身卻依舊無處不在……

01 |

　　2010年的一天，古浪寺管家喇嘛遵照八年前的約定，懷著一份期待的心情打開了那個古浪倉活佛圓寂後留下來的盒子。

　　喇嘛們都明白，那盒子裏裝著一個讓他們充滿期待的秘密，就是古浪倉轉世的秘密。因為這樣的類似轉世秘密的事在藏區已經是眾所周知的了。

　　政府的活佛認證程序只是一種例行公事的形式，而真正的活佛認證是一種秘而不宣的玄妙之事。

　　活佛圓寂前世所留下的或者是托夢給一位大德；或者留下一張具有密意的偈頌；或者是一張圖畫……這些都需要智慧去參透其中的含義。

　　眾所周知的十七世大寶法王的轉世就是如此，第十六世大寶法王圓寂以後，他就托了一個夢給達賴喇嘛，把他轉世地點的山谷河川的情形，在達賴喇嘛的夢中呈現出來……

　　早在1977年，第十六世大寶法王由大司徒仁波切，蔣貢康楚仁波切，嘉察仁波切陪同到印度加爾喀達的旅途中的某晚，大寶法王把一個布包裹起來交給大司徒仁波切，並囑咐他不要打開，不要對任何人展示，現場嘉察仁波切及其侍從年巴都親眼看到噶瑪巴將布包交給大司徒仁波切，大司徒仁波切也一直遵守大寶法王的囑咐戴在身上。

　　一直到多年來大家都找不到這一封傳統上一定會遺留下來的轉世預言信函時，大司徒仁波切才想到打開布包，發現布包內是一封信函，這封信函明確了十六世大寶法王轉世的地點、父母的名字。因循這樣的資訊去尋找，到達了一個叫

做拉拓的村莊。他們問村民有沒有一個父親叫敦珠，母親叫洛拉嘎的，七年前有沒有什麼特別的事情？沒想到村民說：「有啊。七年前的一天，天空中充滿了號角的聲音，我們非常興奮，跑出去看，以為哪一位大仁波切來了。」當他們走進這個帳篷的時候，嚇了一大跳，原來大寶法王坐好了在等他們，好像早就知道他們要來一樣，而且整個神情跟神態，跟第十六世大寶法王一模一樣。據大寶法王的母親和父親說，其實大寶法王早就被附近寺院的住持給認走了，你們來不久前才趕回來，說有人要接他，還是羊替他背著行李呢。更有趣的是，他出生的時候，滿山滿谷，都是海螺的聲音。好奇怪，父親跑出去四處張望。

歷代活佛轉世各有各的神蹟，古浪倉活佛正如所有大乘成就者乘願再來，他的轉世靈童的尋找也幾乎與此相似。就在2010年農曆9月22日，古浪倉活佛圓寂八周年的紀念法會上，寺院喇嘛鄭重地打開了那個被封存了八年的小箱子，裏面有一張紙條，上面明確地寫上了他轉世的村莊和轉世後的父母。喇嘛們歡喜極了！

喇嘛們按照佐欽寺法王的預言指點，前去西邊那座山莊尋找轉世靈童。果然，在一戶人家他們看見了已經八歲的小男孩。

聽說是來找轉世靈童的，孩子的父母提出了條件，說：「我們家也不富裕，而且就這麼一個兒子，你們把他帶走了，今後我們的日子靠誰呢？你們得給點補償吧？」

喇嘛們聽了，就問：「你們要多少錢呢？」

「20萬。」

此言一出，著實讓喇嘛們感到很為難，他們根本也沒有這麼

多錢啊，怎麼給出20萬呢？但是，小孩子一定要帶走的，所以，他們沒辦法，只好說：「我們回去商量一下再談吧。」所以，兩位前去探路的喇嘛就這樣回來了。

喇嘛們情緒低落地回到了寺院，管家喇嘛問：「怎麼沒找到？」

「不是。」

「那找到了應該是件喜事啊！」管家喇嘛說。

「哎，人家要我們支付20萬元，我們哪裏去找嘛！」一位喇嘛說。

「那也得想辦法啊！」管家喇嘛說，「寺院不能沒有住寺活佛，何況這是我們的轉世上師啊！」

管家喇嘛當晚召集寺院僧眾開會研究了這件事，決定到各個寺院去求助。

第二天，管家喇嘛親自跑遍了附近的各個寺院，找到各個寺院的活佛，說明此意，提出「如果錢不夠，希望各位活佛能夠出錢幫助解決這個困難。」

活佛們聽了都很歡喜地答應說：「這麼多活佛，找十位活佛，每人出兩萬就都解決了。」

喇嘛們高興極了，就這樣，尋找轉世靈童的事順利地完成了，寺院選擇了一個殊勝的日子，興高采烈地去了那戶人家，和孩子的父母商定之後，終於，他們答應孩子讓喇嘛們帶走，這樣古浪倉活佛的轉世靈童被接回到了寺院。

坐床儀式這天，寺院邀請了各級領導、親屬、還有各界群眾，他們紛紛賀喜，寺院收取了賀喜的紅包，之後清點之後，恰好20多萬元！20萬就這樣輕鬆解決了，因此也就不用活佛們傾囊幫助了。

大家都說這是佛力加持的結果，一切都自有佛菩薩安排！

就這樣，於92歲高齡圓寂的古浪倉活佛，在八年之後重新回到了古浪寺。

這位德高望重的古浪倉活佛是嘛呢活佛的上師，在他92歲的時候，嘛呢活佛才35歲，如果用世俗的辭彙形容，他們是「忘年之交」，如果用佛家觀點來講，他們是有著殊勝因緣的師徒關係。正是這位俱德上師在對嘛尼活佛的認證工作起到了積極的推動作用，所以，古浪倉活佛在嘛呢活佛的弘法利生的此世是飽蘸著濃濃墨彩的一個重要人物。是他，讓一位隱沒在眾生中的年輕喇嘛回歸了他應有的位置並依此來弘法利生，這是多麼殊勝的功德啊！古浪倉活佛既是一位俱德上師，在嘛呢活佛心裏，他如同給他慧命的父母。

想到了父母，嘛呢活佛不禁想到了自己的母親夏爾楚，夏爾楚今年已經八十多歲了，在嘛呢活佛心裏雖然自己身為出家喇嘛，但是卻不忘母親的恩德，如果說古浪倉活佛給了他慧命，那麼夏爾楚卻給了他難得的人身大寶，給了他身命，並護佑著他一路走來，度過了那樣一段艱難的歲月。

提起這位偉大的母親，她所承受的種種磨難是普通人無法承受的，而正是信仰的力量，讓阿媽夏爾楚知命認命，明白一生中的苦難都是命中註定，因果規律使然，非人力所能改變，只有承受中懺悔修行。

夏爾楚是一個苦命的女人，她出生於1929年3月，十五歲那年嫁給華扎・文賢尚，按當時的習俗也應該是家長們約定的婚姻。夫婦倆生養了九個孩子，在那動盪的民不聊生的歲月裏，孩子們沒有被餓死，九個孩子都撫養成人。這裏值得一提的就是嘛呢活佛的生身母親夏爾楚的經歷，可以說充滿常人難以想像之

苦：

五十七歲那年，小兒子南哲才讓出家為僧；

五十八歲那年，二十四歲的二兒子離家出走，不知去向；

六十歲那年，三兒子於二十六歲英年意外身亡；

六十九歲那年，十八歲的孫女自殺身亡；

七十一歲那年，七十三歲的丈夫文賢尚因病離世；

八十一歲那年，五十九歲的大兒子罹患癌症死亡；同一年，夏爾楚的另一個孫女自殺身亡，年近二十三歲；

八十三歲那年，大女兒因病死亡，時年六十二歲。

就這樣，白髮人送了黑髮人，世俗中還有比這更加痛苦的事嗎？但是夏爾楚並沒有因此倒下。正是信仰給了夏爾楚堅強下去的理由和動力。

觀身邊無常，歎人身脆弱。嘛呢活佛深刻體會到那句話：人的一生有兩件事不能等，一個是修佛道，另一個是盡孝道。

夏爾楚阿媽

雖然遠離紅塵，萬緣放下了，但是盡孝道的意義有了進一步的昇華，一個佛子的孝道，正是能夠讓歷世父母親近佛法得度往生進而解脫。在阿爸文賢尚病故後，嘛呢活佛就把老阿媽夏爾楚接到了甘沖寺，這樣，老母親每一天都能夠在佛祖的光芒普照下，在她人生的晚年歲月裏，能夠每一天轉著嘛呢輪，每一天在佛菩薩面前頂禮祈請，也正是佛

的偉大智慧，讓這位不平凡的母親堅強地走下去，經歷人間萬般磨難沒有倒下去……這樣的孝心超出了常人的觀念。

　　藏區的寺院是允許七十歲以上的老人入住的，因此很多喇嘛僧人在父母沒人照顧的前提下將他們接到寺院。嘛呢活佛的母親雖然年邁來到寺院，但是並沒有享受因為是活佛的母親就要受特殊待遇。她一個人獨居在寺院入口的一個小房間，從來都不去嘛呢活佛的住處，而嘛呢活佛的兄弟姊妹也一樣沒有那樣的准許，嘛呢活佛說作為家人親人更應該注意生活中不要有任何與眾不同的特殊待遇，寺院的常住財物應該用於利益眾生，不是個人享受，而佛法卻是大家的，也同樣是平等無分別的。嘛呢活佛處處行持戒律，也是一位大德的修為境界。

　　嘛呢活佛認為他此生再來就是為了度化眾生的，他的錢財有兩條來路，一個是死人的錢，因為他要為亡靈做超度；一個是活人的錢，他要為活人解煩憂。而死人的錢不是普通人能夠承受得起的，因為超度的事需要的是有一定能力，如果普通人拿了「人家」的錢，而不能為「人家」辦事，那麼會引起憤怨，陰性生命的能量遠遠超出普通人的承受能力，就會如之前的那位參加助念團的居士一樣，會出現各種各樣的問題。這也是嘛呢活佛善護戒律的原因之一。

　　《地藏菩薩本願經》裏所宣講的是大孝，佛陀入定升入兜率天，是源於對往生到難得知遇佛法的兜率天界母親講經說法，這是佛家感天動地的最根本的孝道，而非世俗上所看重的衣食供養那麼簡單。不忘父母恩，不忘上師恩，感恩也是修行的一部分，而能夠用佛法來度父母，也是最殊勝的孝道，這與度化眾生無二無別，因為無始劫來，眾生都做過每個人的父母，愛眾生，就是愛父母；孝父母，也就是愛眾生。正如佛祖去忉利天為母說法的示現，真正的大孝，是能夠幫助眾生解決生死輪迴的大問題。

02

古浪倉活佛的圓寂，如佛陀示現人生無常，讓嘛呢活佛感受到修行的緊迫，而且他也十分珍惜每一次去漢地傳法的機會，只要機緣成熟，他就會適時教化眾生，而且嘛呢活佛並不是以教條來說教，他的教法都是在一個又一個教案或者現實事例中顯現出來，使得漢地居士們能從中獲得極大的啟發，常常在他的說法中爆發歡喜的笑聲，那笑聲也是一種獲得的喜悅之情。

在一次回答問題時，有位居士請嘛呢活佛開示關於受戒。居士說自己常常祈禱發願加持，能夠放下感情。嘛呢活佛告誡她說：「你不能隨便發願，如果做不到，就是在佛前打妄語。即便是出了家還有還俗的，何況世間凡夫！只要是在修行的路上，無常隨時而至啊！」

嘛呢活佛因此不由得想起了他和弟子的事情，不免很感慨，他向大家講了他親歷的身邊的故事：

嘛呢活佛有一位弟子，四十多歲的時候還俗了。這件事令嘛呢活佛很是惋惜。但是，各人有各人的因果，弟子執意提出還俗，嘛呢活佛也沒有辦法阻擋得了，只好由他去了。

這一天，該弟子畢恭畢敬地敲開了師父的房門，他低眉順眼地彷彿做了錯事的孩子，不敢正眼看師父，站在師父身邊，即使師父讓他坐下說話，他還是不敢坐，顯得十分局促。

嘛呢活佛意識到弟子一定有很難以啟齒的事情要說，就鼓勵他：「你說吧，有什麼事還不敢說呢？」

「師父，我，」弟子吞吞吐吐地，依舊不敢直言。

嘛呢活佛忽然有些意識到即將發生什麼，但是他還是不太確定，就鼓勵他：「說吧，我聽聽，看看能不能幫到你。」

　　弟子受到鼓勵，就低頭，語速匆匆地說：「師父，我愛上了一個女人⋯⋯」

　　嘛呢活佛聽了之後，果不其然正是他所擔心的，因為他通過觀察，寺院的喇嘛們素日除了修行，有些時候也會和當地的人接觸，路過附近十里八村，或者應邀去老鄉家做法事，難免要有所接觸，這樣的事也是有過的。不過，他聽了弟子的坦白，依舊內心一沉，感到有一種打擊直指內心。

　　「你說說，到底怎麼回事？」嘛呢活佛問。

　　「就是山下那個女人，我們產生了感情，已經陷入很深了。」

　　嘛呢活佛不禁沉默好久，沒有說話，他抬眼望著遠方的神山，似乎在思考什麼，空氣十分沉悶，安靜得連呼吸的聲音似乎都聽得到。弟子不禁抬頭望了望，又連忙低下了頭。

　　嘛呢活佛知道弟子所說的那個女人，是孤身一人帶著一雙兒女過日子的漢族婦女，而弟子是一個善良的人，平時也對她有些幫助，可能這一來二去產生了感情，但是，多深厚的感情能令一直追隨自己修行27年的弟子執意要棄佛而去呢？他不禁在內心長歎，很是遺憾。

　　「怎麼，你可要想好了？這佛門一進一出，可是關係到你這一輩子甚至多少世的大事。你修行這麼多年將功虧一簣，到時候你將後悔晚矣！」

　　「師父，我看來是要辜負師父的厚愛與期望了，我沒有辦法，只能繼續⋯⋯」說著，不免哽咽在喉。

　　「哎，你去吧，既然如此，師父也無法阻攔你⋯⋯」嘛呢活佛沒再說什麼，眼睛有些酸澀，內心彷彿五味瓶被打碎一般，無以言表。他想這也是弟子的個人的業力所感啊！每個人的因果不

同，命運不是外在的力量能夠改變的。

　　弟子終於搬出了寺院。離開的這一天，當他回首望著迎風而動的五彩經幡，望著藍天下陽光照耀著的菩提塔，他內心說不出什麼滋味，按世俗的思維，「有情人終成眷屬」，新的生活即將開始，應該是有所期待而高興的事，但是他內心卻不似自己想像的那樣歡喜。

　　對於一位修行27年的佛弟子，自然瞭解佛法對破戒的說法。按說還俗的行為是不如法的，佛講慈悲為懷，講「放下屠刀，立地成佛。」對於還俗的出家人是可以再回到寺院的，但是，就如一個打破的瓷罐，雖然經過修復可以重新成為完整的瓷罐，但是這樣的瓷罐裝滿水會一點一點漏掉，卻已經不是以前的那個瓷罐了。

　　弟子還俗後，就和那位漢女子結婚了。隨著日子的推移，生活的瑣事越來越多，世俗的日子十分瑣碎的，每天不得不為柴米油鹽、兒女情長操心出力，加上老婆是個沒有信仰的人，他也不可能在家繼續學習佛法。善良的他生活中依舊是慈悲的，無論誰求到他，他都無私地應承幫助。還是在當喇嘛時候，他買了一輛車，村子裏誰有事求到他，他都有求必應，免費出車；如果誰和他借錢，即便口袋裏沒有錢，他會以自己的名義借錢去幫助別人，然後自己再去還錢。這樣的事發生多了，自然夫妻之間就會產生矛盾。夫妻倆第一次吵架就是因為這樣的事。

　　這讓他感到與做喇嘛時候相比較，自己一點都不自由。夫妻倆就難免發生爭吵，即使吵架，這日子還要繼續，兒子娶媳婦和女兒上大學都需要錢，這賺錢的重任自然就落在做丈夫的肩上，為此他感到肩負著家庭的責任，有人開玩笑說：「你這不是占了大便宜，白撿了一雙兒女啊！」但是，對於他而言，這樣的話比利劍穿心還不知要疼痛多少倍。

　　他不免回憶起當喇嘛時候那自由自在無拘無束的日子，那種清淨無比寧靜的心境，那種單純的徜徉在佛法中的內心真實的歡喜，似乎都成為前世的記憶，成為他時常腦海斷斷續續的回憶片段……有時候，他不免暗自落淚。如果有誰見到他提及此事，哪怕剛一提起話頭，他的眼淚就會撲簌簌地止不住，如瀑布一般傾灑下來。

　　一次，嘛呢活佛的一位在家弟子來山上閉關，和那位還俗弟子見了面，他聽了他還俗的事不禁扼腕感歎道：「哎，你真的是可惜了！」不想，就這一句話頭令那位還俗弟子頓時就淚如雨下，那位不明就裏的在家弟子面對此情此景很是手足無措。過後，嘛呢活佛告誡那位在家弟子說：「以後不要再當著他面提這茬兒了，那樣搞不好他會自殺的！」

　　2014年8月份，嘛呢活佛在對面的神山頂上修佛塔，還俗弟子欣然承接了這項任務，嘛呢活佛對這位昔日裏自己曾經非常器重的弟子語重心長地說：「你好好修佛塔，也是積累功德啊！」

　　僅僅這一句話剛出口，那位還俗弟子又流下了眼淚。

　　嘛呢活佛內心十分複雜，接著說：「你別難過了，這件事也是你自己的緣分，既然來了就學會堅強面對承受和承擔，自己的選擇也不要再後悔。如果將來還有機會的話，甘沖寺的大門永遠為你敞開。」這樣一說，那弟子哭得更加厲害了。

　　還俗弟子懷著一顆懺悔的心修建這座佛塔，當潔白的佛塔高高矗立在山巔藍天之下，他的心情異常歡喜，在開光儀式上，他埋頭深深地頂禮，在內心深深地懺悔……

　　在互聯網上也流傳著這樣的一則故事：

　　朝陽升起之前，廟前山外凝滿露珠的春草裏，跪著一個人：「師父，請原諒我。」

他是某城的風流浪子，20年前曾是廟裏的小沙彌，極得方丈寵愛。方丈將畢生所學全數教授，希望他能成為出色的佛門弟子。他卻在一夜間動了凡心，偷下山去，五光十色的城市遮住了他的眼目，從此花街柳巷，他只管放浪形骸。夜夜都是春，卻夜夜不是春。20年後的一個深夜，他陡然驚醒，窗外月色如洗，澄明清澈地灑在他的掌心。他忽然深感懺悔，披衣而起，快馬加鞭趕往寺裏。

「師父，你肯饒恕我，再收我做弟子嗎？」

方丈深深厭惡他的放蕩，只是搖頭。「不，你罪過深重，必墮地獄，要想佛祖饒恕，除非——」方丈信手一指供桌，「連桌子也會開花。」

浪子失望的走了。

第二天早上，方丈踏進佛堂的時候，頓時驚呆了：一夜間，佛桌上開滿了大簇大簇的花朵，紅的、白的，每一朵都芳香逼人，佛堂裏一絲風也沒有，那些盛開的花朵卻簌簌急搖，彷彿是焦灼的召喚。

方丈在瞬間大徹大悟。他連忙下山尋找浪子，卻已經來不及了，心灰意冷的浪子重又墮入了他原本的荒唐生活。

而佛桌上開出的那些花朵，只開放了短短的一天。

是夜，方丈圓寂，臨終遺言：

這世上，沒有什麼歧途不可以回頭，沒有什麼錯誤不可以改正。一個真心向善的念頭，是最罕有的奇蹟，好像佛桌上開出的花朵。而讓奇蹟隕滅的，不是其他，而是一顆冰冷的、不肯原諒、不肯相信的心。

佛以慈悲為懷，寬容、原諒正是這樣的胸懷，才有了「放下屠刀立地成佛」的故事。嘛呢活佛用實際行動用他的智慧踐行著

佛陀的思想。

　　寺院的二三十位喇嘛，各有各的情況，其中一位喇嘛，從小就出家來到寺院。後來有一天忽然出走了，嘛呢活佛也不知道他的下落，過了五年，有一天嘛呢活佛忽然接到一個電話，才知道那位喇嘛在外雲遊時曾經遇到了一位姑娘，並且產生了感情，在外地還俗了。因為他難於啟齒，所以不告而別。他是一個勤勞的小伙子，在外地待了十幾年，蓋了房子，養了幾頭牛，還生養了個兒子，日子過得也還算紅火。後來，因為他患病不想連累家人，就提出離婚，但他覺得自己沒有顏面再見師父。

　　他的父親勸他說：「你就到其他寺院出家吧。」

　　「不！我要出家也要回到甘沖寺，其他寺院我不會去的。」他倔強地說。

　　這個時候的他家也不回，身穿袈裟到處流浪，他借此朝拜了佛教四大名山，也在漢地結下了一些順緣，有些居士給他一些供養，也就僅僅夠他的路費和吃喝，人也混得和乞丐差不多髒兮兮的形象。

　　在外一個人漂泊時間長了，隨著遍訪佛教聖地，他對自己的生活做了深刻的反省，這樣一段婚姻生活給了他很大的啟示，或許患病只是一個機緣，讓他能夠有機會放下，然後再重新上路……他這樣想的時候，心裏反而有了一絲輕鬆。

　　見兒子在外面流浪，喇嘛的父親也沒辦法，只好跑到甘沖寺來祈求嘛呢活佛。

　　「嘛呢活佛，請您慈悲為懷，看在多年我對寺院的幫助情面上，再給我的兒子一個機會吧，再說寺院也需要人。」

　　喇嘛的父親之所以這樣說，是因為他平時也沒少幫助寺院忙，做了些貢獻。

按照習俗，喇嘛還俗後再想出家也不是不允許，但是原來的寺院是不可能收留的。不過，嘛呢活佛並沒有如此教條地來思考這件事，同時，也不僅僅是礙於這位父親的面子做一個重新考慮。

當天晚上，嘛呢活佛召集寺院喇嘛商議此事，很多人提出異議，認為喇嘛的行為非常叛逆，他違背了上師，按照佛法戒律，寺院不能再容下這樣的人。

不過，佛的傳記裏有這樣一個故事：佛有一個弟子，名字叫掘魔羅的，他曾經殺死過很多人。在聽聞佛陀的開示後，放下屠刀，重新做人，剃度出家了，大家都反對，說這人殺業深重辱沒佛法，其他門派對此也說三道四，說這樣低俗的人竟然也會成為佛弟子。不過，掘魔羅最後終於證得阿羅漢果位。

嘛呢活佛想起這些，不禁感歎佛陀的慈悲和眾生的佛性。佛的慈悲對於這些罪業深重和可憐的人才能夠體現得淋漓盡致，如果一個人什麼問題都沒有，對他發慈悲，那意義就遠遠不如去原諒和悲憫這樣需要給予幫助的有問題的眾生，只有這樣佛的廣大慈悲才能夠真正得到踐行。

而眼前寺院的幾乎多數反對喇嘛重新回到寺院，嘛呢活佛耐心地和大家說：「佛說的好：『放下屠刀，立地成佛』。即便對於一個殺人犯，佛陀還能夠以大慈大悲的心對待，何況眾生在五濁惡世中難免要犯錯誤，但最珍貴的哪怕是一點點向善的心，也是值得原諒的。真正的慈悲心就如天空，可以包容整個宇宙。

所以，經過思量，做通了寺院喇嘛們的工作，嘛呢活佛破天荒答應了喇嘛的父親的請求，這樣喇嘛穿著一身破爛的袈裟，顯得尤為可憐地又出現在師父面前了，這一次，他掉下了感恩的、懺悔的淚，內心裏發願一定要好好修行，做師父的左膀右臂，弘法利生，不再退轉。

03

　　2012年的夏天，當漫山遍野的樹兒變綠，花兒綻放的季節，也是嘛呢活佛破土動工的日子。因為他決定，在寺院菩提殊勝塔的旁邊的空地上修建一座度母殿。

　　在藏區，二十一度母的傳說深深地植根於藏民的心裏，人們對度母的膜拜是如此的虔誠，是因為那是觀世音菩薩的化身：

　　傳說，觀世音菩薩在無量劫前，已經救度了無數眾生。有一天，菩薩用他的慧眼觀察六道，發現受苦的眾生並未減少，頓生憂悲，流下淚滴，淚珠滾落，化作蓮花，蓮花化現為綠度母。綠度母對菩薩說：「請不要難過，我將做你利樂眾生的助伴，救度無數的有情。」伴隨著毗盧遮那的真言頌詞，身色各異的二十一度母紛紛從蓮花中化現，對觀世音菩薩立誓說，要協助觀世音菩薩實現救度眾生的宏願。於是，二十一位度母協助觀世音菩薩，日夜救度眾生有情，立下無量功德。

　　嘛呢活佛在完成了初期的設計、佛像的定制之後，就緊鑼密鼓地安排寺院喇嘛和工人從山下購買材料拉到山裏，然後破土動工，按部就班地開始了修建度母殿的工作。

　　佛教的本意從來都不是個人崇拜和迷信，供奉佛像是為了紀念、恭敬那些如法修行而成為大覺悟者、大智慧的人，因為他們是我們的前輩祖師，值得尊敬。佛像本身沒有生命，僅是表法，是一種象徵，無論你修行、念誦、供養它們的本意並非枯燥的儀式。

雖然說佛學不是「迷信」，而是理信，但是信者缺乏智慧的信仰，如：盲目地信仰、不考察、不研究、不學習、隨心所欲地非理性的信仰，別說佛學任何一種信仰都會成為迷信。因此，信佛者必須要有戒、定、慧，要學經、律、論，問、思、修等三學三修，客觀理智地去信習，逐漸得到怔悟才能圓滿成佛。這也正是嘛呢活佛在修建寺院中的初衷，也是弘揚佛法的一部分，是功德無量的千秋大業，所以，在他內心中此生修行的一件大事。

嘛呢活佛針對有些人提出的疑惑，在微博上寫到：「有人說佛教是偶像崇拜那是純外行所說，塑造佛像有四個目的：

1、讓凡俗世人認識佛菩薩的相貌。

2、令信者有個皈依的處境對象或紀念意義。

3、從佛像上能認出阿羅漢到如來的三乘淨地。

4、從千眼千手等的寂怒佛像造型說明佛的功能和智慧。」

【若以色身見我，以音聲求我，是人行邪道，不能見如來】

——世尊偈言。

七月，在安排好修建度母殿的事宜之後，嘛呢活佛打算做一件早已經在內心醞釀已久的非常重要的事情。

在藏區，歷代修行者或能工巧匠在一些海拔4000多公尺的山頂雕刻佛像和佛經，目的是佛法能夠永駐，與天地共存。雖然有人對這樣的發心說沒必要，有人說是功德。但無論別人怎麼說，在嘛呢活佛內心當中卻是必須要完成的大事。

嘛呢活佛內心堅定的信念是不可動搖的。他想有人為吃穿而努力；有人為名利而努力；有人為人身的價值而努力。對於他而言，轉生再來的價值就在於能夠弘法利生。嘛呢活佛決定在夏嘎神山的山巔雕刻佛像和經咒。

「不怕佛不在，只怕心不在。」他想有些事情是別人的，有

些事情是自己的，很多道理不是講給別人的，而是留給自己的，自己的使命必須自己努力去完成。

他和三個師兄就這樣，開始了他們艱苦的雕刻經咒佛像的工作。他們需要帶上山的東西可真不少：吃的、蓋的、照明燈、水、帳篷；塗料、發動機、柴油等等。山裏的路崎嶇狹窄，都是岩石坡面，也可以說談不上有路，車子是註定沒法開上山的。所以，全部材料都要靠人工背上山去。他們和當地義務幫忙的老鄉分三次才把所有的東西背上山，四個人計畫一個月完成雕刻任務。按照嘛呢活佛的計畫，他們要雕刻六字真言和大大小小七尊佛像在山頂的岩石上，這是一項浩大的工程，所以，他們需要在山上安營紮寨，長住「工地」。

海拔四千多公尺的夏嘎神山之巔，蒼松翠柏簇擁著一塊巨大的岩石斜坡面，是天造地設的一個好的基面，也是嘛呢活佛經過多次考察選擇的好處所。更令他感觸的是山頂上那間閉關房，那是老喇嘛先覺堪布在此閉關圓寂的小房子，如今已經顯得破落。

這不禁讓嘛呢活佛觸景生情，當年先覺老喇嘛在此閉關圓寂，從此他肩負起老喇嘛交給的重任，直到今天，他被認定為仁波切，時光彷彿依舊很久遠，但是，又似乎是眨眼之間的事。

他們師徒四人分別住進了搭起的帳篷和閉關房，自然他住進了這間鮮少有人光顧的閉關房。這間閉關房雖然不起眼兒，但是追溯它的歷史卻可以至明朝，而且這裏面閉關成就的都是寧瑪派大成就者，是一個非常殊勝的所在。或許正是因為它坐落在金池神山的最高處4000多公尺的海拔山頂，所以很少有人到來，也就少有人知道它的存在。

站在神山之巔，放眼望去，可謂「霧雲濛濛滾滾流」，這不僅令他心生感慨，經書上的話真實不虛，萬物：如雲、如電、如

夢、如幻、如露、如泡、如是觀。那勢如波濤滾滾而來的濃霧，須臾之間就會煙消雲散，而縱觀眾生相，真是「輪迴芸芸世世傳」啊！

寂靜的神山，大通河沿著他的山谷奔騰流淌，那嘩嘩的流水聲在山裏應和著鳥兒的鳴叫，彷彿在為鳥兒的鳴唱而伴奏。山裏異常的安靜，空氣彷彿凝固了，又彷彿大自然在安靜地欣賞這天籟之聲。

太陽就要落山了……

山裏的氣候變化多端，夏季的雨來得突然，去得也快。一陣急雨過後，一道彩虹橫跨在兩座山之間。

嘛呢活佛不禁想起法王如意寶曾經說過的一段教言：

傳說彩虹是天人的弓箭，但當我們去尋找五彩繽紛的彩虹時，卻了無所得。同樣，凡夫的花言巧語雖然與凡夫的心理特徵非常相合，聽起來也好象意義重大，這樣也可以欺誑眾多愚昧的人，但因為沒有一點修證和體驗，他們所講的話語也就沒有什麼可靠。

自2003年上師法王如意寶圓寂至此刻已經過去九年了，法王如意寶的音容笑貌，他的教言時刻印記在嘛呢活佛的腦海裏。

天上的彩虹彷彿是天人隨喜嘛呢活佛的大願，彷彿不經意地呈現眼前。這讓嘛呢活佛內心感到無比殊勝，獲得無上的鼓舞。多年來，他秉承大乘精神，毫無折扣地踐行普賢大行，此時此刻，他仰望著那絢爛的彩虹，彷彿看見他心中的大恩上師法王如意寶就在虛空中向他微笑，那笑是欣慰的……給了他無窮的勇氣和力量！

「有您的存在，我更加堅信！為無邊眾生而不懈努力！」他默默地想著……

　　暮色吞噬了最後一抹夕陽，山裏的溫度驟然降下來，四個人鑽進各自的住所。一直以來，嘛呢活佛一直保留著這樣的修習習慣，早晚做功課，白天修寺院或者接待信眾，處理寺院一些雜務。即使是在野外，他也時刻沒有間斷這樣的精修，而修行功課已經和他的生活融為一體，行住坐臥無不是在修行。

　　嘛呢活佛不由得想起當年在佐欽寺山洞苦修的情景，比起那時，現在的條件越來越好了。他內心裏充滿了感恩之情。

　　峻峭的岩石下的平緩草坡搭建的鑲著漂亮的花紋的白色帳篷，安靜地臥落在山頂的松林旁，閉關房屋頂的雜草在瑟瑟山風中起舞，臨時用塑膠布遮掩起的窗戶發出呼啦啦的聲響，顯得這山野的靜寂，當側眼望去是一片茫茫雲海，神山僅僅露出一點山頂，如入仙境一般，恍如夢幻。

　　山裏的早晨，雲霧繚繞，鳥兒啁啾，太陽升起的時候，陽光照在那塊他們精心挑選的巨岩上，彷彿天人舉著一枚明亮的燈，為他們照亮。

　　四個人挽起衣袖，將袍子裙擺卷起，輕裝拉開了雕刻佛像和佛經的序幕。

　　他們首先就地取材割鋸了幾根木頭，用鐵絲支架成腳手架，再在架子上面搭上木板，這樣人站在上面就可以開工了。

　　嘛呢活佛第一刀落下，他無比歡喜，他內心的計畫一步一步地踐行，心中的理想得以逐步實現，這也是佛菩薩的慈悲加持。四人白天毫不鬆懈地加緊工作，晚上在帳篷裏安然熟睡，可以說以地為鋪，以天為幔，雖然比風餐露宿好得多，但也是十分艱苦的。

　　嘛呢活佛雕了不知多久，他爬下腳手架，另外兩位師兄接著繼續做。此刻，他站在帳篷旁的空地上，無意中抬眼望去，腳手

架上的兩位師兄正在專注雕刻，湛藍的天空，祥雲籠罩，此刻，那薄薄的如絲綢一般輕盈的雲，又如從天而飄落下來的薄如蟬翼的潔白的哈達，傾掛在山巔巨岩上，給人的視覺以強烈的衝擊和震撼。在一種無以倫比的法喜中，面前的風景在悄然變化……

一天一天地過去了，這浩大的工程進行了一半。平坦的巨石上清晰地呈現出觀音心咒，六個梵文大字「嗡瑪尼唄美吽」呈現在山頂巨石上，每一個筆劃都虯勁有力，彷彿釋放出來無盡的力量，雕刀把筆劃刻得真的可以說是「入石三分」，因為嘛呢活佛考慮到大自然的風化現象，這樣刻得深些，即便風蝕雨雕也不用擔心被侵蝕掉。他想像中，多少年以後，相續漂泊的眾生一代又一代來了又去，但是，這六字真言卻一直靜靜地安住於此，如果有人路過此地，會在心靈深處產生怎樣的震撼，菩提種子就此播散……

六字真言雕刻完之後，剩下的要進行著色，喇嘛們精心地將紅色塗抹在那深深的字跡裏，一時間「嗡瑪尼唄美吽」六個梵文大字顯得分外壯觀威儀。用心雕刻的心咒，灌注的也是慈悲和大菩提心的願力。

接下來的日子裏，嘛呢活佛指揮兩位喇嘛進行佛像雕刻，可以說這些雕刻屬於鑲嵌式雕刻，和浮雕還不同，整個佛像和石頭成為不可分割的一體，如果想破壞掉也要一起將石頭破壞了才可以。何況，嘛呢活佛選擇的石頭在山頂制高點，高高地聳立在山裏，相信不會有人會費那麼大勁去搞那樣的破壞。這都是一種處心積慮的選擇，為的就是佛法永駐。

以自然之色為底色，加上白色的雕琢線條，栩栩如生的佛像一天一天逐漸清晰起來。算算時間，已經接近一個月了！他們風餐露宿，一直住在山上，幾乎沒有停歇地連續作戰，終於，這一

天整個工程接近了尾聲。

　　腳手架上的嘛呢活佛將最後一筆色彩填塗完畢，不由得抬頭望了望那日正當中的藍天，太陽格外的明亮璀璨。

　　「師父！您看！太陽周圍有大大的日暈呢！」徒弟喇嘛說。

　　嘛呢活佛同時也注意到了，日暈在藏民心目中寓意著風調雨順和吉祥。這樣一種吉祥的徵兆籠罩在他們的上空，那太陽周圍大大的光環彷彿在天空中畫出的一個圓滿的大句號。令師徒幾個格外地歡喜！無論如何，也正是今天，他們經過一個月的艱苦努力，終於圓滿完成了一項使命。

　　嘛呢活佛爬下腳手架，在這殊勝的時刻為佛像加持，他內心中發大宏願，他願佛法久住，願眾生得度，願自己的大願生生不息地輪轉，眾生不度，誓不成佛。

　　2012年8月8日，大大小小供七尊佛像圓滿雕建完成，總高六米的蓮花生大士像，在高山之巔，威嚴的目光眷顧著這片土地，那紅色的六字真言，彷彿散發著無盡的能量，令這裏四方沾滿法喜。

　　【是時閻羅天子瞻禮世尊，及回視地藏菩薩，而白佛言：世尊，我觀地藏菩薩在六道中，百千方便而度脫最苦眾生，不辭疲

山上雕刻的六字真言和佛像

倦，是大菩薩有如是不可思議神通之事。然諸眾生獲脫罪報，未
久之間，又墮惡道。世尊，是地藏菩薩既有如是不可思議神力，
云何眾生不依止善道，永取解脫？唯願世尊為我解說。】

　　　　　　　　　　　　　　　　　——《地藏菩薩本願經》

04

　　嘛呢活佛等人從山上風塵僕僕地回到寺院，度母殿的地基已
經打好，並且已經開始砌石牆了。幾乎寺院的喇嘛們都加入到這
個修建度母殿的行列。

　　儘管寺院的事務一項接一項，但是嘛呢活佛的內心卻充滿法
喜，絲毫沒有倦意。他欣慰地看到，他內心規畫的藍圖在逐步

度母殿

從紙上的二維空間轉換到三維空間，這種空間的轉換隨著時間彷彿變得越來越真實。

然而，人的生命從三維空間脫出到其他維次空間卻是被一種無明所牽引。正因為無明，人類才有時間和空間的概念，從而產生相對的概念。生死之間何嘗不是夢幻呢？

這一年，嘛呢活佛的58歲的大哥因為罹患癌症而過世，這更令嘛呢活佛深感眾生業力不同，所得到的果報也不同。雖然那是自己的親哥哥，但是也阻止不了果報的真實不虛。嘛呢活佛所能做到的就是超度亡靈，希望大哥能夠乘佛指引早日得度。

這天，嘛呢活佛在定中看到了大哥，大哥的樣子依舊是臨終時穿的那身藏袍，神情卻絲毫沒有改變，愁雲滿布。嘛呢活佛問：「大哥，您為什麼還不走？」

「哎，我放不下啊！」大哥依舊唉聲歎氣。

「您還有什麼放不下的？」嘛呢活佛問。

「哎！我放不下我兒子，我在他身邊能保護他。」

嘛呢活佛無奈地說：「您的兒子的兒子都成年了，您還放不下兒子，您的情執太深，這樣哪裏能夠解脫呢？」

就這樣，嘛呢活佛的大哥一直是遊蕩著，時常，嘛呢活佛會感受到大哥的不捨，所以大哥才遲遲不肯離去。

嘛呢活佛在他的微博寫到：每一個眾生的死亡是今世生命的結束，但是，也是一個新的生命的開端。他像秋季的種子，花落一季，來春發芽。生生死死，連續不斷，這就是生命流轉的規律。

經上說「人身難得」，既然得了人身，我們唯一需要做的就是珍惜。人常說：人活著就要完成一項使命，要改變世界。一世一個輪迴，今世得了人身，就是正處於上升和下墮的轉捩點上，

有超越輪迴的機遇，也有永在輪迴的可能。所以，這對凡夫而言，這一世改變自己才是當下最為至關重要的。

死亡是人一生中最後一件大事，對於一個人來說，決不僅僅意味著這一世的結束，死亡是一個機遇，也是一場選擇。它不是決斷，中陰佛法中說：「死亡是生命的延續」。如蛇脫皮一樣，換殼皮靈魂從新投胎，這樣的生命是永恆的，直到解脫輪迴……

嘛呢活佛正是這種切合現實的感悟，通過現代互聯網技術，如細流般絲絲慧勉眾生。彷彿一首詩的境界：「隨風潛入夜，潤物細無聲。」

嘛呢活佛為大哥親自做了49天超度，為的就是令大哥得到解脫，然而，大哥卻因為情執深重，依舊在中陰身遊蕩。

嘛呢活佛心中不免感歎，眾生之所以不能得度，從他自己的親哥哥來看，有幾點原因：一是他沒有信仰，二是情執太深。這樣對親人的留戀不捨導致他的中陰身無法得度。嘛呢活佛從中感悟到：即便再具備德行的成就者，哪怕是佛陀在世，對於這樣沒有信仰的、執著的眾生而言，真正的解脫只能是由內心而發的願望，而非外力所能為之。

超度亡靈，或許能夠成功，或許也不能成功。能否成功是需要內外因起作用，如果一個人仍然放不下貪執心，那佛法對於他也不起任何作用。如果一個人今世明確方向，思路都很清晰，在正念中辨清取捨，那麼在中陰期間就不會迷路。因為主要是今世的愛憎之心，卻迎來了沉入輪迴的苦難和無盡的折磨。

十幾年前，嘛呢活佛的三哥東珠因殺生業報轉生為馬，他時刻沒有忘記老喇嘛堪布叮囑自己不能忘記為東珠做超度做功德回向。所以，十幾年後，他的三哥東珠又一次由馬轉生為人，投胎到一戶普通的藏民農戶家庭，是一個極其普通的沒有文化的男

人。人一時的惡業感得的轉世要經過一個輪迴又一個輪迴慢慢向上升，甚至這一世為人，下一世都不敢確定墮到哪個道上去了，就如三哥東珠就是一個很好的例子。而他的大哥因為情執深重不捨紅塵，依然還在中陰身遊蕩著，遲遲不肯轉生……

嘛呢活佛意識到，心中的善根何其重要，一個人哪怕有一個信仰，無論這個人信基督耶穌，還是伊斯蘭教，或者修煉一些真善的法，那對他的解脫也是有一定好處的，因為所有的正法信仰都有一個共同的善念。正是這種善的種子，在適當的時機就會發芽。

嘛呢活佛的大哥生前就是一個沒有任何信仰的「無神論者」，他根本不相信什麼前生來世，所以一直就在那樣一個中陰身境界裏飄蕩著，始終不忍離去，真可謂剛強難化，「死不瞑目」啊！。

【佛告閻羅天子：南閻浮提眾生，其性剛強，難調難伏。是大菩薩於百千劫，頭頭救拔如是眾生，早令解脫。是罪報人乃至墮大惡趣，菩薩以方便力，拔出根本業緣，而遣悟宿世之事。自是閻浮提眾生結惡習重，旋出旋入，勞斯菩薩久經劫數而作度脫。】

——《地藏菩薩本願經》閻羅王眾讚歎品第八

雖然如此，嘛呢活佛始終沒有放棄，他白天參與修建大殿，晚上就誦經超度，一天一天堅持下來……

2012年就在這樣一種看似忙碌的狀態中過去了一大半，進入了冬天，互聯網上的關於末日的消息越發甚囂塵上。人類發展到二十一世紀的今天，現代科學的發展進入了一個能把世界改變的翻天覆地的階段。人們越來越依賴互聯網，成為生活中不可或缺

的東西。在這樣一個後弘法時期，利用互聯網弘揚佛法也成為一種必要的手段。很多高僧大德在互聯網上註冊登記，並以此善巧方便讓佛法的光芒普照四面八方。

當嘛呢活佛翻開手機網頁，躍入他的眼簾的是關於2012年12月21日瑪雅人的預言，今日在新浪微博上以及各大媒體炒作得不亦樂乎。煞有介事的傳聞，彷彿會傳染的瘟疫，令眾生惶惶不安。甚至有些迷信的人堅信，當2012年12月21日來臨的那天早上，當你一覺醒來，不是朝陽初升的明亮，而是一片昏暗如黑夜一般；亦或是災難突降，人類遭受滅頂之災，家人紛紛離去，而你一個人一息尚存，活著有什麼意義？莫不如好好修行念佛，那個日子裏會自在往生，不受這些痛苦困擾。這種言論在一部分人中不脛而走。

嘛呢活佛越看越覺得這種言論迅速蔓延，彷彿一種叫三裂葉豚草一樣，蔓延速度非常快，而且會侵害草木，導致其枯萎。這樣一種不安的情緒在坊間悄然流傳，如地下暗河一般，翻滾不息。

一陣電話鈴聲響起來，打斷了嘛呢活佛的思維，原來是一位遠在異地的居士打來的，他們夫妻倆為爭論是否真的有世界末日吵得不亦樂乎，所以，最後打電話向嘛尼活佛詢問2012世界末日的事情。

「活佛，您說這世界末日真的要來了？我是不是該賣掉房子，什麼也不要了，周遊世界，在死之前完成自己的心願呢？」那位女居士問得極其認真，就等著嘛呢活佛給出出主意。

嘛呢活佛聽完這些話，不覺心生感歎，他溫和地回答：「如果真的有世界末日，你現在還會在這裏和我如此平靜地通話嗎？」

　　世界的變遷並非是突發的事件，每一件事都會有一個發展的過程，嘛呢活佛覺得人類的惶惶不可終日正是貪欲膨脹的結果，因欲望導致環境的破壞，因環境的惡劣又覺得憂慮不堪，這也從側面暴露出人類本身也有一種危機感，正是人類過度的膨脹，感得天地的異常。

　　嘛呢活佛對那位居士說：「你覺得沒有瑪雅人所說的末日，就不會有末日了？無常無時無刻不伴隨著我們，誰又會逃脫自己末日的那天呢？」

　　「你先不要問我，你好好去瞭解，瑪雅人說的是什麼末日，你再做決定，再者，人生是無常的，作為佛弟子，每一天都應該當作末日來過……」

　　「哦，師父，我知道了。感恩師父，我會好好思考這個問題的。」那位居士沉思著掛斷電話。

　　嘛呢活佛這段時間沒少接到像這樣的電話。而且最近，互聯網上炒的最熱的新聞就是富豪們正想訂購「末日逃生球」，每個「末日逃生球」價格被炒到十幾萬，竟然還真的有人訂購。所謂的「末日逃生球」也被稱為「2012諾亞方舟」，據說裏層為球形鋼結構，中間是防水防火棉，外面是塗刷了30層的纖維樹脂，再刷上防腐漆，做到了防水、防火、防輻射、防冰寒，艙內設置標準救生座椅14個，配有安全帶，如遇緊急情況最多可裝30人。如果在海上漂浮，14個人可以生活5個月。

　　嘛呢活佛看了這則消息很是憂慮，只要稍微動動腦筋就會發現，這樣的舉動多麼愚癡。如果真的是到了那樣的末日，你得以逃生，但你僅僅只能維持五個月的生命，那樣又有什麼意義呢？你所有的物質財富甚至生命都是沒有意義的，你有金錢但是已經不能買到任何東西；你有物質也是有限的數量，總有用光的時

候；就算你得以逃脫生存下來，那樣的末日地球早已不能夠提供
生命生存和繁衍的條件……那時候的生活將會是非常艱難，或許
就如原始人初始的階段一般。

　　嘛呢活佛看到這則新聞感受到人類太需要智慧的指引，而這
種智慧並非所謂的世俗上的成功人士所能獲得的，而是從佛法中
得到養分而獲得感悟才是真正的大智慧。

　　2012年12月21日，太陽照常升起，月亮更加明亮，彷彿瞪圓
了俏皮的大眼睛望著茫茫大地，芸芸眾生。大自然無聲地用他溫
和的表情給「末日傳說」以有利的回答。

　　嘛呢活佛看著微博上各地的人們對「末日」後的言論，也不
免感慨萬分。他想什麼是「德」，佛講自要善，為眾以德而行
事。有文化也說明不了就有德，有些知名人物編造謠言，如地球
末日，讓無智的貧民折騰，自己在旁邊看著樂，或者以此謀取暴
利，這就是真缺「德」。

　　【……文殊師利勇猛智，普賢慧行亦復然，我今回向諸善
根，隨彼一切常修學，三世如來諸佛所，如是最勝諸大願，我今
回向諸善根，為得普賢殊勝行。……】

　　　　　　　　　　　　　　　　　　　　　——《普賢菩薩行願品》

　　在嘛呢活佛的日程表裏有著他恢弘的大願，以他的才華和智
慧為度化眾生做更加殊勝之事，就是從小喜歡寫寫畫畫的他，希
望完成一部石刻《大藏經》，這樣的猛利發心推動著事情的進
程，距離度母殿竣工三年之後，石刻大藏經在嘛呢活佛按部就班
開始啟動，之前，活佛需要完成石刻佛像的繪製，然後才會再進
行下一步在石板上雕刻。

　　2015年4月，定製石板雕刻大藏經和佛像，並同時在甘沖寺八

大菩提塔北坡上修造大藏經房子。歷時一年半時間，於2016年農曆五月初十，裝藏了17600塊石刻經文的大藏經座竣工，經座的四面鑲嵌了十二塊由嘛呢活佛親手繪製的唐卡畫風石刻佛像，我們會看到釋迦牟尼佛、觀音菩薩、長壽佛、不動佛、蓮花生大師等數尊精雕細刻的佛像。石刻大藏經的竣工，為甘沖寺增添了更加威儀的氣質。而幾乎與此同時，在寺院大殿修造千佛殿，其中供奉了上千座鎏金佛像，為期三個月完工。你只消坐在千佛殿大殿門口，彷彿佛菩薩的感召，就會陡然感受到內心的清淨。

　　七月份，在高原的油菜花盛開之際，在寺院的廣場上彷彿一夜之間豎立起一尊威嚴的地藏王菩薩像，這彷彿昭示著嘛呢活佛無始以來所發的大願，就如他的此生的再來，恰如地藏王菩薩所發宏願：

【……時師子奮迅具足萬行如來告長者子：欲證此身，當須久遠度脫一切受苦眾生。文殊師利！時長者子，因發願言：我今盡未來際不可計劫，為是罪苦六道眾生，廣設方便，盡令解脫，

石刻大藏經

地藏王菩薩與彌勒菩薩像

而我自身，方成佛道。以是於彼佛前，立斯大願，於今百千萬億
那由他不可說劫，尚為菩薩。】——《地藏王菩薩本願經》

　　寺院就這樣一步一步地逐漸完善，從無到有的變化，正如一
個人的生命從無到有的過程，有的人的到來總有著非凡的意義。
在娑婆世界粗大的示現裏，一切存在也都賦予了使命，而在遍法
界虛空界，一切的存在只不過是一種虛假的形式，是我們肉眼的
障礙所獲得。這一切幻化沒有以往那樣做很大的開光儀式，但每
一個落成都包涵著出家人的智悲之心，有了這份心，其實就是最
具有意義的開光儀式，除去這顆心，再隆重的儀式也是枉然。
　　寺院的修繕一直以來都沒有停滯過，隨著時間推移，甘沖寺
的面貌，就如四季寵辱不驚穩健的變化一般，每一年都有新的變
化，而佛子那顆心卻幾千年始終如一，那就是：
　　地獄不空，誓不為佛……
　　滾滾紅塵，無明眾生，如夢如幻的世界，演繹著的每一個故事，
都令嘛呢活佛內心感受到弘法利生使命有多麼地艱巨而偉
大，所以，他不但從纖毫中潛移默化地利用互聯網的優勢弘揚佛
法，也在素日的寺院法事中惠及一方。甘沖寺和其他寺院一樣，
經常舉辦各類法會和宗教活動。
　　甘沖寺的宗教活動法會節日主要有正月初一至初三日頌波若
波羅密多心經和中觀，十八羅漢供敬經；正月初四至初十日頌
百尊大幻化網解脫經和百尊幻化王灌頂法會；農曆每月初十和
二十五頌蓮花生大士會供和極樂聖母會供；農曆每月十五頌綠度
母曼扎羅四供和無量壽經等。農曆六月十五至七月初一日為喇嘛
夏戒期，主要修行和學習三大藏經。

觀音大法會

　　農曆六月初八至初十是一年一度的寺院觀音法會，也是寺院比較大型的法會，法會上信眾要持誦觀音心咒並上報這一年沒有報過的念誦數量，信眾們累積到一個億的持咒數量就會做一次火供。在藏傳佛教中，火供和煙供的功德也是無比殊勝的，麥彭仁波切云：「若依火而供養，則是諸天聖尊，極為滿足之方便故，較其他供養，此更為殊勝。」一切有形的供養中，火供是最為殊勝的。

　　通常觀音法會會邀請一些嘉賓，也有從全國各地而來的活佛的皈依弟子們。在法會上，嘛呢活佛也要做些重要的開示和摸頂。法會之前的準備工作由寺院喇嘛們和當地的信眾自願者共同完成。當然，這麼多年，嘛呢活佛在全國各地廣結善緣，也發展了一些俗家弟子和居士。每當法會之時，也有各地的有緣人前來參加，寺院的修建過程中，也得到了這些信眾的很大幫助，他用餘下的錢專門修建了客店，被很多人戲稱為：「甘沖寺的五星級賓館」。

法會上的信眾

高原的天空格外清澈晴朗，陽光，彷彿一縷縷灑落的快樂的音符，遍佈山谷的各個角落裏。眼前

的神山，蒼柏蔥鬱，不知名的鳥兒的叫聲清脆，偶爾還有烏鴉飛過。依山而建的甘沖寺顯得分外靜謐而莊嚴，殊勝菩提塔上空飄揚的五彩經幡，在輕風吹拂下，彷彿召喚著四面八方的人。素日裏生活節奏緩慢的甘沖寺，今天如節日一般熱鬧。雖然在寺院的廣場上看不到閒聊人，所有的人，無論是在家人來幫忙的，還是出家人都在按部就班地為法會做著準備，他們彷彿隱藏在寺院的各個角落裏安靜地做著自己的事。

寺院大殿前的酥油燈擺放整齊地安放於兩側的燈檯裏，在家人及遠方的客人，男女老少紛紛去點燃。點亮酥油燈意味著佛法不滅，在心中默默地祈禱，也是為大家向佛祖祈福。這是老百姓心裏所有的期盼……

海螺吹響了，那聲音衝破早晨的寧靜，寺院的一天真正地開始了……

陣陣誦經的聲音從誦經堂傳來，旦增喇嘛盤坐在一旁，正在誦經，寺院每天都有一位當班喇嘛誦經，今天輪到了旦增喇嘛。他一手翻著經書，一手搖著鈴鐺，時而有節奏地敲響法鼓。

誦經堂的另一個角落裏，席地而坐著兩位喇嘛師父，他們在做一種叫「多瑪」的貢品，那些如泥巴一樣的原料實際上是糌粑，在兩位喇嘛的手裏很快就被做成一個一個如藝術品的貢品，有的形如山，有的形如鳥，有的形如寶瓶……

早晨，青山籠罩在雲霧之中，天顯得陰沉，彷彿風一吹，那雲霧裏的水滴就要灑落下來一般。雖然天氣不是太好，但是這並不影響藏民們參加法會的虔誠之心。十里八村的當地信眾陸陸續續地趕來，有序地坐滿了大帳之內，足足有接近三千人。

法帳之內的壇城之中，擺設食子、水果、鮮花等供品，嘛呢活佛跏趺坐於法座之上，左側是供養的護法，帳內左右兩側分別

是：左側為寺院的喇嘛師父們，右側是身著民族服裝的藏族居士男眾。旦增師父和誦經大師父坐在一起，挨著坐的是管大殿的西讓（智慧）師父，負責吹螺號。每位居士手裏都有玲杵，前方桌子上擺放著一頁一頁分開疊放在一起的經書，每當鑼鼓響起，接著就是玲杵擺動響起的時候了。

嘛呢活佛拿著玲杵，打著手印，伴隨著喇嘛們時而手撚甘露灑向空中……

誦經間歇，有人發放會供品，大多是些糖果餅乾飲料之類。此時喇嘛們排成列，有的提著盛滿酸奶的壺、有的拎著裝滿會貢品的包裹，還有的拿著法器，一邊持咒一邊走向信眾聚集的大帳，逐個地把象徵著經過加持象徵著甘露的酸奶倒在一雙雙伸出的信眾的手裏，孩子們也歡天喜地地接受會貢品，有餅乾、糖果以及各種小食品，而那一瓶瓶飲料也是大家爭搶著索要的聖物，人們心裏把這些經過加持的水視為聖水，據說由俱德上師等僧眾修法加持，轉換成殊勝圓滿之無量五妙欲供品，迎請淨土和聖地之眾傳承持明上師，及寂靜、忿怒本尊（佛）、勇父空行（菩薩）、護法眾降臨聚會壇城上，納受享用供品。信眾用來會貢品可以懺悔自己無始以來所犯之戒律、破三昧耶戒（誓言）等等罪過，祈請消除所有病痛災難、煩惱及所知等業障，暫時成就人天中所求皆遂願（如福慧增長、事業順利、障礙消除、脫離魔難）之福報，究竟成就持明（佛及菩薩）之果位。

這邊喇嘛們分發會貢品，信眾們秩序井然，坐在那裏紛紛翹首企盼著得到經過加持的貢品和甘露，壇城之中，師父居士們繼續念誦經咒，參加法會有幾千人，無一例外地獲得了這些殊勝的加持貢品。男女老少得到了會貢品之後，人人臉上都洋溢著無比的歡喜之情。

　　一年一度的觀音法會對於當地的藏民而言既是殊勝的佛事，又是一個比春節都要歡喜的節日，那種歡欣喜悅是普通的節日無可比擬的。法會第二天，在喇嘛領誦觀音心咒的洪亮高亢的聲音中結束，又以藏民那樸實無華的歌唱和節奏優美的鍋莊中結束。

　　第二天，那震撼人心的「嗡瑪尼唄美吽」的六字真言再次迴盪在山谷之中，山下音箱裏傳播出來的觀音心咒開啟了法會的第三天的序幕。

　　早晨。來參加的人比前兩天還要多，再加上喇嘛們的親戚都住在寺院，還有山下的搭帳篷在此居住的人也不少，用水用電都超過了負荷。寺院的水泵達到了能力極限，導致用水供給不足，法會這第三天中，有兩天的用水都是寺院用農用三輪車從山下往山上拉水。這些困難都不能阻擋大家求佛求法的腳步，盛大的法會如期繼續進行。

　　天空上淅淅瀝瀝飄灑下來細細的小雨滴，輕霧環繞著神山，彷彿輕紗織成的哈達，蜿蜒的路上開放了一朵朵傘花，應和著五彩的經幡，以及藏民與土族的節日盛裝輝映成趣。那從天而降的雨滴，宛如佛菩薩加持的甘露，灑落在這塊清淨純美的高原一隅。

　　喇嘛誦經的聲音再一次響起的時候，從帳外陸陸續續走來送會供品的人們，有的穿著盛裝，有的穿著漢服，有的是土族打扮，男女老少，各個臉上顯露出歡喜。伴著誦經的聲音響起，法鼓也再起敲響，螺號的轟鳴聲穿透天際。彷彿聲聲喚起內心裏那顆沉睡的菩提心。壇城之中，活佛穿戴威儀，此刻端坐在正中間的法座之上，右手裏著五股金剛杵，左手拿著鈴鐺，變換著法式打著手印，一招一式隨著誦經的節奏偏偏舞動的手印比舞蹈動作還要優美。

互助縣巴扎藏族鄉素有「彩虹之鄉」的美名，除了這裏雨水多，容易雨後出現彩虹之外，當地的人們非常樂觀開朗善良，而或許正因為如此，才有了土族服飾的突出特點，遠遠地走來穿著土族彩虹裝的四位土族女子出現在大帳之外。只有雨後出現彩虹，難道是因為這「四道彩虹」的出現，雨才停止的嗎？這時的天透亮了許多，雨竟然暫停了，小路上泛著亮光，天空並沒放晴，雨雲似乎正在間歇休息，而法會卻無論下不下雨都不會停歇的。

「彩虹之鄉」，嚴格意義上講，指的是土族人的家鄉，所以他們的服裝上有七彩條文，意味著彩虹。彩虹的意義並非是僅僅是雨後陽光下的彩虹，而更深的意思卻是這裏的人們那種積極客觀開朗的性格帶給人們的快樂感受。

雨停了一會，卻忽然大起來，彷彿也趕來法會最後一天抓住機會獲得加持一般的急切。人都聚攏在大帳裏，有少數的一些打著傘站在雨裏聽法。

供護法的程序依舊進行，西讓喇嘛高舉供桌，上面擺著塗抹上紅色的「多瑪」，盛滿珍珠的專門供曼扎用的聖物。誦經聲依舊洪亮，大帳裏的藏族老鄉們不斷地搖動著轉經筒，嘴巴始終都在不停地念誦觀音心咒。

第三天法會結束得早，下午兩三點鐘就進入了尾聲。

嘛呢活佛用那溫和的安多藏語面對大帳裏坐著的黑壓壓的信眾說：「每年都摸頂，今年不摸啦！你看每一年我用很髒、很髒的手，摸你們很髒、很髒的頭，很髒、很髒的哈達，得到了一個很髒、很髒的加持。老人為什麼頭髮沒了？就是每年都要摸頂，把頭髮都摸沒了。」

大帳裏發出一陣轟然笑聲，信眾的臉上洋溢著真摯而憨厚的

微笑。

　　嘛呢活佛在每年的夏季法會上，他都要做簡短的開示，因為他體諒當地藏民的文化以及各個年齡段的人的理解能力差別，所以，每一次都深入淺出，言簡意賅，盡量讓每個人都能聽得懂。

　　大帳下的藏民都翹首側耳傾聽嘛呢活佛的開示，在他們看來，能夠聽到嘛呢活佛的開示和摸頂是此生莫大的幸福和幸運。他們堅信這樣得到活佛的加持，他們才會終有一天能夠解脫。

　　「眾生無始以來因為業力所感，不知在輪迴的長河裏輾轉輪轉多少次啊！」嘛呢活佛一開口，藏民們就鴉雀無聲了。

　　嘛呢活佛頓了頓，接著說：「那麼真正原因是什麼呢？就是我們無明造成的，使得我們造作很多惡業，才會墮入下道。不過，能夠得到這人身卻是難得啊！這說明我們大家都還是有福報的，而能夠坐在這裏參加法會，聽聞佛號持咒，這又是難上加難的難得。」

　　「輪迴是痛苦的，就是天人神仙，雖然極具奢華的生活，不修學佛法懶散度日，福報盡時，臨終七日，看到自己死後去的地方，也是極其痛苦的。阿修羅為了得到如意寶樹求得幸福，天天同天神戰鬥，打打殺殺，沒有安寧，也是非常痛苦的。再說我們人道，這一輩子整日忙碌衣食住行，不但沒有安寧，而且身、口、意三門所造的業障太多，貪、嗔、癡、慢、嫉、忿、恨、慳、誑、懈怠、放逸等苦厄，富有富的痛苦，窮有窮的痛苦，生老病死誰也難免……」

　　聽到這裏，大帳裏有的人開始淚流滿面，深深地被刺痛了內心那種苦的感受。

　　這一切被嘛呢活佛看在眼裏，不禁內心升起無限悲憫，他接著說：「餓鬼道忍受饑渴的痛苦；地獄道有八熱、八寒、獨一

地獄和近邊地地獄等十八種痛苦。既然我們認識了這些輪迴的痛苦，就從現在開始修學佛法，遠離這些惡劣的環境，從這些恐怖的惡道中解脫出來得到自己的喜悅和快樂。」

「你們今天能在這裏聽法，說明你們心裏還有佛性，雖說無始劫來的輪迴不知要往返多少次，但是究竟要有歸宿的。」嘛呢活佛看著下面坐著的黑壓壓的幾千人，深感自己的使命重大，他有些感動，「我作為一個活佛，為了能夠坐在這裏為大家說法，不知要轉世多少次，我轉世的屍骨如果堆起來不知要多高啊，可能都望不到頭啊！」

只見下面坐著的藏族老鄉，有的開始頂禮磕大頭，有的感動得哭起來……那淚水是感恩的淚，是發自內心的菩提心的覺醒。

接著嘛呢活佛簡單敘述了他去印度尼泊爾的過程，他說：「經歷了翻越喜馬拉雅山脈的考驗，經過了重病的出生入死的折磨……經受了那麼多的磨難都算不了什麼。我想說，我作為轉世的修行者，累生累世修持那麼多善法，積累那麼多資糧和功德，還要經歷那麼多磨難，何況你們中還有的連一句佛號都不念，更別說解脫了。」

嘛呢活佛開示完畢，有穿著盛裝的藏民自告奮勇前來獻歌，這也是法會的一個重要的環節，表達了人們對嘛呢活佛的無限感恩和敬愛，歌詞的意思充滿吉祥的祝福和對佛的頂禮膜拜。

一曲高亢的獻歌結束後，旦增喇嘛帶領僧眾拿著盛著甘露聖水的容器走到信眾們中間摸頂分發，信眾們各個表情虔誠，老早就伸出手熱切地希望這些喇嘛走到他們身邊分享這些聖物得到佛菩薩加持。

這個環節進行了足足半個多小時才結束。接下來，雖然嘛呢活佛說了這一次不摸頂了，但是依舊有人跑到前臺帳篷裏找到嘛

呢活佛祈求摸頂，混亂之中嘛呢活佛說讓老人進來，年輕人就不
要進來了。但是，好像形勢有些失控，還是有年輕的藏民湧進
來，現場一片混亂。如今的嘛呢活佛已經不是當年的那個年輕的
圖旦益西多吉喇嘛，在藏地人們的心裏，他充滿著神秘，充滿著
力量，充滿著智慧。人們對他的崇拜就是對佛法的崇拜，對他的
敬畏，就是對佛法的敬畏。

此刻，身後的信眾翹首目送嘛呢活佛離開，嘛呢活佛心裏默
念著佛號，內心深深地祝福著眾生……

雖然法會結束了，但是大家依然不忍離去，都在等待著那樣
一個吉祥快樂的歡聚時刻，因為通常藏地的法會結束，都要有自
娛自樂的節目。隨著旦增喇嘛的聲音從擴音喇叭裏傳出宣佈：
「法會圓滿結束，下面是娛樂時間！」音響裏傳來了迂迴婉轉的
藏歌。穿著藏族和土族盛裝的人們自然分散開在大帳的四周，中
央空出一大片場地留作舞臺。

音樂低迴響起，引領著身著五彩盛裝的藏族女子翩翩起舞，
跳起了歡快的鍋莊舞。歌聲裏表達了對美好的嚮往，對佛法的虔
誠。伴著短板的藏歌歡快的節奏，一段新編的鍋莊舞展現在大家
面前。不多時就吸引了很多其他年輕人加入舞者的隊伍，男男女
女，各個笑靨綻放。

一波舞蹈過後，又是自願獻歌的藏民，老老少少大大方方地
走向中央，無伴奏的歌聲是純粹的發自內心的歌唱。而演唱者多
半年紀並不年輕，所唱的歌曲也是傳統的藏歌，曲風迂迴婉轉，
時而如從遠處漸行漸近，時而又是悠揚直到消失在天際。歌唱
中，不斷有藏民跑上前去敬獻哈達。

剛剛下過一場大雨，高原的傍晚顯得濕涼，如果不是天氣的
原因，那這樣的歡聚不知道要持續多久。因為下雨不方便，所以

早早散場了……

夜晚，天晴了！

寧靜的夜空，滿天星斗，密密麻麻的，彷彿釘在黑色帷幔上的閃亮的鑽石，銀河顯得格外清晰，可以看見隔河對望的挑著擔子的「牛郎」和孤單的「織女」。那煙花的絢爛也無法比擬星空的浩瀚。

煙花雖然絢爛而轟轟烈烈，卻轉瞬寂滅；星空明亮單一而寂靜，卻不知存在了多少個輪迴……

永恆的卻是寂靜涅槃……

法會終於在這樣的絢爛中圓滿畫上了句號。

雲霧繚繞的北山，高高的山巔積雪皚皚，山上松林挺立，蜿蜒的十二盤山路如同九曲迴腸，寂靜的山林裏鳥兒歡快地鳴唱，輕風徐來，裏挾著芳草的清香……甘沖寺依山而居，主佛殿的大殿上矗立著精雕細琢的蓮花生大士的鍍金塑像，左手持盛滿天靈蓋的無死甘露，右手持金剛杵，寺院院內還有側殿，供奉了度母、明妃畫像。幾座白色的佛塔矗立在寺院旁的山坡上，裏面藏奉著當年嘛呢活佛親自請來的《大藏經》等經書。每一天寺院穿袈裟的僧侶環繞著佛塔，為人類祈福，每個修行者內心的菩提之心，就如迎風飄揚的五彩經幡，昭告了我們內心的大願永不隕落。大堂上經幡微動，香火繚繞，誦經之聲繞梁不斷……

此刻，嘛呢活佛穿著袈裟，偏袒著右臂，手裏攥著水晶佛珠，蓮花生大士心咒默然在心底深處吟誦，喚起了他對兒時的那個夢境的追憶，那讓他當年魂牽夢繞的情景竟然轉換成如今這樣一個現實場景。

甘沖寺在經歷了拆動、焚毀的劫難之後，也迎來了一個復甦的好時機，從老喇嘛先覺堪布時代起至今接近二十年的時間裏，

大家不斷努力之下，陽光下的甘沖寺，綠色的琉璃瓦熠熠生輝，
五彩的經幡隨風飄揚，雨後的彩虹彷彿為寺院戴上了美麗的五彩
髮帶，如同眼下這個萬物紛呈的季節，煥發了勃勃生機。他才發
現，原來他兒時的那個夢境竟然是未來此刻的鏡中像。

　　【願今得果成寶王，還度如是恒沙眾，將此深心奉塵剎，是
則名為報佛恩。伏請世尊為證明，五濁惡世誓先入，如一眾生未
成佛，終不於此取泥洹。】 ——《楞嚴經》

　　嘛呢活佛打開微博，發自內心地寫下一段話：

嘛呢活佛

「生時，我孤零零地出生，死時，也只能獨自死去。一生中，生來沒人笑，死去沒人哭。無牽無掛，無憂無慮，沒人為我的成功和幸福歡笑鼓掌，沒人為我的失敗和痛苦傷心哭泣，更沒人能分擔我四大分離的痛苦。這不是我生活的無奈，這就是我選擇的道路，無悔無恨心滿意。

一個世界，一個人。

一間房子，一條路。

一串念珠，一本經。

一套袈裟，一只缽。

一心佛眾，一身靜。

一個思想，一生禪。

一門修行，一生佛。」

大堂的鐘聲再一次響起，暮色漸濃之際，也預示著法鼓的再次敲響，一世的優曇波羅花的盛開，預示著永遠的菩提常駐……

「在修寺院的艱難苦勞動中，我得到了很多居士和施主的大力幫助，一切功德回向給無邊眾生 ……」
　　　　　　　　　　　　　　　　　　——嘛呢活佛

上　師　年　表	
1967年5月5日	南哲才讓出生於青海省互助縣巴扎藏族鄉。
1967年-1980年	南哲才讓從出生到長大，期間和正常的孩子一樣上學。
1980年	甘禪寺請來了一位叫益西的活佛，十三歲的南哲才讓在甘禪寺第一次見到出家僧人並接在得到了第一次灌頂。
1981年	十四歲的南哲才讓到互助縣甘沖溝坐落於北山自然保護區內的甘沖寺出家，法號圖旦益西多吉。
1981年-1985年	甘沖寺出家修行，拜師落周喇嘛和先覺堪布學習佛法，主要學習寫字、繪畫、做多瑪和酥油花，念誦經文等基礎知識。
1985年-1990年	四川甘孜州佐欽（竹慶）寺佛學院學習六年，拜白瑪格桑法王、欽哲活佛、堪布達賽等的大活佛大堪布為上師，以中觀、般若、俱捨論、因明學、律部等五部論典為主課，還有兼修天文、曆算，師從洛珠堪布和欽哲活佛學習繪畫和書法等等。在繪製唐卡上形成了自己的風格，並精通安多、康巴和拉薩三種方言的藏文。
1990年-1991年	甘沖寺先覺堪布圓寂，圖旦益西接管甘沖寺。
1990年-1994年	印度尼泊爾遊學三年，拜見了諸多活佛上師並獲得加持灌頂，深入學修佛法，經過大病死裏逃生，圓滿結束遊學經歷，1994年輾轉回到中國青海家鄉。
1994年8月	圖旦益西被古浪倉活佛認證為青海省互助縣甘沖寺第六世轉世佛，並於八月二十八由古浪倉活佛主持坐床儀式，法號嘛倉青才·圖旦益西多吉，也稱嘛呢活佛。
1994年-1995年	四川阿日扎五明佛學院學習，拜班才仁波切、蘇才琪布等大活佛大堪布為上師，並獲得密宗上師蘇才琪布的七天大圓滿一系列灌頂、傳法、傳承、密宗訣竅等，開始修練大圓滿氣、脈、明點和無上瑜加，同時也得到了其他密宗的一系列灌頂，並閉關修行。

1994年	任縣政協十二屆十三屆委員。
1995年-1999年	四川省色達喇榮五明佛學院學習，在法王的無限慈悲下得到了全面性的傳承和法脈，還有一系列的灌頂。
1999年-2003年	北京高級佛學院學習四年，進一步學習佛法，並深入瞭解學習佛教的歷史和宗教政策。同時致力於甘沖寺修繕建設，以及度化眾生弘法事業之中。
2004年	捐建甘沖溝希望小學。
2006年	任縣十五屆十六屆人大代表、常委，至今。
2012年	任省十二屆人大代表至今。
2014年	任海東市第一屆人大代表至今，海東市佛教協會副會長至今，省佛協委員至今。
2015年	在寺院南象居山修建白塔。
2015年	修繕八大菩提塔，修建地藏王菩薩像、財神廟和觀音殿。
2016年	完成了一萬七千六百塊石刻《大藏經》和千佛殿的修建。
2016年	獲得佐欽寺佛學院頒發的堪布學位和無上瑜伽灌頂。
2017年	修葺菩提塔和小白塔。

　　1995年至今，嘛呢活佛每一年都會在年末至正月十五閉關修行，並主要致力於實修和度化眾生的具體事務之中。同時，嘛呢活佛每年都要主持甘沖寺的宗教活動法會，法會主要有：

　　1、正月初一至初三日頌波若波羅密多心經和中觀，十八羅漢供敬經；

　　2、正月初四至初十日頌百尊大幻化網解脫經和百尊幻化王灌頂法會；

　　3、農曆每月初十和二十五頌蓮花生大士會供和極樂聖母會供；

　　4、農曆每月十五頌綠度母曼扎羅四供和無量壽經等。農曆六月十五至七月初一日為喇嘛夏戒期，主要修行和學習三大藏經。

後記 |

　　世間的事都是因緣和合而成就，對於創作《巴扎的彩虹》一書的起因也是緣於素日裏感動於上師嘛呢活佛的經歷而產生的強烈的衝動。作為作者本人非常渴望通過這些生動真實的故事讓大家瞭解佛教文化、藏族的風土民情和生活習俗以及佛法與生活的圓融。2012年夏天，我獲得了本書主人公嘛呢活佛提供的第一手兩萬字素材，開始起筆。

　　一向隨性的我，似乎從沒有像當時那樣鄭重思考：你需要什麼？你想做什麼？你要怎樣活？正如上師慈誠羅珠堪布所講授的《慧燈之光》所述，我平生第一次認真思考了人一生中生存的方式和生活的意義的不同之處，真切希望自己能在此生做一件有意義的事，希望此書能帶給大家受益。

　　2013年12月31日，大連，也是新年前夕，一個陽光燦爛的日子，在臨海30樓寫字間，我向老闆正式提出辭呈。從此開啟了連續四年藏區的采風之旅，也是一次特殊的心靈之旅。

　　2017年11月中旬，距離本書起筆五年後的一天，我寫下了這樣一首小詩，抒發了我五年來的感受：

> 我從黑白的字裏行間走來
> 一年四季的色彩輪迴上演
> 我穿越於時間和世紀之間
> 那裏世事滄桑又瞬息萬變
> 我曾忘記了那來時的路口

輾轉其中彷徨流淚和讚歎
我也知道那一切不是真的
所有的情節都已過眼雲煙
我在故事裏遇見很多過客
那裏隱藏著一雙銳利慧眼
我追逐著目光游走於人群
卻發現人群呆滯阻隔面前
我探頭翹望迷失於頁眉間
……

忽然發現天邊的星星
化身為案頭的曉燈一盞
須臾之間
西去的列車鳴叫於山間
穿過九又四分之三站臺
我從任意門裏走出來
床頭櫃上的麻雀唧啾
在昏暗的凌晨四點
撲簌簌跳躍著
吵醒了所有魔法師的表演
此來經年
那年初冬到今夕
人生有多少個五年

　　今天，《巴扎的彩虹》終於正式出版發行了，我更要在此特別感謝山東《齊魯書社》一葦老師和臺灣華品文創出版社的編輯們，對此書出版付出的辛苦勞動以及對我本人的認可和鼓勵。得

知本書將於2018年元月15日發行，也是恰好在我的生日之際，內心視之為上師嘛呢活佛、編輯老師們以及所有幫助過我的師兄和親朋好友送給我的一份生日大禮，歡喜之心難以言表。

四年的采風經歷，我和攝影師老戚五次走進藏區，耳聞目睹親歷了一個又一個豐富多彩的旅程，我們的目的不在山水之間，卻又在山水之間感應了那份殊勝。收穫遠非金錢物質能夠衡量的。而我能夠順利完成此書到今天正式出版，更是要感恩師兄們、以及好友親朋同學從財力、物力以及精神上對我的鼎力支持，深感此書的完成、出版不是個人的功勞，而是一群人共同努力的結果。稻草人在本書末尾合十感恩：

感恩，讓我學會思考的上師，
感恩，師兄資助采風和出版，
感恩，攝影師的辛苦與付出，
感恩，親朋好友同學的贊助，
感恩，提供堅強後盾的家人，
感恩，新結識的藏族朋友們，
感恩，所有的無論怎樣的人。

而我也同時把這份禮物供養上師三寶，把最真誠的祝願送給所有的人，如果你有緣看到，才是我此行最深切的目的。

阿彌陀佛！

稻草人 於大連
2018年元月

國家圖書館出版品預行編目(CIP)資料

巴扎的彩虹 / 稻草人著. -- 初版. -- 臺北市：
華品文創, 2018.01
480面；14.8 × 21公分
　ISBN 978-986-95112-8-5（平裝）

857.7　　　　　　　　　　106022251

 華品文創出版股份有限公司
Chinese Creation Publishing Co.,Ltd.

巴扎的彩虹

作　　者：稻草人
照片拍攝：老　戚
總 經 理：王承惠
總 編 輯：陳秋玲
財 務 長：江美慧
印務統籌：張傳財
美術設計：vision 視覺藝術工作室
出 版 者：華品文創出版股份有限公司
　　　　　地址：100台北市中正區重慶南路一段57號13樓之1
　　　　　讀者服務專線：(02)2331-7103或(02)2331-8030
　　　　　讀者服務傳真：(02)2331-6735
　　　　　E-mail：service.ccpc@msa.hinet.net
　　　　　部落格：http://blog.udn.com/CCPC
總 經 銷：大和書報圖書股份有限公司
　　　　　地址：242新北市新莊區五工五路2號
　　　　　電話：(02)8990-2588
　　　　　傳真：(02)2299-7900
印　　刷：卡樂彩色製版印刷有限公司
初版一刷：2018年1月
定　　價：平裝新台幣600元
ISBN：978-986-95112-8-5